COLLEC

D0863029

J.M.G. Le Clézio

La quarantaine

Gallimard

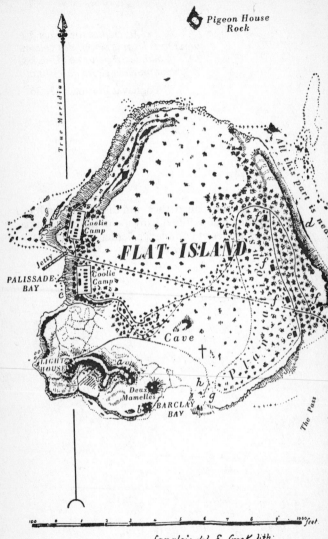

Pigeon House
Rock

True Meridian

All this Part is nearly

Coolie
Camp

FLAT·ISLAND

Jetty

d

PALISSADE
BAY

Coolie
Camp

c

f

f

f

Cave

Plantation

LIGHT
HOUSE

a

The Pass

Deux
Mamelles

h
g

BARCLAY
BAY

b

100   0   1   2   3   4   5   6   7   8   9   1000 feet

Langlois del. E. Crook lith:

FLAT ISLAND
according to the Surveys in 1857.
by *Corby* Gov.ᵗ Surveyor.

a . Volcanic boulders, Extinct Crater.
b . Talc Veins.
c . Springs.
d . Coral lime, Stone rocks.
e . Telegraph Station.
f . Hospitals, Doctor's, Superintendant's, etc.
g . Lime Kiln.
h . Old Graves.
† . Cemetery.

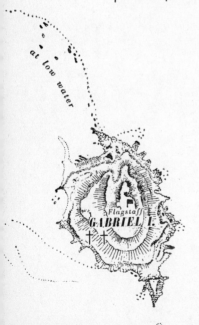

Le voyageur sans fin

Dans la salle enfumée, éclairée par les quinquets, il est apparu. Il a ouvert la porte, et sa silhouette est restée un instant dans l'encadrement, contre la nuit. Jacques n'avait jamais oublié. Si grand que sa tête touchait presque au chambranle, ses cheveux longs et hirsutes, son visage très clair aux traits enfantins, ses longs bras et ses mains larges, son corps mal à l'aise dans une veste étriquée boutonnée très haut. Surtout, cet air égaré, le regard étroit plein de méchanceté, troublé par l'ivresse. Il est resté immobile à la porte, comme s'il hésitait, puis il a commencé à lancer des insultes, des menaces, il brandissait ses poings. Alors le silence s'est installé dans la salle.

Je pense à la façon dont mon grand-père a vu Rimbaud, la première fois. C'était au début de l'année 1872, en janvier ou février. Je peux déterminer la date à cause de la mort d'Amalia, et de la visite du Major William dans le magasin de bondieuseries et pompes funèbres au rez-de-chaussée de son immeuble de la rue Saint-Sul-

15

pice. Après la rupture avec le Patriarche et leur
expulsion de la propriété d'Anna, leur départ de
Maurice, à la fin de l'année 71, Antoine et Amalia
s'étaient installés à Paris, dans le quartier de
Montparnasse. Il faisait cet hiver-là un froid mor-
tel à Paris, la Seine charriait des glaçons. Amalia
était mal remise de la fièvre qui s'était déclarée
après la naissance de Léon. Peut-être que la dispute avec Alexandre l'avait rendue encore plus
fragile. Elle est morte d'une pneumonie dans les
derniers jours de janvier. Léon n'avait pas un an.
Mon grand-père Jacques avait tout juste neuf ans.
C'est en accompagnant son oncle William qu'il a
dû entrer dans le café, à l'angle de la rue Madame
et de la rue Saint-Sulpice. L'oncle a pensé que ça
n'était pas de l'âge de Jacques d'entrer dans le
magasin pour choisir une couronne. Il l'a laissé
dans le bistrot, attablé devant un bol de vin
chaud.

C'était la première fois que Jacques quittait
Maurice. En France, tout lui paraissait magnifique et terrifiant, les immeubles de cinq étages, le
roulement des coches sur le pavé, les trains, les
hautes cheminées des bains publics, à Montparnasse, qui crachaient une fumée noire dans le ciel
gris, la neige en congères le long des jardins
publics, et surtout les gens, la foule, épaisse,
compacte, qui se heurtait, se bousculait, se hâtait.
Ils avaient des visages pâles, mangés de barbe,
des chapeaux en tuyau de poêle, des houppelan-
des fourrées, des cannes, des guêtres. Les femmes
portaient trente-six épaisseurs de jupons, de corsets, de robes, de manteaux, et sur leurs petites
têtes à gros chignons étaient épinglés de drôles de
chapeaux à voilette. Jacques devait se serrer

16

contre l'oncle William, sa petite main écrasée dans la patte du géant. Il ne comprenait pas l'accent étrange des gens de cette ville, il ne savait pas répondre aux questions des petites voisines. Elles disaient : « Est-il sot ! » Elles le traitaient de niguedouille, d'hurluberlu. Les jours qui ont précédé la mort de sa mère, il passait tout le temps avec l'oncle William. C'était terrible d'entendre sa mère étouffer, de voir son visage blême et ses beaux cheveux noirs répandus sur l'oreiller. Antoine était effondré. Les derniers temps Amalia ne reconnaissait même plus son petit garçon ni le bébé. Elle divaguait. Elle se croyait retournée dans la maison de son père, sur le bord de l'Hughli, guettant sous la véranda l'arrivée de la pluie.

Le Major Charles William s'était installé dans le petit appartement de la rue Saint-Sulpice, au-dessus du magasin de bondieuseries, pour être à côté d'Amalia — l'Eurasienne, comme on l'appelait dans ma famille. Depuis qu'elle avait été recueillie par son frère, pendant la guerre des sepoys, errant dans la forêt autour d'Allahabad, elle était entrée dans sa famille. À la mort de son frère, Amalia était devenue son unique enfant, son amour. Quand elle est partie, cet hiver, il a failli en mourir. Il est resté à Paris, pour s'occuper des deux garçons, parce que Antoine n'était plus en état. Puis il s'est retiré à Londres. Aujourd'hui on ne sait plus rien de la famille William. Le drame de la mort d'Amalia a défait tous les liens.

Les Archambau sont devenus une tribu maudite. C'est vrai que, sans la rupture avec le Patriarche, les choses se seraient sans doute passées autrement. Amalia serait restée à Anna, et nous aurions gardé une terre, une origine, une patrie.

À Paris, cet hiver-là, tout était sombre. Antoine, en arrivant, avait découvert que la plus grande part de ses ressources — la part provenant de la succession d'Anna — avait fondu. Les années qu'il avait vécues à Paris, après son mariage, il avait dépensé sans compter. Il voulait éblouir Amalia, s'éblouir lui-même. Il avait été pillé par des hommes d'affaires véreux, par les commis et les notaires. Antoine était un rêveur. Il s'occupait principalement de poésie, de littérature. Il avait investi dans des chimères. Des terrains maraîchers qui n'existaient pas, des voies ferrées imaginaires. Loin de Maurice, il avait perdu sa gangue, sa cuirasse, il n'avait plus aucune protection. Et puis il y avait la haine d'Alexandre Archambau pour ce demi-frère qui était arrivé comme un intrus quand il avait six ans, ce demi-frère qui ne lui ressemblait pas, insouciant, futile. Alexandre n'a pas eu besoin de bouger. Quand son frère a commencé à tomber, il lui a suffi de regarder sa chute.

Donc, en cette fin de janvier 1872, quand Amalia est mourante, le Major emmène Jacques rue Saint-Sulpice, et le laisse dans le bistrot qui occupe l'angle opposé au magasin de bondieuseries. Plusieurs fois Jacques s'est arrêté devant la vitrine du magasin (établissement Chovet) pour regarder toutes ces choses étonnantes, un peu effrayantes, les crucifix, les vierges, les médailles, les couronnes et les plaques de marbre noir. Le propriétaire du magasin lui a même parlé, un jour qu'il attendait l'oncle William resté en arrière. C'est un vieux monsieur au crâne chauve, aux yeux d'un bleu de myosotis, comme Jacques n'en a jamais vu. De l'autre côté de la rue, le bistrot a un aspect inquiétant. Quand la porte vitrée s'ouvre, il y a une bouffée de bruits de voix, un brouhaha de rires. Mais le Major est un habitué. Il aime bien s'asseoir pour boire son vin chaud, en tirant sur sa bouffarde, et en lissant ses longues moustaches noires.

Mon grand-père Jacques ne m'a jamais parlé de cela. Les derniers temps, quand il s'était installé à Montparnasse, c'était un homme taciturne, qui fumait cigarette sur cigarette en lisant interminablement son journal, sans s'occuper de l'enfant que j'étais. C'est ma grand-mère Suzanne qui m'a tout raconté. Ma grand-mère aimait par-dessus tout raconter des histoires. La plupart étaient inventées, et mettaient en scène un singe malin appelé Zami. Mais de temps à autre elle racontait une histoire vraie. Elle me prévenait alors : « Fais bien attention. Ce que je vais te dire est authentique, je n'ai rien ajouté. Quand tu auras des enfants, il faudra que tu le leur racontes exactement comme je te l'ai dit. » J'ai beaucoup aimé ma grand-mère Suzanne. C'était une femme pas très grande, plutôt bien en chair, avec un joli visage au nez fin et une petite bouche, et des yeux gris agrandis par des lunettes de presbyte. Elle avait des cheveux blancs coupés court, ce qui étonnait à cette époque. Elle disait qu'elle avait été la première à porter les cheveux ainsi. J'avais quatorze ans quand elle est morte, en 54, six ans après mon grand-père. J'étais très triste. Je suis entré dans la chambre aux rideaux tirés où elle paraissait endormie, toujours très propre et nette dans son lit en laiton tourné. J'ai touché son front et ses joues glacés. Je me souviens des grands cernes sous ses paupières. J'aurais voulu voir encore le gris clair de ses iris.

C'était elle qui avait gardé tous les livres. Lorsque mon grand-père est retourné à Maurice pour la dernière fois, en 1919, pour le règlement définitif après la mort d'Alexandre, elle lui a demandé de ramener tous les livres. Pour la plupart c'étaient ceux qu'Antoine avait collectionnés à Paris dans sa jeunesse, et qui après son départ étaient restés dans le pavillon de la Comète (ainsi appelé parce qu'il avait été construit lors du passage de la grande comète en 1834 et portait au pinacle un bois gravé orné du fameux météore), dans trois grandes bibliothèques d'acajou. À tous les recueils de poésie et aux traités de philosophie et récits de voyages, elle avait ajouté ses propres livres, les poètes qu'elle aimait, Shelley, Longfellow, Hugo, Heredia, Verlaine. Parfois, elle me lisait des poèmes. Elle avait une voix douce et chaude qui contrastait avec le timbre grave de mon père. Ma mère aimait bien l'écouter. Elle disait que Suzanne aurait dû être actrice. Le poème qu'elle préférait était *Fata Morgana* de Longfellow.

> *O sweet illusions of Song*
> *That tempt me everywhere,*
> *In the lonely fields, and the throng*
> *Of the crowded thoroughfare !...*

Je n'ai pas oublié. Un jour, après m'avoir lu : « Il pleure dans mon cœur comme il pleut sur la ville », elle m'a raconté ce qui s'était passé ce soir-là, rue Saint-Sulpice, quand Amalia était morte, et que mon grand-père était entré dans la taverne.

C'était le soir, il faisait nuit, il pleuvait peut-être. Je ne suis plus très sûr des détails, il me semble que j'ai rêvé tout cela, que j'y ai ajouté mes propres souvenirs — contrairement aux recommandations de ma grand-mère. La première fois que je suis venu à Paris, avec ma mère, quittant Lorient pour retrouver mon père démobilisé après la guerre, c'était la même époque, la même ville dévastée, les rues noires piquées de pluie, quelque chose de sombre et de pauvre, l'odeur des poêles où les vieux emmitouflés brûlaient ce qu'ils pouvaient, des planches, des papiers, de la poussière de coke.

Parfois il me semble que c'est moi qui ai vécu cela. Ou bien que je suis l'*autre* Léon, celui qui a disparu pour toujours, et que Jacques m'a tout raconté quand j'étais enfant. Le bistrot chauffé, enfumé, l'odeur âcre du tabac et le parfum poivré de l'absinthe. À neuf ans, cela devait être comme de franchir la porte de l'enfer.

Le Major a conduit Jacques jusqu'à une table, au fond du café. C'est un endroit où on mange de la soupe aux haricots, du pain, où on boit des bolées de vin chaud. La plupart des habitués sont des étudiants du Quartier latin, des carabins, ou des artistes qui vivent dans les ateliers, du côté de Montparnasse, rue Falguière. Il doit y avoir aussi des sortes de clochards, de jeunes vagabonds habillés en cosaques, des filles perdues, mais ça n'est pas pour inquiéter l'oncle William, un drôle d'endroit tout de même pour laisser un jeune garçon, même s'il gèle à pierre fendre. Le Major est un libre-penseur, un anticlérical. Il n'a consenti au mariage de la fille adoptive de son frère que parce que Antoine ne ressemblait pas aux *grands mounes* de Maurice, égoïstes et conformistes.

Antoine a épousé Amalia sans réfléchir. Il était amoureux de cette belle fille si brune, exotique, rencontrée sur le bateau, qui allait en France pour suivre des cours de préceptrice. Une Eurasienne, portant un nom anglais de surcroît. Quand ils sont rentrés à Maurice pour s'installer dans la maison d'Anna, dans le pavillon remis à neuf de la Comète, Amalia a mesuré tout de suite son erreur. Elle a tenu près de dix ans, parce que Antoine s'entêtait, refusait de comprendre. Il croyait qu'il avait encore des droits, qu'il pouvait décider, choisir, s'imposer à son frère. Il avait déjà tout perdu sans le savoir. La sucrerie était hypothéquée, les pour-cent des récoltes à venir ne suffiraient pas à payer les dettes. Amalia a dû comprendre tout de suite, parce que son instinct l'avait avertie que personne ici — surtout pas Alexandre et les membres de l'Ordre moral — ne pardonnerait à Antoine sa légèreté, son insouciance. Elle n'avait pas sa place dans cette société. Quand ils sont repartis pour l'Europe, Léon nouveau-né, Antoine pouvait bien croire qu'un jour il reviendrait. Mais elle a su que c'était pour toujours. Comme si elle sentait déjà en elle le froid de la mort.

Tout cela, je ne l'ai compris que longtemps après, quand Suzanne n'était plus là pour me raconter des histoires. Jacques assis seul à la table, au fond du bistrot, regardant de tous ses yeux. C'est étrange de penser que de l'autre côté du carrefour il y a le magasin de bondieuseries où le Major est en train de choisir une couronne pour Amalia. Lorsqu'il revient, on a apporté sur la table l'écuelle de soupe aux haricots et les bols de vin chaud. Le Major est très grand, très fort, basané comme un gitan. Ce soir-là il doit aimer particulièrement l'atmosphère du bistrot, les cris, les voix braillardes des poètes alcooliques, les quolibets et les blasphèmes des carabins. Il montre à Jacques un homme attablé de l'autre côté de la salle, un petit monsieur replet, un peu chauve, portant une barbe soignée, et qui fume une longue pipe. « Tu vois ? Cet homme, là, c'est Paul Verlaine, un grand poète. » C'est alors que la porte du café s'ouvre avec violence, et apparaît sur le seuil un jeune homme, un jeune garçon, au visage d'enfant. Il est grand, il a une expression brutale, son regard est troublé par l'alcool. Debout sur le seuil, il crie des insultes, des menaces, il provoque l'assistance comme un lutteur de foire, en brandissant ses poings. Deux garçons du café veulent le jeter dehors, mais il les repousse, les frappe. Jacques est effrayé, il se serre contre le Major, pour faire de lui un rempart. La folie trouble le regard du jeune garçon debout devant la porte, les éclats de sa voix retentissent dans le silence de la salle. Puis le monsieur barbu qui était attablé en face d'eux se lève. Il est vêtu d'un long pardessus élégant et porte une lavallière d'une taille exagérée. Il marche tranquillement jusqu'à la porte, il parle au jeune garçon. Personne n'entend ce qu'il lui dit, mais il réussit à le calmer. Il le prend par le bras et ils sortent ensemble dans la nuit. Avant de sortir, le garçon s'est retourné. Ses cheveux sont en désordre, sa veste est décousue à l'emmanchure. Il promène encore une fois sur l'assistance son regard étroit, menaçant, puis les deux hommes s'éloignent, il ne reste que la bouffée d'air glacé qui court un instant dans la salle. « Qui est-ce ? a demandé Jacques.

— Lui ? Rien, juste un voyou. » Je suis certain que c'étaient les mots de ma grand-mère Suzanne, quand elle avait parlé de Rimbaud : un voyou. Mais plusieurs fois elle m'a lu les vers qu'avait écrits le voyou, une musique étrange que je ne comprenais pas bien, trouble comme le regard qu'il promenait sur la salle du bistrot.

L'été 80, la semaine qui a précédé mon envol vers Maurice, j'ai cherché le bistrot où mon grand-père avait vu le voyou. À l'angle de la rue Madame, il y a bien un magasin d'articles religieux, au-dessus duquel le Major William avait loué son appartement. Sur le trottoir d'en face, un peu avant l'angle, j'ai repéré une boutique vétuste, désaffectée, avec une porte basse et ces anciens volets d'une pièce qu'on accroche aux fenêtres chaque soir. J'ai voulu que ce soit le marchand de vin où le Major avait emmené mon grand-père, le bistrot malfamé où ce soir-là Verlaine avait rendez-vous avec Rimbaud. Durant toute cette première semaine de juin, j'ai marché dans les rues de Paris comme je ne l'avais pas fait depuis mon adolescence. Le temps était délicieux, un ciel léger où couraient les nuages. Les femmes étaient en robes d'été, les terrasses des cafés débordaient. J'ai parcouru toutes les rues où Rimbaud avait été, j'ai vu tous les endroits où il avait vécu, la rue Campagne-Première dont il ne reste rien, puis le Quartier latin, la rue Monsieur-le-Prince, la rue Saint-André-des-Arts, la rue Serpente, la maison à l'angle de la rue Hautefeuille, l'hôtel du Lys avec le fanal en fer rouillé qui a dû éclairer ses pas, les façades des maisons telles qu'il les avait vues. À l'hôtel Cluny, rue Victor-Cousin, j'ai même loué une chambre au dernier étage, une chambre étroite aux murs convergents, au sol qui tangue. J'ai rêvé que c'était la chambre qu'avait occupée Rimbaud cette année 1872, quand tout le monde à Paris l'expulsait. Les mêmes murs, la même porte, la même haute fenêtre s'ouvrant sur une cour au-dessus des toits, où le soleil de l'après-midi le réveillait. J'ai arpenté les rues voisines, absent, sans voir les autos, sans regarder les gens, comme si vraiment je touchais à un commencement du temps.

Alors Jacques et Léon étaient unis, deux frères inséparables, les seuls survivants d'une époque disparue, se retrouvant à chaque congé, année après année, jusqu'à cette année 1891 qui marque leur retour à Maurice et leur rupture. Cette année où Léon est devenu le Disparu, pour toujours.

Ici, dans ces rues, Rimbaud avait marché au printemps, avant de partir pour son voyage sans fin. Sur la place Maubert, le soir, les clochards avinés tendent toujours leurs feuilles de carton sur lesquelles ils s'endorment, bercés par le bruit des voitures. Peut-être qu'ils sont les seuls à toucher vraiment dans leurs rêves au temps qui n'existe plus. Immobiles ils sont restés, alors que lui, le voyageur, a parcouru les extrémités de la terre. Et tandis qu'il quittait tout pour Aden et Harrar, pour le ciel qui brûle jusqu'aux os, Jacques et Léon devenaient grands, apprenaient à vivre dans la solitude. Léon avait appris par cœur *Le bateau ivre*, *Voyelles*, *Les assis*, que Jacques avait recopiés pour lui dans ses cahiers d'école. Il rêvait déjà de partir, il savait déjà. Il savait qu'un jour il serait là-bas, de retour à la maison d'Anna, non pas comme un qui retrouve son bien, mais pour être nouveau, pour se brûler au ciel et à la mer, lui aussi.

Maintenant je le comprends. C'est dans le bistrot de Saint-Sulpice, un soir de l'hiver 1872, que tout a commencé. Ainsi je suis devenu Léon Archambau, le Disparu.

Rue Saint-Jacques, au numéro 175, j'ai retrouvé l'Académie d'absinthe. La maison est belle, avec son mur décrépi et ses toits à niveaux multiples, où l'ardoise a été remplacée par endroits par des feuilles de tôle ondulée. L'Académie est devenue un restaurant pakistanais. On y entre toujours par la même porte bancale qui s'ouvre sur une longue salle obscure en contrebas. À une table, des cuistots pakistanais pelaient des courgettes et des navets au-dessus d'une marmite. Ils m'ont regardé avec méfiance. « Comment ça s'appelait ici ? » ai-je demandé. Je n'espérais pas qu'ils me parleraient de l'Académie d'absinthe. L'un d'eux, après avoir consulté les autres, m'a répondu : « Ici, avant, ça s'appelait le Grand Sel. » À côté du restaurant, il y a une porte cochère qui s'ouvre sur une grande cour intérieure pavée, ruinée. Un jeune garçon très brun est assis dans un coin, farouche comme un chat. Cet hiver-là, ivre d'absinthe, Rimbaud s'est battu dans cette cour contre des adversaires imaginaires et peut-être qu'il s'est assis dans le même coin, le dos contre le mur, et qu'il s'est endormi sur le pavé, dans la rosée noire de l'aube.

J'ai marché dans toutes ces rues, comme si je dormais les yeux ouverts, pour entendre le bruit de cette vie qui n'est pas éteinte. Comme si je voyais avec les yeux de la colère, comme si je sentais sur mon visage la grimace de l'enfance détruite, les cheveux emmêlés et raidis d'insomnie, le dos voûté par les courbatures. Après toutes ces années passées à voyager, et la rupture avec Andréa — tout ce que nous nous sommes dit, tout ce que nous nous sommes fait qui est devenu irrémédiable —, je suis à Paris comme en transit, quelques heures avant de reprendre un avion pour le bout du monde. Il y a des étudiants dans les rues autour de la Sorbonne, aux terrasses des cafés. En juin Paris est magique. Il y a de la poudre d'or de tous les côtés, du pollen, des reflets, l'éclat du soleil dans les cheveux des filles. Sur moi je sens encore la poussière des mauvaises routes, en Colombie, au Yucatán. La boue des fleuves du Panama a séché dans mes cheveux, dans mes habits, une poudre rouge qui grince entre mes dents. Quand je suis entré dans les bureaux du service culturel à Mexico, pour poser ma candidature pour le poste de professeur contractuel à Campeche (le précédent occupant venait d'être assassiné dans un règlement de comptes d'homosexuels), l'énarque de service, un petit monsieur en complet colonial et cravate rayée, m'a dit doucement : « On en voit tous les jours comme vous, avec des sacs à dos, ils viennent me demander de l'argent, ou du boulot, puis ils repartent et je n'en entends plus jamais parler. »

Au Quartier latin, il n'y a plus personne du temps que j'étais étudiant. Les pavés de mai 68 ont été bitumés. Il y a des embouteillages. Les trains de banlieue sont écorchés vifs, les sièges de fausse moleskine sont graffités au feutre et coupés au cutter. Personne ne me voit, il me semble par moments que je suis devenu invisible. Qui a besoin de moi ? Je ne sais pourquoi, je suis allé à Roissy, pour regarder partir les avions. Quand j'avais dix ans, ma grand-mère Suzanne m'avait emmené au Bourget. Elle aimait voir les avions grimper lentement dans le ciel. Elle ne serait montée à bord pour rien au monde. « Jamais je n'entrerai dans un de leurs étuis à cigare. » Mais elle aimait les voir partir. Aujourd'hui, dans les aéroports, on ne voit plus rien, mais il y a tout de même l'odeur des voyages. Et les noms : Delhi, Bangkok, Bruxelles, Rio, Dakar. Comme une musique des sphères, un chant de l'espace. La nuit, j'ai dormi sur une banquette, comme si j'allais m'en aller le lendemain. Comme s'il y avait vraiment un quelque part. C'est ainsi que j'ai décidé d'aller à Maurice.

Lui, marchant dans les rues de la ville, avec la colère qui obscurcissait son regard, cette lèvre inférieure mince, un peu rentrée, qui fait paraître le menton très lourd (Isabelle aussi avait ce défaut) et la tignasse mal plantée prise sous un petit chapeau rond, comme ceux des Indiens d'Ayacucho. Le bruit de ses souliers ferrés sur le pavé de la rue Victor-Cousin, de la rue Serpente. Déjà Paris est trop étroit pour lui, toujours les mêmes rues, les mêmes immeubles aux fenêtres closes de rideaux, les mêmes visages fermés, les hommes pareils à des patriarches ignorants, et ces calots, ces chapeaux, perruques, cols cassés, plastrons empesés, ces redingotes, gilets, pantalons sanglés sous le pied, et guêtres jaunes, ces bottines vernies faites à la mesure, ces cannes-épées et ces parapluies noirs. Alors est-ce que la poésie n'est pas une affaire de bourgeois, une sorte d'équilibre du budget, un calepin noir sur lequel on note les *assets* et les *liabilities*, les avoirs et les dépenses ? Il y a des envols parfois, des cris et des soupirs, des élans, des émois. Il y a des trucs qui retombent, des rimes riches, des rejets, des syncopes. Dans la boutique du marchand de vin de la rue Madame, la voix d'Arthur qui ponctue chaque stance : « Ah, merde ! » Déjà il n'amuse plus. Il irrite. Il fait peur. La porte s'ouvre sur la nuit, l'embrasure si étroite et basse, comme un trou de furet, et il est debout, un enfant géant aux poings serrés, son visage dans l'ombre, ses cheveux en désordre, sa veste étriquée de paysan à l'emmanchure qui se découd parce qu'il se bat chaque soir, il crie des blasphèmes, des ordures, il menace de jeter à terre tous ceux qui s'approcheraient. L'assistance se tait, elle a peur. Voilà un sentiment vrai, fort, noir. Non pas le vent qui fait tourner les moulins ni la chute des rimes riches, les « ah ! », les « oh ! » et l'odeur douce du tabac hollandais. Son regard bleu sombre qui passe sur les yeux de mon grand-père, qui entre en lui (et à travers lui jusqu'à moi) et ne le quitte plus. Cette porte qui s'ouvre sur la nuit, le jeune voyou ivre qui provoque l'assistance. Puis plus rien jusqu'à Aden.

Ma grand-mère Suzanne lisant *Le bateau ivre* ou *Aube d'été* de la même voix avec laquelle elle lit les poèmes de Longfellow. La poésie d'un voyou. Un visage d'ange, des cheveux hirsutes, et ce regard méchant, troublé, un regard qui ne peut se fixer sur rien ni personne. Les rues de Paris, étroites et noires, qui l'expulsent. Les cours des immeubles comme des fondouks, où les gens abandonnés dorment sur leurs feuilles de carton. Et la brume qui recouvre la vallée de la Meuse, le matin, à Charleville. Le froid, le gris silencieux du ciel, les corneilles dans les champs de betteraves. Est-ce qu'on peut guérir, se libérer de cela ? Le ciel qu'on ne voit pas. Paris comme un piège. « Ah, qu'est-ce que je vais faire là-bas ? »

C'est bien à Léon Archambau que je pense. Le Disparu, celui qui s'est rebellé contre l'Ordre moral et la Synarchie, puis qui est parti avec la femme qu'il aimait, pour ne jamais revenir. Quand Antoine est mort d'une encéphalite, dans les années 80 (en 1884 ?), Léon a une douzaine d'années. Jacques est déjà parti pour Londres, suivre des études de médecine, habitant probablement chez le Major William. Léon est pensionnaire, d'abord à Lorient, puis à Rueil-Malmaison chez la fameuse Mme Le Berre. Les nuits où il n'arrive pas à dormir il traverse le dortoir jusqu'aux grandes fenêtres grillées qui surplombent la cour desséchée, pour entendre le bruit de la mer.

Alors, sous l'influence de son professeur M. Maureau — que Jacques avait eu avant lui, et dont grand-mère Suzanne me parlait comme si elle l'avait connu —, il lit les poètes, Richepin, Heredia, Baudelaire, Verlaine, des vers de Rimbaud, recopiés par Jacques dans les numéros de *La Vogue* — *Les effarés*, *Les chercheuses de poux*, *Les assis*, le sonnet des *Voyelles*, et dans l'anthologie de 1888, *Le dormeur du val*, que ma grand-mère disait avoir appris de lui. Dans *Les poètes maudits* que M. Maureau avait acheté à sa parution, il avait recopié *Le bateau ivre* sur son cahier d'écolier, et c'était comme une prière qu'il récitait chaque soir. Et les poèmes défendus de Baudelaire, qu'il avait lus le dernier printemps, en classe de rhétorique. *Femmes damnées*, *Les litanies de Satan*, *L'ennemi* :

> *Ô douleur ! Ô douleur ! Le temps mange la vie,*
> *Et l'obscur Ennemi qui nous ronge le cœur*
> *Du sang que nous perdons croît et se fortifie !*

C'est pour Léon que la ville est étroite. Les angles des maisons sont des coins qu'on enfonce dans son corps, le point de fuite des boulevards une lame qui coupe. Les quais sont noyés dans un givre pourpre. Peut-être que lui aussi, cet été-là, comme moi, passe ses journées enfermé dans une chambre d'hôtel du côté de la gare Saint-Lazare. Il ne sort qu'à la nuit, pour errer dans les rues avoisinantes, jusqu'à la place Blanche, ou vers la Butte, voir Paris qui s'étouffe dans sa propre haleine. Cet été-là (au début d'août 90) Jacques vient le chercher et le ramène en Angleterre. Il veut le présenter à Suzanne Morel, une Réunionnaise, avec qui il vient de se marier à Londres. Ensemble ils prennent le train jusqu'au bord de mer, à Hastings. Ma grand-mère ne m'a parlé de cet été qu'une fois. Peut-être parce que le bonheur ne se raconte pas. Elle a dit juste une fois le ciel sans nuages, le vent tiède, et les bains de mer, quand on roulait les cabines-brouettes jusqu'à la vague. Le soir ils restent dehors, ou bien ils s'asseyent sur la jetée, et Suzanne lit des poèmes, *Birds of Passage* de Longfellow :

> *Black shadows fall*
> *From the lindens tall,*

That lift aloft their massive wall
Against the Southern sky...

et Baudelaire :

Homme libre, toujours tu chériras la mer !
La mer est ton miroir, etc.

Pour la première fois sans doute il se sent fort, il sent la chaleur de l'amour, l'unité de la famille. Sur la plage de galets, ils sont couchés tous les trois, Suzanne entre les deux frères. Léon appuie sa tête sur l'épaule si douce de Suzanne, respire le parfum de ses cheveux. Juste un instant, cet été, à regarder les traces des bolides dans le ciel noir, au-dessus de la mer. Avant que tout se délite.

Pourtant, c'est à Paris qu'il faut revenir, si je veux bien comprendre. À ce bistrot de la rue Madame, la porte qui s'ouvre sur un adolescent ivre et mal peigné, qui titube dans l'embrasure, la bouche pleine d'invectives et le regard troublé par la folie. Comme si, après lui, avait commencé toute l'errance, la perte de la maison d'Anna, la fin des Archambau. Cette image qu'il a transmise à Léon, puis, à travers Suzanne, jusqu'à moi. En moi aujourd'hui, mêlée à ma vie, enfermée dans ma mémoire. Que reste-t-il des émotions, des rêves, des désirs quand on disparaît ? L'homme d'Aden, l'empoisonneur de Harrar sont-ils les mêmes que l'adolescent furieux qui poussa une nuit la porte du café de la rue Madame, son regard sombre passant sur un enfant de neuf ans qui était mon grand-père ? Je marche dans toutes ces rues, j'entends le bruit de mes talons qui résonne dans la nuit, rue Victor-Cousin, rue Serpente, place Maubert, dans les rues de la Contrescarpe. Celui que je cherche n'a plus de nom. Il est moins qu'une ombre, moins qu'une trace, moins qu'un fantôme. Il est en moi, comme une vibration, comme un désir, un élan de l'imagination, un rebond du cœur, pour mieux m'envoler. D'ailleurs je prends demain l'avion pour l'autre bout du monde. L'autre extrémité du temps.

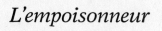

L'empoisonneur

Je pense à la mer à Aden, telle que l'a vue mon grand-père, avec Suzanne et Léon, du pont de l'*Ava*, le matin du 8 mai 1891, la mer lisse comme un miroir sous un ciel sans nuages. Il fait déjà une chaleur de four à huit heures, quarante et un degrés à l'ombre, ce qui, paraît-il, est une avance sur la saison prochaine. J'imagine les voyageurs sur le pont supérieur, ceux qui ont le privilège des chaises longues et de la brise molle qui ride l'eau, et les autres, les immigrants, les marchands arabes, couchés à même le plancher du pont inférieur, étouffant sous les coursives.

Qu'est-ce qui a poussé Jacques et Léon à monter à bord de la baleinière qui fait le va-et-vient avec le rivage ? Le paysage écorché de la baie, la pointe du Steamer, la colline nue surmontée du mât des signaux, la courbe du Crescent, la rangée des bâtisses blanchies à la chaux terminée par l'édifice pompeux de la Compagnie du Télégraphe, et au milieu de la baie, cette digue avortée, un ponton en ruine fait de troncs et de blocs de lave le long duquel sont arrimés les boutres des pêcheurs.

Peut-être l'ennui, cette impression d'être prisonnier à bord de la ville flottante, l'escale interminable de quarante-huit heures tandis que le second commandant surveille le débarquement des marchandises, l'aller-retour du chaland qui emporte jusqu'au ponton les sacs de farine et de pommes de terre, les cageots de pommes, les coupons de cotonnades anglaises, les précieux pains de savon.

La baleinière est un grand canot rapide monté par six marins somalis. Elle appartient au port et peut charger une quantité importante des marchandises les plus fragiles, des outils, des médicaments. Jacques s'est assis à la proue, sur un des bancs, comme il convient à un médecin vêtu de son impeccable complet gris, coiffé de son panama. Léon est nu-tête, en chemise, juché sur les caisses. Il regarde l'eau qui glisse le long de la coque, bleu métal, pareille à un lac, et la ligne noire de la côte toute proche.

Suzanne n'est pas venue. Elle souffre de la chaleur depuis Suez. Cette nuit l'étouffait. Elle a voulu rester sur le pont jusqu'au matin, malgré les moustiques qui venaient de la côte. Le vent passait sur le navire et brûlait ses paupières comme une fièvre. Au matin, elle a touché le bras de Jacques endormi à côté d'elle, sur le bois du pont. « Sens cela, respire... C'est délicieux ! » L'*Ava* était entré dans la baie d'Aden sans qu'ils s'en rendent compte. Maintenant la brise de la terre arrivait avec l'aube, apportant la fraîcheur et l'odeur du désert. « Je voudrais tant qu'on reparte, qu'on soit à nouveau en mer. » Suzanne est impatiente depuis qu'ils ont pris le train de Marseille. L'*Ava*, cette coupole de fer boulonnée qui vibre et sent la graisse, lui donne mal au cœur. Les escales ne l'intéressent pas. Ce qu'elle attend, c'est Maurice, les pics aigus que Jacques lui a décrits, qui montent au-dessus de l'horizon, qui accrochent les nuages. Ce pays qu'elle voulait le sien.

Cette nuit, dans la mer Rouge, elle regardait les étoiles. Le ciel était couleur d'indigo. « C'est si beau... » Jacques lui disait le nom des constellations, il lui a montré l'étoile la plus brillante près de l'horizon : Aldébaran. Il lui a même dit son nom indien, *Rohini*, qu'il a gardé depuis l'enfance.

Maintenant, elle s'est endormie dans la cabine, toute nue sous le drap mouillé de sueur. Quand ils sont partis, elle a embrassé Léon, elle a dit : « Ne va pas te perdre ! »

À l'avant du canot, Léon a les yeux qui brûlent, lui aussi. Le soleil a déjà noirci la peau de son visage, ses mains. Avec ses cheveux bouclés, il doit ressembler à un jeune mousse indien. Lui aussi est impatient d'arriver, de toucher la terre où il est né. C'est comme cela que je l'imagine, ses yeux noirs comme le jais, où brille l'étincelle. Non pas le regard mélancolique des Archambau, mais la fièvre qui brûlait l'Eurasienne, la soif d'aventure.

Le rivage est une longue avenue poussiéreuse qui se courbe jusqu'à la pointe du Steamer, au soleil levant. Au-dessus des bâtiments commerciaux, douanes, entrepôts, hôpital, commence la lèvre noire du cratère. Plus loin, dans une brume grise, apparaissent les premières collines désertiques de l'Arabie, coupées à la hache, couleur de sable, avec par endroits la longue bande blanche d'un affleurement argileux. La chaleur est extrême. Il est à peine huit heures trente et déjà l'atmosphère tremble au-dessus de la ville, sur les quais poussiéreux. Les portefaix ont commencé à décharger le chaland, empilent les caisses sur la route, devant le ponton. Il y a de la poussière partout, des mouches. Des fausses guêpes géantes bourdonnent autour des cageots de pommes. Un peu en retrait, les porteurs attendent avec leurs charrettes à bras. Ce sont de grands Noirs Issas, vêtus seulement de pagnes en haillons, leurs corps recouverts d'une fine pellicule qui ressemble à de la farine. Derrière eux, à l'abri de grands parapluies noirs, il y a les silhouettes des hommes qui représentent à Aden la civilisation — ce qui en tient lieu : commerçants arabes dans leurs gandouras blanches, officier de santé anglais, et quelques représentants des maisons européennes, Luke Thomas, Peninsular & Oriental, et les Messageries maritimes.

Jacques et Léon marchent sur le quai. Un homme doit avoir attiré leur attention, par son aspect étrange, même dans un lieu aussi éloigné. C'est un homme corpulent, la cinquantaine, vêtu d'une veste noire et d'un pantalon gris, portant gilet, col dur et cravate malgré la chaleur. Il aussi le seul à ne pas s'abriter sous un parapluie. Il est coiffé d'un chapeau de paille à large bord et d'un mouchoir qui protège sa nuque. Mais ce qui attire le regard de Jacques et de Léon, c'est sa barbe. Une barbe hors de l'ordinaire, longue, large, opulente, d'un noir de charbon où brillent des fils d'argent. L'homme, un peu à l'écart des commerçants arabes, surveille la scène du débarquement en caressant sa barbe. Lui, en revanche, n'a pas accordé un regard à ces deux voyageurs descendus de l'*Ava* pour se dégourdir les jambes.

Les commerçants reconnaissent leurs caisses, les examinent avec le second commandant de l'*Ava*, puis ils donnent des ordres, sans hausser la voix, ordres répercutés aussitôt par un contremaître — un sirdar, a dû penser Jacques — qui répartit les charges, expédie les charretiers le long de l'avenue jusqu'aux entrepôts.

Il règne à cette heure une certaine agitation sur le port, qui doit contraster avec le vide du ciel et la torpeur de la nuit, troublée seulement par les hurlements des chiens. Avec tout cela, les enfants à demi nus qui courent entre les caisses, dans l'espoir de capturer un fruit qui s'échapperait d'un cageot. Ils ont formé un ballet autour de Jacques pour lui réclamer un sou. Ils crient : « One thaler ! One thaler ! » Ou peut-être : « One dollar ! » Jacques distribue quelques centimes et les enfants s'enfuient en piaillant.

Pour leur échapper, ou dans l'espoir de trouver un air plus frais, Jacques et Léon ont marché le long de la baie, jusqu'au départ du sentier de mulet qui grimpe vers le haut du promontoire, vers les carrières. Assis à l'ombre du bâtiment de la Peninsular & Oriental, ils contemplent le paysage de la rade où est mouillé l'*Ava* immobile et noir. N'était-ce le filet de fumée qui s'échappe de la haute cheminée, on pourrait croire une épave.

De l'autre côté de la presqu'île, il y a la falaise du volcan, le bord effondré du cratère. Quand le bateau est arrivé, à l'aube, Jacques s'est levé sans bruit, il a marché sur le pont jusqu'à la dunette. Le commandant Boileau était appuyé sur le garde-corps, il a montré à Jacques l'énorme rocher sortant de la mer : « Ceci, monsieur, est le djebel Shum Shum, sans doute le rocher le plus célèbre du monde, après celui de Gibraltar. » Il a ajouté : « Et tous deux sont anglais. »

Il y a quelque chose à la fois d'admirable et de maléfique dans le silence d'Aden, qui doit troubler Jacques et Léon, comme le passage d'une épreuve incompréhensible.

Après la fièvre du départ — la fourmilière des quais de Marseille, le tohu-bohu de la gare et des trains, la clameur des vapeurs démarrant dans le vent froid d'avril, et la promiscuité du voyage — la rade d'Aden, avec cette montagne noire et l'eau lisse de la baie, donne un sentiment d'immensité inhumaine qui fait battre le cœur de Léon, trouble son regard. Pour Jacques, cette escale n'est qu'un moment sur la route du retour. Peut-être se souvient-il de tout cela, les quais poussiéreux, l'odeur de l'huile, le mouvement des pirogues. Mais pour Léon, c'est la première fois. Ici commence tout ce qu'il est venu chercher, la nouveauté, la rupture avec la pension de Rueil-Malmaison, l'oubli de l'enfance. Ici commence la mer dont lui parlait Jacques, cette mer qu'on voit à Anna, qui bouillonne et bat en côte à Eau-Bouillie. Cette impression d'être sur un radeau détaché du reste du monde. C'est cela sans doute qui brille dans le regard de Léon, comme un mystère qu'il ne peut pas comprendre, dans la mer, la lumière trop forte, la chaleur du désert. Il pense qu'il est presque arrivé, il est à la porte en quelque sorte, il est en train de franchir le dernier seuil avant de trouver sa terre. Sur un calepin de croquis entoilé, que Jacques lui a offert avant de partir, Léon dessine ce qu'il voit, le croissant de la baie, la pointe du Steamer, les bâtiments blancs, les silhouettes des débardeurs, le ponton où le chaland est amarré, au milieu des canots et des pirogues des pêcheurs, et au loin, la montagne noire, hérissée, pareille à une ruine. Sur une autre page, avec soin, il fait le portrait de l'*Ava*, immobile au centre de la rade, entouré des voiles des boutres.

Le va-et-vient du chaland s'est arrêté. Le quai, un instant animé, est redevenu vide. Le soleil continue à briller, et Jacques et Léon ont quitté l'abri de l'entrepôt pour marcher jusqu'à la pointe. Le premier édifice est le Grand Hôtel, une maison à étage au toit de zinc, un peu en retrait au fond d'un jardin desséché. Plus loin, commence la série des maisons commerciales, simples cubes de basalte chaulés à toits plats, et parmi celles-ci, l'hôtel de l'Europe, faux palais inachevé. À l'ombre des portiques de stucs, Jacques reconnaît l'homme qu'ils ont aperçu tout à l'heure sur le quai, vêtu de sa redingote noire et de son pantalon gris, caressant sa barbe de prophète.

Comment a-t-il su que Jacques est médecin ? Sans doute en questionnant le second commandant Sussac, tout en feignant l'indifférence vis-à-vis de tous ceux qui ne descendent ici que le temps d'une escale. S'est-il seulement présenté ? De toute façon, son nom ne peut rien signifier pour Jacques ni pour Léon. Ils ne l'ont même pas entendu.

L'homme parle aimablement, dans un français irréprochable, sans accent, mais avec cette pointe d'affectation des provinciaux. Il s'adresse à Jacques comme s'il était privé de tout contact avec ses contemporains depuis des mois. Après une ou deux banalités, il parle des difficultés politiques, depuis l'assassinat de l'empereur Jean et la rébellion de Ménélik contre le gouvernement italien. Son magasin est une grande salle sombre, bruissante de mouches, mais il y fait frais. Jacques s'est assis sur une chaise pour parler avec le négociant, tandis que Léon reste au-dehors, à regarder le mouvement des porteurs sous la galerie. Dans l'arrière-boutique, Jacques aperçoit les employés arabes ou indiens, occupés à déballer et classer les marchandises. Il y a une caisse de vins de France, et d'une autre, un employé extrait une machine à coudre comme s'il s'agissait d'un trésor. Le marchand semble très fier de cette acquisition. « J'espère en vendre en quantité en Abyssinie. » Puis il parle d'un homme, un de ses associés, un Français, qui se trouve en ce moment à l'hôpital général de la pointe du Steamer, en attendant d'être rapatrié à Marseille. Il dit : « Il est très mal, l'*Amazone* ne sera là que dans deux jours, je ne sais pas s'il pourra attendre jusque-là. » Jacques ne dit rien. Il doit être sur ses gardes. Il comprend maintenant que le négociant ne l'a abordé que pour cela, pour lui parler de son associé à l'hôpital, pour savoir à quoi s'en tenir. Il a horreur des consultations improvisées, et il n'a pas la moindre envie d'aller jusqu'à l'hôpital pour voir un mourant, fût-il un compatriote. Il fait si chaud, cette visite risque d'annuler tout le bienfait de cette matinée passée sur les quais de la pointe. Et puis Suzanne doit l'attendre. Mais le négociant est insistant, et c'est difficile de refuser.

Jacques se dit qu'il prétextera le départ proche de l'*Ava* pour s'excuser. Il veut renvoyer son frère par la baleinière, mais Léon demande à l'accompagner. Il restera à la porte.

Le négociant se met en route, toujours coiffé de son extraordinaire chapeau blanc. Jacques le suit de mauvaise grâce. Il n'a posé aucune question, il n'a même pas cherché à savoir le nom de cet infortuné qu'il va visiter.

Quand il entre dans l'étroite chambre surchauffée, il ajuste ses lunettes, du geste qu'il a appris à Saint-Joseph, pour se donner une contenance. Il est saisi par l'aspect du malade. C'est un homme encore jeune, très grand, d'une maigreur squelettique, étendu de tout son long sur le lit trop court pour lui. Son visage est émacié, la peau jaunie par le soleil tirant sur les os des pommettes et sur l'arête du nez. Son front est sillonné de rides profondes, taché de ces marques sombres que les peaux claires développent sous les tropiques. Mais ce qui saisit Jacques, c'est le regard de cet homme, un regard bleu-gris, froid, intelligent, chargé de colère. Le malade a reconnu le marchand, et avant que celui-ci ait pu prononcer une parole, il s'est redressé, sur la défensive, il le chasse : « Partez ! Allez-vous-en ! Je n'ai plus rien à vous dire ! » Mais le marchand insiste, présente Jacques comme un médecin français en route vers Maurice, et l'homme ricane : « Que voulez-vous que ça me fasse ! Emmenez-le, partez avec lui ! Allez au diable ! » L'accès de colère l'a épuisé, il retombe sur son oreiller.

Jacques est étonné que l'homme ne soit pas en tenue de malade. Il a gardé ses habits de voyage, un pantalon gris usé, taché de poussière, et une grande chemise écrue sans col, avec des boutons d'os sculptés, à la mode des Abyssins.

Ce qui retient Jacques de partir aussitôt, c'est l'expression de souffrance sur le visage du malade. Une de ses jambes est enveloppée d'un bandage jusqu'à mi-cuisse, mais l'autre pied est chaussé d'un lourd soulier en cuir noir, encore couvert de la poussière du chemin, comme s'il était prêt à sortir, à reprendre la route. À côté du lit, contre le mur blanchi à la chaux, une forte canne d'ébène est posée, et derrière la porte, tous ses bagages sont prêts : une sacoche de peau à bandoulière et une grande malle recouverte de cuir serrée par des sangles.

Le marchand s'est assis sur l'unique chaise de paille, au pied du lit. Il semble accablé par la chaleur et éponge sa nuque avec son grand mouchoir. Jacques est resté debout, devant la porte, comme s'il était prêt à s'en aller. Léon s'est approché, il est dans le couloir, sur le seuil de la chambre, sans oser entrer, il regarde. Le marchand énonce des propos banals sur la chaleur, la sécheresse, etc., auxquels l'homme renversé sur l'oreiller ne répond que par des grimaces, ou des monosyllabes, d'une voix d'insomniaque. La souffrance est perceptible ici dans chaque détail, sur le blanc de chaux des murs, dans l'étroite fenêtre aux volets mi-clos, la nudité du sol, et le lit aux montants de métal usé sur lequel l'homme est couché tout habillé, ses nerfs tendus, sa voix rendue rauque, comme un cri étouffé.

Son nom a-t-il été prononcé ? Jacques l'a-t-il seulement entendu ? Et s'il l'a entendu, pouvait-il reconnaître dans ce corps exsangue, brisé, raidi par la douleur, celui qui était entré un soir dans

46

un bistrot du vieux Paris, il y a près de vingt ans, cet adolescent furieux qui menaçait le monde de ses poings, et dont le regard trouble avait rencontré le regard d'un petit garçon de neuf ans ? Ce garçon étrange, que le poète Verlaine avait entraîné au-dehors, dans la nuit, et qui avait disparu en proférant ses malédictions, et dont l'oncle William avait dit seulement : « Rien... Un voyou. »

Maintenant j'imagine Jacques debout dans la pièce chauffée à blanc par le soleil, la chambre nue où gît le même garçon, devenu homme, son visage aiguisé par la douleur. Peut-être à un moment Jacques a-t-il reconnu quelque chose, la lueur bleu d'acier du regard, ou la moue de la bouche, sous la moustache, cette lèvre inférieure mince et comme mordue de colère, ou bien les mains, ces mains larges et noueuses de paysan, usées, tachées par le soleil, ces mains qui avaient menacé et repoussé le garçon du bistrot qui voulait le chasser.

Le marchand n'a pas abandonné son idée de faire examiner le malade. Il se penche vers lui, il lui dit quelques mots à voix basse, mais l'homme refuse avec véhémence. Sa voix est sèche, à la fois grave et étouffée, ses paroles sont hachées, incohérentes. Il parle d'un complot, des médecins qui veulent l'amputer, et en même temps de ses affaires, de l'argent qu'on lui a volé, en Afrique, du *dourgo* qu'il faut payer à Ménélik pour que ses sbires n'attaquent pas les caravanes. Il parle des chiens qui le rendent fou, qui rôdent autour de l'hôpital, autour de lui, nuit et jour. Tout d'un coup il se calme. Il a une sorte d'ironie : « D'ailleurs, c'est complètement inutile de déranger ce monsieur. Je vais beaucoup mieux depuis que je suis couché. »

Dans la chambre étroite, la chaleur est encore montée, elle dilate l'air, elle appuie sur les murs. Jacques regarde la sueur qui perle sur le front du marchand, qui coule sur ses joues et mouille sa longue barbe. Visiblement le marchand est mal à l'aise, il cherche un moyen de se retirer. Il s'éponge avec son mouchoir, manie fébrilement un éventail indien en bois de santal.

Sur son lit, le malade ne semble pas s'en apercevoir. Son visage émacié reste sec, il n'y a pas de trace de sueur dans ses mains, ni dans ses cheveux coupés ras. Son regard brille avec une force qui étonne Léon. Lentement, il est entré dans la chambre, il s'est approché du lit. Jacques aussi semble fasciné par la scène, comme s'il y avait quelque chose d'irrésistible. L'homme continue à parler tout seul, de ses marchandises imaginaires, des yards de coton anglais, des pelotes de fil *djano* indigo, le *Lune*, le *Turkey red*, le musc de civette, le *Zebad*, le café, surtout, le maudit café ! Léon écoute ces mots étranges, que l'homme énumère comme si c'étaient les noms les plus importants du monde, et puis ces dates, les départs de caravanes tels des mirages, avril, mars, les jours à venir ou les jours passés, tout se mélange, il énumère des prix, des chiffres, il parle de dents, de fusils, ou de thalers, tout cela de la même voix saccadée, monotone, comme s'il énonçait un incompréhensible problème d'arithmétique. Lorsque le marchand se lève de sa chaise pour l'interrompre, le malade hausse la voix, avec un timbre qui devient métallique, menaçant, et sa main fait un geste coupant, frappe le bord du lit.

Le marchand veut encore lui parler de sa santé, mais l'homme crie : « Oui, je sais, vous avez tous juré de me couper cette jambe ! » Il s'est redressé à nouveau sur le lit, ses yeux étincellent de colère. « Mais je compte revenir chez moi entier. Je dois me marier en France, comptez-vous que je trouve une femme en unijambiste ! »

Il retombe sur l'oreiller. Il est très jaune, ses mains reposent de chaque côté du corps, comme un gisant. Le marchand ne peut en supporter davantage. Il s'est enfui, sans même saluer Jacques et Léon qui restent debout au milieu de la chambre.

« Avez-vous très mal ? Voulez-vous que je vous prescrive de l'opium ? » Il y a quelque chose d'étrange dans la voix de Jacques, quelque chose d'autre que le ton du médecin.

L'homme le regarde un instant avec attention, en le scrutant de ses yeux gris, comme s'il cherchait un souvenir. Il regarde aussi le jeune garçon très brun debout devant la porte ouverte. Peut-être durant ce bref instant, il se passe quelque chose, un voile qui atténue la dureté des iris, une hésitation, une mélancolie. L'homme ne répond pas, il se laisse aller en arrière, il ferme les yeux. Il dit enfin, d'une voix presque basse, fatiguée : « J'ai soif. Je voudrais un peu d'eau. » Ce qu'il demande, c'est l'eau des sources de son pays natal, l'eau de Roches, l'eau de jouvence, et non pas cette eau des puits alcalins d'Aden, l'eau fade et morte des chaudrons de désalinisation de l'hôpital. Et comme il ne peut l'obtenir, il ferme les yeux et se laisse aller à son rêve.

Il est midi déjà, Suzanne doit s'impatienter, scruter les mouvements des yoles dans la rade. L'*Ava* a terminé de décharger ses caisses et ses barriques, la trépidation des machines a légèrement augmenté. C'est une vibration sourde qui vient jusqu'à la chambre de l'hôpital. La pointe du Steamer est une île, écrasée sous le poids du soleil. Les murs chaulés et le toit de zinc de l'hôpital brillent d'une lumière ondoyante, et au loin, Suzanne voit les étendues blanches des salines, les montagnes de l'Arabie. Le commandant Boileau lui a dit tout à l'heure : « Bonne nouvelle. Nous pourrons lever l'ancre ce soir. » Est-ce qu'il a confié à Suzanne ce qui le réjouit tant, la perspective de cette escale impromptue à Zanzibar, son rendez-vous secret avec la femme d'un officier, pour laquelle il veut braver la menace d'épidémie et l'interdiction des Messageries ? Mais Suzanne est impatiente, elle aussi, elle n'a pas songé à lui poser des questions.

Dans l'hôpital, Jacques s'apprête à partir, il prend Léon par le bras, mais le jeune homme résiste, il veut rester. Au contraire, il s'est rapproché du lit, il regarde le visage de l'homme endormi. Ce ne sont pas les divagations du malade qu'il a entendues, mais les mots qui bondissaient, dans le cahier où Jacques avait recopié les poèmes, à cause de Verlaine.

Libre, fumant, monté de brumes violettes,
Moi qui trouais le ciel rougeoyant comme un mur
Qui porte, confiture exquise aux bons poètes,
Des lichens de soleil et des morves d'azur.

Léon avait dix-sept ans, en 89, quand il a quitté Rueil-Malmaison avec le cahier dans la poche de son manteau. Ces vers qui ne s'adressaient qu'à lui, rien qu'à lui, l'enfant en exil dans les rues de Paris, rêvant depuis toujours au retour, à l'île natale, au bruit du vent dans les filaos, à la prière des martins au crépuscule, à la mer en fusion chaque soir du côté d'Anna.

Mais comment aurait-il pu reconnaître le poète disparu dans ce grand corps jeté sur le lit d'hôpital, ce corps léger, brisé par la douleur, avec cette jambe emmaillotée qui répand dans la pièce une odeur de mort ? L'homme a rouvert les yeux. Il est plus calme. Il a une voix ferme :

« Quand partez-vous ?

— Dans quelques heures. »

Il semble réfléchir.

« S'il n'y avait pas cette maudite jambe, je partirais bien avec vous. »

Il se redresse sur son lit. Jacques pense qu'il doit avoir le dos et les fesses couverts d'escarres. Pour déplacer un peu sa jambe gauche, il est obligé de la prendre à deux mains, comme un objet inerte. Le pantalon gris a été coupé à mi-cuisse pour laisser place au pansement énorme qui va du genou jusqu'au pied. « Maudits médecins, ils ont juré qu'ils auraient ma peau ! » Il grommelle des noms, Nouks, Steppen, le chirurgien de l'hôpital. Il voudrait qu'on le transporte à l'hôtel, sur le Crescent.

« Voulez-vous que je vous examine ? » Jacques s'est résolu à la question. Mais l'homme refuse. Il a toujours le même geste tranchant de la main. « Non, non, ce n'est pas la peine. » Il en parle comme d'une chose secondaire. Jacques s'apprête à s'en aller, mais le malade s'est redressé tout à fait, il y a un désarroi dans son regard. Comme s'il

51

voulait gagner un instant encore sur la douleur et la solitude.

Il pose des questions, d'une voix inquiète, pour retenir ces deux inconnus, ce jeune médecin timide et ce garçon aux yeux sombres qui lui rappelle les bergers de Harrar. Mais ce ne sont pas même des questions, il n'attend pas les réponses, il parle de la situation politique, en France, du massacre de Fourmies, de la montée de l'anarchie. Il parle du Tonkin, de la conquête du Congo, du Sangha où il voudrait installer un comptoir. Il dit pis que pendre de Ménélik, de tous ceux avec qui il a fait des affaires, Bardey, Savouré, Deschamps, Tian qui le rationne, Ilg qui le trahit. Le seul qu'il épargne est l'explorateur Borelli, avec qui il a voyagé. Jacques s'irrite, mais Léon écoute avec une sorte de fascination le délire raisonné de cet homme, sa voix monotone, agressive. Puis l'homme se laisse aller à nouveau à la rêverie. Il parle de ce qu'il aime, de la route d'Ankoboer, la montagne du pays tchertcher, oborrah, mindjar, la ville secrète d'Antotto. Le froid de la nuit, la glace sur le bord du chemin à l'aube, qui craque sous les sabots des chevaux. Dans la chambre où règne un air surchauffé, rouge de poussière, il rêve tout haut de Harrar, du ciel bleu et glacé de l'hiver. Et sans transition, il est à Roches, dans la maison familiale, près de sa mère et de sa sœur, avec l'eau qui gèle à l'étage, sur la toilette de sa chambre, et par la fenêtre il voit le brouillard qui descend sur les champs, il entend le cri des corneilles.

Jacques s'est retiré sur la pointe des pieds. Il attend un instant dans le couloir. Non loin de la porte, il y a un jeune homme d'une vingtaine d'années, un jeune Noir d'Érythrée, vêtu de la même chemise écrue sans col et d'un pantalon blanc. Il est debout, appuyé contre le mur, il regarde passer Jacques sans rien dire.

Dans la chambre, le malade a cessé de délirer. Il est renversé sur l'oreiller, son visage fait une tache sombre et grise dans toute cette blancheur. Léon s'est approché du lit pour le regarder. L'homme a maintenant une expression de douceur sur son visage, tous ses traits sont au repos. Peut-être qu'il voyage dans son rêve d'eau et de matins de glace, et qu'il oublie la douleur qui règne dans la chambre de l'hôpital et continue de briller d'une lueur rouge comme un reflet de braise.

Cet après-midi, Jacques est de retour à bord de l'*Ava*. Le navire n'a pas terminé les manœuvres, finalement il ne repartira que demain à l'aube. Épuisé par la matinée à la pointe du Steamer, Jacques s'est couché dans l'étroite cabine, sur la couchette dure, enlacé à Suzanne. Ils ont fait l'amour longuement, leurs corps trempés de sueur dans la pénombre rouge. Léon est resté au port. Il parcourt les rues vides, son carnet de croquis à la main, sans rien trouver à croquer. Peut-être que ce sont les feuilles blanches qui rendent mieux compte de ce qu'est le cratère d'Aden.

Je peux imaginer cet après-midi lourd, étouffant, la lumière rouge entre les parois de la cabine, le hublot entrouvert voilé par le rideau fané. Il me semble que je porte en moi la mémoire de cette journée, comme le moment où mon père a été conçu. Le poids de la chaleur sur leurs corps, le goût de la sueur, les coups démultipliés de leurs cœurs, comme s'ils avaient plongé ensemble jusqu'au fond d'un puits de feu. J'ai toujours rêvé d'avoir été conçu sur un bateau, en rade d'une ville du bout du monde, à Aden.

Jacques n'a pas parlé de Rimbaud. Il n'a certainement même pas imaginé qui était ce malade émacié, étendu sur le lit de l'hôpital, tout habillé et chaussé comme un voyageur qui n'arrivera nulle part. Il a dit seulement à Suzanne : « Je viens de voir un homme qui va mourir. » Suzanne l'a regardé avec étonnement. Jacques ne parle jamais de ce qu'il a vu, à Londres, à l'hôpital Saint-Joseph, à Elephant & Castle. Elle demande : « Et Léon ? — Il est resté là-bas. Il m'a dit qu'il reviendrait par le dernier canot. »

Il me semble que je le vois marcher, le long du Crescent. Le soleil est à la verticale. Les ombres sont des taches d'encre sur le sol, les murs sont éblouissants. Qu'est-ce qui attire Léon à nouveau vers l'hôpital général, le long des couloirs étouffants où bourdonnent les guêpes, jusqu'à la chambre étroite où l'homme malade est allongé, son visage furieux, tendu, avec ce regard bleu-gris qui ne cille pas, qui ne faiblit pas ? Le déchargement du chaland est terminé, tous les magasins sont fermés, les quais déserts. Les commerçants sont occupés à déjeuner. Les marins dorment, à l'ombre des voiles molles des boutres amarrés, les portefaix se sont groupés sous les portiques, le long de la baie, ils jouent aux dés, ils fument des pipes de haschich. Léon marche devant eux, jusqu'au dépôt de charbon des Messageries, plus loin encore, jusqu'à la maison Luke Thomas. Sur la route poussiéreuse avance une seule carriole tirée par des mules étiques, vers Maala, vers le cratère.

C'est la seule manifestation de vie. Il n'y a ici ni oiseaux ni insectes. L'eau de la rade est d'un bleu lisse et noir sur lequel la silhouette de l'*Ava* semble un palais de métal inondé. Un peu avant la fin de la baie, Léon a vu les chiens. Ils sont toute une meute, au loin, sortis d'entre les bâtisses vides, marchant obliquement, leur museau au sol, faméliques, couleur de poussière, pareils à des fantômes. Quand Léon se retourne, les chiens se cachent derrière des pans de murs. Puis ils recommencent à marcher, ils le suivent, ils se rapprochent insensiblement. Tout d'un coup, Léon sent la peur. C'est d'eux que l'homme malade parlait dans son délire. Les chiens errants, affamés, enragés, qui encerclent la ville, qui entrent dans les cours, qui rôdent jusque sous les fenêtres de l'hôpital. Les chiens de Harrar, auxquels il jetait chaque soir des morceaux empoisonnés.

Quand Léon entre à nouveau dans la chambre, Rimbaud ne le reconnaît pas. La chaleur suffocante, la poussière, la douleur emplissent la chambre d'une lueur rouge et vert comme une flamme. Assis sur la chaise de paille, à la place qu'occupait ce matin le marchand, il y a le jeune Noir galla, mince et long comme une liane dans ses vêtements trop grands. Il porte sur ses joues d'étranges marques à la limaille de cuivre. Léon veut s'approcher, mais le Noir se lève et l'empêche d'avancer, sans rien dire, juste en étendant un bras. Il le regarde de ses yeux jaunes, tranquilles, indifférents. Sans doute croit-il que Léon est un de ces médecins venus couper la jambe de son maître.

Au fond de la chambre, dans la pénombre luisante, le malade délire. Non pas en criant, mais de la même voix monocorde avec laquelle il faisait ses comptes, de la même voix métallique.

Immobile, renversé sur l'oreiller, les bras allongés le long du corps, sa jambe gauche jetée sur le côté, comme s'il avait essayé de se lever. « Ils sont là, devant la fenêtre. Je l'avais prévu. Chaque jour ça recommence, et personne ne fait rien. Écoutez ! Ils sont là, devant la fenêtre. »

En effet, dans le silence de la ville morte, Léon entend distinctement les cris rauques, les grondements. Ce sont les vrais maîtres d'Aden, ils l'encerclent et la pénètrent, fantômes couleur de sable, sortant des collines sèches, des ravines, errant le long du rivage en quête de nourriture. Les chiens l'ont suivi jusqu'ici, venus du fond des montagnes de l'Abyssinie, des rues froides de Harrar, jusqu'au rocher abandonné, les chiens qui enlèvent les petits enfants et déterrent les morts.

Jusqu'au soir, Léon marche dans les rues de la pointe du Steamer, à la recherche de quelque chose, son carnet de croquis à la main. Est-ce que lui, l'adolescent, a su percer l'identité vraie du commis voyageur mourant dans la chambre de l'hôpital général ? Comme s'il avait pu deviner, dans ce corps rongé par la douleur et la sécheresse, la grâce de l'enfant qui dansait les mots, son regard ironique qui voyait à travers tous les oripeaux, et sa fureur. Mais je me trompe. Léon ne l'a pas reconnu. Personne ne pouvait le reconnaître. Seuls les chiens l'ont su, ont identifié son odeur, comme s'ils étaient surgis des antres de la terre et qu'ils avaient accouru à un signal imper-

ceptible pour chaque jour le torturer de leurs hurlements.

Le 9 mai à l'aube, les trépidations des machines
ont réveillé Léon. Pieds nus, il marche sur le pont
jusqu'au château arrière, pour regarder la côte
d'Arabie qui glisse lentement dans l'ombre. Jacques doit être déjà là, appuyé au garde-corps, ses
lunettes encore embuées de nuit. Ensemble ils
voient le rocher qui s'écarte, le pic noir de la
pointe du Steamer où brille encore la lampe à
pétrole de la balise.

De grands oiseaux de mer suivent le sillage, de
leur vol nonchalant en poussant des cris mélancoliques. Déjà le jour éclaire le désert et la mer, une
immense tache rouge au-dessus du cratère. Est-
ce qu'ils pensent à cet instant à l'homme qui est
resté dans sa chambre d'hôpital, son regard fixe
brûlé d'insomnie, et qui doit entendre résonner la
sirène de l'*Ava* dans le lointain ? Suzanne vient
enfin, vêtue de son peignoir japonais, elle se glisse
entre eux, elle les entoure de ses bras, et ils
oublient tout en sentant son corps tout chaud de
sommeil.

Au moment même où l'*Ava* sort de la rade, sur-
git, irréelle, merveilleuse au-dessus de l'horizon,
la silhouette du château et les deux hautes cheminées de l'*Amazone*.

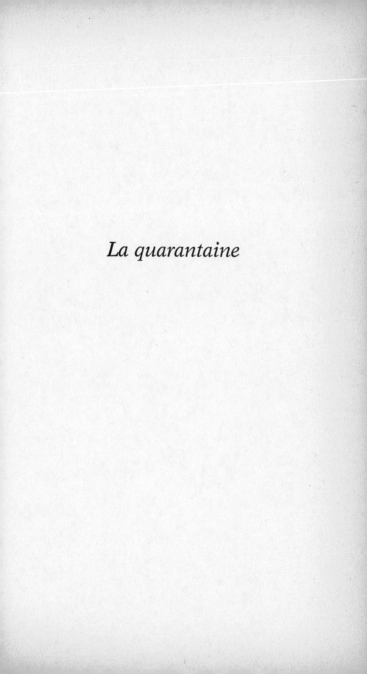

La quarantaine

27 mai

Plate est par 19° 52′ de latitude sud, et 57° 39′ de longitude est. À environ 20 milles au nord du cap Malheureux, c'est une île presque ronde, dont la forme rappelle, en plus petit, celle de Maurice. Contrairement à ce que son nom pourrait laisser croire, l'île est occupée au sud-ouest par les restes d'un double cratère dont les bords se sont effondrés du côté de la mer. Née de la formidable poussée volcanique qui a soulevé le fond de l'océan il y a dix millions d'années, l'île a d'abord été rattachée à Maurice par un isthme qui s'est lentement enfoncé dans l'Océan. Plate est flanquée au sud-est d'un îlot aride appelé Gabriel. Un rocher de basalte en forme de pyramide est détaché de la pointe la plus à l'est, et sert de refuge aux oiseaux de mer : Pigeon House Rock. D'autres îles sont disséminées au large, et témoignent de l'ancienne plate-forme : l'île Ronde, l'île aux Serpents, et, près des côtes de Maurice, Gunner's Quoin, le Coin de Mire.

Nous avons débarqué à Plate, vers neuf heures, par une mer forte. Le *Dalhousie*, un schooner ancien, transformé en vapeur, battant pavillon de la marine britannique, nous a pris à l'aube dans la rade de Port-Louis, par une coupée reliée directement au pont inférieur de l'*Ava*. Vers midi, le schooner a mouillé au sud-est de l'île Plate, mais le vent violent et la houle nous ont obligés à attendre jusqu'en fin d'après-midi. Deux canots ont enfin été mis à la mer pour l'opération du débarquement des passagers. Les canots ont manqué plusieurs fois se retourner, tandis que les passagers restaient suspendus aux palans. Jacques et Suzanne regardaient avec appréhension l'île devant laquelle nous étions arrêtés. La muraille sombre du volcan, les broussailles qui recouvrent les pentes, et les grandes plaques de basalte de la baie des Palissades, où les vagues déferlaient dans un grondement de tonnerre. Nous n'apercevions sur l'île aucun signe de vie, sauf de temps à autre le passage d'un goéland emporté par le vent, s'évanouissant en même temps que son cri grinçant. Sur le pont du schooner, les passagers se pressaient autour des palans. Quelques Européens, hommes et femmes emmitouflés dans des couvertures, s'abritant des rafales de pluie sous leurs parapluies noirs. Sur le pont, j'ai reconnu Mr. et Mrs. Metcalfe, l'homme d'affaires Véran, d'autres silhouettes que je ne distinguais pas. Le reste des passagers était constitué des immigrants indiens embarqués à Zanzibar, la plupart en transit venant de l'Inde. Des soutes du schooner montaient par instants les éclats de voix, les appels, des pleurs d'enfants. Avec ce ciel bas et sombre, la pluie qui fouettait à l'horizontale, et les vagues frangées d'écume qui couraient sur la mer verte, cela semblait une scène de naufrage.

J'ai regardé Jacques, à côté de moi, si pâle et fragile, serré contre Suzanne. Tous deux semblaient fascinés par la forme sombre de l'île flanquée de son îlot comme un gigantesque mammifère marin échoué dans la tempête avec son petit.

À ce moment, l'impression de catastrophe imminente était irrésistible. Le vent brisé par le rempart du volcan tourbillonnait dans la baie, arrachait l'écume aux vagues qui couraient en sens contraire, tandis que les nuages noirs glissaient vers le sud, si vite qu'il semblait que la terre entière basculait vers l'avant. Déjà les canots revenaient du rivage, après avoir déposé les premiers immigrants. Un câble avait été fixé sur la plage à un poteau et relié par une chaloupe jusqu'au pont du schooner. Je n'eus pas le temps de m'interroger sur l'utilité de cette manœuvre : bientôt une navette, montée sur poulie, emportait les premières charges au-dessus des vagues, jusqu'au rivage.

Étrangement, la vue de ce câble tendu entre le navire et l'île sembla rassurer les passagers, qui maintenant se pressaient autour de la porte pour accéder à la plate-forme qui les descendrait jusqu'aux canots. Après les femmes et les enfants, suivirent les hommes. Les passagers de première se mêlaient aux immigrants, et dans le trouble de la tempête on ne distinguait plus les races ni les privilèges. Chacun avait dû laisser la plus grande partie de ses bagages à bord de l'*Ava*, car on n'attendait pas un séjour de plus de quelques jours. M. Alard, devant l'inquiétude des passagers, avait même parlé, sans hausser la voix, de quelques heures de quarantaine sur l'île Plate, avant d'arranger le transfert à la pointe aux Canonniers, à Maurice. Pourtant, quelques-uns avaient emporté leurs affaires, Mr. et Mrs. Metcalfe leurs sacoches de cuir contenant leur matériel de botanistes, et les immigrants leurs ballots de linge, leurs sacs de provisions.

Les canots commencèrent le va-et-vient entre le schooner et la côte. Ceux des immigrants qui avaient prévu d'emmener toutes leurs affaires sur Plate, de peur d'être volés, durent y renoncer en voyant les risques qu'ils encouraient. Les canots ne pouvaient approcher de la plage à moins de dix mètres, pour ne pas être chavirés par les vagues qui déferlaient. Les passagers devaient se jeter à la mer entre deux creux et se hisser au moyen de la corde du va-et-vient jusqu'à la dalle de basalte. Des immigrants avaient failli périr noyés, agrippés à leurs ballots. Un des marins avait dû les arracher de force à leurs bagages car le ressac les tirait vers le large.

Bientôt la plupart des passagers furent à terre. Jacques et Suzanne descendirent en dernier. Jacques emportait sa mallette de médecin et le sac de Suzanne, et pour ma part je n'emportais rien qu'un carnet et le crayon à mine qui avait appartenu autrefois à Éliacin, et le volume des poésies de Longfellow que Suzanne m'avait confié. Les embruns et la pluie nous avaient transpercés, nos habits nous collaient à la peau comme un drap mouillé. Par contraste, quand nous nous jetâmes dans la vague pour nager jusqu'au rivage, la mer nous parut douce et tiède. Une forte lame nous poussa jusqu'à la dalle de basalte. Nous avons pensé en même temps à la mer où nous nous étions baignés, à Hastings, l'été passé.

La baie des Palissades s'éclaira tout à coup dans une trouée de soleil. Elle était immense, tragique, arrondie au pied du volcan, bordée d'une végétation vert sombre qui l'abritait du vent. Du fond de la baie, des hommes arrivaient, des Indiens qui habitaient déjà l'île. Ils s'étaient sans doute abrités de la pluie sous les palmes pour regarder le débarquement. Ils restaient à mi-chemin, tandis que les voyageurs, déjà remis de l'épreuve, marchaient vers eux. Suzanne était immobile au bord, tournée vers la mer. Elle regardait la silhouette du schooner qui s'éloignait déjà, sa cheminée crachant un nuage de fumée dans les bourrasques. Jacques a mis un bras autour de ses épaules. « Viens, ne restons pas ici. » Elle l'a suivi à contrecœur. Sa longue robe trempée par l'eau de mer collait à ses jambes, à sa poitrine. Son visage était tendu par l'émotion. Il y avait si longtemps qu'elle attendait ce voyage, le retour de Jacques à Maurice, à la maison d'Anna. Elle ne pouvait rien imaginer de pire que cette attente, ce naufrage sur un îlot battu par le vent et par la pluie. Elle tremblait. « Viens, allons nous mettre à l'abri. » Elle s'est appuyée sur nous deux et nous avons marché dans la direction du village des coolies.

La plupart des voyageurs avaient déjà trouvé refuge dans une grande case à toit de palmes en haut de la baie, près des plantations. Un peu plus loin il y avait d'autres maisons, alignées le long d'une rue centrale. Des panaches de fumée s'échappaient des toits. Sur la plage, les immigrants s'occupaient des vivres débarqués par le va-et-vient. Ils avaient entreposé les ballots et les caisses sous un toit de feuilles. Des tonneaux d'huile avaient été portés par la vague jusqu'aux dalles de basalte, et poussés en haut de la plage par les Indiens. Toute la manœuvre avait été exécutée sous la surveillance d'un homme étrange, grand et maigre, vêtu d'une longue robe et coiffé d'un turban bleu pâle, appuyé sur une canne plus haute que lui. C'était la première fois que je voyais le sirdar Shaik Hussein. Il y avait dans le débarquement quelque chose de rigoureux qui m'effrayait, parce que cela ne signifiait pas une étape de quelques heures, comme l'avait laissé croire M. Alard, mais les préparatifs d'un séjour dont personne ne pouvait prévoir la fin.

Je n'oublierai jamais nos premiers pas sur Plate, le long de la baie des Palissades, vers le campement des coolies. La nuit avait commencé à tomber, avancée par les nuages qui captaient les derniers rayons du soleil. La baie des Palissades fait face à l'ouest, et je pouvais voir le ciel embrasé à travers les fissures des nuages, et la mer couleur de lave, étincelante et tumultueuse. « Un paysage de fin du monde », avait murmuré Jacques.

Les immigrants avaient atteint le village et s'étaient installés dans les cases. Le sirdar vint à notre rencontre. Il était accompagné d'un vieil Indien nommé Mari. Le sirdar affectait de ne pas parler l'anglais (c'est du moins ce que dit Julius Véran en aparté) et par le truchement de Mari nous expliqua qu'il était trop tard pour nous installer dans le quartier européen de la Quarantaine, de l'autre côté de l'île. Il nous indiqua la hutte où nous devrions passer la nuit, une simple cabane de planches en bordure du campement. Le village coolie est composé de douze cases communes, séparées par une rue de sable, distantes à peu près de trois mètres l'une de l'autre. Les couples mariés et les femmes seules occupent les premières cases, et les hommes célibataires le bout du village.

Au-delà, vers l'autre extrémité de la baie, commencent les habitations des parias.

Nous étions épuisés. Jacques et Suzanne s'étaient couchés sur le sol, la tête appuyée sur leurs sacs mouillés d'eau de mer, sans même prendre la peine de faire sécher leur contenu. Le vieux Mari apporta de la nourriture. La plupart des passagers refusèrent de manger le riz séché arrosé de bouillon de poisson. Pour ma part, je mangeai avec appétit. Malgré la tempête qui continuait à souffler, l'air dans notre hutte était étouffant, lourd et humide comme dans la cale d'un navire. Le vieux Mari avait laissé en partant une lampe à huile qui trouait l'obscurité, éclairant fantastiquement les visages des occupants de la hutte. Quand nous sommes entrés dans la hutte, un homme couché sur sa natte s'était relevé à demi, appuyé sur ses coudes. La lampe tempête avait éclairé son visage maigre, ses yeux brillants. Peut-être qu'il avait parlé d'une voix rauque et douce, dans sa langue, pour me poser une question. Puis il s'est recouché.

Toute la nuit, nous nous sommes relayés pour surveiller les sacs. Jacques avait peur qu'on ne lui vole ses instruments. Il fallut bien accompagner Suzanne jusqu'aux latrines, en haut du camp, une longue cabane de planches abritant de simples trous creusés dans la terre, dans une odeur pestilentielle, à laquelle nous décidâmes de préférer les champs voisins.

Au milieu de la nuit, le vent cessa et il se mit à faire si chaud que nous n'arrivions plus à dormir. L'odeur qui se dégageait du sol et des murs, une odeur de suie et de sueur, rendait Jacques malade. Sans faire de bruit (car déjà pesait sur nous l'autorité du sirdar) nous emportâmes les sacs jusqu'à la porte, pour coucher dans le courant d'air. Par moments, des rafales de pluie nous mouillaient, mais c'était délicieux. De plus, le vent chassait les moustiques qui avaient commencé à nous manger au fond de la cabane. C'est là que nous dormîmes, enlacés tous les trois sous un grand châle de Suzanne qui faisait office de drap, en entendant les sifflements du vent dans les broussailles, le grondement continu des vagues sur la plage de basalte.

Avant de m'endormir, à la lueur vague de la lampe posée près de la porte, je vis la silhouette de Jacques, appuyé contre son sac, le visage tourné vers le dehors, comme s'il cherchait à voir le ciel. J'entendis les mots qu'il disait à Suzanne, comme on parle à une enfant pour l'endormir, des mots absurdes : « Demain, tu verras, on viendra nous chercher, le bateau nous mènera à Maurice, nous serons à Anna pour la nuit. » Peut-être qu'il rêvait tout haut. Suzanne n'a pas répondu.

JOURNAL DU BOTANISTE

Du 28 mai au matin

Sorti de bonne heure afin d'éviter la chaleur. Sol aride et caillouteux autour de la Quarantaine, diverses variétés de chiendent, toutes endémiques. Graminées : quelques exemples de Panicum maximum (fataque) et Stenotaphrum complanatum (gros chiendent), toutes deux bonnes herbes à fourrage.

Chardons (argémone) et une épineuse dont j'ai eu des exemples à Mahé : Malvastum (la mauve) que les Noirs appellent herbe balié *(herbe à balai). Sida rhombifolia, autre variété d'herbe à balai, celle-ci sans épines.*

Pour la plus grande part, ce côté de l'île semble le domaine de Zoysia pungens, tige résistante, feuilles à bords coupants. Sol pauvre, sable volcanique et calcaire.

Vers la pointe la plus au nord, recueilli un exemple de citronnelle, Andropogon schoenanthus. Parfum très puissant. Sachant le bien qu'on en tirerait, j'ai recueilli un brin muni de ses radicelles.

Sur Plate, le ciel, la mer, le volcan et les coulées de lave, l'eau du lagon et la silhouette de Gabriel, tout est magnifique. L'île n'est qu'un seul piton noir émergeant de la lueur de l'Océan, un simple rocher battu par les vagues et usé par le vent, un radeau naufragé devant la ligne verte de Maurice. Pourtant, aucun endroit ne m'a semblé aussi vaste, aussi mystérieux. Comme si les limites n'étaient pas celles du rivage, mais, pour nous qui étions pareils à des prisonniers, au-delà de l'horizon, rejoignant le monde du rêve.

Dès le lendemain matin, nous avons marché à travers l'île jusqu'aux quartiers réservés aux passagers européens, les bâtiments de la Quarantaine pompeusement appelés hôpital, maison du superintendant, dépôt, etc. En tout une demi-douzaine de maisons construites en blocs de lave cimentés. À notre arrivée, nous avons trouvé un logement non moins précaire que dans le village des coolies, à Palissades : pas de meubles, éclairage à la bougie ou à la lampe punkah, latrines rudimentaires envahies par les broussailles. La seule eau disponible provenait d'une citerne crevassée habitée par les blattes et les larves de moustiques. Du moins bénéficions-nous ici de l'exposition au vent, et de la solitude de la côte est, ce qui, après l'étouffement de la nuit à Palissades, nous paraissait, à Jacques et à moi, un luxe extraordinaire. Nous étions sept dans le logement principal ; outre Jacques, Suzanne et moi, il y avait le couple Metcalfe, qui devait enseigner au collège anabaptiste de Beau-Bassin, un ancien inspecteur des Postes nommé Bartoli, et l'inénarrable Julius Véran. Deux hommes avaient été débarqués avant nous et emmenés directement au bâtiment de l'infirmerie situé près de la jetée, face à l'îlot Gabriel. Il s'agissait d'un passager, M. Tournois, et d'un homme d'équipage nommé Nicolas, tous deux embarqués illégalement à Zanzibar, et si gravement malades que les autorités sanitaires de Port-Louis avaient refusé au commandant Boileau la libre pratique. Jacques, qui a vu de près le marin Nicolas, m'a confié qu'il présentait tous les symptômes de la variole confluente.

Julius Véran est le type même du mauvais compagnon de voyage, celui qu'on préférerait éviter. Je l'ai croisé tous les jours sur le pont, à bord de l'*Ava*, depuis notre départ de Marseille. C'est un homme d'une cinquantaine d'années, un peu bellâtre, avec une épaisse moustache, des cheveux noirs coupés court, l'air d'un sous-officier de la garde, ou d'un maquignon. Sa mauvaise réputation s'est répandue sur le bateau et l'a rendu caricatural. Joueur, coureur de jupons, hâbleur et escroc, il semble qu'il ait été pressé de quitter la France à la suite de mauvaises affaires. Il se dit négociant, se rendant à Port-Louis pour y monter un import de vins français. Jacques a détesté tout de suite ses grands airs, sa politesse excessive avec les dames, sa façon de baiser la main de Suzanne. Il l'a surnommé M. Véran de Véreux. Le fait qu'il se soit lié avec Bartoli — l'homme que l'on soupçonne d'être l'espion des Postes qui a rapporté notre escale de Zanzibar aux autorités britanniques — n'a pas contribué à le rendre sympathique.

Hier soir, quand Jacques cherchait à rassurer Suzanne, j'ai entendu Véran de Véreux qui ricanait. Comme je le regardais, il a haussé les épaules et est allé s'allonger au fond de la baraque. À la lueur de la lampe punkah, son visage blanc barré de la moustache semblait impassible, mais ses yeux agiles brillaient d'une expression méchante. Je suis resté un long moment éveillé, à le surveiller. Il y avait dans le sol une vibration incessante que je n'arrivais pas à reconnaître, tantôt lente, grave, tantôt aiguë, qui pénétrait mon oreille. « Entends-tu ? » ai-je demandé à Jacques. Il a relevé la tête, cherchant à me voir dans l'ombre. « Ce bruit. Cela fait tchi, tchi, ou plutôt, tchun, tchun... » Il a haussé les épaules. Le sommeil est venu comme un flux irrésistible qui efface tous les regards et éteint tous les bruits.

Le sirdar a fait livrer dans le dépôt de la Quarantaine des provisions de riz et de poisson séché, de la mantèque, de l'huile et du kérosène. Il nous avait promis un cuisinier pour le soir, mais le mauvais temps a duré toute la journée et nous n'avons vu venir personne. Mari, le vieil Indien au visage troué par la variole et au regard d'aveugle qui habite à côté du dispensaire, nous a donné deux marmites très noires, et nous avons dû apprendre à nous débrouiller. J'ai la charge de chercher du bois pour le feu, dans les bosquets qui entourent la Quarantaine. Une des marmites sert à cuire le riz et le poisson, l'autre est réservée pour faire bouillir l'eau douteuse de la citerne. Nous avons décidé de nous passer de l'aide promise par le sirdar.

John et Sarah Metcalfe ont organisé tout avec l'enthousiasme des protestants, nettoyant la maison, balayant, arrachant les mauvaises herbes, installant un volet à l'unique fenêtre et un rideau à la porte. Puis ils ont lu un passage de la Bible, sans ostentation, puisque notre première journée sur l'île est le jour du sabbat. Avec John, j'ai occupé ce samedi à explorer les environs de la Quarantaine, à la recherche de baies et de plantes comestibles. John Metcalfe est passionné de botanique. Il a emporté avec lui, dans une sacoche, tout son matériel, des bocaux de formol, des pinces et des ciseaux, et un gros calepin dont il ne se sépare jamais, où il note ses découvertes. Avec Jacques et Suzanne, nous allons chercher l'eau à la citerne, dans des seaux improvisés fabriqués avec des bidons de fer-blanc traversés d'une branche en guise de poignée.

L'après-midi, malgré la pluie, nous sommes allés jusqu'au rivage guetter le retour du schooner. La mer était verte de colère, parcourue de vagues plus violentes qu'à notre arrivée. Le vent nous jetait des embruns, par-dessus le lagon. Les nuages semblaient bondir de l'horizon, pareils à la fumée d'un gigantesque incendie. La pluie passait sur nous, mêlée à l'eau de mer, en giclées glaciales, et nous avons dû retourner en courant jusqu'à la Quarantaine, grelottant de froid. J'ai essayé d'allumer un feu, mais le vent refoulait la fumée à l'intérieur de la maison et nous faisait suffoquer. J'ai regretté la touffeur de la baraque où nous avons passé la première nuit, dans le village des coolies.

Il n'y avait que quelques heures que nous avions débarqué sur Plate, et il me semblait que cela faisait déjà des jours, des semaines. C'étaient des heures très longues, où chaque instant était différent, bousculés comme nous l'étions par le vent et la pluie, à la recherche d'un endroit où

rester. Des heures sans parler, à attendre le coup
de sirène du schooner qui nous annoncerait le
moment de nous hâter jusqu'à la baie des Palissades pour nous embarquer pour Maurice. À la fin
de la journée, il y a eu une éclaircie, et j'ai couru
jusqu'à la pointe la plus au sud, au bout de la
plage, pour voir la ligne de Maurice qui émergeait
des nuages, juste un instant, un trait blanc le long
des récifs, et les formes des hautes montagnes.
Puis tout s'est refermé et la nuit est venue.

Les jours suivants, j'ai cessé peu à peu de m'intéresser à la ligne de l'horizon. Le matin, après
avoir bu un quart de thé âcre réchauffé sur le
foyer, je prenais le sentier du rivage, et je marchais vers le sud, dans la direction du volcan. Le
chemin n'était pas très praticable, probablement
délaissé depuis des années. À certains endroits, il
se perdait dans les fourrés, et il fallait sauter d'un
rocher à l'autre avec, d'un côté les buissons d'épines, de l'autre les vagues qui déferlaient sur les
basaltes. Ou bien, quand les rochers devenaient
trop aigus, trouver un passage entre les herbes
coupantes.
Le vent avait écarté les nuages et, pour la première fois, le soleil brûlait dans un trou de ciel
très bleu. Je me souvenais comme j'avais attendu
cela, le soleil, la mer, durant cet hiver à Rueil-
Malmaison. Dans la salle commune de la pension,
les fenêtres découpaient des rectangles gris grif-
fés par les branches mortes des marronniers.
Je me souviens d'avoir entendu la mer, un soir.
C'était quelque temps après la mort de mon père.
Le bruit était si fort, si vrai qu'il m'avait réveillé.
J'avais marché en chemise à travers le dortoir,

pieds nus sur la pierre froide. Le bruit grandissait en moi, devenait si fort que j'appuyais mes mains sur mes oreilles. Peut-être que j'avais peur que le bruit ne s'échappe et ne me laisse seul dans le dortoir, comme un souffle qui s'arrête. J'avais marché jusqu'à la porte, j'avais appuyé sur le bec de la poignée très lentement, en fermant les yeux pour mieux entendre. La porte s'était ouverte sur un tourbillon froid, le bruit du vent et de la mer, les grincements des oiseaux. Je restais immobile dans le courant d'air, devant la cour glacée, et un garçon nommé Flécheux était venu, m'avait tiré en arrière. Je me souviens de son visage, de son regard effrayé. Il disait : « Qu'est-ce que tu fais ? Qu'est-ce que tu as ? » Et moi je répétais : « Écoute, mais écoute ! » Flécheux avait refermé la porte, et d'un coup le bruit s'était arrêté. Jusqu'à cette nuit, avec Jacques et Suzanne couchés devant la porte de la cabane, à Palissades.

Au pied du volcan, la mer est d'un bleu profond, comme en haute mer, un bleu qui donne le vertige. C'est ici que j'aime venir m'asseoir, chaque matin, à l'aube, pour regarder la mer. Pour me justifier, je dis à Suzanne que je guette l'arrivée du transbordeur. En réalité je viens ici pour m'enivrer. Pour entendre le bruit qui m'avait réveillé quand j'avais treize ans, à la mort de mon père.

Les oiseaux de mer glissent le long du chenal qui sépare l'île Plate de son rejeton Gabriel. Suivant le mouvement des marées, l'eau du lagon se vide dans la mer, ou, au contraire, les vagues forcent leur entrée par l'étroit passage. C'est ici que j'ai vu pour la première fois les pailles-en-queue, qui volent lourdement contre le vent en traînant derrière eux leurs banderoles rouges.

Je suis revenu quand le soleil était près de toucher l'horizon, et que le ciel était plein de taches rouges. J'ai voulu monter à travers les broussailles jusqu'au phare pour apercevoir l'autre versant de l'île, le côté de Palissades, le village des coolies. Je suis arrivé sur la lèvre du volcan, assoiffé, brûlé par les derniers rayons. La mer paraissait une lave immense, incandescente, le vent violent m'obligeait à me retenir aux pierres. J'ai marché sur le bord du cratère, jusqu'au phare. C'est une petite tour construite en blocs de lave, autrefois enduite à la chaux, dont le sommet à demi écroulé porte encore les restes d'une chambre d'éclairage où on devait chaque soir allumer une lampe à kérosène. Les ouragans l'ont endommagée, et il semble que personne ne se soit soucié de la réparer. Le phare de la pointe aux Canonniers doit être suffisant pour signaler aux marins le danger de ces parages. Je ne sais pourquoi, j'ai rêvé dès ce soir-là de réparer la chambre, et de rallumer le phare. Peut-être que j'avais simplement envie de voir sa lumière, du fond de la maison de la Quarantaine, de lire sa lueur sur le couvert des nuages.

En continuant jusqu'à l'autre bord du cratère, je me suis trouvé directement au-dessus de la baie des Palissades.

C'était à peu près l'heure à laquelle nous avions débarqué, il y avait maintenant tant de jours (trois, peut-être quatre déjà). Assis sur un rebord de lave, je voyais l'île telle qu'elle nous était apparue, du pont du transbordeur, dans la tempête, la mer violente, la pente noire du volcan, et la longue bande de terre où poussent les cocotiers, jusqu'à la pointe nord, terminée par le rocher du Pigeonnier.

J'ai regardé la plage où nous avions pris pied, les grandes dalles de basalte où les vagues se brisaient. Plus haut, la clairière, la ville des coolies, la longue rue blanche où marchaient les immigrants. Vers le haut, du côté des latrines, la cabane où nous avions passé la première nuit.

Alors nous avions l'impression de débarquer dans un campement de naufragés, quelques cahutes de feuilles dans le coin d'une île sauvage où survivaient de misérables bannis. « N'allez pas par là, avait dit Véran. Vous risquez d'être attaqués, pour vous voler votre argent, votre montre, ou même vos habits. » Les Metcalfe avaient l'air incrédule, mais Suzanne se serrait contre Jacques, tout effrayée. Les bâtisses de la Quarantaine paraissaient des forts, construits pour résister aux attaques des Indiens, avec leurs grands blocs de basalte et leurs ouvertures étroites. À Palissades, c'était différent. À l'abri du volcan, l'air était tranquille, on n'entendait pas le bruit de la tempête.

Maintenant, chaque fois que j'ai le temps, je vais regarder le village des coolies. Il m'apparaît très différent. Les huttes sont grandes et bien construites, avec ces toits de feuilles tressées qui doivent bruisser dans le vent, et qui font comme un habit protégeant de la pluie et du soleil, et ce léger débord au-dessus de la porte d'entrée où les femmes et les enfants s'installent au crépuscule, comme en cet instant, pour parler et jouer. Les rues sont propres et rectilignes, blanches à cause du sable de corail. La base des maisons est peinte à la chaux, il y a des volets aux fenêtres et des fleurs le long des murs. À cette heure, le sirdar a signalé d'un coup de sifflet l'arrêt du travail, et la rue devant chaque maison est remplie de monde, d'hommes et de femmes qui vaquent aux travaux du ménage, balaient, nettoient. Devant l'une des cases des célibataires, un barbier est en train de raser la tête d'un jeune garçon. Je peux sentir de là où je suis l'odeur des fumées qui monte des cuisines en plein air. C'est une odeur très douce, très légère, une odeur de pain, de cari, de persil, qui s'étend alentour malgré les bourrasques. Les femmes drapées dans leurs saris sont accroupies autour des feux. J'entends clairement leurs voix, leurs rires. J'entends aussi des bruits d'animaux, des cabris qui appellent, un coq qui pousse son cri aigu. Tout cela est irréel, étonnant. Je ne parviens pas à m'en détacher.

Quand la nuit vient, les lampes brillent au fond des maisons, jusqu'à l'autre bout de la baie, dans le village des parias. Il y a une rumeur de musique, des chants, des prières, une berceuse. Les derniers feux rougeoient, l'odeur du santal monte au centre du ciel. Je me souviens de ce que Jacques me racontait, autrefois, les longues soirées à Médine, après la coupe. Les chansons autour des feux, les filles qui dansent. C'est comme si tout était en moi, et qu'enfin je l'avais retrouvé.

Avec L. avons poussé la reconnaissance du côté ouest (vicinité de l'ancien cimetière).

Sur le rivage, recueilli plusieurs beaux spécimens du fameux baume l'île Plate : *Psiadia macrodon, têtes larges et longues, 30-40 fleurs dans chaque tête. Surtout Psiadia balsamica, la plus appréciée, remède pour brûlures, infections, anthrax, piqûres et morsures venimeuses, etc. Feuilles obovales, trinervées, cette variété pratiquement dépourvue de pétiole. Variété endémique à Bourbon, aux Seychelles. Nombreuse sur ce versant (j'ai recensé en quelques heures plus de soixante plants). Variété quinquenerva apparemment absente.*

À Palissades, la vie est ponctuée par les coups de sifflet du sirdar. Cela aussi, je l'avais oublié. Jacques me parlait de Médine, autrefois, il me disait le signal, loin, très loin, comme un bruit atténué, à l'aube. Chaque matin, dans son sommeil, le sifflet aigu qui appelait les laboureurs aux champs, et la vie qui commençait, les aboiements des chiens, les enfants qui criaient.

Le premier appel résonne avant l'aube, quand la nuit s'éclaircit. Le vent mugit dans les toits de feuilles, dans les maisons communes de Palissades. Le premier matin, le sifflet nous a pénétrés, un bruit aiguisé, un bruit glacé et méchant, qui roulait et entrait jusqu'aux entrailles, qui nous donnait la chair de poule. Il faisait encore noir, et comme Suzanne se relevait, Jacques l'avait retenue par le bras. « Ce n'est rien, c'est le signal du sirdar. C'est le lever des femmes, maintenant. » Il a dit, non pas « maintenant », mais « astère » à la manière créole. Ça lui est revenu sans qu'il s'en rende compte.

Nous avons attendu dans la pénombre. Les lampes étaient éteintes. Environ une demi-heure plus tard, il y a eu le second coup de sifflet plus long, appuyé, pour le lever des hommes. Nous avons pu nous lever, aller jusqu'au champ derrière les affreuses latrines. C'était un matin gris et pluvieux, un vrai matin d'hiver.

De l'autre côté de l'île, à la Quarantaine, je peux entendre le signal de l'aube. Je ne me suis pas habitué, Suzanne non plus. Chaque fois, nous sursautons, comme si le signal était aussi pour nous. Le sifflet lugubre franchit la colline et les plantations, porté par le vent, mêlé au bruit des vagues de la marée. À quatre heures et demie, il arrive. J'ai le cœur qui bat, il me semble que je suis à Palissades, que j'entends le bruit des pieds nus sur le sentier, les pleurnichements des enfants, que je sens l'odeur du feu qui fait bouillir le thé amer, l'odeur très douce du riz qui réchauffe. Ici, de l'autre côté de l'île, à la Quarantaine, nous ne connaissons que le froid et la solitude, et les cris gémissants des gasses au crépuscule. Parfois le sifflet du sirdar ou l'appel du muezzin qui semblent venir d'un autre monde.

Chaque matin, à l'heure où les hommes partent pour le travail, je suis à mon poste, en haut du volcan. Les colonnes de travailleurs partent pour les plantations, au-dessus du village. D'autres vont au pied du volcan remplir des sacs de jute à la veine de talc qui affleure. D'autres encore, sous la surveillance des arkotties, apportent des blocs de basalte pour la reconstruction de la digue des Palissades, que le prochain cyclone démolira à nouveau. Il y a un long silence sur l'île, tandis que les immigrants travaillent. J'envie ces hommes, leur détermination tranquille, leur patience. Les femmes ont revêtu des guenilles pour travailler aux champs. Penchées sur la terre, elles enlèvent les pierres noires une à une, les entassent dans des paniers d'osier qu'elles vont vider aux limites des champs. Jour après jour, les parcelles de terre grise grandissent dans la végétation sauvage, comme une sorte de gale inguérissable.

Hier, dans la fin de l'après-midi, Jacques et Suzanne sont venus me rejoindre au sommet du volcan. Julius Véran est resté un instant, il a regardé les plantations et la digue, il a dit avec mépris : « Des fourmis ! » Suzanne s'est étonnée : « À quoi bon ces travaux ? Que vont-ils faire du talc qu'ils récoltent ? Et cette digue ? » C'est la voix de Véran qui a répondu : « Il faut bien les occuper ! Il ne faut pas qu'ils s'arrêtent ! » Il a parlé, je crois, de l'Inca qui faisait récolter les poux. Suzanne ne l'écoutait pas. Elle regardait avec une sorte de fascination effrayée le camp des immigrants où les silhouettes minuscules s'activaient dans la baie des Palissades. C'est vrai que le village des coolies vu du promontoire semblait propre et ordonné comme une fourmilière. Les coups de sifflet du sirdar et des arkotties se répondaient, haletaient, tantôt aigus, impérieux, tantôt graves, se confondant avec le grondement de la mer sur les récifs. J'ai entendu Jacques murmurer, le visage tourné pour que Suzanne n'entende pas : « Nous sommes des prisonniers. »

Du 29 mai, après-midi

Le mauvais temps, les difficultés ont retardé la reconnaissance Côte sud-ouest (baie du cimetière). L'exposition aux vents et aux rafales réduit la végétation proche de la mer aux rampantes, aux batatrans, aux chiendents. Aux approches du volcan : filices et graminées.

Colonies de moreae : Ficus rubra (herbe la fouche) et Cassythia filiformis, liane sans fin (bonne description puisque j'en ai suivi une de près de douze pieds, rampant entre les tombes). Andropogon schoenanthus plus commun le long de la plage, ou dans les affleurements coralliens. Aussi : Andropogon nardus, le fameux nard indien, forte odeur de gingembre.

Dans les crevasses, assez nombreux spécimens d'Adiantum (caudatum, hispidulum). La première variété plus nombreuse, reconnaissable par ses feuilles plus larges, couvertes d'un duvet urticant. L'absence d'arbres l'oblige à ramper dans les fissures du sol.

À l'abri du talus et de la baie, beaux pandanus (vacoas) dont un P. vandermeeschii, qui atteint à Bourbon 20 pieds de haut, ici sept seulement. La variété utilis, assez fréquente sur la côte nord-ouest, comme j'ai pu le constater en débarquant. Peut être cultivée par les immigrants, pour la fabrication de sacs et de sandales.

8 juin

Maintenant, je n'y prête plus vraiment attention. Une semaine, deux, peut-être davantage. Il n'y a pas un mois. Cela suffit pour s'habituer à l'insupportable. Je vais toujours en haut du volcan, le soir plutôt, pour me nourrir de la rumeur douce du village des coolies, pour respirer l'odeur des fumées. J'ai abandonné déjà le projet de reconstruire la chambre du phare. À quoi bon ? Il est en effet plus utile de réparer la digue. Ceux qui le font doivent savoir que la chaloupe des services de santé viendra un jour s'y amarrer.

Je viens voir le village de Palissades pour me souvenir. Tout ce que Jacques me racontait, autrefois, dans l'hiver de Rueil-Malmaison. La nuit qui tombe sur la maison d'Anna, à Médine. Les mêmes bruits, les mêmes odeurs. Le soleil oblique sur les cannes, les cris des laboureurs qui rentrent, qui poussent des sortes d'aboiements, « aouha ! », les femmes avec leurs houes en équilibre sur la tête, les éclats de voix, les rires des enfants. Les hautes cheminées des sucreries dans

la brume, comme des châteaux barbares. Au crépuscule, le fracas de la mer jaune contre la côte
noire, là où se casse la ligne des récifs. Je ne
savais pas que c'était au fond de moi, si vrai, si
fort. Comme si je l'avais vraiment connu, une
douleur, le souvenir d'un rêve, qui me fait du bien
et du mal. Ainsi, c'est de cela que je suis fait :
l'étendue vert-de-gris des cannes où sont ployés
les coolies, les pyramides de pierres que les femmes ont construites une à une, les doigts écorchés
par la lave et les yeux brûlés par le soleil. L'odeur
du vesou, l'odeur âcre et sucrée qui pénètre tout,
qui imprègne le corps des femmes, leurs cheveux,
qui se mêle à la sueur. Palissades est le recom-
mencement. C'est pour cela que Jacques et moi
nous avons frissonné, le premier matin, quand le
sifflet du sirdar a troué la nuit.

Le matin, après le thé noir versé de la marmite
dans le quart de fer-blanc cabossé, sans attendre
le riz réchauffé que préparent Suzanne et Sarah
Metcalfe, je rejoins John qui herborise le long du
rivage. Lui ne se sent pas prisonnier. Depuis le
jour de notre débarquement, il récolte les feuilles,
les fleurs, les graines, qu'il met à sécher avec soin
au soleil sur des claies, après les avoir enduites
de formol à l'aide d'un petit pinceau. Il cherche
avec obstination la présence de l'herbe à indigo.
Il est persuadé que l'endroit serait idéal pour
commencer une plantation, qui permettrait une
amélioration des conditions de vie des immigrants en quarantaine.
Je marche le long de la plage, en sautant d'un
rocher à l'autre. L'intérieur est envahi de broussailles et de chiendent. À certains endroits les her-

bes sont si hautes qu'on y disparaît jusqu'à la taille. Tout le long du rivage, la plage est recouverte de cette sorte de rampante grasse à larges feuilles, à petites fleurs rouges, que le vieux Mari appelle batatran, et John ipomée. C'est une plante qui se casse en produisant un lait transparent, légèrement collant. Là où elle pousse, rien d'autre n'a le droit de vivre. Je retrouve John à la pointe nord, exactement en face du rocher du Diamant. C'est le nom que j'ai donné à cette pyramide de lave qui émerge de l'Océan, mais John m'a dit que, sur la carte de l'Amirauté, le nom véritable était Pigeon House Rock, le Pigeonnier. En fait de pigeons, il y a surtout des mouettes et des goélands qui entourent le rocher d'un tourbillon permanent et le blanchissent de guano. Le bruit des ailes des oiseaux et les cris gutturaux qu'ils poussent recouvrent le grondement de la mer sur les récifs. Dans la lumière du matin, les embruns étincellent. J'imagine l'éruption du volcan qui a rejeté cet énorme caillou au milieu de la mer, il y a des millions d'années, quand Maurice est sortie des profondeurs de l'Océan.

Je laisse John Metcalfe à la recherche de l'improbable indigotier sauvage auquel il voudrait donner son nom, et je regarde le Diamant, à l'abri du vent dans un creux de rocher. La mer jaillit en fusées verticales, allume des arcs-en-ciel. Je reste des heures, sans bouger, simplement à regarder la mer, à écouter les coups des vagues, à goûter au sel jeté par les rafales de vent. Ici, il me semble qu'il n'y a plus rien de tragique. On peut oublier les sifflets lugubres du sirdar qui commande aux hommes d'aller manger, ou qui rythme les chutes des blocs de lave sur le chantier de la digue. On peut même oublier les malades enfermés dans le dispensaire, la fièvre qui sèche leurs yeux et leurs lèvres, et, en face, la silhouette noire de Gabriel, qui attend.

Malgré les nuages, le soleil brûle au centre du ciel. John Metcalfe est retourné à la Quarantaine, avec sa provision de feuilles et de racines. Aidé de Sarah, il va passer le reste du jour à trier, cataloguer. Il se plaint de maux de tête et de courbatures. Jacques pense qu'il est impaludé depuis la première nuit à Palissades. Nous avons échappé aux moustiques en dormant devant la porte, dans les rafales de vent.

En revenant vers le Diamant, à la fin de l'après-midi, j'ai vu pour la première fois celle que j'ai appelée ensuite Suryavati, force du soleil. Est-ce vraiment son nom ? Ou est-ce le nom que je lui ai trouvé, à cause de la reine du Cachemire, à qui fut racontée l'histoire de Urvashi et Pururavas, dans le livre de Somadeva, traduit par Trelawney, que je lisais à Londres, l'été qui a précédé notre départ ? Elle avançait le long du rivage, un peu penchée en avant, comme si elle cherchait quelque chose, et de là où j'étais, sur l'embarcadère, en face de l'îlot Gabriel, j'avais l'impression qu'elle marchait sur l'eau. Je voyais sa silhouette mince, sa longue robe verte traversée par la lumière. Elle avançait lentement, avec précaution. J'ai compris qu'elle marchait sur l'arc des récifs qui unit Plate à Gabriel à marée basse. Elle tâtait du bout du pied, comme en équilibre au sommet d'un mur invisible. Devant elle, il y avait la profondeur sombre du lagon, et de l'autre côté, la mer ouverte qui déferlait, jetant des nuages d'embruns dans le ciel.

Sans doute m'avait-elle vu. Mais elle n'avait pas tourné la tête. Je me suis assis dans le sable, à demi caché par les touffes de batatran. Je la regardais continuer le long du récif, au milieu de l'eau, j'avais l'impression qu'elle allait vers la haute mer. Il n'y avait personne, le vent avait chassé les oiseaux de l'autre côté de l'île, à l'abri de la pointe. C'était comme si nous étions les derniers habitants.

Elle a continué sa route, le long du récif, entrant parfois dans l'eau jusqu'à la taille, disparaissant dans le nuage d'embruns. J'ai vu qu'elle tenait à la main une longue tige, un harpon, et elle s'en servait pour pêcher, ou pour ramasser des coquilles, des oursins. Le soleil déclinant dessinait sa silhouette sur l'eau déjà sombre, comme un drôle d'oiseau dégingandé. À un moment, il y a eu des cris d'enfants, quelque part derrière moi, dans les fourrés. Des bruits d'animaux, des bêlements, et j'ai vu les silhouettes des garçons qui poursuivaient les cabris, leur jetaient des pierres. La jeune fille s'est arrêtée au milieu du lagon, elle a hésité, puis elle a marché vers le rivage, sur les plaques du récif, contre les vagues qui déferlaient. En un instant elle était à la côte, elle a disparu de l'autre côté de la pointe. Je suis resté longtemps sur la plage, espérant qu'elle allait revenir. L'eau du lagon est devenue de plus en plus sombre, pareille à un miroir de métal. Je regardais l'îlot Gabriel, si proche et en même temps inaccessible. Mon cœur battait fort, comme si j'avais de la fièvre. D'ailleurs les moustiques sont sortis des fourrés avec la nuit, et j'ai dû battre en retraite vers les quartiers de la Quarantaine.

Je suis retourné dès l'aube vers la pointe du Diamant. John Metcalfe est couché au fond de la maison, il est fatigué, fiévreux. Quand je suis sorti, il me semble qu'il m'a regardé avec reproche. Je ne suis pas un bon élève en botanique, je ne l'ai pas aidé à trier ses spécimens.

J'aime le rocher du Diamant, sa forme étrange, un icosaèdre régulier, jailli de la mer au milieu des tourbillons d'oiseaux qui le couvrent de fiente, comme un piton neigeux. C'est l'endroit où je peux oublier le sifflet du sirdar, et l'atmosphère pesante de la Quarantaine, les discours redondants de Julius Véran. J'ai proposé à Jacques de venir, mais il ne veut pas quitter Suzanne. Depuis hier soir elle a un accès de fièvre violent. La migraine l'empêche de dormir, elle est pâle et fatiguée. Jacques lui donne de la poudre de quinine diluée dans de l'eau de riz, à défaut de lait. Quand je suis sorti, il s'est assis près de la porte, tourné du côté de la mer. Mais de là où il est il ne peut apercevoir que le dôme noir de Gabriel.

Tandis que je marche vers la pointe, j'entends la marée. Il y a cette vibration qui vient du fond de l'Océan, du socle de la terre. Quand la marée commence à descendre, je sais que Suryavati doit venir. Je l'attends à ma place, à demi caché derrière les touffes de batatran, dans un creux des rochers. Le lagon se vide vers l'ouest, comme un réservoir dont on aurait retiré la bonde. Après quelques instants apparaît la frange noire des récifs, et la demi-lune de sable qui rejoint Gabriel. La base du Diamant se dégage, une plate-forme usée en forme d'étrave. Les vagues ont perdu leur force. Le vent même est devenu moins violent. Il y a une sorte de silence, une paix. Je pense qu'en ce moment même la fièvre de Suzanne doit tomber, elle se couche sur le sol, la tête appuyée sur les genoux de Jacques. Elle peut enfin s'endormir.

Suryavati est apparue. Sans hésiter, elle s'est engagée sur le récif, bien que la mer ne se soit pas encore complètement retirée. À l'aide de son harpon, elle fouille dans les crevasses, elle ramasse des coquilles qu'elle met dans un sac accroché autour de son cou. Pour marcher plus facilement dans les flaques, elle a relevé sa robe et l'a nouée entre ses jambes, à la manière d'une culotte turque.

Elle marche facilement, comme si elle glissait, sans effort. Quand j'ai voulu la suivre sur le récif, l'eau était opaque, couleur du ciel nuageux, et les algues bousculées par le ressac m'empêchaient de voir le passage. Bientôt j'étais perdu, avec de l'eau jusqu'à la taille. En même temps le ressac me tirait en arrière, vers les vagues qui déferlaient. J'ai eu beaucoup de mal à regagner la rive, en m'agrippant aux pointes aiguës des coraux. Au loin, au milieu du lagon, la silhouette de la jeune fille paraissait irréelle, légère. Les oiseaux de mer volaient au-dessus du récif, les pailles-en-queue énervés poussaient des cris de crécelles. À un moment, elle s'est retournée. J'étais en train d'émerger du lagon, sur la plage, les genoux et les mains écorchés. Suryavati était loin, son châle rouge faisait une ombre sur son visage, mais il m'a semblé qu'elle riait. Je devais avoir l'air piteux, avec mes habits mouillés, mon pantalon déchiré aux genoux.

J'avais mal sous la plante du pied droit. En me

débattant dans le courant, j'avais dû marcher sur un oursin, et je sentais une brûlure intense. En même temps, la mer est revenue, les vagues ont recommencé à déferler sur la barrière de corail. Le vent soufflait en bourrasques. Je ne sais pourquoi, je me suis mis debout sur la plage, et j'ai appelé la jeune fille. Je criais : « Ohé ! » comme si elle pouvait m'entendre. Elle est revenue sur ses pas, en se hâtant. Elle aussi avait vu la tempête qui arrivait.

Je boitais sur la plage quand elle est sortie du lagon. Comme je lui disais : « Bonjour ! », elle m'a regardé. Sa robe couleur de mer était trempée par les vagues, elle avait ôté son foulard et ses cheveux noirs étaient collés sur ses épaules. Dans le sac de vacoa qu'elle portait autour du cou, j'ai vu sa récolte d'oursins, et à l'extrémité du harpon, comme des haillons, les ourites qu'elle avait clouées. Ce que j'ai remarqué surtout, ce sont ses yeux, d'une couleur que je n'avais encore jamais vue, jaune d'ambre, de topaze, transparents, lumineux dans son visage très sombre. Elle m'a regardé un long instant, sans ciller, sans crainte, et moi j'avais le cœur qui battait trop fort, je ne savais pas ce que Je devais dire.

Elle m'a fait asseoir dans le sable. Elle a planté le harpon à côté d'elle, et elle a pris dans son sac un petit couteau, juste une lame pointue sans manche. Avant même que je réalise ce qu'elle allait faire, elle a pris mon pied droit et elle a incisé la peau dure, à la base du gros orteil. Elle m'a montré dans la paume de sa main la minuscule dent bleutée. « Tu as de la chance, c'est juste un morceau de corail. » Elle indiquait le récif. « Ici, c'est plein de laffes-la-boue. » Comme je la regardais, elle a cru que je ne comprenais pas le mot. « Vous appelez ça des poissons-scorpions. Ça peut te faire mourir. » Je la regardais avec étonnement, parce qu'elle m'avait parlé en français, sans accent. Je voulais lui poser des questions, lui demander son nom, pourquoi elle était ici, depuis combien de temps, mais elle s'est relevée, elle a ramassé ses affaires, et elle est partie à la hâte, en courant à travers les broussailles. Elle a escaladé le glacis au bout du cap, et elle est entrée dans le petit bois de filaos qui nous sépare de Palissades.

Malgré la blessure de mon pied, j'ai essayé de suivre sa trace. Comme si c'était un jeu qu'elle avait joué avec moi, qu'elle s'était cachée derrière un buisson pour me surprendre. Ou peut-être que j'imaginais qu'elle était venue sur le récif pour me rencontrer, pour me trouver. Je crois que c'est moi qui avais des idées d'enfant. Je sentais mon sang battre dans mes artères, le vent et la lumière m'étourdissaient. Je boitillais pieds nus à travers les broussailles, les genoux et les mains en feu.

De l'autre côté des filaos, je me suis retrouvé tout à coup devant le village de Palissades. J'étais arrivé sur le versant nord, là où vivaient les parias. C'étaient des huttes de branchages, consolidées par des blocs de lave non jointoyés, avec des toits de palmes en mauvais état. Certaines devaient être très anciennes, démolies tempête après tempête, rafistolées à chaque fois. De la fumée montait un peu partout, tourbillonnait dans les rafales. Derrière les huttes, au pied de l'escarpement, il y avait des champs de terre grise où poussaient quelques légumes, des pois, des haricots, quelques cannes de maïs brûlées par le soleil. Des chiens faméliques erraient entre les huttes ; ils m'avaient senti, et ils se sont mis à grogner. Un des chiens a fait un grand tour pour venir par-derrière, menaçant, les crocs dégagés.

Je me suis souvenu de ce que Jacques m'avait appris, quand j'étais petit. Il disait que c'était le vieux Topsie le cuisinier de la maison d'Anna : « Pour faire la guerre licien, napa bisoin fizi, bisoin coup de roce. » C'est un proverbe, à chacun selon son mérite, et il m'a semblé ici particulièrement approprié. J'ai ramassé une lave aiguë, et la main levée, j'ai battu en retraite vers mon versant de l'île. Le sirdar n'a pas besoin de garde pour veiller sur sa frontière.

Ce soir, je suis retourné jusqu'au sommet du volcan pour regarder la ville des coolies. Assis à l'abri des ruines du phare, j'écoutais le sifflement du vent dans les pierres. Il pleuvait par intermittence et la mer était démontée, avec cette couleur verte qu'elle avait le soir où nous avons débarqué. Avant même le crépuscule, le ciel a noirci comme s'il y avait un incendie de l'autre côté de l'horizon. Au milieu des gémissements du vent, j'ai entendu le long coup de sifflet du sirdar qui annonce aux croyants l'heure de la prière. Les feux brillaient devant les maisons, à l'abri des auvents. Je sentais l'odeur du riz en train de cuire, l'odeur douce du cumin et des épices. Il y avait si longtemps que je n'avais pas mangé, j'avais un trou au centre de mon corps, cela me faisait trembler un peu, comme de désir. Je voulais voir jusqu'à l'autre bout de la rue, là où commençaient les cabanes des pauvres, là où vivait Suryavati. J'attendais de voir sa silhouette mince, marchant vers les citernes pour puiser de l'eau, au milieu des autres femmes et des enfants. Mais elle n'est pas apparue. Peut-être qu'elle savait que je l'épiais.

Je suis retourné à la Quarantaine. Pour la première fois, j'ai senti la fièvre venir, une douleur qui naissait dans la blessure de mon pied et remontait le long de mon corps, en soulevant chaque poil, faisant trembloter chaque muscle. Jacques s'est inquiété : « Tu ne vas pas tomber malade ? » Il a examiné la plante de mon pied, a mis un peu de bleu de méthylène. Suzanne m'a donné à boire de l'eau rougie au permanganate, parce qu'il ne restait plus de thé. Dans la nuit, les yeux de Suryavati brillaient, jaunes comme des iris de chat. Je grelottais, enveloppé dans le châle de Suzanne. Je me suis endormi quand le vent s'est calmé, et que le bruit de la tempête est devenu un murmure lointain.

Du 10 juin, après-midi

La fièvre et une mauvaise nuit m'ont tenu couché toute la journée d'hier. Ciel couvert. Repris la reconnaissance : côte nord-est. En bordure des Casuarinae, végétation rase. Quelques acacias sous le couvert, des Pemphis acidula sur la ligne du calcaire : buisson fourni, environ trois pieds de haut, fleurs seules sur l'axe, pédicelles courts et velus. Sur la côte sous le vent, quelques badamiers non pas très grands, fruits de la taille d'une noix, d'un bois dur : Terminalia catappa. Le fait qu'ils soient groupés, à l'abri d'un ravin, me laisse penser qu'ils ont été plantés. Le plus grand doit atteindre douze pieds. Âge approximatif trente à quarante ans.

Cela pourrait dater la plus ancienne occupation de l'île (1856, premier établissement de la Quarantaine à l'île Plate).

Jacques est revenu de Palissades abattu, démoralisé. Il a voulu se rendre compte de l'état de santé des immigrants, le Véran de Véreux prétendant que l'épidémie de variole se répandait de l'autre côté de l'île. Accompagné de Bartoli, il a marché jusqu'au pied du cratère, et là il s'est heurté aux arkotties qui l'ont empêché d'aller plus loin. Par le truchement du vieux Mari, Jacques a parlementé un long moment avec eux, en vain. Les travailleurs des plantations commençaient à s'attrouper, et tout d'un coup Bartoli a eu peur. Il a entraîné Jacques en arrière. Il dit que des gens ont crié des menaces, ont jeté quelques pierres.

Cette fin de journée est sinistre. Il y a un silence lourd dans la bâtisse, après des heures étouffantes. La lampe punkah projette une lumière vacillante qui éclaire bizarrement les visages. Julius Véran est debout au fond de la pièce, il regarde autour de lui d'un air inquiet. Il a commencé un discours véhément et grandiloquent, que personne n'écoute. Il veut qu'on réagisse, qu'on « prenne des mesures ». Son visage osseux est pâle, barré par les virgules noires de ses moustaches qu'il taille chaque matin aux ciseaux. Le séjour sur Plate n'arrange pas sa calvitie. « Bel-Ami », l'a surnommé Suzanne. Mais ses habits blancs dans lesquels il prenait la pose dans le salon de l'*Ava* sont devenus gris de sable, les poches de sa veste sont ballantes.

Il parle de la maladie qui menace. De la quarantaine qui risque de se prolonger, de la tension qui monte dans le camp coolie. « Il nous faut établir une règle. Nous sommes dans une situation critique. Nous ne pouvons compter que sur nous-mêmes. »

Jacques hausse les épaules. Il se moque de Véran. Un aventurier raté, un chevalier d'industrie. Jacques croit reconnaître en lui un de ces aigrefins qui ont pillé Antoine quand il s'est installé en France, un de ceux qui lui ont vendu des actions dans des compagnies qui n'existaient pas, ou des terrains qui ne leur appartenaient pas. Au premier regard, il a détesté Véran. « Un fruit sec, un véreux. » C'est comme cela qu'il a trouvé son surnom. C'est une habitude mauricienne.

À bord de l'*Ava*, Jacques l'évitait. Chaque fois que l'homme faisait mine de s'asseoir à notre table, il se levait. Même Suzanne s'en offusquait, mais Véran ne semblait pas y prendre garde. « C'est un pauvre diable, après tout », disait Suzanne, à quoi Jacques répondait : « Un diable ? C'est lui faire beaucoup d'honneur ! Tout juste un diablotin. »

Le Véran de Véreux continue sa harangue. Il s'adresse à Jacques, il veut l'impressionner. Jacques l'intimide, parce qu'il est médecin, et surtout à cause du nom. Tout le monde à Maurice connaît la famille Archambau. Il y a la légende d'Alexandre, le Patriarche, l'homme terrible qui est à la tête de l'Ordre moral, le fondateur du parti de la Synarchie. Je suis toujours étonné que, malgré tout ce qu'il nous a fait, Jacques se serve encore de son nom. Le Véran de Véreux a tout de suite compris l'avantage que lui donne ce naufrage sur l'île Plate. Nous sommes prisonniers sur ce bout de rocher, et Jacques ne peut pas s'en aller. Véran peut parler, c'est sa revanche.

« Il faut que nous nous organisions, si nous voulons survivre jusqu'à ce que le bateau revienne. Cela peut prendre des jours, des semaines.

— Qu'est-ce que vous voulez ? Qu'on impose le couvre-feu ? La loi martiale ? »

La voix de Jacques est froide. John Metcalfe est effaré. Il n'est pas sûr de comprendre. Véran continue. Il est irrité par les sarcasmes. Il parle du règlement de Constantinople, il demande qu'on crée une milice, qu'on monte une garde, que chaque allée et venue soit contrôlée, qu'on isole tous les malades sur Gabriel. « Vous vous souvenez du garçon qu'on a immergé au large de Mahé ? On dit qu'il est mort d'une pneumonie. Comme si on mourait d'une pneumonie en quelques heures ! Vous savez dans quel état se trouve le marin qu'on a embarqué en fraude à Zanzibar ? L'autre voyageur aussi est gravement atteint, et à mon avis ils n'en ont pas pour longtemps. »

Malgré la fièvre qui la brûle, Suzanne se redresse. Elle est indignée.

« Enfin taisez-vous ! Comment vous pouvez dire des choses pareilles !

— Je le dis parce que c'est vrai, et vous le savez aussi bien que moi. Il y a beaucoup d'immigrants dans le même état de l'autre côté, qui ont été débarqués des bateaux venant de l'Inde, avec tous les symptômes de la variole. *Docteur* (il appuie sur le mot docteur), est-ce que vous les avez vus ? »

Julius Véran sait très bien que Jacques n'a pas pu arriver jusqu'à Palissades. Il a le triomphe facile.

« Moi je les ai vus après notre arrivée. Ils sont des dizaines, demain ils seront peut-être des centaines, il n'y a pas de vaccine. On les cache dans des huttes, on brûle les corps sur la plage. »

Suzanne frissonne. Je l'entends qui demande à voix basse à Jacques : « Est-ce que ce qu'il dit est vrai ? » Elle est venue à Maurice avec Jacques dans l'idée de soigner les immigrés indiens, de créer des dispensaires, de suivre le modèle de Florence Nightingale, et tout d'un coup elle imagine que c'est ici, de l'autre côté de l'île, des gens qui sont abandonnés, malades, mourants peut-être. Le Véran de Véreux a une espèce d'éloquence qui porte, dérision et horreur mêlées, et ce regard agile, rusé, plein de méchanceté.

« Ne l'écoute pas, il n'en sait rien. Il est fou, tout bonnement. »

Jacques n'a même pas baissé la voix. Véran l'a-t-il entendu ? Il s'est arrêté de parler, son visage n'exprime rien, seulement cette violence déraisonnable, cette colère sans but. D'un coup il est sorti de la maison, il s'est enfoncé dans l'obscurité. La noirceur a envahi l'intérieur de la maison. Il me semble que nous avons perdu, que quelque chose en nous a bougé, a cédé.

Véran a semé le doute. Malgré moi, j'écoute les bruits de la nuit. Et s'il disait vrai ? Si Shaik Hussein avait décidé en secret d'envahir la Quarantaine, de nous tuer jusqu'au dernier, en souvenir de ceux qui sont morts sur l'île, pour accomplir la vengeance des opprimés ?

J'ai regardé Jacques. À la lumière de la lampe, son visage est tendu, il a une expression étrange, que je ne reconnais pas. Malgré tout ce que nous avons dit, il me semble que le trouble s'est insinué en lui, la séduction de la peur. J'ai vu sa main crispée sur une pierre, comme si au-dehors rôdait une meute de chiens.

Ce matin, malgré sa fièvre, Suzanne a voulu aller dans la maison de l'infirmerie, en face du môle qui dessert Gabriel.

Une bonne partie de la nuit, elle ne pouvait pas dormir. Elle était inquiète, exaltée. Elle parlait des malades, de Nicolas et de M. Tournois, des Indiens abandonnés de l'autre côté de l'île, des femmes et des enfants laissés sans soins. Elle voudrait qu'ils viennent s'installer à la Quarantaine, Jacques s'occuperait d'eux, elle serait leur infirmière. Le gouvernement ne pourrait pas les ignorer, les planteurs de Maurice seraient bien obligés de suivre, elle en était sûre. Elle allait adresser un rapport au gouverneur. Elle voudrait écrire à Florence Nightingale. Elle a fini par s'endormir entre nous, comme la première nuit que nous avions passée, en arrivant à Palissades.

Quand nous sommes arrivés à l'infirmerie, le vieux Mari qui fait office de garde-malade était à sa place habituelle, assis sur un caillou devant la porte, mâchant sa feuille de bétel. Il nous a laissés passer sans rien dire. Ses yeux sont voilés par le glaucome, et son visage noir est grêlé par la petite vérole. Pour cela il n'a rien à redouter des deux hommes couchés sur leurs lits à l'intérieur de l'infirmerie. J'ai dit des lits, mais c'est plutôt des grabats qu'il faudrait dire, tant ces couchages sont rudimentaires, des matelas de paille crevés jetés sur quelques planches à même le sol.

J'ai eu du mal à reconnaître Nicolas, le quartier-maître embarqué à Zanzibar. Quand il est monté à bord de l'*Ava*, il était simplement un peu fiévreux — une crise de paludisme, avait dit le commandant Boileau. En quelques jours cet homme athlétique, au teint rougeaud, est devenu un corps sans force, le teint jaune, les lèvres gercées, portant un hématome au front. À côté de lui, M. Tournois, un négociant embarqué le même jour, semble plus vaillant. Quand nous entrons dans la pièce, il se redresse. Il parle d'une voix impatiente, au timbre métallique. Il croit que la chaloupe des services sanitaires est arrivée, et qu'on vient les chercher.

À la réponse négative de Jacques, il est pris d'une colère subite qui effraie Suzanne. Il se lève, marche à travers la pièce jusqu'à la porte. Il est vêtu de la chemise de nuit grise du dispensaire de l'*Ava*, échancrée au col. Il titube pieds nus sur les dalles de pierre. Tous ses habits ont été brûlés dans l'incinérateur avant le débarquement.

Un instant, il est la proie d'une sorte de délire, debout sur le seuil de l'infirmerie, ébloui par le soleil et par le vent.

« Je vais m'en aller, maintenant, je vais rentrer chez moi, on m'attend ! » Où est son chez-lui ? À des milliers de kilomètres, si loin qu'il ne s'en souvient peut-être même plus.

La lumière l'aveugle, remplit ses yeux de larmes qui coulent le long de son nez, sur ses joues. Suzanne s'est approchée, elle lui parle doucement, elle veut lui dire de rentrer, de s'abriter du vent. Mais il passe à côté d'elle sans la voir, il tourne sur lui-même, comme s'il cherchait quelque chose, sa chemise gonflée par le vent laissant voir ses jambes maigres. Puis il se laisse tomber assis, le dos contre les pierres du tableau de la porte. Il parle tout seul, d'une voix cassée, entrecoupée, il parle de sa maison à Tarbes, de sa femme, de ses enfants. Suzanne s'est assise à côté de lui, elle essaie de le calmer, tandis que Jacques et moi regardons sans savoir quoi faire. Enfin, aidé du vieux Mari, Tournois s'est relevé, il est retourné à sa paillasse, comme à son seul refuge.

Nous n'avons rien dit. Nous avions le cœur serré. Jacques et Suzanne sont revenus à la Quarantaine, et moi je me suis éloigné du camp le plus vite que j'ai pu. Ainsi, pendant que nous attendons là-bas, parlant, nous querellant, jouant aux échecs, ou bien rêvant au jour de notre libération, ici, à quelques pas, et de l'autre côté de l'île, des hommes sont en train de mourir. Il me semble que je ne cesse pas d'entendre la voix de Tournois, ses imprécations, ses souvenirs confus. Je ne cesse pas de voir le regard fixe, extraordinairement lucide de Nicolas. J'ai encore dans les oreilles le coup sourd du corps du garçon qu'on a immergé au large de Mahé dans l'Océan d'un bleu presque surnaturel. Et j'entends la voix de Boileau qui donne sa consigne à bord de l'*Ava* : ne parler de tout cela à personne, surtout n'en parler à personne — ce qui doit le rendre un jour célèbre dans les annales des Messageries.

En courant presque, je suis monté jusqu'à la lèvre du cratère. Je me suis installé à mon poste, à l'abri du vent contre les ciments du phare en ruine. De là je peux tout voir, la baie des Palissades et la ville des coolies, les plantations, la longue pointe de sable qui retient l'îlot Gabriel, et au bout de la mer, le dôme de nuages accroché aux montagnes de Maurice, pareil à un mirage.

11 juin

Pour Suzanne, pour calmer son appréhension, Jacques parle très doucement. C'est la fin de l'après-midi, nous sommes couchés par terre près

102

de la porte, avec le grand châle blanc à franges qui nous sert de couverture. Nous sommes seuls dans la maison. John et Sarah doivent être en train de peindre leurs feuilles au formol, Bartoli et le Véran de Véreux sur le cratère, à guetter l'arrivée improbable du schooner.

Il fait très doux, le vent de la tempête a cédé la place aux alizés. Le ciel est couvert d'un léger voile blanc. Je sens contre moi la hanche ronde de Suzanne, je sens le mouvement de ses côtes quand elle respire. C'était comme cela à Hastings, l'été passé. Nous étions ensemble sur la plage, nous regardions glisser les nuages, les rêves, il me semblait que rien ne pourrait jamais nous séparer.

Malgré les années en France, et la vie à Londres, à l'hôpital Saint-Joseph, Jacques a toujours la voix qui chante, il n'a pas perdu l'accent créole. Quand je l'entends, je me souviens de la voix de mon père. Il parlait le soir avec le Major William, dans l'appartement de Montparnasse, et je m'endormais sur mon assiette de soupe en écoutant sa voix. Jacques parle de Médine, de la maison d'Anna. Il y a si longtemps. Peut-être qu'il invente tout au fur et à mesure, comme M. Tournois dans son délire.

« Quand je revenais de la pension Le Tourhis, à Noël, ou bien en hiver, je veux dire, juillet, août, tu ne peux pas t'imaginer la fête que c'était, je revenais à la maison, je retrouvais ma chambre, je pouvais courir partout dans les champs de cannes, jusqu'à la savane, jusqu'à la mer. Je te montrerai le chemin. Il y avait un garçon de mon âge, il s'appelait Pierre, Pierre Pasteur, et un autre, un peu plus âgé, un créole, le fils d'un métayer d'Anna, on l'appelait Mayoc, je ne sais pas pourquoi, je crois qu'on l'avait appelé comme ça quand il était petit, parce qu'il sautillait tout le temps, il babillait tout le temps comme un oiseau. Son vrai nom c'était Aziz.

« Je me souviens, derrière Anna il y avait les ruines d'une ancienne sucrerie, avec une haute cheminée noire, et des murs envahis par les broussailles. Un peu plus loin au bord de la mer, le four à chaux. Je te montrerai tout ça, à Léon aussi. Tu ne peux pas ne pas aimer, c'est le plus joli paysage du monde, avec les champs bien verts, ils vont si loin qu'on ne sait pas où ils finissent, on les confond avec la mer. La dernière année, j'allais partout avec les garçons, dans les ruines, nous chassions les tourterelles. Maman ne voulait pas que j'aille dans les ruines, elle avait toujours peur qu'un morceau de mur ne s'effondre. Nous allions nous cacher dans les caves voûtées. C'étaient des murs épais, des blocs de lave jointoyés à la chaux, il faisait froid, un froid humide de caverne, on criait pour entendre les échos. Aziz racontait des histoires pour nous faire peur, il disait qu'on pouvait réveiller les morts, il disait qu'il y avait un peuple de fantômes, il les appelait des *jennats*. Ou bien on allait jusqu'à la mer. On passait par un sentier étroit au milieu de gros tas de pierres, et tout d'un coup on arrivait au rivage, c'était la mer ouverte, il n'y avait pas de barrière de récifs, les vagues déferlaient, c'était beau... »

Suzanne serrait ma main, elle fermait les yeux pour écouter. Nous voguions ensemble sur un radeau, emportés par le flux qui descend à l'envers, qui nous ramène au commencement.

« On ne rentrait pas à midi. Quelquefois, maman envoyait une femme à notre recherche, on entendait la voix aiguë qui criait nos noms, en chantant : "Mayooc ! Za-ak ! Pastoo !" On restait cachés dans les ruines, sans faire de bruit, et la femme revenait bredouille. "Napas trouvé zènezen-là ! Napas koné kot fin'allé !" Quand je revenais le soir, j'étais fourbu, j'avais les jambes écorchées par les feuilles des cannes, mon père était furieux, mais maman disait : "Laisse, il a oublié l'heure, c'est tout."

« Quand c'était le commencement de la coupe, à Médine, c'était une fête, je veux dire, plutôt comme une bataille. On se préparait pendant des semaines, tout le monde attendait. Avec Mayoc, j'allais en haut du Saint-Pierre, à Eau-Bonne pour regarder les champs, c'était comme la mer qui ondulait sous le vent. Ou bien on s'en allait le long des chemins de cannes, pour sentir l'odeur, il faisait très chaud, la terre brûlait la plante des pieds. À Médine, c'était presque tous les ans la première coupe, parce qu'on était à l'ouest et que les cannes mûrissaient plus vite. Il y avait aussi Wolmar, et au nord, La Mecque. Quelquefois ça commençait à Wolmar, ou à Albion, près de Camp-Créole. Il fallait couper à tour de rôle pour que les ouvriers ne manquent pas. Les sirdars réunissaient tout le monde dans la cour de la sucrerie, et les chariots partaient, avec M. Ferré en tête, dans sa carriole tirée par des mulets. Les ouvriers étaient debout de chaque côté de la route, avec leurs longs couteaux, et le chef des sirdars donnait à M. Ferré un couteau, et les ouvriers partaient vers les champs. Quand M. Ferré arrivait aux champs, tout le monde attendait, et personne ne bougeait jusqu'à ce qu'il ait coupé la première canne. Il donnait la canne à un ouvrier qui la jetait dans la charrette, et tout le monde s'en allait dans les champs, et toute la journée on n'entendait que le bruit des couteaux qui coupaient, et les voix des ouvriers qui criaient pour s'avertir, qui aboyaient comme des chiens, aouha ! aouha !

« Moi je courais partout avec les autres enfants, nous suivions les chariots le long des routes. Les femmes étaient habillées avec de grandes robes en haillons, elles ramassaient les cannes et elles les jetaient dans les charrettes. Avec Mayoc et Pasteur, nous mordions dans les morceaux de canne, nous courions dans les champs, et nous aussi nous criions : aouha ! aouha ! comme les coupeurs. Une fois, Pasteur et moi nous sommes arrivés à un endroit, il y avait un grand Noir au visage sans nez, je crois qu'il avait eu la lèpre, quand il nous a vus il a levé son couteau : "Qu'est-ce que vous foutez ? Partez, ti rat blanc !" Je n'ai jamais eu aussi peur de ma vie. »

Suzanne est couchée contre Jacques, la tête appuyée au creux de son épaule. Elle n'a pas lâché ma main, mais je sens qu'elle s'endort. Je vois son visage très doux, un peu enfantin, les cheveux châtain clair relevés en chignon, ses yeux fermés sur la frange de cils épais. À côté d'elle, Jacques est allongé, lui aussi, les yeux fermés, ses cheveux longs flottent dans le vent. Il ne parle plus. Il pense à autre chose, comme s'il était sur une plage, quelque part, pour un voyage de noces. Il me semble que je les ai toujours connus ensemble, qu'ils sont comme mon père et ma mère. Moi aussi je m'allonge sur le sol, je regarde glisser les nuages dans le vent lent. Quand j'appuie ma tête contre l'épaule de Suzanne, je sens sa main légère qui passe dans mes cheveux.

12 juin

Passé une partie de la matinée à classer les découvertes. L'odeur du formol insupportable, obligé de m'isoler dans le bâtiment de l'infirmerie.

Jusqu'à présent j'ai réuni une collection de solanacées et graminées. Dans la vicinité de la Quarantaine, recueilli les « brèdes » (autre signe de la présence humaine) : *Solanum nodiflorum* (brède malgache), *nigrum* (brède Martin) comestibles. Autres comestibles : *Solanum indicum* (bringelle marron, c.à.d. aubergine sauvage) et sa variété cultivée, *Solanum melongena*, probablement introduite par les premiers colons : fruit de la taille d'une pomme reinette, violet pâle ou tirant sur le noir.

Autres solanacées appréciables : les variétés *capsicum* (piment sauvage, piment d'arbre) et, à un degré moindre, *auriculatum*, un substitut du tabac (feuillage pérenne, couvert d'un duvet cendré, pourrait avantageusement remplacer le ganjah (ou chanvre indien) importé par le gouvernement pour les travailleurs immigrés). Dans la zone contiguë au départ des récifs, sur le versant sud-est, *Lycium*

*physalis, et angulata, solanacées comestibles. Baies
en grappes, succulentes ressemblant aux groseilles,
jaune orangé, connues dans l'océan Indien sous le
sobriquet de* Pokepoke.

La mer était presque calme ce matin, d'une
couleur que je n'avais jamais vue, verte, bleue,
mais comme si la lumière sortait d'elle et rayon-
nait jusqu'au fond du ciel. C'était si beau que je
ne suis pas retourné à la Quarantaine pour boire
le quart de thé noir et manger le lampangue de
riz séché dans la marmite. J'ai couru le long du
rivage vers la pointe du Diamant. La marée était
étale, j'étais sûr de trouver Suryavati, en train de
marcher le long du récif, sur son chemin d'algues
à fleur d'eau, qu'elle est la seule à connaître. Mais
le lagon était désert.

Le vent ne soufflait pas, et ça faisait un silence
étrange, après toutes ces nuits passées dans la
tempête, dans le genre d'un carillon qui sonne
pendant des heures et qui cesse tout à coup.

Il faisait déjà très chaud. Le sable blanc entre
les laves brillait avec force, dureté. À l'extrémité
de la pointe, les oiseaux de mer volaient autour
du Diamant. Certains s'étaient posés sur l'étrave
noire dégagée par la marée. D'autres planaient
autour de moi, des mouettes, des sternes, des
fous. Ils criaient, ils étaient presque menaçants.
J'ai aperçu aussi les pailles-en-queue, plus nombreux que d'habitude, qui tournaient au-dessus
de la mer, en volant lourdement.

Comme chaque matin, j'ai ôté mes vêtements à
l'abri d'un rocher et j'ai plongé dans l'eau du lagon,
nageant les yeux ouverts au ras des coraux. L'eau

était légère, à peine plus fraîche que l'air. J'avais l'impression d'être un oiseau, moi aussi. Non loin de la barrière des récifs, il y a un banc de sable. C'est là que je me suis arrêté, n'ayant rien à craindre des oursins ni des poissons-scorpions.

C'est ici que tout me revient, tout ce que Jacques me disait à Paris, autrefois, et qui est devenu comme ma propre mémoire. La mer au lever du jour, à Anna, l'eau encore froide de la nuit, sur la plage de sable noir. Alors tu nages sous l'eau, sans faire de remous, en étendant les bras loin devant toi et les ramenant le long de ton corps, sans respirer, en écoutant le crissement des vagues qui déferlent... Chaque jour, je me rapprochais de cet instant. La mer à Flic-en-Flac, passé Wolmar, l'estuaire noir de Tamarin. C'était comme si j'avais vécu tout cela, au temps où mon père et ma mère habitaient encore la maison d'Anna. C'est un rêve ancien, que j'ai fait chaque soir, à Rueil-Malmaison, avant de m'endormir. Avec Jacques, je marche le long du rivage, sur l'étroit sentier qui longe la côte au milieu des herbes si hautes qu'elles vous coupent les lèvres. Peut-être qu'il y a les mêmes oiseaux, des cormorans noirs qui rasent l'eau, comme pour nous dissuader de rester. Il me semble que je reconnais leur bec rouge, la lueur méchante de leurs yeux. La mer, dans les échancrures, étincelante, pareille à des lacs de lave. Avant la mer, je m'en souviens, il y a un marécage, des roseaux. On avait dit à Jacques : « Ne va pas par là, c'est dangereux, tu pourrais te perdre. Il y a des sables mouvants. » Tout cela est très loin. Dans le silence, ici, sur le banc de sable blanc où la mer me frôle, je me souviens de tout. Je ne peux plus me perdre. Maman était déjà

109

malade, la fièvre la brûlait chaque soir, la nausée. Moi j'étais dans son ventre, quand elle marchait vers la plage pour sentir la fraîcheur du soir, pour écouter la prière des martins. En février il y a eu un cyclone qui est venu sur la mer, qui a tout ravagé. Une nuit, le vent a traversé la maison de part en part, éteignant les lampes et les torches. Mon père était resté à Port-Louis. À l'aube, il est arrivé à cheval, le long des routes aux arbres déracinés. C'est ce jour-là, après l'ouragan, que je suis né.

Le soleil a cuit ma peau, le sel imprègne mes cheveux, les rend durs, lourds comme un casque. « Tu devrais faire attention », dit Suzanne. Elle ajoute en riant : « Tu es noir comme un gitan, personne ne voudra croire que tu es Archambau. » C'est le sang d'Amalia William qui coule dans mes veines. À Paris, dans l'appartement de Montparnasse, mon père n'avait gardé qu'une photo d'elle, quand elle est venue en France à dix-huit ans, mince et brune, visage ovale et sourcils arqués qui se joignaient comme deux ailes, et les longs cheveux très noirs en une seule tresse qui s'alourdissait sur son épaule.

Sans que je l'aie entendue arriver, Suryavati est là. Debout au milieu du lagon, avec sa longue robe couleur d'eau nouée entre ses jambes, son visage caché par le grand foulard rouge. Elle scrute les creux du récif, à la recherche d'oursins et d'ourites. Elle marche tranquillement, comme si je n'étais pas là. Je suis sorti de l'eau, je me suis rhabillé à la hâte derrière mon rocher. Elle traverse lentement le banc de sable jusqu'au rivage, et quand elle arrive devant moi, elle s'arrête et elle écarte son foulard. Le soleil éclaire son visage lisse, fait briller ses iris jaunes. Elle me paraît plus jeune que l'autre jour, presque une enfant, avec son corps mince et souple, ses bras très longs, cerclés d'anneaux de cuivre. Ses cheveux noirs sont peignés avec soin, divisés sur le front par une raie bien droite.

Maintenant, elle se tient debout devant moi, contre le soleil. Je ne vois que sa silhouette. L'eau du lagon brille derrière elle. Sur le récif, la mer fait une rumeur rassurante. C'est le premier jour où tout est vraiment calme. Comme j'hésite à lui parler, elle dit simplement : « Vous allez mieux ? » Elle a une voix bien claire, je ne me souvenais pas si elle m'avait tutoyé d'abord. J'aime sa voix, sa façon directe. Elle dit :

« Vous habitez dans les maisons ? »

Elle montre la direction de la Quarantaine, à l'autre bout de la plage. Je dis oui, et avant que j'aie eu le temps de retourner la question, elle continue :

« Moi, j'habite de l'autre côté, avec ma mère. »

Je croyais qu'elle était de passage, comme nous. Mais elle dit :

« Il y a un an que nous habitons ici. Ma mère travaille pour les gens qui arrivent, elle leur vend les choses dont ils ont besoin. Elle leur faisait la cuisine aussi, mais maintenant elle est tombée malade. Moi je pêche du poisson ou des ourites pour les vendre. »

Je suis tellement étonné de tout ce qu'elle dit que je ne sais quoi répondre. Elle me regarde un instant, puis elle dit, et ce n'est pas une question, simplement elle se parle à elle-même :

« Vous, vous allez bientôt partir pour Maurice. »

Elle recommence à marcher sur le récif, son harpon à la main. Comme l'autre jour, j'essaie de marcher sur ses traces. Mais les algues cachent le chemin, et les reflets m'aveuglent. Suryavati est déjà loin, au bout du récif. J'ai manqué plusieurs fois tomber dans l'eau, et les pointes du récif ont rouvert ma plaie sous le gros orteil. Il ne me reste plus qu'à revenir sur le rivage. Je me suis assis sur un rocher et je regarde la jeune fille qui pêche au milieu du lagon. J'attends.

J'attends si longtemps que le soleil redescend vers l'autre versant du ciel et disparaît derrière des nuages. La marée commence à monter. Les oiseaux tourbillonnent autour du récif. C'est le moment où les poissons sortent de leurs trous, le bon moment pour pêcher l'ourite : je vois Surya qui enfonce le harpon dans les trous du récif, puis qui décroche les poulpes et les fourre dans son panier. Le grondement des vagues résonne dans le socle de l'île, l'eau du lagon devient sombre, traversée de veines noires. C'est le signal qu'il faut retourner en arrière. La jeune fille suit le récif vers la rive, elle marche au milieu des vagues. Sa robe dessine son corps, ses cheveux flottent dans le vent. Je crois que je n'ai jamais vu personne comme elle, elle ressemble à une déesse. Mon cœur bat très fort, les yeux me brûlent. C'est comme si j'étais avec elle sur le récif, et que je sentais le nuage des embruns sur ma peau, sur mes lèvres, jusqu'au fond de mon corps les coups des vagues sur le mur de corail.

Quand la jeune fille arrive sur la plage, elle me regarde brièvement sans rien dire. Contre la lumière, son visage est presque noir, sans expression, ses cheveux ont un reflet de cuivre. Je ne comprends pas pourquoi, je ne peux pas bouger. Comme dans un rêve, je ne peux que regarder, assis sur mon rocher, un peu de côté, pareil à un oiseau curieux.

À travers les broussailles, venus de l'autre versant de la pointe, des enfants accourent. Ils crient : « Surya ! Surya-vaaati ! »

Puis ils m'aperçoivent et s'arrêtent un instant au bord de la plage, effrayés, mais riant tout de même et se parlant à voix basse. Ils doivent juger que je ne suis pas dangereux, parce qu'ils courent à nouveau vers la jeune fille et l'entourent. Ils regardent tandis qu'elle sort les ourites de son panier et les retourne, puis les lave à l'eau de mer. Ensuite elle les accroche au bout de son harpon et les garçons s'en emparent comme d'un trophée. Elle ne m'a pas regardé, elle n'a pas fait un geste vers moi, et moi je n'ai pas essayé de la suivre.

Je suis brûlant de soleil. J'ai marché en titubant jusqu'à la Quarantaine. Je suis retourné à mon monde, là où j'appartiens. Je n'ai pas écouté les questions de Suzanne ni les vagues reproches de Jacques. Dans la baraque étroite, l'air est surchauffé, suffocant. Je me suis couché à même le sol, la tête appuyée sur le bloc de lave qui sert de tabouret. Les yeux grands ouverts dans la pénombre, j'ai rêvé aux nuages qui s'amoncellent. J'ai souhaité l'arrivée de la pluie.

15 juin

Depuis trois jours que règne l'accalmie, la fièvre s'est emparée des habitants de l'île. On attend à chaque instant le signal de l'arrivée du schoo-

113

ner, la trépidation de ses machines et son coup de sirène. Il y a une sorte de gaieté feinte dans la Quarantaine. Dès le lever du jour, Jacques emmène Suzanne à la plage, sur le môle face à Gabriel. Elle ouvre son parapluie noir et ils s'abritent du soleil, assis dans le sable, comme s'ils étaient en vacances, quelque part en Angleterre ou en Bretagne.

Quand j'ai voulu retrouver mon poste d'observation, en haut du volcan, près du phare, j'ai eu la désagréable surprise d'y trouver le Véran de Véreux, en compagnie de son inséparable Bartoli. Julius Véran avait installé une sorte d'auvent fait d'une toile retenue par de lourdes pierres, et, muni d'une lunette d'approche, il scrutait l'horizon impeccable, où les sommets de Maurice pour la première fois étaient entièrement libres de nuages, et l'ourlet blanc du rivage apparaissait clairement.

Malgré le peu de goût que j'ai pour sa compagnie, je suis resté un long moment au bord du cratère, à regarder l'île mère. Jamais elle ne m'avait semblé plus proche, plus familière, grand radeau de verdure et de douceur posé sur la ligne de l'horizon. Je sentais mon cœur battre plus fort, l'enthousiasme remplir mon corps, une ivresse, comme quand, après avoir marché pendant des heures, on reconnaît tout d'un coup les abords du lieu vers lequel on se dirige, qu'on est sur le point d'atteindre. Je crois que j'ai même agité mes bras, comme un naufragé, comme si quelqu'un pouvait me voir, des yeux amis, et qu'un bateau glissait lentement à notre rencontre.

« Ils ne vont pas venir tout de suite, a commenté Véran. Ils attendront le jusant, cet

114

après-midi. » Il était debout à côté de moi, il avait une expression presque amicale. Même Bartoli, d'ordinaire si taciturne, avait l'air joyeux.

Je les ai laissés tous les deux à leur poste de vigie, et je suis redescendu vers les bâtiments de la Quarantaine. Au fur et à mesure que je dévalais le sentier, entre les blocs de basalte, face au soleil brûlant, je sentais une impression étrange, comme si de l'espoir naissait une inquiétude, une tache sombre, un frisson. C'était cela, sans doute, qui faisait battre mon cœur plus vite. Je n'avais pas compris. Je croyais que l'instant de la délivrance approchait, et maintenant c'était l'image de Suryavati qui dansait devant mes yeux, pareille à une flamme, pareille à un mirage sur l'eau lisse du lagon, née des vagues qui déferlaient sur la barrière de corail, et que j'allais perdre pour toujours.

Je courais à travers les broussailles, pieds nus sur les laves coupantes sans ressentir la douleur, et quand j'approchais du rivage il n'y avait personne, la longue plage éblouissante était vide. Tout le monde avait quitté les bâtiments de la Quarantaine pour guetter l'arrivée du schooner à la baie des Palissades. Seule la petite maison de l'infirmerie, près du môle, était gardée par le vieux passeur. Lui n'attendait rien ni personne. À l'intérieur de la pièce surchauffée, le quartier-maître Nicolas et M. Tournois étaient couchés sur leurs grabats, le visage gonflé par la montée de la fièvre, les yeux fixes, la bouche ouverte respirant avec difficulté.

J'ai espéré trouver Suryavati sur la plage, revenant de sa pêche quotidienne. Le vent avait cessé, le soleil aveuglait dans un ciel trop bleu. J'allais entre les broussailles, je cherchais le chemin par lequel elle venait, sa trace dans le sable. Puis je retournais vers la plage, comme si tout d'un coup elle allait apparaître le long de la courbe du récif, au milieu du lagon. La réverbération de la lumière me donnait la nausée, le vertige. J'avais la gorge serrée. Dès que le bateau de Maurice serait là, tout le monde partirait, disparaîtrait au gré des services d'immigration. Tout serait fini.

J'ai même crié, de toutes mes forces, comme les enfants l'autre jour : Suryavaaati ! C'était un nom magique qui pouvait tout arrêter, qui pouvait faire durer éternellement l'instant où j'avais vu la jeune fille debout sur le récif comme si elle marchait sur l'eau.

Les oiseaux bouillonnaient autour du Diamant. Les pailles-en-queue étaient sortis de leurs trous dans l'îlot Gabriel, ils volaient en grands cercles au-dessus de la mer ouverte, et de temps en temps plongeaient en se laissant tomber comme des pierres. La marée montait rapidement. J'ai compris que Surya ne viendrait pas. Les vagues cognaient le socle du récif, avec de grands jets de vapeur irisée. Le vent a recommencé à souffler, une brise, qui suivait le mouvement des vagues. L'eau du lagon s'est troublée. Tout près du bord j'ai vu passer une ombre rapide, pareille à un chien du fond de l'eau. C'est tazor, le barracuda qui est le maître du lagon. Surya n'a pas peur de lui, mais le vieux Mari m'a dit qu'il mord ceux qu'il ne connaît pas.

C'est Jacques qui est venu me chercher. Il s'était habillé pour le grand départ, veste grise, gilet et cravate, son panama décabossé et pieds nus dans ses souliers noirs qu'il avait enfilés à la hâte. Il était agité, anxieux.

« Viens, que fais-tu ici ? Il reste une chance de s'en aller aujourd'hui. »

Comme je le regardais sans comprendre, il a crié presque.

« Le bateau des services sanitaires est à Palissades. Il faut discuter avec l'officier, il faut qu'ils nous emmènent. Il faut qu'ils voient que tu n'es pas malade.

— Et Suzanne ?

— Elle est déjà là-bas, avec Véran et Bartoli. C'est elle qui m'a dit où tu étais, je croyais que tu étais parti avant nous. Qu'est-ce que tu fiches ici ? »

J'aurais eu du mal à lui dire ce que j'attendais. Il me tirait par le bras, j'ai dit :

« Et les autres ? »

Il n'a pas eu l'air de comprendre tout de suite, puis c'est revenu.

« Je vais m'en occuper. La première chose, c'est de sortir d'ici. Après, à Maurice, tout s'arrangera, je ferai intervenir Alexandre. Mais tant qu'on est ici, on ne peut rien faire. »

C'est la première fois qu'il parle du Patriarche autrement que comme de l'ennemi absolu. Derrière ses lunettes, ses yeux sont mobiles, inquiets, il se retourne pour regarder vers le volcan, pour guetter des signes.

« Viens-tu, à la fin ? Je ne peux plus t'attendre ! »

Il s'est mis à courir à travers les broussailles, dans la direction de la baie du volcan. Il était déjà loin, il s'est retourné :

« Léon ! Viens ! »

Jacques avait ramassé à la hâte ses affaires. J'ai pris à mon tour mon sac, contenant le livre de poésie de Suzanne et mon cahier de dessin.

Sur le chemin du volcan, Jacques parlait nerveusement de ce qui se passait de l'autre côté.

« On est au bord de l'émeute. Il faut faire vite avant que ça ne tourne mal. Les immigrants sont tous sur la plage. Je n'aurais jamais cru qu'ils étaient aussi nombreux. Ils ont compris que le bateau ne venait pas pour eux, ils sont furieux. Ils sont prêts à sauter à la mer pour prendre la chaloupe à l'assaut.

— Mais le schooner ne doit pas venir ?

— Je ne sais pas. Je n'ai pas envie de l'attendre. »

Jacques recommence à courir le long du chemin. Il est essoufflé. Il porte sa mallette de médecin et le sac de voyage de Suzanne. Nous traversons le vieux cimetière, en sautant par-dessus les tombes ruinées. Jacques s'arrête un instant pour reprendre son souffle. Il a un point de côté qui le fait grimacer.

« Ils sont restés au large, personne n'est descendu. Tu comprends ? Ils ne veulent pas nous prendre. Ils ne veulent prendre personne. Il faut que tu sois là, qu'ils nous voient tous ensemble.

— Mais pourquoi ? »

Je crie moi aussi, je suis hors d'haleine, j'ai les jambes griffées par les broussailles. Tout d'un coup, je me rends compte que je suis pieds nus : j'ai oublié mes chaussures à la Quarantaine. Je veux retourner, mais Jacques crie :

« Laisse, on n'a plus le temps, tu en achèteras d'autres à Port-Louis. »

Sa voix est tendue, méconnaissable. Maintenant je me rends compte de ce qui se passe là-bas, à Palissades, une fureur collective.

Je franchis l'arête qui sépare les deux versants de l'île, et je suis immobilisé par ce que je vois : tout le long de la baie des Palissades, la foule est massée. La plupart sont groupés autour de l'embryon de jetée à laquelle les coolies travaillent chaque matin, et se tiennent en équilibre sur les blocs de lave. D'autres se sont avancés sur les grandes plaques de basalte, dans la mer jusqu'à mi-corps malgré les vagues qui déferlent. À gauche de la baie, près du toit de palmes qui sert de dépôt, les voyageurs européens attendent debout sur la plage. Suzanne s'est mise à l'abri du toit, appuyée contre un des poteaux d'angle. Elle est tournée vers nous, elle nous attend. Elle ne fait pas un geste, mais je sais qu'elle a vu Jacques qui descend en courant le chemin vers la baie.

La plage n'est pas assez grande pour contenir tous les immigrants. Beaucoup sont dans les taillis, au fond de la baie, accroupis sur leurs talons. Les femmes sont venues avec leurs parapluies noirs, leur seule fortune. Ils ont abandonné les travaux et les champs, ils ont pris à la hâte quelques affaires dans les maisons collectives, et ils sont là, ils regardent le garde-côte, un petit vapeur qui tourne sur son ancre à quelques encablures de la rive. Personne ne parle, tout est très silencieux, à part le bruit régulier de la machine, et de temps en temps, un cri d'enfant, une voix qui appelle. Même les chiens se sont tus. Ils sont couchés le nez dans la poussière, devant les maisons vides, comme s'ils attendaient eux aussi qu'il se passe quelque chose.

Sur la plage, non loin des passagers de l'*Ava*,

j'aperçois des ballots échoués, des tonneaux d'huile, des caisses qui ont été flottés jusqu'au rivage. Personne ne s'est occupé de les tirer au sec et les vagues qui déferlent les recouvrent d'écume, les reprennent et les rejettent plus loin. Il semble que l'officier de bord n'ait pas voulu prendre le risque d'un débarquement, soit qu'il juge la mer trop forte pour sa yole, soit qu'il craigne d'être assailli par les immigrants. En m'approchant, je me rends compte qu'une partie de l'équipage est armée, les hommes sont debout sur le pont, ils portent les lourds fusils Schneider de l'armée des Indes.

Jacques est loin devant moi, déjà sur la plage. Comme je recommence à descendre la pente, entre les blocs de roche brûlée, j'entends une clameur qui emplit toute la baie des Palissades. C'est un cri général d'angoisse et de colère, qui s'enfle et redescend, reprend encore, parcourt toute la plage, de bouche en bouche, poussé par les hommes, par les femmes, tantôt grave, tantôt strident. Je n'ai jamais rien entendu de tel. Un frisson passe sur tout mon corps, parce que c'est aussi un chant, une musique, un cri de colère et une plainte. L'officier de santé qui attendait sur le pont au milieu des hommes — et qu'on distingue très bien à la blancheur éclatante de son uniforme — vient de décider d'appareiller. Les marins hissent l'ancre le long de l'étrave, et l'officier est entré dans le château arrière pour faire remettre la machine en marche. Le grondement des machines se répercute dans la baie. C'est ce bruit et la vue du panache de fumée noire qui ont déclenché le cri de colère des immigrants. Ils ont compris que le garde-côte repartait, qu'il nous abandonnait tous à notre sort.

Quand j'arrive sur la plage, la cohue est incroyable. Les hommes courent dans tous les sens, en proie à un désespoir furieux. Ils ont abandonné leurs sacs, leurs biens, ils vont jusqu'au rivage, entrent dans la mer malgré les vagues, crient des imprécations. Les arkotties et leur chef, le sirdar Shaik Hussein, ont disparu. Ils ont dû se réfugier dans les rochers, au-dessus de la baie. Personne ne peut contenir la colère de la foule. Ces hommes que j'ai vus si doux, marchant en files régulières, courbés sous le poids des paniers de cailloux qu'ils transportaient jusqu'à la digue, semblent possédés. Certains ont été jetés à terre, le visage en sang. Les femmes et les enfants terrorisés tentent de fuir vers les maisons du village coolie et sont repoussés en arrière par des hommes armés de gourdins et de coupe-coupe. Au fur et à mesure que j'approche de l'endroit où les passagers de l'*Ava* se sont réfugiés, je sens l'inquiétude qui serre ma gorge : de là où je suis, je ne peux voir que la masse compacte de la foule, qui bouge dans un mouvement tournant dont le toit du dépôt est le centre. Les cailloux pointus qui jonchent le sable ont rouvert la blessure de mon pied droit, et j'ai du mal à avancer. Tout d'un coup, dans une ouverture, j'aperçois Jacques. Son visage est crispé par la peur et par la colère. Lui aussi crie, montre le poing. Il tient Suzanne par la main et tente de revenir en arrière, mais la foule est trop dense et les repousse vers le rivage. Ils sont un instant debout tous les deux dans l'écume, le dos aux vagues qui déferlent. Les autres passagers de l'*Ava* ont disparu, John et Sarah, Bartoli et Julius Véran. Ils ont eu sans doute le temps de fuir vers l'escarpement du vol-

121

can. Je cherche aussi des yeux Suryavati, j'essaie d'apercevoir sa silhouette, son visage. Mais il n'y a autour de moi que des fugitifs, des jeunes gens qui courent presque nus, les yeux brillants de folie. Près du chantier de la digue, il y a un groupe de femmes. Certaines ont leurs valises et leurs paquets posés à côté d'elles, leurs bébés à cheval sur leur hanche, comme si elles allaient réellement prendre un bateau et s'en aller très loin. Surya n'est pas avec elles. Je pense qu'elle a dû rester avec sa mère, dans le quartier des parias, à l'autre bout de la baie. C'est tout à fait impossible d'aller jusque là-bas. Comme j'hésite, louvoyant entre les gens qui courent, j'entends la voix de Suzanne qui m'appelle. En un instant je suis dans la mer. Jacques et moi faisons un rempart de nos corps, et nous avançons tête baissée vers le bout de la plage, manquant glisser sur les dalles de basalte. Ici du moins nos agresseurs ne peuvent pas nous entourer.

Il y a toujours la même clameur dans la baie des Palissades, mais plus sourde, maintenant, plus confuse, les voix qui crient, appellent, menacent en même temps. De jeunes garçons, aux corps luisant de sueur et d'eau de mer, vêtus seulement d'un pagne, courent dans l'eau autour de nous, nous invectivent, jettent des pierres dans la direction du garde-côte qui s'éloigne. En me retournant, je vois les silhouettes debout sur le pont, ils ne sont plus que des ombres contre le soleil. Les rafales de vent dispersent la fumée. Déjà on n'entend plus la trépidation des machines, et le bateau plonge dans les creux, roule dans la houle. L'instant d'après, il disparaît derrière la pointe du volcan.

Le fracas des vagues recouvre les voix humaines. Les jeunes gens qui étaient autour de nous sont bousculés par les paquets de mer, ils sortent de l'eau et retournent vers le haut de la plage. J'entraîne Suzanne vers notre seul refuge, le chaos de basaltes à la base du volcan, là où coule le ruisseau d'eau douce. Tandis que nous escaladons les rochers, je vois le visage de Jacques en sang. Il a été touché par un des cailloux lancés par les garçons. La pierre l'a frappé au-dessus de l'œil gauche, cassant un des verres de ses lunettes. Nous arrivons sur le versant sud du volcan à temps pour voir le garde-côte qui s'éloigne rapidement sur la mer verte, tirant derrière lui sa yole vide qui titube dans son sillage.

Le 15

Trouvé ce matin une colonie de Colubrina, sur terrain découvert. La feuille longue d'un demi-pied, effilée, l'apparente sans doute à la variété polynésienne, accidentelle (importée peut-être par les boucaniers).

Profité de l'incursion vers Palissades pour identifier les palmes. Hyophorbe, de la variété amaricaulis, parente du palmiste, mais non comestible, me semble-t-il.

Près du village, les lataniers (environ 50 pieds) avec fleurs caractéristiques, axillaires et branches disticheuses, chaque branche recouverte d'une spathe tronquée oblique.

Identifié (de loin, à la lorgnette) quelques spécimens d'agave américain, sans doute tentative d'im-

plantation due aux premiers occupants, pour raison médicinale.

Aucune trace d'arbre à pain, qui serait utile pour la Quarantaine.

16 juin

L'émeute a duré toute la nuit. Nous étions couchés dans la maison de la Quarantaine, Suzanne et Sarah Metcalfe au fond, Jacques, John et moi veillant à tour de rôle. Par instants le vent apportait des cris aigus, de l'autre côté de l'île, ou des bruits de pas dans les fourrés alentour. Les chiens hurlaient sans arrêt. Il y avait une odeur âcre de fumée. Je croyais entendre le crépitement des flammes tout proche. Je suis sorti, j'ai fait quelques pas vers la rive. La nuit était noire, fermée par les nuages, mais j'ai vu la lueur des incendies, une tache rouge qui vacillait au-dessus des arbres. Bartoli et le Véran de Véreux ont passé la nuit dans le cratère. Véran a même exhibé complaisamment une arme, un vieux revolver d'ordonnance qu'il avait caché dans ses affaires, que Jacques le soupçonne d'avoir volé sur le cadavre d'un fédéré. Est-ce avec cela qu'il espérait contenir l'insurrection ?

La révolte s'est calmée à l'aube. Elle a cessé comme elle avait commencé, sans raison, peut-être simplement parce que cette nuit de folie avait consommé toutes les forces.

Véran et Bartoli sont revenus. Ils ont raconté que les Indiens rentraient dans les maisons pour dormir. Quelques huttes de parias avaient brûlé autour de Palissades. Plus tard, nous avons appris ce qui s'était passé, les jeunes gens ivres qui sont entrés dans la maison d'une prostituée du nom de Rasamah et l'ont violée. Alors l'émeute s'est arrêtée, dans cette scène de violence vaine et inévitable comme un meurtre rituel. Shaik Hussein a fait enfermer les coupables dans la cabane où nous avions dormi le soir de notre arrivée.

Je suis resté auprès de Suzanne. Les événements d'hier soir ont déclenché une crise de paludisme, et elle grelottait. Il y avait un conciliabule devant la maison, auquel participaient deux envoyés de Shaik Hussein. J'ai entendu des éclats de voix, Jacques qui disait : « Et pour l'eau ? Qui est-ce qui s'occupera d'eux, où vont-ils loger ? » Véran parlait des citernes, d'un abri provisoire. J'ai compris qu'il voulait isoler nos malades, envoyer Nicolas et M. Tournois. Jacques est indigné. C'est lui qui a parlé des Indiens que les Anglais ont oubliés sur Gabriel en 1856, et Véran est prêt à envoyer ces gens à la mort, pour pouvoir continuer son voyage. J'entends Véran parler de l'urgence. Il répète une phrase absurde et creuse : « C'est une question de vie ou de mort. » Il est surexcité, véhément. Puisque tous ne sont pas d'accord, on votera. Les arkotties sont debout, un peu à l'écart. Ils ne disent rien. Ils ne comprennent pas la discussion entre Jacques et Véran, mais ils sont ici pour emmener Nicolas et M. Tournois. Il y a quelque chose de sinistre et de grotesque à la fois dans cette scène, comme si nous assistions au jugement des malheureux couchés sur leurs grabats dans l'infirmerie.

Je n'ai pu en supporter davantage. J'ai embrassé Suzanne et je l'ai laissée avec Sarah. J'ai marché dans l'air froid du matin jusqu'à la plage. Près du môle, le vieux Mari a déjà tiré la plate dans l'eau, et il attend le moment du départ. Dans les trouées du ciel, la lune est encore brillante. La lumière du jour étincelle sur les crêtes des vagues.

J'ai besoin de voir Suryavati, j'éprouve un grand désir d'apercevoir sa silhouette mince sur le lagon, en train de marcher le long du chemin invisible du récif.

Il me semble qu'elle seule peut effacer ce qui s'est passé, la clameur de l'émeute dans la baie des Palissades, et la peur qui étreignait Suzanne tandis que nous cherchions à fuir, et le sang qui coulait sur la joue de Jacques. Et cette nuit, les bruits des voix, la lueur des incendies. Mais la plage reste désespérément vide.

J'étais encore sur la plage quand la barque a emmené Nicolas et M. Tournois vers Gabriel. Sur une civière improvisée, deux bâtons et un drap, les arkotties ont porté Nicolas. Tournois marchait derrière eux, dans sa grande chemise d'hôpital. Il n'a regardé personne, il est monté dans la barque et s'est assis à côté de Nicolas, comme s'il l'accompagnait. De Palissades, le sirdar avait fait envoyer deux malades indiens, comme pour faire bonne mesure, deux femmes, une âgée et l'autre plus jeune, sans doute des parias, enveloppées dans des linges. Une bâche de fortune a été installée sur la barque, pour les protéger du vent. Puis

127

Jacques est monté à l'avant, et le vieux Mari, debout sur la poupe, a appuyé sur sa longue perche. Dans la lumière grise du matin, la barque surchargée faisant eau s'est éloignée lentement sur le miroir du lagon et je ne pouvais pas ne pas penser au dernier voyage du nautonier. Combien d'autres suivront ?

Jacques est revenu de Gabriel pâle et agité. Il n'a pas voulu rester, pour retourner plus vite auprès de Suzanne. Nous marchons ensemble jusqu'à la Quarantaine, sans rien nous dire. Sur l'instant, j'ai méprisé Jacques d'avoir cédé au Véran de Véreux. Maintenant je comprends que c'était inévitable. C'était la volonté du sirdar, peut-être les ordres qu'il avait reçus de Maurice, quand nous avons débarqué du schooner.

Sarah est assise auprès de Suzanne. Elle essaie de lui faire prendre de l'eau de riz, mais Suzanne est trop fiévreuse, elle ne peut boire ni manger. Nous n'avons que de l'eau permanganatée, affreuse. Personne n'a eu le courage de préparer du thé ce matin.

Le souvenir de cette nuit et du départ des malades ne nous quitte pas. Je vais jusqu'au rivage, pour regarder la lagune. L'eau est lisse comme la surface d'un lac, et la forme de Gabriel se découpe sur le ciel clair, avec son piton où vivent les pailles-en-queue et la ruine du sémaphore. La tente des malades a été dressée de l'autre côté de l'île, sous le vent du piton. De là où nous sommes, il est impossible de l'apercevoir.

« Comment en sommes-nous arrivés là ? » Jacques a besoin de colère. Il n'ose pas soutenir le regard de Suzanne. Sans bien s'en rendre compte, il a rejoint le côté de Véran, il accuse le sirdar :

« Où était-il hier ? Il ne s'est pas montré. C'est lui qui a tout organisé. Il n'a pas cherché à calmer les esprits. Je n'ai pas entendu une seule fois son maudit sifflet ! »

Son arcade sourcilière est tuméfiée, le sang a séché sur sa paupière. Le verre de lunette cassé dédouble son regard. Il bouge nerveusement. Ses mains sont sèches et brûlantes. Lui aussi est en proie à une crise de paludisme. Je me souviens comme il me racontait quand la fièvre venait, autrefois, à Médine. Il en parlait comme d'un vent sur les champs, comme d'une onde. Elle envahissait tout dans la maison d'Anna, les couloirs, les chambres, elle était dans les draps mouillés, dans l'eau des cruches, dans l'air, dans l'ombre de la varangue, elle se mêlait à la fumée des cuisines, aux cris des martins le soir, au bruit des filaos, à la rumeur de la mer. Une nausée, une peur qui faisait battre très vite le cœur, qui hérissait les poils sur la peau, comme à la veille de la tempête.

« Pourquoi ne fait-il rien pour nous ? » Il est venu jusqu'au rivage, comme s'il cherchait à apercevoir la ligne de Maurice à travers Gabriel, les volutes des nuages accrochées aux pitons. « Personne ne se soucie de nous, personne ne plaide notre cause pour qu'on vienne nous libérer ! » Il ne veut pas prononcer le nom d'Alexandre. Mais c'est vrai que le Patriarche doit savoir où nous sommes. Il n'est pas possible qu'il ne soit pas informé. S'il ne fait rien, c'est qu'il a un dessein. Nous sommes des revenants. Quand Antoine et Amalia ont quitté Maurice il y a près de vingt ans, nous avons cessé d'exister. Maintenant, il ne reste plus qu'à nous effacer, comme les coolies de l'*Hydaree* au printemps de 1856.

« Tout va s'arranger. C'est une question de jours. » J'ai essayé de rassurer Jacques. Mais la fièvre l'empêche de m'écouter. Il me regarde sans comprendre. Peut-être que je me suis trompé, que j'ai répété la formule de Véran : « Une question de vie ou de mort. » Je ne sais plus.

J'ai aidé Jacques à retourner vers la Quarantaine. Il marche difficilement. Il dit : « C'est comme si je portais quelqu'un sur mon dos. » J'ai pensé au Vieux de la Montagne, je lui ai dit : « Ne va pas traverser une rivière ! » Tourné contre un buisson, il essaie d'uriner, sans y parvenir. La fièvre secoue ses jambes, le fait claquer des dents. Il essaie de se maîtriser, pour que Suzanne ne le voie pas dans cet état. Je lui ai donné de la quinine avec du permanganate.

Suzanne est couchée, elle semble dormir, mais elle regarde à travers ses cils. Ses beaux cheveux châtains sont alourdis de sueur, défaits sur ses épaules. Quand Jacques arrive, elle murmure son nom. Il se couche à côté d'elle. Je les regarde avec attendrissement. Jacques a neuf ans de plus que moi, et il me semble que c'est moi qui suis son frère aîné, et que je dois le protéger, et protéger Suzanne comme ma sœur. Je les aime.

17 juin

L'inquiétude s'est installée dans la Quarantaine.
Bartoli et Julius Véran ont fait le point en ce qui
concerne nos provisions : vingt kilos de riz et du
poisson séché pour une semaine environ. Le ton-
neau d'huile est presque vide. Le pétrole lampant
va manquer dans deux ou trois jours. Le sirdar a
fait la répartition des vivres déposés par le garde-
côte, et il a omis notre camp. Pourquoi ? Sait-il
quelque chose que nous ignorons, sur la date de
notre départ ? Ou bien a-t-il décidé de nous affa-
mer ? Dans la confusion de l'émeute, des Indiens
ont pillé les réserves. Des sacs de provisions ont
été éventrés, leur contenu répandu dans la mer,
par ceux qui croyaient obliger ainsi le bateau à
revenir. Julius Véran ne quitte plus son cauche-
mar. Je l'entends qui prend les Metcalfe à
témoin : « Remember Cawnpore », répète-t-il
d'une voix lugubre. Jacques m'a raconté un jour
ce qui s'est passé là-bas, au nord de l'Inde, quand
l'armée de Nana Sahib a pris Cawnpore, et a mas-
sacré tous les Anglais, hommes, femmes et

enfants, dans les eaux du Gange. Mais le coup d'œil que lui renvoie John lui répond clairement qu'il n'en a aucun souvenir.

Dehors, le soleil brûle dans une immense trouée au-dessus des îles. Je ne peux rester plus longtemps dans le baraquement de la Quarantaine. J'étouffe, je déteste la figure pâle de Véran, la peur qu'il a communiquée aux autres, la violence de ses paroles. Jacques lui-même a cédé à l'obsession, à l'idée d'un complot. Ils ont beau incriminer les Indiens, et le sirdar qui est devenu leur croque-mitaine, ce sont eux tout de même qui ont envoyé Nicolas et M. Tournois sur l'îlot Gabriel. Seules Suzanne et Sarah Metcalfe ont échappé à cette hantise, à cette haine. Suzanne n'attend que l'instant d'être guérie de sa fièvre pour aller à Palissades, organiser des secours, réaliser son rêve angélique. Elle a même convaincu Sarah de l'aider. John Metcalfe, lui, a hâte de pouvoir reprendre ses recherches botaniques.

Je marche le long de la plage, devant le môle, sans détourner mon regard de la silhouette massive de l'îlot. J'essaie d'imaginer leur campement, juste une bâche cirée contre le vent et le soleil, à l'abri du piton.

Vue d'ici, l'île est déserte, juste quelques broussailles et des touffes d'arbres séchés accrochées à la roche noire. Il n'y a pas un signe de vie, pas une fumée. Seulement le vol irrégulier des pailles-en-queue qui font une ronde obsédante autour du piton, en poussant leurs cris éraillés. Quelquefois ils viennent jusqu'au rivage, ils me surveillent. Ils sont majestueux et maladroits, gênés par la longue plume rouge qui flotte derrière eux comme une banderole. Les enfants indiens viennent les épier entre les rochers, ils rêvent sans doute de pouvoir attraper une de ces longues plumes. *Phoenix rubricauda*, m'a dit John Metcalfe. En Afrique il paraît que ce sont des dieux.

Je suis à ma place dans les basaltes, assis dans un creux de sable où poussent quelques plantes à minuscules fleurs roses. C'est le soir, à mer étale, et la barrière du récif est invisible, dans l'ombre du lagon. Derrière moi, il y a Gabriel, et la falaise noire du volcan, et devant moi, la longue pointe de terre au ras de l'eau, où le vent a couché les batatrans. À l'horizon, entre la pointe et l'îlot, je vois les silhouettes de l'île aux Serpents et de l'île Ronde, pareilles à des animaux émergés.

Maintenant, je le comprends. Ce paysage a pris pour moi plus d'importance que le poste d'observation, en haut du volcan, où Véran et Bartoli guettent inlassablement la côte de Maurice. Ici, je regarde vers l'est, dans la direction opposée. Rien ne viendra de la mer, mais elle, Suryavati, peut apparaître d'un instant à l'autre, marchant entre les rochers. Il me semble que j'ai toujours connu ce lieu, la plage, la terre basse qui se confond avec la mer, et le grand rocher peuplé d'oiseaux.

Sans que je l'aie entendue venir, elle est là, sur la plage, devant moi. Elle a un air étrange, elle regarde avec inquiétude, comme si elle craignait la présence de quelqu'un. Elle porte le même sari vert d'eau, et son châle rouge délavé par le soleil la couvre entièrement. Elle a une tache ocre dessinée sur le front.

« Qu'est-ce que tu veux ? Quelles sont tes intentions ? »

133

Elle parle lentement, clairement, mais sans aucune affectation.

Je suis étonné par sa question :

« Je ne veux rien, je t'attendais. »

Ses yeux brillent. Elle dit sérieusement :

« Ainsi, c'est moi que tu attends comme ça tous les jours ? »

Elle s'est assise dans le sable, elle regarde le lagon. Le soleil éclaire par intermittence, brille sur son visage. Elle a les dents très blanches. Pour la première fois je remarque qu'elle a un petit clou d'or dans la narine gauche.

« Où as-tu appris à parler français aussi bien ? »

Ma question est idiote et mérite la réponse ironique :

« Comme toi, je suppose. C'est ma langue. » Mais elle ajoute : « J'ai été élevée par les sœurs, à Maurice. Mais ma vraie langue, c'est l'anglais. Ma mère est anglaise. »

Je ne sais pourquoi, j'ai demandé :

« Est-ce que je pourrais voir ta mère ? J'aimerais beaucoup la rencontrer.

— Ma mère ? Tu voudrais rencontrer ma mère ? »

Suryavati a un petit rire, comme si c'était l'idée la plus absurde qu'on puisse avoir.

« C'est impossible.

— Pourquoi ? »

Suryavati hésite. Elle cherche une bonne raison.

« Parce que... parce que ma mère n'est pas quelqu'un que tu peux rencontrer. »

Elle hésite encore.

« Parce que ma mère ne veut pas rencontrer les Blancs. »

Elle a dit les grands mounes, à la manière créole.

« Mais je ne suis pas un grand moune ! »

Elle n'a pas entendu. Ou bien elle n'en croit rien. Elle me regarde, elle continue à parler :

« Avant, elle était à Maurice, elle travaillait pour les grands mounes, à Alma. Mon père aussi travaillait dans la sucrerie. Et puis il a eu un accident, il est mort quand j'avais un an, alors ma mère m'a confiée aux sœurs. Elle est retournée en Inde. Et quand elle est revenue, les bonnes sœurs n'ont plus voulu me rendre à ma mère. Elles ont dit que maintenant j'étais à elles. »

Suryavati me parle de tout cela comme si c'était naturel, comme si elle me racontait une histoire que j'avais souvent entendue. Elle écrit dans le sable avec un petit bout de bois, des dessins, des signes, des cercles. Elle a des bracelets de toutes les couleurs, en cuivre émaillé, libres aux poignets et serrés au-dessus des coudes.

« Qu'est-ce qu'elle a fait ? Elle t'a reprise quand même ?

— Non, c'était impossible. Les grands mounes ne lâchent pas ce qui est à eux. Elle me voyait en cachette. Elle avait pris un travail à côté du couvent, pour être avec moi. Et quand j'ai eu seize ans, je suis partie avec elle. On s'est cachées à Maurice, et un jour elle a trouvé un bateau, nous sommes venues ici, à l'île Plate, parce qu'elle était sûre que les bonnes sœurs ne nous retrouveraient pas. Maintenant, elle est malade. Elle ne peut plus s'en aller. »

Je regarde son visage, sa peau de cuivre. Ses yeux sont couleur d'ambre, couleur du crépuscule. Je n'ai jamais vu une fille aussi belle, je suis amoureux.

« Comment est-ce, là-bas, d'où tu viens ? »

Sa voix est un peu étouffée. Elle ne veut plus parler de sa mère. C'est elle qui veut poser des questions.

« Comment est-ce, en France, en Angleterre ? Parle-moi de l'Angleterre. Est-ce que c'est très beau, avec de grands jardins et des palais, et des enfants qui ressemblent à des princes et des princesses ? »

D'une poche de son sari, elle extrait un morceau de papier qu'elle déplie soigneusement. C'est pour moi qu'elle l'a apporté, elle savait qu'elle me trouverait ici. C'est une page de l'*Illustrated London News* sur laquelle sourit un poupon monstrueux. En dessous il y a écrit : FRY'S *Finest* COCOA.

Je ne peux m'empêcher de rire. Ici, sur cette plage, dans cette île où nous sommes abandonnés, la figure du bébé hilare a quelque chose de dérisoire et de pas sérieux. Suryavati se met à rire elle aussi, en cachant sa bouche avec sa main. Finalement nous ne savons plus pourquoi nous rions. C'est la première fois depuis des jours, c'est un bonheur. Le bébé sur l'image est vêtu d'une longue robe de dentelle et coiffé d'un drôle de bonnet.

« Les enfants là-bas ne sont pas des princes. » Je lui parle de la réalité, les rues, à Paris, ou à Londres, la pluie, le froid, les appartements chauffés par les poêles à charbon. Ce que j'ai vu à Londres, dans le quartier d'Elephant & Castle — le nom la fait sursauter, ainsi il y a des châteaux et des éléphants en Angleterre ! Mais je vois bien que ce n'est pas cela qu'elle veut entendre.

Elle a une expression triste et déçue. Alors je lui parle de ce qui n'existe pas, l'Angleterre qui la fait rêver, les grandes avenues bordées d'arbres, les parcs ornés de lacs et de fontaines, et les carrosses qui passent le long des allées, emportant les femmes dans leurs belles robes. L'Opéra, les théâtres, le Palais de Cristal à Londres et l'Exposition universelle à Paris. J'invente tout, je lui décris des bals que je n'ai jamais vus, des fêtes que j'ai lues dans *Splendeurs et misères des courtisanes*.

Surya écoute avec une attention extrême, elle me regarde de ses yeux clairs, et suit chacune de mes phrases comme si c'étaient les *Mille et Une Nuits*. Je continue à raconter des histoires, à inventer des hommes et des femmes inconnus. Ça ne m'est pas trop difficile. Quand mon père est mort, j'avais treize ans. Dans le pensionnat de Rueil-Malmaison, j'ai dû tout inventer, pour les autres, mon père, ma mère, mes voyages de vacances, ma maison. J'ai joué à cela aussi avec Jacques. Chaque fois que nous nous retrouvions, à Montparnasse, chez l'oncle William, nous inventions des aventures. Nous avions des amis, nous allions à des soirées, pour danser avec des jeunes filles fraîches comme des fleurs, ou bien même nous avions des affaires avec des femmes mariées mystérieuses. Jacques était amoureux de Ménie Muriel Dowie qui voyageait dans les Carpates déguisée en homme, armée d'une canne-épée et d'un revolver, et coiffée d'une casquette comme un jeune Cockney.

Suryavati répète ce nom, comme si c'était magique : Ménie Muriel Dowie. Elle est captivée. J'ai un peu honte, mais je sais que dès que je cesserai de parler elle s'en ira.

D'un seul coup, le soleil est passé de l'autre côté

du volcan, et la plage est dans l'ombre. Cette fin de journée est passée très vite. J'entends le bruit de la mer qui vient, et cette vibration sourde qui semble sortir du socle de l'île. Il me semble que j'ai en moi une électricité, une force nouvelle. Pour la première fois depuis des jours, je ne sens plus la menace qui pèse sur l'île, j'ai même oublié l'émeute. Sur l'eau du lagon, en même temps que les oiseaux, la plate revient de l'îlot Gabriel, avec le vieux Mari debout sur la poupe.

Je suis seul, au bord du lagon. Vive comme une fumée, Suryavati a couru à travers les taillis. J'ai eu le temps de lui crier : « *Kal !* » — « Demain ! »

Le 18

Autres plantes médicinales :
Tylophora laevigata (sous le couvert des euphor-
bes) plus connue comme ipecacuanha vomitive.
Cherché en vain la variété asthmatica, grim-
pante, trouvé Euphorbia peploïdes (méditerra-
néenne), dont le nom vernaculaire est fangame.
Plusieurs variétés de Capsicum frutescens
(piment d'arbre) en plantations anciennes, dans le
reste des Palissades.
Le soir, à la pointe est, quelques individus de la
famille Diospyros, mais secs et presque sans feuil-
les, branches en zigzag, belles feuilles veinées de
pourpre, bois d'ébène, ou bois de chêne.
Étendues sur l'escarpement de Boerhaavia dif-
fusa, herbe pintade.
Amarantacées. Sauvages, endémiques, et pour
une raison que j'ignore, dédaignées (aucune culture
visible).

Quelques heures à peine, et l'émeute de Palissades est déjà oubliée. Le matin qui a suivi, les cou-

pables du viol ont été bastonnés dans la rue principale, puis des femmes ont mis sur leurs plaies des feuilles de platanille et du baume, et la vie a repris son cours ordinaire, ponctuée par les appels à la prière et les coups de sifflet du sirdar — si tant est qu'on puisse appeler cela une vie ordinaire.

Aidé du vieux Mari et d'un coolie, Jacques a procédé à la désinfection de l'infirmerie et des baraques de la Quarantaine. Deux arkotties ont assisté à l'opération, délégués par Shaik Hussein. Les grabats et les draps souillés ont été brûlés sur le rivage, puis Jacques a aspergé le sol des maisons au Condys fluide. Quand on a mis le feu aux grabats, je n'ai pas pu rester. J'ai senti la nausée dans ma gorge et j'ai couru m'abriter à la pointe, dans mon creux entre les rochers. J'ai attendu Suryavati en vain, jusqu'à midi. Elle n'est pas venue à la mer étale. L'îlot Gabriel paraissait plus grand sous le ciel d'orage, entouré par le vol obsédant des pailles-en-queue.

Hier soir, à la lueur défaillante des lampes punkah (le kérosène du bidon est presque terminé et rempli de scories), j'ai assisté à un rituel absurde et sinistre, dans le bâtiment de la Quarantaine. Julius Véran présidait, comme toujours : après un préambule ampoulé et pédant, prononcé de sa voix de rogomme où roulent de temps à autre les r, il nous a lu le texte de l'édit qu'il se propose de communiquer par héliotrope au gouverneur, Sir Charles Cameron Lees. J'essaie de reconstituer de mémoire, mais l'original était plus sentencieux : « À compter de ce soir, et jusqu'à ce que les autorités légitimes mettent fin à la situation, le couvre-feu est institué sur toute l'île pour tous les habitants, aussi bien les voyageurs européens que les immigrants indiens de Palissades. Le couvre-feu sera effectif du coucher du soleil à l'aube, le commencement et la fin du couvre-feu étant signalés par un long coup de sifflet, donné de part et d'autre de l'île. Toute personne contrevenant au couvre-feu sera jugée dangereuse pour la communauté et mise immédiatement aux arrêts. Enfin, à compter de ce soir, sauf mesure exceptionnelle, une frontière est instituée dans l'île entre la partie est et la partie ouest, afin de limiter le mouvement de ses habitants et le risque de diffusion des épidémies. »

Ensuite, le Véran de Véreux a fait circuler le texte, écrit en français et en anglais, portant au bas sa signature, celle de Bartoli et celle de Jacques, et au-dessous, en caractères indiens, avec la transcription en caractères latins, les signatures des deux principaux de Palissades, Shaik Hussein et l'arkottie Atchanah. Les époux Metcalfe se sont abstenus — John n'était sans doute même pas au courant.

Cette soirée s'est achevée par une prière commune. C'est le Véran de Véreux qui a eu l'idée de cette cérémonie qui lui ressemble. Debout au milieu de la pièce enfumée par les quinquets, il a récité le *Pater noster*, puis, de sa voix un peu cassée qui résonne étrangement dans la baraque, il a improvisé quelques phrases creuses sur notre destinée. Suzanne est blottie contre Jacques, son regard brille de larmes, ou de fièvre. Mon cœur bat fort, je ressens la même chose qu'elle, quelque chose qui ressemble à de la haine. Julius Véran a tout perverti. Il s'est installé au milieu de nous, lui qui n'est rien, il a réussi à nous rendre semblables à lui-même. Je ne doute pas un instant qu'il ait imaginé cette frontière pour empêcher Suryavati de venir sur la plage. Tandis qu'il lisait son édit d'une voix lente et maniérée, son regard s'est posé un instant sur moi, et il m'a semblé voir briller la lueur de sa malice.

Tout le jour, je suis allé et venu entre la Quarantaine et la pointe rocheuse, pour attendre Surya, sans y croire. J'ai découvert que les plants de batatrans et les buissons portent maintenant la marque de mes pas, une sorte de sente que j'ai tracée à force de circuler, comme la trace d'une bête. C'est cette découverte qui m'a fait ressentir le temps écoulé, plus que ne l'aurait fait aucun calendrier. Il me semble que je connais chaque pierre du rivage, chaque passage entre les arêtes des coraux morts, chaque touffe de chiendent et chaque plante.

Les oiseaux de Pigeon House Rock, qui au début avaient peur de moi, ne s'enfuient plus quand j'arrive. Je leur apporte des offrandes, un peu de morue séchée, des morceaux de biscuit graissés au suif. Les mouettes tournent autour du rocher plat qui signale l'entrée du récif, puis s'abattent sur les offrandes en glapissant. Ce sont les pailles-en-queue que je voudrais apprivoiser. Ils tracent leurs chemins incessants entre Gabriel et la pointe, passent tout près de moi. Je sens leur regard acéré qui balaie la scène, j'entends leurs cris de crécelle, puis ils glissent vers l'autre bout de la lagune, traînant derrière eux leurs flammes rouges, lents et indifférents comme des seigneurs.

Ainsi, l'île est coupée en deux par une ligne imaginaire. C'est elle que j'essaie de suivre, avant la fin du jour, tandis que j'accompagne John Metcalfe dans ses recherches. Nous descendons le piton, par la pente broussailleuse, jusqu'au bosquet de filaos qui occupe le centre de l'île. La ligne suit le glacis et divise la pointe jusqu'au rocher du Diamant. En approchant du phare, j'ai vu que le Véran de Véreux y a installé une sorte d'abri précaire, fait de bois de caisse et d'une toile cirée provenant de l'infirmerie. De là, dit-il, il peut surveiller l'horizon, communiquer avec Maurice grâce à son héliotrope et son manuel de morse. Mais je sais qu'il surveille aussi sa frontière, les allées et venues des Indiens dans les plantations et dans la ville — et qu'il épie les femmes, le soir, quand elles vont se baigner dans le ruisseau, au pied du volcan. Peut-être que, de l'autre côté de l'île, Shaik Hussein et ses arkotties arpentent le chemin, le long de la ligne de démarcation, leurs grandes cannes de bois de natte à la main.

Vers la fin de l'après-midi, la chaleur était étouffante, et John Metcalfe a dû abréger sa leçon de botanique. Dans la Quarantaine, tout le monde était couché par terre. Suzanne et Jacques étaient serrés l'un contre l'autre, le visage congestionné par la montée de la fièvre. Jamais je n'avais ressenti à ce point l'impression d'étouffement. En acceptant l'édit du Véran de Véreux, en voulant se préserver du contact avec les Indiens pour quitter plus vite la Quarantaine, les passagers de l'*Ava* se sont enfermés dans leur propre prison.

J'ai donc décidé de braver l'absurde couvre-feu, pour revoir Surya. Cette nuit, quand tout le monde dormira, je prétexterai d'aller aux latrines pour m'engager à travers les taillis et passer de l'autre côté. Le projet m'amuse si fort que j'ai accepté le rite grotesque de la prière collective, les patenôtres que débite le Véreux avant de regagner son poste en haut du cratère. J'ai partagé avec Jacques et Suzanne un peu de riz fermenté et de thé amer. Jacques veut que je force Suzanne à manger, que je lui donne à boire le thé où il a dilué la poudre de quinine. Ils sont attendrissants, si occupés l'un de l'autre. Je les regarde, ce soir, et il me semble qu'ils appartiennent à une autre race, à un autre monde. Ils parlent de Maurice, de la vie qui les y attend, Suzanne de l'école d'infirmières qu'elle veut créer à Médine. Elle a déjà en tête le plan du bâtiment qu'elle va construire, sur la part du domaine qu'elle espère obtenir. Jacques parle des gens qui vont intervenir, des agents des Messageries qui ont envoyé des câbles, il croit encore dans la Synarchie, il n'a pas tout à fait renoncé à être du même nom que le Patriarche.

John Metcalfe lui-même, si absorbé par sa quête de l'*Indigofera flatensis M.*, en vient à parler du collège des anabaptistes, de ce qu'ils vont faire pour alerter l'opinion, les libérer de la Quarantaine.

Et moi, je suis comme l'homme d'Aden, que j'ai vu couché dans son lit, le regard durci par la souffrance. Je n'ai que les souvenirs et les rêves. Je sais que je ne peux rien attendre en dehors de cette île. Tout ce que j'ai est ici, dans la ligne courbe du récif, la silhouette magique de Suryavati qui marche sur l'eau, la lumière de ses yeux, la fraîcheur de sa voix quand elle m'interroge sur la ville de Londres et sur Paris, son rire quand ce que je lui dis l'étonne.

J'ai besoin d'elle plus que de n'importe qui au monde. Elle est semblable à moi, elle est d'ici et de nulle part, elle appartient à cette île qui n'appartient à personne. Elle est de la Quarantaine, du rocher noir du volcan et du lagon à la mer étale. Et maintenant, je suis moi aussi entré dans son domaine.

Le sifflet du couvre-feu a retenti sur la ligne de crête, et Julius Véran a rejoint Bartoli en haut du cratère. Jacques a soufflé les lampes. Couché dans le noir, j'écoute le vent qui apporte le bruit des vagues sur le récif. Dans ma main, la main de Suzanne est fraîche. La quinine l'a déjà endormie. Dans un instant, je vais me glisser au-dehors, je sentirai le souffle délicieusement froid qui vient de la haute mer. Je vais marcher à travers les broussailles, en flairant ma propre trace, le long de la plage qui brille sous la pleine lune.

La lune éclaire le sable et la lagune. Le vent a
lavé le ciel noir. Il fait presque froid. Je marche
pieds nus sur mon sentier, sans faire de bruit. Je
suis vêtu seulement d'un pantalon et d'une chemise sans col, et l'air de la nuit me fait frissonner
délicieusement. J'ai le cœur qui bat comme un
collégien qui a fait le mur. Tandis que j'attendais
que tout le monde soit endormi, j'écoutais les
coups de mon cœur, il me semblait qu'ils réson-
naient dans tout le bâtiment de la Quarantaine,
jusque dans le sol, qu'ils se mêlaient à la vibration
régulière qui marque le passage du temps. Depuis
le débarquement, ma montre s'est arrêtée. Sans
doute l'eau de mer, le sable noir, ou le talc qui
affleure, qui vole dans les rafales de vent. Je l'ai
mise de côté, je ne sais plus où, je l'ai oubliée,
peut-être dans la trousse de médecin de Jacques,
avec mes boutons de manchette et le petit crayon
en or de l'arrière-grand-père Éliacin. Maintenant,
j'ai une autre mesure du temps, qui est le va-et-
vient des marées, le passage des oiseaux, les chan-
gements dans le ciel et dans la lagune, les battements de mon cœur.

Quand je suis sorti comme un voleur, j'ai vu briller le regard de Suzanne. Elle ne dormait pas. Son visage était tourné vers la porte, éclairé par la lueur de la lune. Je l'ai embrassée sur sa joue fraîche, et j'ai mis un doigt sur ses lèvres, pour qu'elle ne dise rien. Elle sait bien où je vais, mais elle ne me pose pas de questions. Elle est une vraie sœur.

Mon sentier va jusqu'à la pointe du Diamant. J'ai obliqué vers le nord, au milieu du chaos de basalte qui divise l'île comme les vertèbres d'un gigantesque saurien. En haut des rochers, on est sur la frontière. Durant le jour, on peut voir l'autre versant de l'île, jusqu'à la baie des Palissades. C'est ici que je viens au crépuscule, pour apercevoir la ville des coolies et le quartier des parias, sans risque de rencontrer le sirdar ou d'être repéré par les deux guetteurs en haut du volcan. Je suis tout près de la maison de Suryavati. Entre les blocs de rocher, je vois briller les lumières.

Dans la Quarantaine, tout est noir, hostile. Mais ici, une lampe est allumée devant chaque porte. Il n'y a pas de vent, l'air est tranquille. On pourrait croire n'importe quel village dans un coin paisible du monde, à l'abri du malheur et de la guerre. La lune éclaire les allées régulières, les toits de palmes, fait étinceler les ondes circulaires de la baie. Il y a une odeur paisible qui flotte sur la ville, une odeur de fumée, un parfum de sommeil. De temps à autre, un chien qui jappe, un bébé qui pleurniche. Accroupi entre les rochers, je suis pareil à un sauvage qui épie une vallée heureuse.

Je reste immobile, osant à peine respirer. Je sens le parfum, j'écoute les voix. Comme si je venais du fond d'une douve, d'un lieu noir et minéral. Je ne comprends pas. Je ne comprends pas ce que nous avons perdu, ce qui s'est passé à l'est du volcan, qui nous a changés. Je n'arrive pas à croire que l'émeute grondait l'autre soir, que les hommes couraient à travers l'île, violant et brûlant.

Je descends de l'escarpement vers la ville, en faisant ébouler de la terre et des cailloux, déclenchant la colère des chiens, d'abord un ou deux, puis tous ensemble, se répondant à travers les rues. J'entends les ruades des cabris dans les corrals, des femmes qui appellent. Je suis allé jusqu'au rivage, je m'assois dans le sable, à côté de la maison de Surya. C'est une cabane de planches avec un toit de palmes, un peu à l'écart. Il y a un lumignon allumé devant la porte.

Puis je m'allonge dans le sable, la tête contre une pierre. J'écoute le chant des moustiques. Les chiens se sont calmés, ils ont cessé peu à peu d'aboyer. Je les entends qui rôdent autour de moi, le bruit de leurs pattes dans le sable, leur respiration qui halète. Jacques a parlé l'autre jour des chiens. Il a dit qu'il fallait faire attention, que nous étions dans la saison de la rage. Julius Véran proposait une battue, du poison. Suzanne a eu un frisson, elle a répété : « La saison de la rage ! » Mais ici, personne ne voudra tuer les chiens. Je me souviens du délire de l'homme d'Aden. Les chiens qui descendaient des hauteurs, qui entraient dans la ville. Et lui, qui rêvait qu'il arpentait les rues de Harrar en semant ses boulettes vénéneuses.

Pourtant, ici, je n'ai pas peur. Il y a d'autres bruits, les craquements des crabes de terre, peut-être la course métallique d'une scolopendre entre les pierres. Le piétinement des cabris. J'aime ces bruits, ils coulent en moi comme un élixir, ils apaisent ma brûlure comme un baume, ils mettent de l'eau dans mes yeux, ils détendent mes muscles. Je suis tout près de Surya, je sens la chaleur de son souffle, j'entends le bruit de son cœur dans le sable. Elle dort dans la hutte, couchée par terre, enveloppée dans un drap, à côté de sa mère. Il me semble qu'elle sait que je suis là, qu'elle me parle à travers son sommeil. L'étoile de la lampe brille devant sa porte, pour moi, je la regarde si longtemps que ma vue se trouble et que je l'emporte dans mes rêves.

C'est son regard qui me réveille. Suryavati est assise devant moi, dans le sable. Les yeux fermés, je voyais son visage, l'arc de ses sourcils noirs, la tache rouge sombre entre ses yeux, et le point d'or qui brille sur sa narine.

« Pourquoi es-tu ici ? »

Je reste un moment sans comprendre. L'aube est en train de poindre. Il n'y a pas encore vraiment de lumière, juste une tache grise dans le ciel. Des nuages sont accrochés aux rochers, traînent sur la mer. Elle dit encore :

« Pourquoi es-tu venu ici ? Quelles sont tes intentions ? »

C'est la même question qu'elle m'a posée, la première fois qu'elle m'a parlé, près du récif. Maintenant, il y a quelque chose de dur, dans sa voix, une colère contenue.

« Il y a longtemps que tu n'es pas venue.

— Je ne pouvais pas. Il s'est passé des choses

149

terribles ici, je ne pouvais pas laisser ma mère. Et Shaik Hussein a dit qu'on ne devait pas aller de l'autre côté, qu'il y avait des gens armés, qui interdisaient de passer. »

Elle me regarde, ses iris jaunes brillent de colère, d'impatience. Elle ne veut pas parler de ce qui s'est passé cette nuit-là, des hommes qui ont attaqué Rasamah. Elle reste silencieuse un instant. La lumière du jour grandit peu à peu, fait apparaître le rivage, les vagues, les maisons des parias. Il y a des femmes dehors, déjà, en train de tisonner des braises. Les chiens sont couchés sur la plage, pas très loin de nous, le nez dans le sable. Surya fait un mouvement pour se lever.

« Il faut que tu t'en ailles, tu ne peux pas rester ici.

— C'est Shaik Hussein qui l'a interdit ?

— Non, il n'a rien interdit. Il dit seulement que nous ne devons pas approcher des grands mounes, parce que chez vous il y a des hommes qui sont morts de la maladie. »

Je ne comprends pas ce qu'elle me dit : la frontière instituée par Véran et par Bartoli n'existe pas ? N'est-ce pas Shaik Hussein qui l'a voulue ?

« Tu dois retourner chez toi, de l'autre côté. Je ne veux pas que ma mère ait des ennuis à cause de vous autres. »

J'essaie de la retenir.

« Mais ce n'est pas vrai ! Personne n'est mort chez nous. Il y a deux malades isolés sur l'îlot Gabriel.

— Ils sont morts. Shaik Hussein dit que vous avez brûlé leurs corps et leurs habits sur l'îlot.

— Ce n'est pas vrai, il dit des mensonges.

150

— C'est la vérité, vous voulez le cacher. Moi aussi j'ai vu la fumée.

— C'était la fumée des matelas et du linge, mais ils ne sont pas morts. Mon frère va les voir tous les jours, on leur apporte à manger. Il y a des Indiens aussi avec eux.

— C'est toi qui mens ! Vous les avez brûlés pour qu'on ne sache pas. J'étais allée de l'autre côté, hier, j'ai vu la fumée sur la petite île. »

Elle n'a pas mis le foulard rouge sur sa tête, ses cheveux longs sont défaits sur ses épaules, son visage brille d'un éclat de métal. Elle est très belle. Je ne sais plus quoi dire pour la retenir. Elle est prête à s'en aller, et je devrai retourner à la noirceur de la Quarantaine. Elle dit vrai, tout à coup je le comprends. Peut-être pendant que je dormais, ou bien quand j'étais à la pointe, devant le rocher où vivent les oiseaux. Je me souviens du regard fuyant de Jacques, quand il est revenu de Gabriel. Suzanne lui a demandé des nouvelles des malades, il a répondu brusquement : « Tout va bien. » Puis il est allé se coucher, il grelottait de froid.

J'ai pris le bras de Surya, je le serre jusqu'à lui faire mal. Je dois avoir l'air désespéré, parce qu'elle se rassoit dans le sable. Elle a une voix un peu étouffée.

« Ici aussi, nous avons des morts. Il y a une vieille femme qui est morte hier, la déesse froide l'a prise. Elle s'appelait Naseera, elle habitait la maison, là-bas. » Elle regarde vers le haut du village des parias. Il y a des enfants qui courent le long des allées. « C'est ma mère qui l'a aidée. On l'a brûlée hier soir, près de la digue. »

Nous restons silencieux, assis l'un à côté de

l'autre, tandis que le soleil se lève. Il me semble que j'ai passé la nuit avec elle, sur la plage, contre la tiédeur de son corps, respirant l'odeur de ses cheveux, rêvant aux étoiles qui girent lentement autour de l'île. Elle est légère, je voudrais entendre son rire, quand elle regarde avec moi les pages découpées dans l'*Illustrated London News*, ou quand je parle de Ménie Muriel Dowie.

« Est-ce que tu viendras de l'autre côté aujourd'hui ? »

Elle est debout, elle me regarde comme si elle cherchait à deviner ce que je pense réellement.

« Je ne sais pas. Peut-être »

Elle s'en va vite, sans se retourner. Elle entre dans la hutte, elle souffle la lampe. Je l'entends qui parle doucement, d'une voix qui chante, comme on berce un enfant. Un instant après, une silhouette apparaît dans l'embrasure de la porte. C'est une femme grande et maigre, vêtue d'une longue robe bleu sombre. Elle reste debout à l'entrée de la hutte, je vois son visage aigu, ses bras décharnés où brillent des bracelets de cuivre. Elle a sa main droite en visière au-dessus de ses yeux, à cause du soleil levant, et de la main gauche, elle fait un petit signe, comme on chasse un animal inopportun. Elle dit, en anglais : « *Go !... Go !...* » Il y a des femmes qui regardent, elles se moquent de mes habits déchirés, de mes cheveux emmêlés. Les enfants courent sur la plage. Je marche vite vers les rochers de la pointe, comme si on allait me jeter des pierres. J'ai les yeux qui brûlent, ma salive a un goût bizarre de permanganate. J'entends les battements de mon cœur dans les artères de mes bras, dans mon cou. Je crois que je suis très fatigué. Quand j'arrive à la Quarantaine, j'ai une impression incompréhensible, comme de soulagement, en voyant les affreuses bâtisses de lave mangées par les broussailles. Devant le lagon, l'îlot Gabriel brille au soleil, pareil à un iceberg noir.

Du 19 juin

Avec L., j'ai recensé l'étendue et la variété des ipomées, autrement dit batatrans. Sur l'origine du nom : à Maurice, on le comprend comme raccourci de Patate à Durand. Qui est ce Durand ? Pourquoi l'avoir immortalisé ? Me semble plutôt une variation créole (ou malagasy) sur batata, importée jadis par les bateaux négriers qui joignaient le Brésil aux Mascareignes.

Cette Convolvulacae est devenue ici endémique. Couvre les sols les plus divers, des ravins basaltiques du pied du volcan aux plages calcifères de la côte sud-est. Réputation de panacée : contre brûlures, piqûres, eczéma, ictères. La feuille contient un lait astringent, saponifère.

Ipomoea paniculata, tubercule impropre à la consommation. Mais présence de Batatas edulis, plants en bon état, larges tubercules dont L. et moi avons fait la récolte. I. pes-caprae (maritima), tubercules ronds, impropres à la consommation. Fleurs d'un rouge très vif.

L'après-midi, malgré la fatigue, retourné à la pente est du volcan. Abondance d'herbe à balai (mauve). Trouvé plusieurs exemples de cajou (Ana-

cardium occidentale) mais variante arbustive (la variété africaine atteint 20 pieds de haut).

Au pied du volcan, Indigofera endecaphylla (herbe, corolle pourpre) et Portulaca (pourpier). J'attends la découverte prochaine de l'indigotier.

C'est midi. Je suis devant Gabriel. Le ciel qui
était noir ce matin, quand je suis parti avec John
Metcalfe, s'est dilué dans le soleil. Il y a une
grande plage ouverte d'un bout à l'autre de l'horizon, par où on voit le ciel, comme un reflet de
notre lagon et de ses rives.

John m'a emmené très tôt, vers sept heures. Je
n'avais pour ainsi dire pas dormi de la nuit, mais
j'ai préféré le suivre. J'ai vu dans le regard de Jacques qu'il voulait des explications, et j'aime mieux
les leçons de botanique.

John est surexcité. Il va d'un pas pressé, coupant à travers les broussailles. Nous traversons
l'ancien cimetière et nous remontons la pente du
volcan jusqu'au passage vers Palissades. Nous
sommes sur la ligne frontière, mais il n'a pas l'air
de s'en soucier. Il cherche entre les blocs de
basalte. Il est huit heures et le soleil brûle déjà le
visage et les bras. John porte un grand panama,
mais la chaleur colore son visage du même rouge
que sa barbe. Lui qui d'ordinaire est si attentif au
monde végétal qui l'entoure va droit devant lui,
sans prendre garde aux plantes qu'il écrase ou

155

aux buissons qu'il bouscule. J'ai du mal à le suivre. Il est pris d'une sorte de hâte, ses gestes sont saccadés, énervés. À peine s'arrête-t-il pour me montrer des plants de brèdes, qui poussent si régulièrement dans des balconnets de pierres sèches qu'il est impossible qu'ils n'aient pas été cultivés autrefois : toutes des solanacées, dont une variété de piment d'arbre, et une large feuille cendrée qu'il cueille et me donne, roulée comme un cigare : « Voilà qui devrait intéresser votre frère qui ne peut décidément pas se passer de fumer. *Solanum auriculatum*, autrement dit du tabac marron. »

Ce qu'il cherche, c'est *Indigofera tinctora*, l'indigotier sauvage. Il a la certitude que c'est ici, sur le contrefort du volcan, à l'abri des embruns de la mer, et dans l'exposition la plus crue à la lumière du soleil, qu'il va trouver le spécimen qui manque à la chaîne, et qui unira Plate à Maurice et à Madagascar — et au-delà, au continent austral.

Toute la matinée j'ai suivi John Metcalfe à travers le chaos rocheux au-dessous du volcan. Le soleil brûlait si fort que par instants j'étais aveuglé. Les seules plantes qui parviennent à pousser à cet endroit sont des chiendents, et cette variété de mauve qu'on appelle ici « herbe à balai » pour la raison que ses touffes sèches font très bien cet usage. Un peu avant midi, nous sommes retournés à la Quarantaine. Metcalfe se plaignait d'une forte migraine, de vertiges. J'ai pensé qu'il avait une insolation et je l'ai laissé dans la baraque, auprès de Sarah, après être allé lui chercher de l'eau fraîche à la citerne. Puis je me suis couché en chien de fusil à ma place, près de la porte. J'ai dormi lourdement, sans entendre les coups de sifflet du sirdar qui rythment le travail des femmes dans la veine de talc, au pied du volcan. Peut-être que ces sifflets ne sont que pour nous, une façon de nous dire, d'un bout à l'autre de l'île, « nous sommes là ». Pour que nous n'oubliions jamais l'autre côté, la foule silencieuse des immigrants, leur faim, leur peur, au bout du voyage, ni le mouvement lent des femmes qui avancent dans les plantations à Maurice, leurs paniers de pierres sur la tête, et l'armée des coupeurs qui frappent les tiges des cannes à coups de couteau.

Quand je suis sorti de mon sommeil, j'ai cru un instant que j'étais seul dans la pièce sombre. J'ai entendu un bruit de respiration, un bruit lent, qui écorchait. Au fond de la pièce, contre le mur, Sarah Metcalfe était assise, le dos appuyé contre le mur, tenant la main de son mari. Je me suis approché silencieusement, et elle a levé les yeux et elle a tressailli. Ses yeux faisaient deux taches pâles dans son visage cuit par le soleil. La sueur brillait sur sa figure, mouillait ses cheveux. Elle a dit : « John n'est vraiment pas bien. » Très douce-ment, en chuchotant, comme elle fait toujours, avec un sourire un peu crispé sur ses lèvres. Elle avait un air surpris plutôt qu'inquiet. J'ai demandé : « Qu'est-ce qu'il a ? » Elle s'est écartée pour que je voie John. Il était couché de tout son long, la chemise ouverte. Ses yeux étaient entrou-verts. Son front était bouillant.

« Est-ce qu'il a pris de la quinine ? » Elle m'a regardé sans répondre, avec ce regard vide. Elle a dit : « Tout à l'heure, votre frère lui a donné un médicament, il était si mal, quand il est revenu. » Jacques n'a rien dit quand je suis rentré ce matin. Il sait bien que je suis resté dehors toute la nuit, malgré le couvre-feu. Peut-être que je serai puni. On va m'enfermer dans une des ruines sans porte ni fenêtres. Ou plutôt, on va m'exiler sur l'îlot Gabriel, comme un lépreux. L'idée est tellement absurde qu'elle me semble comique.

« Voulez-vous que j'aille chercher de l'eau fraîche ? »

Sarah continuait à me regarder de ses yeux vides. John avait les lèvres sèches, gercées. Il ne pouvait pas parler. Il respirait mal. À travers ses paupières gonflées, ses yeux brillaient de ce regard vivant qui m'avait frappé chez Nicolas. J'ai senti comme un frisson. J'ai couru jusqu'à la citerne, j'ai ôté le bouchon de chiffons qui empêche les moustiques d'entrer. J'ai fait descendre le seau de zinc au bout de la corde, jusqu'à ce qu'il se renverse dans l'eau. Les fortes pluies qui sont venues jusqu'au sud de l'océan ont l'avantage d'avoir rempli les citernes. L'eau est froide, presque sans sel.

J'ai apporté le seau à Sarah, qui a lavé le visage et le buste de John. Elle a bu elle-même directement au seau, malgré l'interdiction de Jacques. Suzanne était couchée contre le mur. Elle avait l'air épuisée. Quand je lui ai demandé où étaient Jacques et les autres, elle a secoué la tête. Elle s'est couchée à côté de John pour dormir.

Au débarcadère, il n'y a personne. La plate est à sa place sur la plage. Le môle a l'air si abandonné, si vieux. Entre les blocs de basalte et les joints noircis, les fers d'armature sont hérissés, rouillés. Tout à coup il me semble que j'ai dormi cent ans, et que je me suis réveillé dans un monde fantôme.

Le soleil brûle toujours à la même place, au centre de la baie des nuages. C'est la mer étale. Je vois à travers l'eau du lagon le long chemin en demi-lune qui va vers Gabriel. Tout est silencieux. Il est impossible que Suryavati ne vienne pas tout de suite. Jamais nous n'avons eu autant besoin d'elle.

Je me déshabille et je cache mes vêtements dans les rochers, près du récif. C'est ici que j'ai rencontré Surya, la première fois, et qu'elle m'a soigné, quand je m'étais blessé sur les coraux empoisonnés. Maintenant, j'ai appris à marcher sur le récif, en posant les pieds très lentement, sans chercher à voir, comme si je savais par cœur la place de chaque aiguille, de chaque trou. L'eau fraîche du lagon éteint ma brûlure, je nage lentement, les yeux ouverts dans l'eau transparente. Je sens le fond qui effleure mon ventre et mes genoux, j'entends le bruit cristallin des vagues sur le sable. Je glisse longuement au ras de la surface, voyant les éclairs du soleil qui éclatent de tous côtés, je vais le long de l'étroite passe que je connais bien, qui descend vers le centre du lagon, s'agrandit en une vallée profonde d'un bleu très sombre. Quand l'eau devient presque froide, je sais que je suis devant l'entrée de l'Océan, là où le lagon se vide et se remplit à chaque marée. Les yeux grands ouverts, je bois le bleu sans limites, je plane comme un oiseau, les bras étendus, retenant mon souffle si longtemps que je suis pris de vertige. C'est Jacques qui m'a appris à nager comme cela, l'été où nous sommes allés en Bretagne, à Belle-Île, avec l'oncle William. Il me parlait de la mer, à Blue Bay, de la digue où il avait appris à nager. Il avait six ans. L'eau était si légère que les aiguillettes semblaient des oiseaux. Il disait : « Viens, je vais t'apprendre à voler ! » Mais à Belle-Île l'eau était froide, et nous ressortions en grelottant, les doigts morts.

Je nage lentement, sortant la tête de temps à autre pour reprendre la direction de l'îlot Gabriel. Maintenant je suis au-dessus du chenal. Je vois les formes arrondies des coraux, les oursins, les algues. Des bancs de poissons passent tout près de moi, si près qu'il me semble que je pourrais les toucher en tendant la main. Tout à coup, mon cœur bat plus vite. Une ombre glisse entre les coraux, tourne derrière moi, comme un chien hargneux. L'ombre glisse vite, disparaît entre les coraux, mais je sais qu'elle est derrière moi, il me semble que je sens sur moi son regard malveillant, son regard inquisiteur. C'est le tazor, le barracuda, Surya m'a parlé de lui quand j'étais sur la plage. C'est lui le maître de la lagune. Si on a peur de lui, il vient sur vous, il vous mord. Mais quand il vous connaît, il vous laisse passer. Peut-être que Surya lui a parlé de moi, car le tazor me laisse traverser le lagon sans rien faire. Maintenant je suis au-dessus du banc de sable qui rejoint Gabriel. Je reprends pied et je marche vers l'îlot. La traversée n'a pas duré plus de dix minutes, et pourtant j'ai l'impression d'avoir atteint l'autre bout du monde.

L'îlot Gabriel est devant moi, beaucoup plus grand qu'il ne paraît vu du rivage de Plate. Le piton central a une forme parfaite, comme si une main géante avait façonné ce cône en empilant des blocs de basalte. C'est sombre, presque noir, avec une végétation rase accrochée à ses flancs, et près du rivage, la masse des batatrans qui fait une muraille infranchissable. À l'ouest, dans la zone abritée du vent, il y a un petit bois de filaos et des buissons de lantanas (que Jacques appelle les « vieilles filles »). Je suis le rivage, et la bande de sable devient de plus en plus étroite, puis disparaît dans le chaos rocheux où la mer bat librement. En contournant la pointe la plus à l'ouest, j'aperçois les jets de vapeur qui jaillissent des trous, au milieu des rochers, j'entends les coups profonds de la mer dans les cavernes cachées. Ici, le soleil brille avec plus de force. Je sens la brûlure sur mon dos, sur mes épaules, et je regrette de m'être déshabillé, de n'avoir gardé que ce langouti qui me sert de cache-sexe. Avec ma peau presque noire, mes cheveux longs, emmêlés par le sel, et la moustache qui accentue ma lèvre supérieure, je dois ressembler à un coolie indien, du moins c'est ce que Jacques m'a dit l'autre jour. Je ressemble surtout à ma mère, l'Eurasienne. C'est à elle que je dois mes cheveux noirs et très abondants, mes yeux couleur d'ambre et l'arc des sourcils, comme dessinés au charbon, qui se rejoignent à la racine du nez. Alors, à la pension de Rueil-Malmaison, les garçons me disaient : gitan, tzigane ! Maintenant c'est devenu vrai.

Je me suis installé dans un creux de rocher, à l'ombre, pour reprendre mon souffle. Ici, la mer est belle, et j'en ai oublié pourquoi j'ai voulu venir sur l'îlot. Au large, elle est d'un bleu profond, presque noir, et vert émeraude quand la vague se redresse sur elle-même avant de déferler. Je pense à Surya. C'est ici que je dois venir avec elle, loin du regard inquisiteur des guetteurs, loin de l'autorité du sirdar et de ses coups de sifflet. Ici nous serions libres.

Droit devant, au sud, il y a la côte de Maurice

telle que je ne l'ai jamais vue de Plate. Même du haut du cratère, elle ne m'était pas apparue ainsi, longue et belle, éclairée par places par les rayons du soleil qui font jaillir l'émeraude des montagnes, la frange d'écume le long des récifs, et qui dessinent même, comme un mirage, entre les champs de cannes bleu-gris, les toits des maisons et les cheminées blanches des sucreries. Et au-dessus de tout cela, jusqu'au milieu du ciel, l'architecture des nuages, gonflés, tendus, de toutes les teintes, du plus blanc jusqu'au plus noir, barrés par endroits par les rideaux sombres, les voiles de la vierge, rompus par les gloires. Je regarde cela sans me lasser, et la mer aux vagues violentes, qui courent vers la côte, qui bouillonnent comme un fleuve géant, et les îles noires, qui semblent glisser en arrière avec nous, emportées loin de Maurice vers une destination incompréhensible.

Je marche maintenant vers l'intérieur de l'île, à la recherche des abris de fortune où on a enfermé les malades. Je veux voir cela, je sens en moi une impatience, une appréhension, qui font trembler mes jambes. J'avance avec difficulté. Il n'y a pas de sentier, et les cailloux aigus blessent mes pieds. Il y a partout des portes d'épines fermées sur les passages, comme si on voulait m'empêcher d'arriver.

Tout d'un coup je suis devant les citernes. Ce sont des parallélépipèdes de lave cimentée dont le toit est courbé en cuvette, avec un trou central sans couvercle. En me penchant sur l'ouverture, je ne vois pas l'eau mais je la sens, une eau noire, lourde, qui dégage une odeur acide. Les citernes sont plus grandes qu'à l'île Plate, mais fissurées, presque en ruine. L'une d'elles laisse fuir un filet le long duquel se sont accrochées des rampantes.

Du haut de la citerne, je cherche l'abri des malades. Il n'y a rien, pas une clairière, pas une sente, rien que les blocs de basalte qui émergent des broussailles agitées par le vent. J'ai envie de crier, d'appeler leurs noms, Nicolas, M. Tournois, mais j'ai la gorge serrée, et je sais bien que c'est inutile.

Alors j'aperçois les tombes. Elles sont à quelques pas de moi, devant les citernes. Elles se confondent avec les blocs de basalte qui parsèment la pente du piton. Du haut de la citerne, je distingue une aire qui a dû autrefois être éclaircie et que les buissons de lantanas et les batatrans ont envahie à nouveau. Il y a là une vingtaine de tombes, pour la plupart de simples rochers à peine équarris, plantés dans la terre. Je marche au milieu des tombes, je cherche des noms, des dates. Mais le vent a tout effacé. Une des tombes, pourtant, est plus récente, encore lisible. C'est une pyramide tronquée de basalte, et sur la face exposée à la mer, je peux déchiffrer un nom et une date :

Horace Lazare Bigeard
died 1887 from smallpox
Age 17

Tout est silencieux, minéral. Il n'y a que les pailles-en-queue inquiets qui volent au-dessus de moi en poussant leurs cris grincheux. En descendant vers le rivage, je découvre ce que je suis venu chercher : les huttes de la Quarantaine. Il n'y a plus de toit ni de bâche, seulement des murs circulaires en pierre noire, pareils à d'anciens corrals.

J'avance très lentement, comme si j'avais peur de réveiller les occupants. Mais il n'y a aucun signe de vie. Le soleil brille durement sur les murs de pierre noire, sur le feuillage des lantanas, fait paraître l'ombre encore plus dense. Quand j'entre dans les murs, je frissonne. L'air est froid, il y a une odeur de feu éteint. Sur le sol, le vent soulève des cendres. Il n'y a aucune trace d'occupation, pas de meuble, pas de grabat. L'autre hutte est vide aussi. Je sens comme un vertige, je dois m'accroupir un instant devant la porte, pour reprendre mes esprits, puis, à la hâte, je marche vers le rivage, forçant mon passage à travers les remparts de broussailles. Au bord de la mer, là où le socle de l'îlot forme étrave avant de se joindre au récif, si près des vagues que je reçois les embruns, il y a la trace d'un ancien brasier, une grande tache noire circulaire, d'où s'envolent encore des parcelles de matière brûlée, une odeur âcre, violente. Surya a dit la vérité : c'est ici que Nicolas, M. Tournois et les deux femmes indiennes ont été brûlés, sans cérémonie, pour ainsi dire en cachette.

J'imagine Jacques debout sur la plage, avec le Véran de Véreux et Bartoli, regardant le bûcher qui consume les corps. Jacques, avec sa bonbonne de Condys fluide, aspergeant les cabanes, et donnant des ordres pour qu'on démonte les bâches et qu'on brûle tout, les habits, les grabats, les affaires personnelles, les sacs et les papiers. La fumée noire a sali le ciel de l'aube, et moi je dormais.

Où sont Jacques et Véran ? Peut-être de l'autre côté de l'île pour parlementer avec Shaik Hussein à propos des vivres. Ou bien en haut du volcan, pour scruter l'horizon ? Et Surya, pourquoi ne vient-elle pas ? Est-ce qu'elle est cachée dans les broussailles, près du Diamant, à attendre que je m'en aille ? Je marche le long du rivage, en face de Plate, et il me semble sentir son regard sur moi. Je voudrais lui dire que je ne savais rien, que je dormais quand on a brûlé les corps, qu'elle n'a rien à craindre de moi. Tout ce qu'il y a ici est à elle, le chemin invisible du récif, le piton de Gabriel avec les pailles-en-queue, l'eau du lagon et les vagues qui déferlent, tout cela lui appartient. J'erre comme un fou, nu et brûlé, je me cogne aux rochers noirs, j'ai les jambes lacérées par les broussailles, les feuilles coupantes des lantanas. Il y a une odeur enivrante, une odeur poivrée, piquante, comme l'odeur de sa peau. Je cherche entre les rochers, quelque chose, une trace des hommes qui sont morts ici, un signe de Nicolas et de M. Tournois, un morceau de tissu des femmes indiennes. Il n'y a rien que les pierres noires et, dans l'aire des bûchers, les cendres et le bois calciné. Je voudrais laisser un signal à la mémoire de ceux qui ont disparu, mais l'îlot est désert, il n'y a pas une planche, pas un endroit où je puisse écrire, et les rocs sont trop durs pour que je puisse y graver leurs noms. Tout ce que j'ai pu faire, à côté du brasier, c'est quatre tas de cailloux. Bizarrement, j'ai fait celui de Nicolas plus grand, et celui de M. Tournois court et trapu, comme ils étaient dans la vie. J'ai mis les tas pour les femmes un peu à l'écart. Il me semble que c'est cela qu'ils auraient voulu. Ils sont près du rivage, regardant la mer et la ligne de Maurice à l'horizon, très belle sous ses dômes de nuages.

Je marche autour du piton, suivi par les pailles-en-queue. D'abord un couple, puis deux, trois, et maintenant une douzaine d'oiseaux qui volent au-dessus de moi, avec leur vol lourd. Ils sont inquiets parce qu'un humain est entré dans leur domaine, le piton où ils ont leurs terriers. Tant que j'étais sur le rivage, ils ne s'occupaient pas de moi, mais à présent que je m'approche, ils sont presque menaçants. Ils sont mes témoins. Ils ont dû survoler le brasier, quand Jacques et Véran ont mis le feu aux corps. Leurs cris aigus, roulant comme des sifflets, leurs cris tournoyants font entrer en moi leur inquiétude, et je suis pris de vertige. Debout sur le flanc du piton, je renverse la tête en arrière, les yeux blessés par la lumière du ciel. Il me semble que je tombe dans un puits sans fond dont le piton est le centre.

Je ne peux continuer. Je ferme les yeux, et, à tâtons, je redescends vers la rive. Je vais jusqu'à la pointe la plus au sud, une longue avancée de rochers où bat la mer libre, où le vent ne cesse pas. Vue d'ici, Maurice paraît immense, lointaine, un continent. À gauche, les îles noires émergent, l'île Ronde, l'île aux Serpents, et droit devant, la dalle naufragée du Coin de Mire. Je suis ici chez moi, à l'endroit dont j'ai toujours rêvé, l'endroit où je devais venir depuis toujours. Je ne comprends pas comment c'est possible, mais je reconnais chaque parcelle, chaque détail, les vagues, les courants qui changent la couleur de la mer, les écueils. Je ne me sens plus prisonnier. Le vol inquiet des pailles-en-queue, les coups profonds de la mer contre le socle de l'île, le vent, la lumière qui brûle à travers les nuages, l'éclat de foudre des pierres et l'odeur âcre des flaques laissées par la marée, tout cela est le monde de Surya, que je partage avec elle. Cela n'a plus rien à voir avec les contes que me disait Jacques autrefois, Médine et la maison d'Anna, l'ondulation des cannes, l'odeur des sucreries, les fêtes sur la plage, en hiver, sous le ciel constellé. Est-ce que ces choses-là existent encore ? Ici, dans le monde de Surya, tout est âpre et nu. Je suis à l'extrémité de la terre, là où commence le monde des oiseaux.

Je ressens toujours le même vertige, je suis ivre des coups des vagues contre les rochers, de la solitude des pailles-en-queue, de l'odeur de la cendre jusque sur la mer. Je me suis allongé sur la terre noire et brûlante, dans une anfractuosité, où chaque vague lance une langue d'écume. Je suis comme un aveugle, je passe mes mains sur la pierre usée, douce comme la peau. Je sens dans la pierre le corps de Surya, mince et souple, qui se dérobe et se donne. Elle me recouvre de son ombre, de son eau. Je suis dans la couleur d'ambre clair de ses iris et le flot de ses cheveux noirs qu'elle a dénoués pour moi m'enveloppe, doux comme la nuit. Je sens contre ma poitrine ses seins si jeunes, légers, que je voyais à travers sa robe mouillée, quand elle revenait du récif, et j'entends la musique de ses bracelets autour de ses poignets, la musique du vent, quand elle m'enlace de ses bras très longs et que ses jambes se mêlent aux miennes, comme si nous dansions. Mon sexe est durci, tendu à faire mal, toute la brûlure du ciel et la solitude éternelle des oiseaux doivent se résoudre, cette force qui est en moi ne peut plus rester prisonnière, elle doit jaillir. Mon cœur bat dans ma gorge, mon cœur brille de la flamme du soleil, de la flamme du brasier qui dévore le corps des défunts sur la plage, mon cœur brille de désir. Tout à coup, la lumière entre par mes yeux, j'ai ouvert mes paupières sur la foudre du soleil, et je sens jaillir ma semence contre la pierre noire. Elle jaillit, elle coule sur la pierre et dans le sable brûlés, et je reste immobile, épuisé, j'écoute les coups de mon cœur et les coups de la mer sur le socle de l'île, la longue vibration qui est unie à la lumière.

Lentement, les cris rauques des pailles-en-queue s'éloignent. Les oiseaux n'ont plus peur de moi. Ils m'abandonnent et retournent vers leurs tanières, au flanc du piton.

Je pense à Suryavati, qui marche de l'autre côté, peut-être vers la source qui jaillit des basaltes, au sud de Palissades. Il me semble que j'entends le bruit de ses pas, et sa voix quand elle joue avec les enfants sur le chemin, quand elle appelle les cabris. Sa voix dans la rumeur de la ville des coolies, son rire quand elle répond aux commères qui vont chercher l'eau à la source.

Maintenant je ferme les yeux, je n'ai plus d'inquiétude. Je n'ai plus peur du temps. Demain, après-demain, plus tard, je serai encore ici, au bout du monde, loin des vengeances. Surya sera contre moi, je saurai la retenir, je lui parlerai de l'Angleterre, de Paris, des pays qui n'existent pas. J'écouterai sans me lasser, elle me racontera ce qu'elle a lu dans l'*Illustrated London News*, ou bien l'histoire de sa mère. Elle me parlera dans sa langue si douce et fluide, comme si elle chantait.

Je suis entré dans la vague, au bout de la dalle de basalte, je me suis laissé recouvrir par l'écume. J'ai renoué le langouti autour de mes reins, j'ai lissé mes cheveux en arrière. C'est étrange, je ne ressens en cet instant aucune honte. Seulement la plénitude, après l'ivresse, une espèce d'extraordinaire lucidité.

Quand j'ai plongé dans le lagon, au bout de la langue de sable, pour retourner vers Plate, j'ai été saisi par le jusant, un courant violent, froid. À présent les vagues déferlent sur la barrière de corail avec un grondement de tonnerre. L'eau coule dans les deux sens, comme une rivière en crue, et je dois nager de toutes mes forces, en glissant sous l'eau comme Jacques m'a appris en Bretagne, pour couper à travers les remous. À un moment, je suis emporté vers la haute mer, je dérive en dehors de la passe. Puis je parviens au-dessus des coraux. Les pointes acérées griffent mes genoux et mes pieds. La jetée est devant moi, un moignon noir où la plate est attachée. Je suis de l'autre côté, comme rescapé d'un naufrage. Mais je n'ai pas revu l'ombre du tazor.

21 juin

J'ai dormi la plus grande partie de ce jour, à l'orée du bois de filaos. J'aime le bruit que fait le vent dans leurs aiguilles. Je me souviens de l'histoire que me racontait Jacques, autrefois, à Paris, quand nous nous retrouvions chez mon père, et le nom des filaos résonnait pour moi comme un nom magique, un arbre qui n'existe que dans les légendes. « Derrière la maison d'Anna, il y avait

169

une forêt de filaos, le long du ravin qui va jusqu'à la mer. Un jour, un ami de grand-père est venu de France, passer quelques jours à la maison. À l'heure du dîner, il s'est installé à table, et à ce moment le vent de la mer a commencé à souffler. Grand-père lui a donné le plat de riz, et comme il se servait très peu, grand-père lui a demandé : "Vous n'êtes pas souffrant ?" L'invité a dit : "Non, au contraire, j'ai très faim." Et il a fait signe d'écouter le bruit qui venait du dehors :

"Je me réserve pour la friture !" » L'histoire a tellement plu qu'elle est restée dans la famille, et Jacques me l'a racontée à son tour, et elle semblait merveilleuse dans l'hiver parisien aux arbres décharnés. C'était tout ce qui nous restait de Médine et d'Anna, le bruit de cette friture qui résonnait dans le soir quand le vent de la mer passe dans les aiguilles des filaos, et moi aussi je me réservais pour le goût des poissons frétillant dans l'huile chaude.

Je ne suis pas retourné de la journée aux bâtiments de la Quarantaine. Je ne supporte plus l'ombre suffocante, la pierre noire des baraques, ni d'entendre le souffle oppressé des malades. Sarah Metcalfe est prostrée, elle aussi. Elle ne fait plus rien, sauf aider John à marcher jusqu'aux latrines, ou lui chercher de l'eau à la citerne. Depuis que son mari est tombé malade, elle a changé d'expression. Son visage est figé par l'inquiétude et elle reste repliée dans son coin, immobile, un drap sur les épaules, presque sans parler. Par moments, elle dit des phrases hachées, moitié en anglais, moitié en français, elle soupire. Jacques m'a dit : « Elle délire. » Mais c'est autre

chose que de la fièvre. Sa santé mentale est vacillante. Elle, si jeune et fraîche, à bord de l'*Ava*,
John la présentait : Sarah, ma *très* jeune femme
— avec sa robe bleue stricte d'institutrice, ses cheveux blonds en chignon et ses yeux bleu faïence,
et le second commandant Sussac la plaisantait,
on entendait la cascade de son rire qui faisait se
retourner tout le monde. Maintenant elle est
pitoyable, le visage brûlé par le soleil, ses vêtements salis, et ce regard vide qu'elle promène
autour d'elle, comme si elle ne comprenait pas ce
qui arrive.

Jacques aussi a changé. Son expression est
trouble. Il ôte le plus souvent ses lunettes au verre
cassé, ce qui lui donne un regard de myope,
perdu, indifférent. Lorsque je suis revenu, après
avoir acquis la certitude que Nicolas et M. Tournois ont bien été brûlés sur l'îlot Gabriel, il a
deviné ma colère, mon dédain. Il a voulu me parler, se justifier. Il a commencé : « Léon, écoute-
moi... » Il avait une drôle de voix, étouffée, j'ai
pensé une voix de menteur. Je me suis dégagé :
« Laisse-moi, je suis fatigué. » Il n'y avait rien à
dire, c'était trop tard. Jacques a haussé les épaules, comme quelqu'un qui se trompe, et il est
retourné s'asseoir auprès de Suzanne.

Et d'un seul coup, ma colère est tombée. Jacques est mon frère, je n'ai personne d'autre que
lui. Si je ne suis pas de son côté, qui le sera ? Que
pouvait-il faire ? Ce n'était pas sa volonté ni
même celle du Véreux, et le sirdar lui-même n'y
pouvait rien. C'était un ordre qui venait d'ailleurs,
de Maurice, de la Synarchie, du club des Patriarches, la peur d'une maladie inconnue qui se
répand à travers l'île, le spectre de l'*Hydaree*.

Jacques est resté auprès des malades jusqu'au bout. Puis il s'est occupé de la sale besogne de faire disparaître les corps, pour éviter la contagion. Il ne m'a rien dit. C'est Suzanne sans doute qui n'a pas voulu qu'on m'avertisse. Pour elle je suis un enfant qu'il faut préserver de la vue de la mort. Jacques a toujours fait cela avec moi. Quand notre père est tombé malade de l'encéphalite, il ne m'a rien dit, il a cherché à cacher la vérité, peut-être parce qu'il en avait peur lui-même. Et longtemps après sa mort, il continuait à parler de lui au présent, comme s'il était encore là.

Je suis allé m'asseoir à côté de lui. Je lui parle, pour le rassurer :

« Comment va-t-elle ?

— Ça fait deux jours qu'elle ne mange pas. Même l'eau lui donne des vomissements, je n'arrive pas à lui faire prendre sa quinine. »

Suzanne a les yeux tournés vers nous, mais j'ai l'impression qu'elle n'écoute pas. Elle est occupée à respirer, difficilement, comme si elle avait un grand poids sur la poitrine. Elle a des cernes autour des yeux, elle est amaigrie, sa peau est sèche, sa sclérotique injectée. À l'autre bout de la maison, John Metcalfe ne va pas mieux. Pour l'instant il n'est question que de fièvre paludéenne. Mais Véran, quand il est venu, a regardé les malades d'un œil acéré. Il soupçonne Jacques de vouloir cacher quelque chose de plus sérieux, pour épargner à sa femme le voyage à l'îlot Gabriel.

J'ai rejoint Jacques dehors. Il est assis dans la lumière du crépuscule. Il a sorti son dernier paquet de tabac, pour rouler une cigarette. Je ne lui ai pas parlé de *Solanum auriculatum*, le tabac marron, que John a repéré l'autre jour sur la pente du volcan. « Quand il n'y en aura plus, je me mettrai au ganjah, comme tout le monde », a plaisanté Jacques. Il a l'air découragé. Il se sent coupable d'avoir emmené ici sa femme, si jeune, si fragile, dans le piège de la Quarantaine, au milieu de cette épidémie. Le mot m'a fait sursauter :

« Une épidémie ? De quoi ? »

Jacques me regarde. Suis-je le dernier à ignorer ce qui se passe ?

« Mais de tout, la malaria, la variole, le choléra. »

Il me parle de ce qu'il a vu ce matin, au village des coolies, les gens prostrés, brûlants de fièvre, les visages vultueux. Il n'y a pas assez de quinine pour tout le monde, et la vaccine est absente. Il faudrait que de Maurice on envoie les médicaments, les vivres, et surtout une génisse. Mais qui va se soucier d'expédier une génisse sur ce rocher perdu, alors qu'on ne pense même pas aux hommes ? Jacques a négocié avec le sirdar un peu de riz, des lentilles, du poisson séché. Mais si le schooner ne revient pas dans quatre jours, nous sommes condamnés à mourir de faim.

J'essaie d'être optimiste :

« Ils ne peuvent pas ne pas venir nous chercher. »

Jacques hausse les épaules.

« Ils ne viendront pas tant que l'épidémie ne sera pas enrayée. Et puis il y a la tempête qui est en train d'arriver, à ce qu'on dit. »

Le baromètre de Julius Véran indique une pression en dégringolade depuis notre arrivée. Pourtant le ciel est magnifique, d'un bleu parfait, et les nuages ne sont plus que des lambeaux qui rougissent au soleil couchant.

Depuis que l'état de John Metcalfe s'est aggravé, Julius Véran et Bartoli se sont installés un peu plus loin, dans la maison du superintendant, qui jouxte l'infirmerie. C'est un bâtiment tout en longueur avec un toit de tôle, que le soleil transforme en four dans la journée. Quand ils ne sont pas à leur poste de guet, en haut du volcan, les deux hommes sont dans cette sorte de hangar, où ils peuvent préparer à leur aise des plans de guerre contre les Indiens et les découpages futurs de l'île. Qui s'en soucie ? Tout le monde s'est lassé des rodomontades de l'autocrate. Il parodie les grands mounes du club de la Synarchie, il rêve d'établir lui aussi, sur Plate, un Ordre moral. Mais il est le seul à y croire. Après l'exaltation de l'émeute, est revenue sur l'île la torpeur fataliste du commencement. Seuls résonnent immuablement le sifflet du sirdar, qui signale l'heure du réveil et le départ des hommes vers la digue, et des femmes vers la veine de talc, ou l'appel à la prière du soir, porté par le vent, comme une plainte de l'au-delà.

Le sentier vers Palissades longe la crique de roches noires au pied du volcan. C'est là que commence la mine de talc, réduite aujourd'hui à une saignée blanche au-dessus de la mer, où les Indiennes viennent remplir des seaux. Au fond de la baie, il y a un chaos basaltique envahi par les plantes grimpantes, où John a cherché en vain l'indigotier endémique. C'est ici que se trouve l'ancien cimetière. Les tombes sont usées par le vent, indéchiffrables. Sur une dalle de guingois, mangée de lichen, j'ai repéré un nom :

Thomas Melotte, died 1856

C'est Jacques qui m'a parlé du millier d'immigrants venus de Calcutta à bord du brick *Hydaree*, abandonnés cette année-là sur Plate en raison de la présence de variole et de choléra à bord. Comme nous, ils ont attendu jour après jour, scrutant l'horizon vide, la ligne de Maurice, dans l'espoir de voir venir le bateau qui les emmènerait. Ils ont dû envoyer des messages désespérés, allumer de grands feux sur la plage pour attirer l'attention de ces inconnus, là-bas, de l'autre côté, qui les condamnaient à une mort lente. Presque tous ont succombé à la maladie, au dénuement. Quand enfin le gouvernement de Maurice a décidé d'envoyer du secours, trois mois s'étaient écoulés, et ceux qui arrivèrent sur l'île ne trouvèrent que quelques rares survivants, et la terre jonchée d'ossements.

Personne ne vient dans le cimetière. Il y a quelque chose de surnaturel dans ce chaos de roches et de tombes renversées par les cyclones. Quelque chose qui trouble et fait battre mon cœur, comme si le regard des immigrants abandonnés était encore vivant, tendu vers l'horizon, une longue vibration qui résonne dans le socle de l'île. C'est cette vibration que j'ai entendue, lorsque je me suis couché l'oreille contre la terre, la première nuit que nous avons passée à Palissades.

J'ai voulu retrouver l'endroit où on avait brûlé les corps, sur le rivage. Mais la mer ouverte bat la côte, les vagues ont creusé la baie jusqu'aux premières tombes.

Pourtant, j'aime venir jusqu'au cimetière. Il y a ici une très grande paix, une douceur, comme j'ai ressenti parfois dans les églises, cette impression d'un temps plus grand que ma vie, d'une présence plus vaste que mon regard. C'est quelque chose que je ne peux pas bien comprendre. Chaque soir, quand j'entends le signal du sirdar, j'ai besoin de venir jusqu'au cimetière abandonné.

Je reste longtemps assis sur les tombes, écoutant le chant des moustiques autour de mes cheveux. Ils se posent sur mes jambes, sur le dessus de mes mains, mais je ressens à peine leurs piqûres. Quand ils sont trop nombreux, je les chasse d'un mouvement ou je souffle sur eux. Ils sont téméraires, agressifs, ils ont un corps tigré, ils sont légers, intelligents. Il y a aussi des moucherons de sable, des fourmis, quelquefois un long centipède qui court sur les tombes avec un bruit de ferraille. Jacques hait les centipèdes, il les détruit avec rage, à coups de talon. Mais moi je suis habitué. Ils sont les vrais habitants de l'île, avec les oiseaux. Ils seront là, bien longtemps après que nous serons partis.

Tout est silencieux ici. Il n'y a pas de vent. Depuis deux jours, nous sommes au centre d'une immense baie calme, dont les bords se sont écartés jusqu'à l'horizon. Jacques dit que c'est l'œil de la tempête. Lorsque l'œil se déplacera, nous serons à nouveau dans la pluie.

Je sens encore la brûlure du soleil, sur Gabriel. Hier une plaie s'est ouverte sur mon dos, entre mes épaules, là où ma peau a touché le basalte. Ici tout est imprégné du regard des passagers de l'*Hydaree*, qui habitent maintenant dans cette crique, leur regard douloureux, tendu vers la mer

176

vide. Ou peut-être est-ce la montée de la fièvre, qui raidit chaque soir mes nerfs et mes muscles, verse lentement le frisson dans mes veines. Je murmure le nom de Suryavati, son nom magique, qui peut faire apparaître sa silhouette le long du récif, entourée d'embruns comme une déesse. J'ai besoin d'elle, j'ai un grand besoin qu'elle me donne ce qui est à elle, le village des coolies, les allées enfumées par les cuisines du soir, les cris des enfants, les cabris, la voix d'un garçon qui chante au fond d'une hutte, le son léger d'une flûte, même l'odeur terrible des bûchers où attendent les morts. Il me semble que c'est là que j'appartiens à présent, de l'autre côté, à cet autre monde.

Tout d'un coup je suis sur le sentier qui franchit l'escarpement du volcan, je cours à travers les blocs hérissés de pointes de la grande coulée de lave, au milieu des buissons d'épines et des lantanas. Pour la première fois je regrette de n'avoir plus de souliers. Malgré la plante de mes pieds endurcie, je suis entaillé par les aiguilles de lave, mes chevilles griffées par les broussailles. Il y a dans le voisinage du volcan une odeur animale, capiteuse, comme une fermentation, accentuée par la lourdeur immobile de ce crépuscule.

Le sentier descend vers la droite, dans la direction du camp des coolies. Mais je continue à flanc du volcan, vers le ruisseau des Palissades, là où les femmes indiennes vont se baigner et chercher l'eau à la nuit tombante. Je bondis entre les rochers, sans chercher à me cacher, le souffle court. Je veux arriver avant la nuit. Quand je passe l'arête du volcan, je vois soudain la mer à l'ouest, étincelante dans le couchant, et la baie des Palissades, encore éclairée par le soleil, avec ses dalles de basalte disposées comme les écailles d'un serpent.

Dans la coulée de lave, la source alimente une suite de bassins qui reflètent le ciel, couverts de végétation. Il y a même quelques arbres qui ont réussi à s'accrocher au flanc du volcan, des veloutiers, et un grand multipliant au feuillage sombre. C'est là que les femmes sont installées. Elles puisent l'eau dans des cruches, ou bien elles lavent leurs cheveux dans l'eau courante. Je descends de roche en roche, en m'agrippant aux buissons. Il y a plusieurs femmes, nues jusqu'à la ceinture, accroupies au bord de l'eau. Leurs corps brillent à la lumière dorée du crépuscule, j'entends le glissement de l'eau, leurs rires quand elles s'éclaboussent. Elles n'ont aucune pudeur, comme si elles étaient dans un autre monde, au bord d'une rivière en Inde ou au Cachemire.

Elles m'ont entendu. Elles sont éblouies par le soleil, elles cherchent à me voir, dans les rochers, à travers les lantanas. Leur peau est brune, les gouttes d'eau glissent sur leurs épaules, sur leurs seins. Leurs cheveux noirs sont alourdis d'eau.

Surya n'est pas avec elles. Un instant, elles restent tournées, essayant de m'apercevoir dans ma cachette. Mais je suis tapi comme un lapin, immobile. Alors elles jettent des cailloux, au hasard, elles crient comme si j'étais un enfant malappris. Puis elles se drapent dans leurs saris et elles s'en vont, portant les cruches pleines sur l'épaule. Elles descendent le long du ravin, vers le rivage. Un instant elles disparaissent entre les blocs de lave, puis j'entends encore leurs voix, et je les vois marcher le long de la baie dans la direction des maisons communes.

La nuit arrive. Il y a déjà des chauves-souris dans l'air. Comme l'autre jour, je crie : « Surya ! Suryavaaati ! » J'imagine que ma voix porte jusqu'au village des coolies, et jusqu'au poste d'observation où se tient Julius Véran, sa longue-vue à la main. Je vais crier encore, c'est ma dernière chance avant la nuit et tout d'un coup je sais qu'elle est là, j'entends son pas léger, le tintement bref de ses bracelets. Elle vient par le ravin, elle monte à travers l'éboulis. Mais ce n'est pas elle que j'ai entendue. Ce sont des cabris qui sautent de rocher en rocher, et qui bêlent de leur voix aigre. Puis elle apparaît. Elle est avec un jeune garçon, un berger qui guide les cabris à coups de cailloux, le long du ravin. Surya porte son grand châle rouge qui recouvre ses cheveux. Elle monte vers moi, comme si elle savait que je l'attendais. Elle me regarde, elle n'a pas l'air étonnée de ma présence. Elle me salue à la manière indienne, puis elle s'assoit sur une pierre, en face de moi. Elle aussi, elle jette des cailloux aux cabris qui détalent vers le bas du ravin.

Un peu plus bas, ils s'arrêtent devant un bassin pour boire. Le berger s'est caché dans les buissons.

Je ne sais pas ce qu'il faut dire. Il me semble qu'il y a des jours et des mois que je ne l'ai pas vue. Elle dit simplement : « Est-ce que tu as faim ? Je t'ai apporté à manger. » Elle prend dans son sac des gâteaux de riz. Tout est si simple. Je ne suis même pas étonné. Quand je lui tends un des gâteaux, elle refuse : « Il y a longtemps que j'ai mangé ! » Elle dit long-temps, en faisant traîner la première syllabe, comme en chantant.

179

Je ne me souviens plus quand j'ai mangé pour la dernière fois, ce matin peut-être, un peu de riz de la veille accroché au fond de la marmite. Il me semble que je n'ai jamais rien mangé de meilleur. Surya me regarde, elle dit, elle a une drôle de voix, l'air un peu lointain :

« Quand tu seras vieux, c'est moi qui te ferai à manger. »

Quand j'ai terminé les gâteaux, Surya m'entraîne vers le ravin, jusqu'au bassin. L'eau de la source est fraîche et pure. Chez nous, à la Quarantaine, l'eau des citernes est acide, il faut la filtrer à travers un morceau de toile pour enlever les larves de moustiques.

Près de la source, la lumière du soir est douce. Les arbres autour de nous sont pleins d'oiseaux, des martins qui appellent, à cause de la nuit. Au-dessus de nous le volcan est âpre et noir, menaçant. Il me semble sentir peser sur nous le regard des guetteurs, cachés dans les ruines du phare. Nous descendons le ravin jusqu'à la mer, nous cherchons une cachette dans les rochers. Le jeune garçon est reparti vers Palissades, chassant devant lui ses cabris. Surya s'est assise sur une roche plate, devant la mer sombre.

« Parle-moi encore de l'Angleterre. »

Le ciel est très clair encore, je vois son visage, la lumière dans ses yeux. Elle a les cheveux coiffés en une seule tresse épaisse. Le clou d'or brille dans sa narine comme une goutte.

Elle veut tout savoir, comment vivent les gens là-bas, à Londres, comment ils sont habillés, leurs enfants. Je ne comprends pas bien ce qu'elle veut que je lui dise. Je suis allé à Londres la première fois l'été qui a suivi la mort de mon père, Jacques habitait chez l'oncle William, dans un endroit qui s'appelait Beckenham. Il y avait des maisons de brique rouge, des jardins un peu tristes, des rosiers. Je préfère lui parler de ce que j'ai lu dans les romans de Charles Dickens, la prison où va Pickwick, la grande promenade circulaire où les prisonniers flânent comme s'ils étaient au théâtre. Surya ouvre de grands yeux, elle rit. « Ils sont étranges ! » Elle réfléchit un instant, puis elle dit : « Ma mère est née à Londres. » Ses yeux sont brillants, elle a comme des larmes.

« Ma mère ne sait pas qui sont ses vrais parents. Elle ne sait pas comment ils s'appelaient. Pendant la guerre contre les Anglais, en Inde, elle était à Cawnpore. Ma grand-mère Giribala l'a trouvée, elle avait cinq ans, elle était accrochée au cou de sa nourrice, elle ne bougeait pas. Tout le monde était mort. Ma grand-mère a vu qu'elle était encore vivante, elle l'a emportée. Elle lui a donné un nom, elle l'a appelée Ananta. »

Tout d'un coup j'ai honte de mon bavardage. Ce que me demandait Surya, c'était de lui parler de sa mère, de la ville où elle est née, non pas des mensonges. Elle dit :

« Dis-moi des noms anglais, peut-être tu diras le sien. » Je réfléchis. C'est un jeu :

« Eh bien, Mary, Emily, Amalia.

— Amalia, c'est un joli nom. »

Je n'ose pas lui dire que c'est le nom de ma mère.

Je cherche d'autres noms :

« Agatha, Victoria.

— Ah non, pas Victoria ! » Son cri me fait rire.

« Alors, Ann, Alice, Julia. Mais tu as raison, peut-être qu'elle s'appelle Amalia.

— J'aime beaucoup ma mère. »

Elle ne dit plus rien. Nous restons assis l'un à côté de l'autre, sur cette roche qui avance dans la mer, comme à la proue d'un bateau. Il fait maintenant presque nuit, je distingue à peine son profil. Je sens l'odeur de son corps, de ses cheveux. Il me semble que je l'ai toujours connue.

Elle me parle de Maurice, du couvent de Mahébourg, de son père inconnu. « Il est mort quand j'avais un an, dans un accident. Ma mère n'a jamais voulu me parler de lui, je crois qu'elle avait été mariée quand elle avait seize ans. Il était chrétien, de Ville-Noire. »

Je voudrais que cet instant ne cesse jamais. Elle parle de l'Inde aussi, de la grande rivière où sa grand-mère a baigné Ananta, après qu'elle l'a trouvée. Elle parle des villes aux noms si beaux, Allahabad, Bénarès, Calcutta. Elle dit qu'un jour elle emmènera sa mère là-bas, elle ira jusqu'à Cawnpore, pour voir l'endroit où elle a été sauvée, et la grande rivière, la Yamuna, où est né le Seigneur Krishna.

À présent, elle a posé sa tête contre mon épaule, comme si elle était très fatiguée. L'odeur de sa peau m'envahit, me fait frissonner. Elle a pris ma main, je sens ses paumes douces et usées, très chaudes. Puis elle s'écarte un peu. Elle cherche à me voir dans l'obscurité, sa voix est étouffée.

« J'aime beaucoup ma mère, je n'ai qu'elle. Je veux que tu lui parles un jour de son pays, tout ce que tu m'as raconté. Ma grand-mère est morte ici, il y a longtemps, avant ma naissance. On l'a brûlée sur la plage, mais elle est encore là. Ma mère dit que les morts ne s'en vont pas, ils habitent avec nous, là où on les a brûlés c'est leur maison. »

Je tiens Surya contre moi, je sens son visage contre le mien, le battement des cils, ses lèvres, son souffle. Il fait nuit tout à fait, mais je vois encore sa silhouette contre le ciel clair. Les vagues cognent profondément, la pierre tremble sous moi. Tout est si étrange, et nouveau, inespéré. Je ressens le même vertige, le même désir. Il me semble que je suis emporté dans un voyage avec Surya, à bord d'un radeau de pierre, devant la montagne pareille à une vague.

Elle appuie la paume de ses mains sur mon visage, lentement. Ensuite elle est debout, elle s'éloigne. Je l'appelle : « Suryavati ! » Je marche derrière elle, mais elle va si vite que je la perds. Elle connaît chaque rocher, chaque buisson. Je vais à Palissades.

La Yamuna

C'est comme si j'avais vécu cela,
comme si je l'avais rêvé hier. Les
navires amarrés le long du Tollys
Nullah, dans le quartier de Bhowanipore, à Calcutta, attendant d'embarquer les immigrants. Le long de
la route vers Calcutta, les charrettes
à bras des portefaix, les carrioles
dételées et les bœufs agenouillés
dans la poussière, et les eaux boueu-
ses du canal coulant lentement vers
l'estuaire de l'Hughli. Les bateaux
noirs, leurs cheminées fumant légèrement, les voiles d'artimon flottant
dans le vent de la mousson, et au-
dessus de l'eau, le ciel tourmenté, la
pluie qui a déjà crevé sur la ville,
cette pluie lourde, comme une cascade grise qui remonte le fleuve et
envoie devant elle un souffle froid.

C'est à Ananta que je pense, sa
petite main serrée dans la main de
sa mère, tandis qu'elles attendent

toutes les deux debout sous l'abri circulaire du camp, avec tous ces gens qui bougent autour d'elles, ces inconnus qui viennent de tous les bouts du monde, de l'Oudh, du Bengale, des collines du Gond, du Pendjab, du Gujarat, pour embarquer à bord de l'*Hydaree*, du *Clarendon*, de l'*Ishkander Shaw*.

Alors il doit régner un grand silence sur le camp de Bhowanipore. Un ciel jaune taché de noir, une sorte de crépuscule en plein jour. Les merles insolents qui vaticinent d'arbre en arbre, énervés par la pluie, qui se posent sur les bras des charrettes. Il y a aussi des enfants, des garçonnets tout nus qui jouent au bord du canal, qui plongent dans l'eau boueuse, et les femmes qui les appellent. C'est la fin de l'après-midi, les feux sont déjà allumés dans les cuisines, le long du mur d'enceinte. Les femmes font cuire du riz, accroupies devant les foyers, une longue branche à la main. Les hommes sont réunis sur la berge, certains s'abritent des premières gouttes sous des parapluies. Parfois, entre les nuages, le soleil éclate, fait briller les robes des femmes, leurs bijoux de cuivre.

Tout est lent. L'eau du canal descend lentement vers l'estuaire du fleuve, portant des fleurs d'écume jaune, des branchages, parfois un haillon incompréhensible qui tourne dans les remous et s'accroche à la poupe d'un navire.

« Quand partons-nous ? » demande la petite Ananta. Sa main est prisonnière de la main de sa mère. Giribala ne veut pas la lâcher. Il lui semble que si elle se détourne un seul instant, sa fille disparaîtra dans les remous du canal. Les gouttes de sueur coulent régulièrement sur le visage de la jeune femme, mouillent ses cils comme des larmes. « Je ne sais pas. Tout à l'heure, demain, à l'aube peut-être. » Ananta montre la fumée qui sort en tourbillonnant des hautes cheminées des navires. « Regarde, est-ce qu'ils vont partir sans nous ? » Giribala garde la main d'Ananta bien serrée dans la sienne, jusqu'à lui faire mal, parce que c'est sa seule certitude, tout le reste n'étant que le néant de ce canal et de ce fleuve, cette rive où les hommes et les femmes inconnus attendent indéfiniment de partir vers un pays qui n'existe pas.

19-20 juin

Je suis couché sur la plage, non loin de la maison de Suryavati. À cet endroit, la petite barrière de corail qui entoure la pointe du camp des coolies rejoint le rivage, et j'entends la mer battre contre les récifs, comme sur l'étrave d'un navire. Surya m'a donné un drap pour me protéger du froid de la nuit. Elle a laissé la lampe punkah allumée devant sa porte, comme tous les immigrants. Quand je me retourne, je vois toutes ces étoiles de lumière qui scintillent dans la nuit, comme s'il y avait réellement une ville.

Il y a tous ces bruits familiers aussi, les chiens qui se répondent, les appels grêles des cabris dans les corrals, la voix d'un bébé et une femme qui chante quelque part, longuement, une complainte qui par moments s'efface. Je m'approche du sommeil, il me semble que je suis sur le pont d'un bateau qui va au hasard, d'une île à l'autre. Parfois j'oublie que nous ne sommes plus à bord de l'*Ava*, il me semble que nous sommes seulement arrêtés dans une rade

187

inconnue, et que demain nous allons reprendre notre voyage.

Dans la nuit le vent est tombé. C'est la chaleur lourde qui m'a réveillé, et le silence du récif. La lune est au zénith, elle brille au centre du ciel noir. Dans la maison de Suryavati, la petite lampe est éteinte. Partout alentour, la plupart des lampes ont cessé de brûler. On doit être tout près de l'aube.

L'air chaud pèse sur la mer, sur la ville. Il y a des milliers de fourmis volantes autour de moi, à la lueur de la lune je les vois ramper sur le sable, se cogner à mon drap trop blanc. Il me semble ressentir cette même inquiétude, cette même menace que le soir où nous avons débarqué du schooner dans la tempête. J'avance le long du rivage, sans faire de bruit. La marée est au plus haut, dans la baie des Palissades la mer est gonflée jusqu'aux grandes dalles de basalte, ne laissant qu'une étroite bande de sable où se sont accumulés le varech et les bois flottés.

Les chiens, d'habitude hostiles, me laissent passer. Ils m'ont senti, ils grognent, mais ils restent couchés au bord de l'escarpement, le museau dans la poussière. Peut-être qu'ils sont habitués à mon odeur ou bien trop fatigués pour se lever.

Je suis tout près du village maintenant. Je sens la fumée, et les plantes à parfum qui poussent près des maisons collectives. Il y a une autre odeur pourtant, que je ne reconnais pas tout de suite, cendres et parfums mêlés, qui est immobile, m'enveloppe, lentement se précise jusqu'à l'écœurement.

Je suis à un bout de la plage, à la pointe qui sépare les huttes des parias des habitations collectives des immigrants. Sur la pointe, près de la ligne de déferlement des vagues, il y a une sorte de plate-forme de pierres noires, qui brille étrangement à la lueur de la lune. On dirait un monument ancien, silencieux, abandonné des hommes, seul devant la mer. Tout autour du promontoire le rivage est hérissé de pointes de lave, que l'écume recouvre. Avec difficulté, en écorchant mes mains et mes pieds, je suis monté sur la plate-forme. Je touche les murs de pierre. Ce sont des blocs de basalte usés par la mer, qui forment une muraille sans mortier. Ils sont doux et lisses, encore tièdes d'une chaleur intérieure.

Maintenant que je suis contre la muraille, je n'ai plus d'inquiétude. Au contraire, je ressens une grande paix. L'odeur du feu est en moi, elle me remplit entièrement. Je passe mes mains sur la plate-forme et je sens glisser sous mes doigts une poussière très fine, presque impalpable. Et tout à coup, je comprends. C'est ici, c'est le bûcher où on brûle les morts, le bûcher que Véran regarde chaque soir à la lunette, et dont il vient rendre compte sinistrement à la Quarantaine — « Il y a eu encore des morts chez les immigrants. »

Le promontoire forme une sorte de presqu'île, quasiment détachée de la côte à marée haute, d'où j'aperçois d'un côté la ligne sombre qui va vers le rocher du Diamant, et de l'autre la courbe de la baie des Palissades et la haute silhouette du volcan. C'est un endroit hors du monde. Non pas âpre et maudit comme la trace du brasier à Gabriel, mais très doux et paisible, enveloppé par la danse des vagues.

Je m'assois dans les rochers, le dos contre la

muraille tiède, et je regarde la mer, et les cendres soulevées par les passages du vent m'enivrent comme la fumée des rêves.

Un peu avant l'aube, alors que le ciel devient gris et se mêle à la mer, Suryavati arrive. Elle m'a vu, mais ce n'est pas moi qu'elle vient visiter. Elle tient un balai de palmes, et elle commence à nettoyer la plate-forme du bûcher. Son grand châle rouge cache son visage et ses cheveux, je vois sa silhouette dans la pénombre, penchée sur le sol, j'entends les coups de balai réguliers. Puis elle prend un seau qu'elle a posé sur le bord du bûcher, et avec une calebasse elle jette des gouttes d'eau sur les pierres noires.

Un peu plus tard le jour se lève. Suryavati s'assoit près de moi. Son visage est fatigué, elle a une expression étrange dans son regard, comme je n'ai jamais vu. Elle dit simplement : « Ma mère est une Dom, c'était son travail de s'occuper des bûchers. Maintenant elle ne peut plus le faire. » Elle dit encore : « Maintenant, je pense que tout va être différent. » Il me semble que je comprends ce qu'elle dit, parce qu'il n'y a pas de couleur, pas d'âge. C'est la mer qui nous porte dans son balancement. « C'est ici que ma grand-mère Giribala a été brûlée, quand elle est revenue de l'Inde. Quelqu'un a mis le feu à son bûcher, quelqu'un a balayé ses cendres dans la mer, pour qu'elle retourne à la Yamuna. »

Elle prend ma main, comme elle a fait hier, devant la source.

« Est-ce que tu as peur des morts ? Il ne faut pas en avoir peur, ils sont avec nous, ils ne nous quittent pas. Ma mère dit qu'elle les voit, la nuit, quand elle ne peut pas dormir, ils marchent sur

190

la plage, ils cherchent un endroit où habiter. Ils sont dans les oiseaux, dans les plantes, même au fond de la mer dans les poissons. »

Elle prend un peu de cendre mêlée au sable noir, et lentement elle passe ses doigts sur ma figure, sur mes joues, sur mes paupières. Elle dessine des traits et des cercles, et je sens un grand calme qui entre en moi. Elle dit des mots dans sa langue, comme une prière, ou une chanson : *Lalli lug gaya, Chhurm, kala lug gaya...*

Puis elle joint ses mains derrière ma nuque, et elle attire ma tête vers elle, elle l'appuie contre sa poitrine, pour que j'entende les battements de son cœur. Elle m'appelle pour la première fois par mon nom, le nom qu'elle m'a donné, pour toujours :

« *Bhaiii...* Veux-tu être mon frère ? »

Le soleil est apparu, de l'autre côté de l'île. Il y a déjà des oiseaux qui traversent la baie des Palissades dans la direction du rocher du Diamant. Avec Suryavati, je marche vers l'anse des parias. Dans les huttes, les hommes dorment encore. Il y a des femmes dehors qui éventent le feu, quelques enfants qui pleurnichent. J'ai un sentiment étrange, quelque chose qui s'est rompu au fond de moi, qui s'est libéré. Je sens dans mes membres une force nouvelle, une électricité qui vibre dans mes nerfs, dans mes muscles. Mes jointures sont plus souples. Je respire mieux, je vois mieux.

Le sentier qui longe le rivage est étroit, réduit par le glacis de terre noire. Suryavati marche à longues enjambées devant moi. Elle entre dans sa maison sans se retourner. Je m'assois à ma place, dans les cailloux que la mer haute a laissés à découvert. L'aube éclaire à présent ce côté de l'île. Un long coup de sifflet lugubre vient de marquer le réveil général. Sous les coups d'éventail les feux se sont ranimés devant les maisons de Palissades. Je sens l'odeur de l'huile chaude, la fumée. Tout à coup j'ai très faim, à tel point que je dois me courber en deux et appuyer avec mes poings sur mon estomac. J'ai dû geindre aussi, parce que quelques instants plus tard quelqu'un vient. Je crois d'abord que c'est Surya, puis je reconnais la silhouette. C'est Ananta. Elle s'arrête devant moi, elle pose par terre une assiette émaillée dans laquelle il y a du riz au cari et des brèdes. Je lui dis le mot très doux que Surya m'a appris, pour remercier : « *Choukriya.* »

Ananta s'est reculée un peu. Elle me regarde. Elle est d'une maigreur extrême, sa robe jaune et son voile flottent autour d'elle. Son visage d'Indienne, couleur de terre, est éclairé par ses yeux d'un vert d'eau très pâle, transparent. Elle n'exprime aucune méfiance, aucune colère. Il me semble que toute sa peur s'est effacée. Surya vient à son tour, elle me donne un verre de thé bouillant. « Mange et bois, ensuite tu dois retourner chez toi, de l'autre côté. »

Je mange le riz et les légumes avec les doigts, voracement. Le thé amer brûle ma gorge, brûle le centre de mon corps.

Maintenant il y a des enfants qui sont venus autour de nous, des petits garçons tout nus, à la peau noire, au sourire éclatant. Ils s'amusent, ils m'interpellent dans leur langue, ou peut-être dans la langue à l'envers des Doms. Suryavati leur crie : « *Jaaiee ! Outta ! Outta !* » comme on crie aux chiens qui s'approchent trop.

Quand j'ai fini de manger, je rince l'assiette et le verre dans la mer, et je les dépose devant la maison, il me semble que j'ai toujours fait cela, depuis mon enfance. Un instant je reste debout devant la maison. Ananta est retournée se coucher, un pan de sa moustiquaire relevé. Surya est assise à côté d'elle, et du bout des doigts elle natte les cheveux de sa mère. La lumière du soleil entre dans la maison, réchauffe les murs. C'est un matin comme les autres, lent et paisible.

Dans le village des parias, avant de partir travailler dans les plantations ou à la construction de la digue, les hommes sont assis devant les maisons, ils parlent, ils finissent de boire leur thé. Les femmes balaient la rue avec les palmes, en soulevant des nuages de poussière noire qui vont se reposer un peu plus loin. Devant les maisons des musulmans, les hommes ont fini leurs ablutions et la prière. Chacun attend le signal du sirdar. Quand le second coup de sifflet retentit, les hommes et les femmes se dirigent vers la baie des Palissades.

Non loin, dans une allée, des gens attendent, des femmes voilées dans leurs châles, des hommes maigres. Ils attendent, dans l'espoir de voir Ananta, de recevoir de la nourriture, une bénédiction. Elle est comme la mère des parias, elle connaît les plantes, elle sait guérir, détourner les « yangues ». Il me semble qu'elle est ma mère que je n'ai jamais connue, qu'elle peut me donner la chaleur, l'amour. Je comprends pourquoi Shaik Hussein la craint et la respecte, pourquoi il la laisse en paix. Sans paroles, sans armes, depuis sa hutte de branches dans le village paria, c'est elle qui règne sur l'île.

Au moment où je passe devant la dernière maison, une femme sort en titubant, elle s'accroche à moi. Elle est très jeune, mais son visage est déformé par la haine, ses habits sont déchirés, ses cheveux pleins de terre. Elle est Rasamah, la prostituée que les jeunes gens ont violée et battue le soir de l'émeute. Elle crie des paroles incompréhensibles, elle cherche à me faire revenir en arrière. À quelques pas, en retrait, je vois le jeune garçon qui vit avec elle, il abrite ses yeux avec sa main et il regarde sans rien dire. J'arrive enfin à me libérer, j'ai repoussé la folle d'une bourrade. Ses imprécations retentissent derrière moi, font hurler les chiens. Là où Rasamah a serré mon bras, il y a la marque en demi-lunes de ses ongles.

Un long moment, tout seul sur le chemin de la pointe, je me suis retourné vers le volcan. Je sens alors une colère mêlée d'appréhension. En haut du cratère, les guetteurs sont cachés, Bartoli, le Véran de Véreux, je devine leur regard. Il me semble que je sens sur moi le froid ironique de la lentille qui scrute l'île, depuis les allées du village jusqu'au ravin ombreux où les femmes se baignent en frissonnant dans la source.

Jamais je n'avais imaginé que ce pût être si difficile de revenir en arrière, vers la Quarantaine, de franchir cette frontière imaginaire.

Je me suis baigné dans l'eau tiède du lagon, sans laver les marques de cendres que Suryavati a dessinées sur mon visage. Tant que je les porterai, je garderai ma force et la souplesse de mes jointures, j'aurai le toucher léger des doigts de Surya sur mon front, sur mes joues et mes paupières.

Elle a pris la route du sud, vers la rivière Yamuna, à travers les champs dévastés. Dans l'Oudh, les villes brûlaient, Lucknow, Cawnpore, Fatehpur. La fumée des incendies couvrait le ciel comme si on ne quittait pas le crépuscule. Le soleil nageait derrière le voile gris-rose. Sur les routes, il y avait des nuées de fuyards, vieillards, femmes, enfants portant des ballots de linge, des provisions. Les hommes avaient disparu. Partout, l'odeur du sang, de la mort. Les puits étaient empoisonnés par les cadavres qu'on y avait jetés. Et la faim rongeait le ventre, la faim écorchait la terre, séchait les sources.

Giribala marche sur le chemin, pieds nus dans la poussière, l'enfant serrée contre sa poitrine. De temps en temps, elle sent la petite fille bouger sous son châle. Elle est légère comme un chat, elle ne pleure pas,

195

elle ne crie jamais. À Cawnpore, devant les murs de boue effondrés, elle a vu l'enfant couchée sur la poitrine ensanglantée de l'ayah, elle a pensé d'abord que toutes deux étaient mortes. Puis la petite fille a ouvert les yeux et l'a regardée, et Giribala a compris que le sang qui couvrait son corps était celui de sa nourrice. Sans réfléchir, d'instinct, Giribala s'est précipitée et elle a pris l'enfant dans ses bras. Elle s'est aperçue que l'enfant était une Blanche, une petite Anglaise de quatre ou cinq ans, aux cheveux dorés et aux yeux verts, vêtue d'une robe déchirée et brûlée. L'enfant n'a pas poussé un cri, mais elle s'est agrippée à elle de toutes ses forces, comme si elle avait peur que Giribala ne la repousse. Giribala a couru avec l'enfant, sans reprendre haleine, jusqu'au chemin qui va vers la Yamuna. À un moment, elle a rencontré sur la route un groupe de sepoys, mais ils l'ont laissée passer. Avec ses habits en haillons, ses cheveux emmêlés flottant sur ses épaules, et les taches de suie sur son visage, elle semblait une folle. Personne n'a fait attention à l'enfant qu'elle serrait sous son châle, cette petite étrangère au visage ensanglanté et aux yeux clairs qui avait enfoui sa tête contre sa poitrine.

Giribala est arrivée à la rivière Yamuna quand les soldats du 93ᵉ régiment des Highlanders ont commencé à bombarder la ville de Lucknow. La fumée des incendies a recouvert à nouveau tout l'horizon. Les chemins le long de la Yamuna étaient encombrés de gens, de charrettes, d'infirmes. Dans les maisons des villages, Giribala mendiait un peu de lait pour l'enfant, du riz, des galettes de lentilles. Quand elle avait marché pendant des heures, elle s'arrêtait à l'ombre d'un arbre. Parfois elle n'avait rien à donner à manger, mais la petite fille ne se plaignait pas. Elle la regardait de ses yeux couleur d'eau verte, aux pupilles dilatées, sans parler, sans sourire. Elle avait un joli visage ovale, des cheveux brun doré, encore collés du sang de l'ayah.

Giribala n'allait au fleuve que vers le soir, comme les animaux sauvages. Durant le jour, elle prenait les sentiers difficiles. On disait que les soldats étrangers remontaient les fleuves dans leurs bateaux à vapeur, à la recherche des rebelles. Quelquefois elle entendait gronder le canon tout près. Elle savait reconnaître les coups de fusil des sepoys, et le bruit strident des canons anglais qui envoyaient des « round shots ».

Sur la rive de la Yamuna, un soir,

elle a rencontré une troupe de sepoys en déroute. Ils étaient armés de sabres et de lances, leurs costumes étaient souillés de boue et de sang. L'un d'eux a vu la petite fille enveloppée dans le châle. Il avait dû remarquer le teint clair et les cheveux dorés. Il a demandé à Giribala : « C'est ton fils ? » Il avait l'air soupçonneux. « C'est ma fille », a dit Giribala d'une voix mal assurée. Et comme le soldat continuait à fixer l'enfant en caressant sa barbe, elle lui a crié : « Et toi, est-ce que tu es son père ? » Les autres se sont mis à rire, et Giribala a pu continuer son chemin.

C'est sur le bord de la Yamuna que Giribala a trouvé un nom pour l'enfant. Malgré la guerre, malgré l'odeur de mort et le goût de cendres, c'est dans l'eau du grand fleuve que Giribala ressentait la paix et le bonheur. Avant la nuit, elle a choisi une plage, à l'ombre de grands arbres, et elle est entrée lentement dans l'eau en serrant l'enfant contre sa poitrine.

Alors il lui a semblé qu'elle entrait dans un autre monde, et la petite fille qui riait et s'agitait contre elle était l'entrée de ce monde, le monde du fleuve où tout était paisible, où il n'y avait plus ni guerre ni sang, ni haine ni peur, un monde qui la tenait serrée cachée comme une petite pierre enfermée dans une main immense. « Maintenant, tu as un nom, tu as une famille... »

Pour cela, Giribala a prononcé à haute voix le nom, comme si c'était le fleuve qui l'avait dicté, « Ananta », l'Éternel, le serpent sur lequel Dieu se repose jusqu'à la fin du monde.

Sur le bord de la Yamuna, ce soir-là, elle a rencontré le radeau. Elle allait à la recherche d'une autre plage pour la nuit, quand elle a entendu un bruit de voix. En rampant à travers les roseaux, elle a aperçu un petit groupe de femmes, accompagnées d'un vieil homme, qui après avoir mangé s'apprêtait à repartir sur un radeau de branches. Elle avait dû faire un bruit qui avait trahi sa présence, parce que soudain des femmes, survenues par-derrière, l'avaient renversée sur le sol, et, sans ménagement pour l'enfant, avaient commencé à la frapper à coups de poing et à coups de pied. Giribala a cru sa dernière heure arrivée, elle a pleuré et supplié, tandis que les mégères lui arrachaient l'enfant et fouillaient son bagage pour piller ses bijoux et son argent. Le sac ne contenait rien de bon, et une des femmes, sèche et grande, au regard dément, s'est tournée vers Giribala : « Tu es venue nous espionner, nous dénoncer ! » Giribala était si endolorie et épuisée qu'elle n'avait même plus la force de se traîner loin du fleuve. Mais une autre femme qui portait un garçon maigre sur sa hanche s'est interposée et l'a aidée à s'asseoir. Elle a lavé ses plaies avec l'eau du fleuve, et elle lui a rendu Ananta terrorisée. « Comment s'appelle-t-elle ? » Giribala a dit le nom d'Ananta, et son propre nom. « Moi, je m'appelle Lil, a dit la femme, et le vieil homme, là, s'appelle Singh. Il a été blessé à la guerre, mais il n'est pas méchant. » Elle a scruté la petite fille de son regard charbonneux. « Elle ne te ressemble pas, mais c'est ta fille. » Puis elle a aidé Giribala à monter sur le radeau, à l'arrière. Au bout du radeau, il y avait une chèvre jaune attachée à une planche. Le radeau a commencé à glisser sur l'eau du fleuve, lentement, au gré des tourbillons, guidé par le vieux Singh qui appuyait sur une longue perche. D'une outre en peau noire, Lil a versé dans une écuelle un peu de lait de chèvre, et elle l'a donné à Giribala. Le lait était épais, encore tiède. « La chèvre est à moi, a dit Lil. C'est tout ce qui me reste. » Elle s'est allongée sur les planches, la tête appuyée contre un ballot de linge, pour regarder Giribala qui faisait boire sa fille.

« Où vas-tu maintenant ?

— Je ne sais pas, a dit Giribala.

— Nous allons à Viranasi, a dit Lil.

— Moi je vais le plus loin que ce fleuve peut aller », a dit Giribala.

Lil s'est mise à rire.

« Alors tu vas jusqu'à la mer. C'est ça le plus loin que va le fleuve. »

Lil a pris l'outre à son tour, et elle a essayé de donner à boire à son fils. Mais le garçon avait la bouche fermée, ses yeux brillaient de fièvre. Le lait débordait de l'écuelle et coulait par la commissure de ses lèvres.

« Il y a deux semaines qu'il est comme ça, a dit Lil. Peut-être qu'il va mourir. » Elle a dit cela d'un air absent, et elle s'est recouchée sur le radeau, la tête calée contre le ballot, et elle s'est mise à chanter dans sa langue étrange, pour endormir son fils. C'est la première fois que Giribala a entendu cette chanson, et il lui a semblé que chaque parole entrait en elle pour toujours, comme si elle était chargée d'un sens mystérieux :

« *Chhurm, kala, chalo gul layé*, voleur, ô voleur, viens, entrons dans cette demeure, enlève tes *chakkal*, prends tout, *bhimté, bagelé*, allume le *ghasai*, et toi, *litara*, jette la boule de terre, le *neola*, si tu entends un bruit ! *Kajjachamaa*, un espion te

201

guette ! *Thipja !* Cache-toi ! *Palwé hoja !* Gare à toi ! *Kainkar kar !* Jette une motte de terre ! *Lalli lug gaya, Kala lug gayé*, le vol est fini et le voleur est mort ! »

La nuit glissait sur l'eau du fleuve, déjà on n'apercevait plus l'autre rive. À l'autre bout du radeau, à côté de l'homme, la mégère qui avait apostrophé Giribala et qui l'avait battue à coups de poing, appuyée sur sa perche, marchait lentement sur le bord du radeau pour le maintenir dans le courant, et chaque fois qu'elle détachait la perche de la vase de la rive, il y avait un bruit de succion. Sur les tourbillons tournaient de grandes fleurs d'écume, les branches des arbres engloutis sortaient et plongeaient comme des cous de serpents. Giribala s'est endormie à son tour, en regardant les chauves-souris qui titubaient au ras de l'eau, ivres d'insectes.

21 juin ?

Toujours en quête de leguminosae. La sécheresse du sol rend improbables Atylosia, Desmodium. Plus probables, Clitoria (liane madame), Canavalia (pois sabre). Progression extrêmement difficultueuse, due au terrain jonché de laves. Sol et exposition favorables à l'indigotier. Contrefort du volcan : Indigofera argentea (sauvage). Certitude de trouver tinctora.

22 juin

Ils ont emmené John Metcalfe ce matin. Quand je suis arrivé à la Quarantaine, environ midi, il y avait un silence oppressant. C'était étrange, parce que le lagon était d'un bleu magique, le soleil brillait dans un ciel sans nuages, et l'air de la mer était doux comme un zéphyr. J'étais encore de l'autre côté, je rêvais, j'entendais la voix de Surya, je sentais la cendre sur mon visage, sur mes mains, très douce, une poussière tendre. Je ne comprenais pas ce qui était arrivé.

Dans la maison de la Quarantaine, Suzanne était seule. Elle était appuyée sur les ballots qui lui servaient de coussins, très pâle. À côté d'elle j'ai vu son livre bleu, les poèmes de Longfellow, renversé sur les pages ouvertes. Quand je me suis approché, elle m'a souri, plutôt une grimace, elle m'a tendu la main. Sa main était froide. Ses yeux brillaient d'un éclat juvénile. J'ai pensé qu'elle était guérie, j'ai pensé aussi, je ne sais pourquoi, au visage d'Ananta, à son regard quand elle m'avait apporté à manger.

Suzanne a chuchoté : « John. Ils l'ont emmené ce matin. » Elle a touché mon visage. « Qu'est-ce que tu as sur la figure ? » Elle a passé ses doigts lentement sur les dessins, puis elle les a essuyés sur le bas de sa robe. « C'est de la cendre. » Elle a paru deviner. Elle frissonnait de dégoût. « De la cendre, comment peux-tu faire une horreur pareille ! Et Jacques qui te cherchait partout. » Ses yeux brillent de colère, mais elle est plus belle encore, le sang a monté à ses joues, elle a une ride verticale entre les sourcils. « Ils l'ont emmené ce matin, c'était... » Elle a des larmes dans les yeux, elle bouge ses mains nerveusement. « Sarah s'accrochait à lui pour les en empêcher, Jacques attendait dehors, ils l'ont traînée, elle ne voulait pas... » Je cherchais à comprendre : « Ils l'ont emmené là-bas ? » Suzanne avait une expression égarée. « Je ne sais pas, je n'ai pas pu... Jacques m'a dit de l'attendre, il reviendrait tout de suite. Je ne sais pas, je crois... Sarah ne voulait pas le laisser partir, elle s'accrochait à lui, il avait le visage... il saignait du nez, elle lui disait : « Dear John, dear, dear. « Elle était folle. Je crois qu'elle est avec lui, là-bas. »

Les larmes roulaient sur ses joues, ses cheveux étaient collés en larges boucles sur son front, sur les courbes de son cou. Je l'ai serrée contre moi, pour la consoler. « Tout ira bien, tu vas voir. Tout va aller bien maintenant. » Suzanne répétait : « Il va mourir là-bas. Tout le monde nous a oubliés. » D'une voix étouffée, monotone.

Elle était si fatiguée qu'elle s'est laissée aller en arrière, contre les bagages. Elle a fermé les yeux, j'ai senti sa main froide qui glissait de la mienne, comme un objet trop lourd.

J'ai couru jusqu'au môle. La barque était tirée sur la plage. Assis à l'ombre de l'infirmerie, Mari restait immobile, son regard troublé par la cataracte, l'air absent, mâchant sa chique de bétel. À l'intérieur de la pièce étroite, là où Nicolas et M. Tournois avaient passé leurs derniers jours, j'ai vu John, couché sur une natte de paille. À ses côtés, il y avait la silhouette frêle de sa femme, assise à l'indienne, les genoux pliés. Le bruit de la respiration de John était terrible, déchirant. Il était allongé, la tête renversée en arrière, comme un mort. Son visage était gonflé, sans expression, déjà marqué par des excoriations. Entre ses paupières enflées, j'ai reconnu le même regard que celui de Nicolas, des yeux fixes, qui brillaient d'un éclat intelligent.

À cet instant M. Bartoli est survenu. Il m'a tiré en arrière, assez brutalement. « Votre frère a demandé que personne n'entre ici. Malheureusement il n'y a plus grand-chose à faire. »

Il m'a regardé durement : « D'ailleurs où étiez-vous passé ?

— Où est Jacques ? » Ma voix vibrait de colère contenue.

« Au phare. Julius Véran essaie de signaler à Maurice qu'on a besoin de secours. Il a arrangé l'héliotrope avec un miroir plus puissant. Mais c'est inutile. Je suis d'avis de transférer Metcalfe sur Gabriel, pour éviter le risque de contagion. Votre frère a diagnostiqué une variole confluente. »

Éviter la contagion ou la propagation de la nouvelle qui conduirait les Anglais à prolonger la quarantaine ? Je suis ressorti en titubant. Dehors, le soleil est éblouissant, le lagon d'un bleu qui écorche.

Je ne sais pas ce qu'il faut faire. Je vais vers la pointe, pour entendre le vacarme des oiseaux. Là, je peux entendre à l'intérieur de mon oreille la voix de Suryavati, quand elle chante *Lalli lug gaya*, la chanson du voleur. Dans les buissons, dans la terre noire chauffée par le soleil, je respire l'odeur poivrée de son corps, de ses cheveux, sur les pierres, je sens ses paumes usées comme celles d'une vieille femme. C'est un rêve que j'ai fait cette nuit, et qui n'a pas cessé avec le jour, un rêve qui continue dans la lumière et dans la brûlure du sable sous mes pieds, un rêve plus vrai que tout ce qu'il y a ici, que la peur et la mort.

Je me suis couché en chien de fusil à ma place, près du récif. Le soleil brûle mes paupières comme une fatigue. J'ai regardé la toison des batatrans, leurs fleurs roses qui vibrent dans le vent, jusqu'à oublier.

C'est le brouhaha de l'embarquement de John Metcalfe qui me réveille. Le soleil est redescendu vers l'ouest, il éclaire la scène avec une sorte de netteté irréelle. Jacques est déjà à l'avant de la plate, avec sa bonbonne de Condys fluide. Julius Véran et Bartoli portent John sur une civière improvisée avec deux cannes et un vieux drap. Ils prennent de grandes précautions pour ne pas toucher le malade. Ils ont même attaché des foulards imprégnés de vinaigre autour de leurs visages. John Metcalfe est lourd dans la civière, ses habits sont tachés, sa barbe et ses cheveux gris de poussière. Sarah Metcalfe est entrée dans l'eau jusqu'à la taille, sa longue robe bleue gonflée autour d'elle comme une crinoline. Elle tient dans ses bras la petite valise où John garde ses échantillons et tout son matériel de botaniste. Elle a l'air de partir pour une promenade, un pique-nique. À peine la civière est-elle posée au fond de la plate, Bartoli et Véran entrent dans l'eau à leur tour et empoignent Sarah, la hissent à l'arrière de la barque. Elle s'assoit à côté du passeur, le dos tourné au rivage, dans une attitude d'hébétement qui contraste avec la scène de désespoir que m'a racontée Suzanne. La barque est trop chargée pour prendre Véran et Bartoli, qui restent sur le môle tandis que le vieux Mari s'arc-boute inutilement sur sa rame pour se dégager du banc de sable. La scène aurait quelque chose de comique en d'autres circonstances. Véran et Bartoli doivent retourner à l'eau pour pousser la plate vers le large. Je ne peux voir le visage de Sarah Metcalfe, qui n'a pas regardé une seule fois en arrière. Je vois seulement sa robe mouillée, et la tache claire de ses cheveux, coiffés en un chignon qui se dénoue, et à ses oreilles, autour de son cou, l'éclat de ses bijoux, inutiles, dérisoires dans ce dernier voyage. Je suis debout sur la plage. La fièvre fait battre mon sang dans ma gorge. L'air est immobile, chaud, j'ai du mal à respirer. Peut-être que moi aussi j'ai été touché par le mal.

Alors que la barque parvient enfin à se détacher de la rive, Jacques se retourne et me regarde. Il fait un geste, puis il se rassoit. Que veut-il dire ? Peut-être simplement, comme Suryavati pour éloigner les enfants trop curieux, *Outta ! Jaiee !* La plate glisse lentement sur le lagon vers Gabriel. Il me semble à présent que jamais nous ne quitterons cet endroit.

Je ne peux pas attendre de voir monter dans le ciel la fumée noire qui annoncera que quelqu'un est mort sur Gabriel. Je ne veux même plus guetter la ligne bleutée de Maurice, du haut du volcan, sous les nuages qui montent à l'horizon. Si la chaloupe des Anglais venait maintenant, je n'irais même pas l'attendre. Cela m'est devenu indifférent. Plutôt mourir dans un recoin de l'île, sous le cratère desséché, avec la ronde vertigineuse des pailles-en-queue. Plutôt me laisser emporter par le courant de la passe et disparaître en haute mer.

Je ne peux plus retourner de l'autre côté, à Palissades. Il me semble que je porte la mort sur moi. Les dessins de cendre que Suryavati avait faits sur mon visage se sont effacés, je ne suis plus qu'un naufragé en haillons, le ventre gonflé par l'eau mauvaise infestée de larves de moustiques. L'eau noire des citernes me donne la dysenterie et met la nausée dans ma gorge. Je ne peux que regarder devant moi, les rochers noirs et l'eau du lagon, quelques arpents à peine, le domaine des centipèdes et des fourmis.

C'est Jacques qui vient à ma recherche. Il m'a trouvé sur la pente du volcan, au-dessus du cimetière. Il a l'air fatigué. Il s'assoit dans les rochers, à côté de moi, sans me regarder. Ses habits sont en loques. Il est pieds nus dans ses souliers. Son visage est maigre, noirci par le soleil, il a l'arête du nez qui pèle, sa barbe autrefois si soignée est hirsute, mêlée de poils blancs. Il est mon frère, et pourtant il me semble que personne ne m'est plus étranger. Est-ce lui qui a changé, ou moi, ou bien est-ce qu'en venant ici nous avons perdu tout le superflu qui nous appareillait ? Enfin il se tourne vers moi, je vois son œil divisé par le verre brisé.

C'est moi qui lui parle :

« Ils ne vont pas venir ? »

Jacques hausse les épaules.

« À quoi bon ? On ne peut plus rien faire. » Il trace des ronds du bout de sa chaussure dans le sable noir. Lui aussi, il pense aux malades, aux femmes indiennes qui sont allés rejoindre les Metcalfe, de l'autre côté du lagon. Jacques dit : « Je ne suis pas un médecin, je suis un balayeur, un fossoyeur. J'arrose tout avec du désinfectant. Je mets le feu aux habits.

— Et eux ?

— Ils s'en sortiront peut-être. Mari leur fait des compresses. Il y a une plante sur Gabriel, la bevilacqua, il dit que c'est bon pour calmer les plaies. » Il ricane un peu. « Bevilacqua ! C'est Boileau, le nom du commandant qui nous a emmenés à Zanzibar, pour son rendez-vous galant, et qui nous a valu l'épidémie de variole. Il doit y avoir une loi secrète... »

Je ne comprends pas bien ce qu'il dit. Tout s'écroule, se délite. Médine, la maison d'Anna, le paradis sur terre, cela n'existe plus. Jacques est nerveux. Il y a deux jours qu'il n'a plus de tabac.

Il a demandé à Mari de parler aux contrebandiers, mais ils ne fournissent que le bétel ou le ganjah. Il parle avec une sorte de véhémence.

« J'ai compris d'où vient tout cela, maintenant c'est clair, ce n'est plus un hasard. Ce sont les Patriarches, les coquins de la Synarchie. Ils ont tout organisé, ils ont tout décidé. La saison n'a pas commencé, ils n'ont pas besoin de laboureurs. Véran a envoyé des messages, il a demandé qu'on nous transfère à Grand-Baie, il y a une quarantaine, un hôpital, des médicaments. Personne n'a répondu. Ce sont eux qui ont intercepté les messages. Alexandre, le Patriarche. Il ne veut pas que nous allions lui demander des comptes. Pour lui nous n'existons plus. »

J'étais encore petit enfant, j'allais en vacances chez notre père, à Montparnasse. Je ne connaissais rien à Maurice, rien au monde, et déjà je connaissais les Patriarches. Leurs noms, comme une litanie, Lamy, Francheville, Montcalm, Kervoal, Kerobestin, Kervern, Pierrecoste, de Saint-Botrop, Legrix de Noyalle, ils étaient en moi, ils régnaient sur des domaines imaginaires, aux surnoms familiers et étranges, que Jacques me faisait répéter, et que je ne pouvais partager avec personne : Médine, Mon Désert, Riche-en-eau, Bel-Ombre, Beaux-Songes, Camp-de-Masque, Mapou, Maurel, Tamarin, Yémen, Albion, Savannah, Ramah-Eau-Bleue, Trou-d'eau-douce... Ce sont les noms qui me reviennent, tandis que je descends avec Jacques à travers les broussailles, dans la direction du cimetière.

Je sens mon cœur qui bat trop fort, j'ai les yeux pleins de larmes. Jacques se méprend, il met son bras autour de mes épaules, comme il faisait quand il allait me chercher à la pension. Il dit :

« Oublie tout ce que je viens de te dire, j'étais découragé. Ça va beaucoup mieux maintenant. Encore quelques jours et nous serons là-bas, tu verras, ça sera bien comme tu imagines. »

Ce n'est pas de la tristesse ni du découragement que je ressens, mais de la colère, de la rage. Je voudrais exercer une vengeance implacable contre ceux qui nous ont exilés. Je voudrais revenir sans qu'ils le sachent, sous un autre nom, avec un autre visage, et briser leur orgueil, faire tomber leurs demeures, leur honneur, comme Edmond Dantès.

« Et eux ? Et eux, est-ce qu'ils reverront tout cela ? » Je ne sais rien dire d'autre, je montre la pente du volcan, le bois de filaos qui nous sépare de Palissades, l'eau du lagon pareille à un miroir de turquoise. Je répète, ma voix est bizarre, enrouée : « Et eux ? Qu'est-ce qu'ils feront ? »

Jacques ne répond pas. Je sais qu'il pense comme moi, je sais qu'il ressent la même honte, la même colère. Mais c'est sa femme qui le préoccupe avant tout, pour elle il pourrait oublier le monde. Comme s'il lisait dans ma pensée, il dit :

« Je suis très inquiet pour Suzanne. Elle ne va pas bien du tout. »

Nous nous sommes assis sur les tombes. Devant nous, la mer bat sur les roches noires, à l'assaut du volcan. L'horizon est net, la côte de Maurice paraît toute proche, le bloc naufragé du Coin de Mire, et l'ourlet des vagues sur les récifs du cap Malheureux. La mer est bleu sombre, vide de bateaux. Ce n'est pas aujourd'hui qu'on viendra nous chercher.

« La quinine va manquer », dit Jacques. Il a une voix neutre, comme s'il énonçait les données d'un problème. « Il y a une épidémie de fièvre hémorragique, il y a déjà eu une dizaine de morts à Palissades. On va peut-être vers une épidémie comme celle des années 1865-1868, qui a fait cinquante mille morts. C'est pour ça que les Patriarches ne veulent pas nous relâcher. Et maintenant, avec ces nouveaux cas de variole, qui touchent même les gens vaccinés. Ils savent bien ce qui se passe, ils ont des informations. »

Il ne dit pas son nom, mais c'est le Véran de Véreux qu'il soupçonne d'envoyer des messages à Maurice avec son héliotrope. Je crois que tous nous sommes devenus un peu fous.

Jacques parle tout seul, il hésite. On dirait qu'il cherche à se convaincre lui-même. Puis nous repartons ensemble vers les bâtiments de la Quarantaine.

Il y a longtemps que nous ne nous sommes pas parlé, nous sommes devenus peu à peu des étrangers l'un pour l'autre, comme si la pierre brûlée de Gabriel nous avait dénudés. Maintenant je n'appartiens plus à son monde, je suis du monde de Surya, du côté des Palissades.

Le regard interrogateur de Suzanne, quand je suis entré dans la baraque, après la nuit au bûcher, mon visage peint de cendre et mes habits salis. Son regard chargé de reproche, comme si je la trahissais.

Mais c'était mon sang, le sang mêlé de ma mère. Ce sang que l'oncle Alexandre haïssait, qui lui faisait peur, et pour cela il nous avait chassés d'Anna, il nous avait rejetés à la mer.

Soudain j'ai besoin de savoir. Cela me ronge et me fait mal, comme un coup au côté. Je me suis arrêté sur le chemin, je barre la route à Jacques.

Je dois avoir l'air égaré, parce que Jacques me demande :

« Qu'est-ce qu'il y a ? Qu'est-ce que tu veux ? » Je crois qu'il est effrayé.

« Je veux savoir. Toi tu dois le savoir.

— Savoir quoi ?

— D'où elle est, où elle est née, sa race, sa couleur, tu t'en souviens bien ? »

Je n'ai pas eu besoin de dire plus. Quand maman est morte, je n'avais pas un an. Lui, il en avait presque neuf.

« Quel enfant tu fais ! » Il secoue la tête, il passe devant moi et recommence à marcher le long du rivage. En vérité, je sais maintenant qu'il a peur de ses souvenirs. Il n'a jamais voulu en parler. Mais cette fois je suis décidé à ne pas le laisser partir. Il s'est passé trop de choses.

« Je ne suis plus un enfant. Tu dois me répondre. » Je l'ai agrippé par le revers de sa veste. Lui aussi a l'air d'un vagabond.

« Écoute, notre mère était eurasienne, c'est ce que tout le monde disait. Elle est née en Inde, elle a été adoptée par un Anglais du nom de William, et à sa mort, c'est son frère, le Major, qui s'en est occupé. Je te jure que je ne sais rien de plus, même le Major ne voulait rien dire.

— Mais son nom ? Le nom de sa famille, tu n'as pas su son vrai nom ?

— Il ne voulait pas qu'on en parle. Il disait qu'elle avait tout oublié. Ses parents étaient morts pendant la grande mutinerie, et les William lui ont donné leur nom. Ensuite, le Major l'a envoyée en Europe, elle devait apprendre le métier de préceptrice, et sur le bateau elle a rencontré papa. C'est tout ce que je sais. »

Il recommence à marcher. Tout cela l'ennuie.

« Viens, Suzanne a besoin de nous. »

Peut-être qu'il sait quelque chose qu'il ne veut pas dire. Ou peut-être qu'il a oublié. Il faudrait tirer sur un fil, pour faire venir ce qui est caché. Jacques marche vite. Son visage est fermé, sérieux. Autrefois, quand notre père est tombé malade, c'était lui mon père. Je tremblais devant lui. Il m'interrogeait sur mes notes en classe, il me faisait passer des contrôles. Il est si fragile, il ressemble à mon père, non pas tel que je l'ai vu les derniers temps, un vieillard cacochyme, somnolant dans son fauteuil à oreilles, mais comme il était sur les photos, du temps de son mariage, un dandy, au visage aigu, aux cheveux noirs abondants, à la barbe romantique.

Il y avait aussi une photo de maman sur le bureau de l'oncle William, une photo de studio, faite à Paris, avec la signature du photographe. Une jeune femme en robe de velours noir boutonnée jusqu'au cou, ses magnifiques cheveux noirs coiffés en chignon, si épais qu'ils faisaient une aile de chaque côté de son visage. Le photographe avait essayé d'atténuer l'exotisme de ses traits, mais il n'avait pas réussi à gommer l'expression de ses yeux, sous l'arc épais des sourcils, l'éclat de la vie qui brillait dans ses pupilles.

J'aurais donné n'importe quoi pour posséder cette photo. Quand le Major est retourné en Angleterre, après la mort de mon père, il l'a emportée avec lui, et je ne l'ai jamais revue. J'ai besoin de parler d'elle, je rattrape Jacques, je marche à côté de lui.

« Tu te souviens de ce que tu m'as dit ? C'est

bizarre, ils n'ont jamais eu leur photo prise ensemble.

— Oui, c'était l'ami Cordier qui devait faire leur photo de mariage, papa avait dit que ça serait mieux, il avait un appareil allemand. Mais quand il a révélé la plaque, elle était voilée. » Chaque fois qu'il racontait cela, autrefois, Jacques éclatait de rire, mais ici, sur le chemin qui passe entre les tombes, vers la Quarantaine, l'histoire du portrait manqué paraît plutôt lugubre.

Jacques continue à parler en marchant. Le vent hache ses mots, il a une voix étouffée. Il parle d'elle comme il ne l'a jamais fait. Il détestait les sentiments, il ne voulait pas faire du pathétique. Il disait Amalia.

« Amalia n'était pas très grande. Après, elle avait moins de cheveux, elle disait qu'elle les avait perdus à la suite de sa typhoïde, après ma naissance, quand papa a décidé de s'installer à Anna. Mais ils étaient toujours noirs et brillants. Elle avait un grain de beauté sur la joue, près de la bouche. Papa appelait ça une mouche. Elle aimait beaucoup rire avec les domestiques, elle avait appris à parler créole très vite. Papa n'était pas très content, il disait que ça ne se faisait pas, mais elle ne pouvait pas résister. Tout le monde l'aimait beaucoup à Anna. Quand il a fallu partir, c'était à Noël, ils étaient tous venus jusqu'au port, ils pleuraient. Je me souviens, la vieille Yaya l'a embrassée si longtemps qu'on ne pouvait plus les séparer. Toi, tu étais dans ton berceau, tu ne te rendais compte de rien. »

Sa voix se brise, il ne dit plus rien. Il marche à grands pas, il descend le chemin vers les maisons noires de la Quarantaine.

Je le regarde se hâter, et j'ai le cœur serré parce qu'il ne reste rien de l'homme grand et fort que j'admirais quand j'avais douze ans, l'homme qui avait décidé de remplacer mon père.

Alors il était capable de parler de Médine et de la maison d'Anna avec une voix pleine de colère, il disait qu'il reviendrait pour demander des comptes à l'oncle Archambau, qu'il lui ferait rendre gorge. Ou bien il affectait un dédain magnifique, il rachèterait Anna, comme cela, en jetant des pièces d'or, puis il tournerait les talons. Je l'aimais quand il disait cela, la lueur dans ses yeux et l'excès de ses paroles me soutenaient pendant les longs mois sans sortie à la pension de Rueil-Malmaison. Puis il est parti pour Londres faire sa médecine, et il a cessé de me parler de tout cela. Comme s'il avait oublié.

Mais moi je continue à porter la flamme. Je ne veux pas qu'elle s'éteigne. Les murs noirs des bâtiments de la Quarantaine, l'éclat du soleil et la mer, comme une prison entourée par la mort, tout me renvoie l'étincelle de la vengeance, j'ai au fond de moi un cœur fait du basalte de l'île.

Pendant des semaines, des mois, le radeau a dérivé le long des rives. Le temps était si long, si monotone, que Giribala ne se souvenait plus très bien comment cela avait commencé. Elle se rappelait le jour où les Doms l'avaient battue, avaient pillé son sac, mais la suite devenait imprécise et rêveuse comme la lumière du crépuscule.

À midi, quand le soleil brûlait au milieu du ciel, les Doms poussaient les radeaux contre la rive, à l'abri des arbres, et ils restaient là jusqu'au soir. Certains se couchaient sur les planches des radeaux, à l'ombre de vieux linges accrochés à des branches. Giribala et Lil descendaient à terre, et cherchaient un coin sous les arbres pour attendre jusqu'au soir. Les rives de la Yamuna étaient faites de hauts talus de boue dans lesquels on enfonçait

217

jusqu'aux genoux, mais sous les arbres, la terre était bien douce, les feuilles mortes formaient un tapis confortable.

Quelquefois, Giribala et Lil laissaient leurs enfants à la garde d'une vieille, pour aller marauder du côté des villages. La fumée des incendies couvrait toujours l'horizon. Les sepoys se retiraient vers le nord en brûlant les champs et les maisons. Il y avait des cohortes de fuyards sur les routes, des gens qui se cachaient dans les champs. Quand Giribala et Lil arrivaient près des villages, des femmes les chassaient à coups de mottes de terre et de pierres, et brandissaient des bâtons en les invectivant. Mais, en rusant, elles arrivaient à s'emparer d'une vieille poule, ou à voler des légumes, qu'elles faisaient cuire sur la berge, avant de retourner au radeau.

Un jour, alors qu'elle revenait d'une maraude, Giribala a rencontré une jeune fille, seize ou dix-sept ans à peine, vêtue de haillons, son visage noirci de fumée, ses cheveux collés de boue. Elle portait sur la hanche un enfant, un garçon nu, la tête rasée, le corps d'une maigreur squelettique et couvert de pustules. Après un premier recul de frayeur, la jeune fille a compris que Giribala était seule, et son expression de crainte s'est effacée. Très lentement, en titubant, elle s'est avancée, sans dire une parole, la main gauche tendue en avant. Giribala était figée sur place, incapable de bouger, elle regardait cette jeune fille et cet enfant comme si elle se tenait devant sa propre image.

Tout à coup, Lil est arrivée dans la clairière. D'un coup d'œil, elle a tout vu, la jeune fille qui titubait, la main tendue, son enfant mort, Giribala immobile et horrifiée. Alors elle a ramassé une pierre et, la main levée, comme contre un chien, elle a marché jusqu'à Giribala, elle l'a tirée violemment en arrière. Elle a menacé la jeune mendiante, sans crier, d'une voix dure : « Va-t'en d'ici ! N'approche pas ! » Elle a entraîné Giribala jusqu'au fleuve, et quand tout le monde a embarqué à bord des radeaux, elle a repoussé la rive avec sa perche, de toutes ses forces, jusqu'à ce que le courant les emporte. Plus tard, elle a expliqué :

« Cette femme, avec son enfant, je l'ai bien reconnue, c'était Shitala, la Froide, celle qui porte la maladie, si elle t'avait touchée, c'en était fini de toi. »

Sur l'autre radeau, des femmes parlaient avec une voix dure et rauque. Maintenant, à cause de la rencontre que Giribala avait faite dans la forêt, elles disaient qu'elle allait leur porter malheur. Mais Lil la protégeait contre elles, surtout contre la grande femme sèche qui l'avait battue si fort. Quand Lil s'adressait à la mégère, elle changeait de langage. Elle lui parlait dans une langue volubile, où les mots se renversaient, avaient un sens différent, la langue des Doms.

Un jour, Giribala lui a demandé :

« Quelle langue vous parlez, vous autres ? »

Lil s'est mise à rire :

« Comment, tu ne sais pas ? Nous sommes des vagabonds, nous parlons la langue des voleurs. »

Elle a regardé Giribala avec une sorte de défi, et Giribala a baissé les yeux. Elle avait peur. Pourtant Lil n'était pas méchante, et hormis la mégère, les autres femmes partageaient avec elle tout ce qu'elles volaient. Il y avait toujours une part pour Giribala. Elles s'occupaient d'Ananta comme si elle avait été leur propre fille. Et, au cours des jours, elles ont oublié peu à peu l'incident de la déesse froide.

Les radeaux glissaient le long de la rive boueuse, soir après soir. La pluie avait donné au fleuve une couleur rouge. Debout à l'avant du radeau, Ananta attachée contre sa hanche par son châle, Giribala poussait la perche. Maintenant ses mains étaient calleuses, son visage noirci par le soleil. Elle savait parfaitement jeter la perche en avant, prendre appui dans le fond boueux, et marcher sur le bord du radeau jusqu'à l'arrière, puis détacher la perche d'un coup sec. Elle savait aussi reconnaître les dangers. Avant Dalmau, dans la grande courbe du fleuve, une troupe de sepoys était embusquée. Ils avaient commencé à tirer sur les Doms, et Giribala avait lancé le radeau le plus loin possible dans le courant, sans prendre garde aux balles qui sifflaient. Ce jour-là, Lil l'avait serrée contre elle, en lui caressant le visage. Elle lui a même dit : « Tu es brave comme Lakshmibay. » Elle lui a raconté l'histoire de la reine de Jhangsi, qui s'était battue seule contre les Anglais, pour défendre sa ville, et qui était morte au bord du fleuve.

Un matin, à l'aube, les radeaux sont arrivés devant une baie immense où se dressait une ville. Dans la brume, à la rencontre des deux fleuves, la Yamuna et le Gange, Giribala a vu les tours, les minarets, la grande muraille rouge sombre. Dans la baie, devant la ville, il y avait une armée de bateaux de pêche, leur longue voile oblique immobile. Tout semblait silencieux, endormi. Assis sur les radeaux, les Doms dérivaient lentement, en regardant la silhouette fantomatique de la ville. « C'est Allahabad », a dit Lil, à voix basse, comme si elle craignait qu'on ne l'entende jusque là-bas. Giribala serrait Ananta contre elle. Il n'y avait que le souffle un peu rauque de Nat, le garçon de Lil, et les renâclements de la vieille chèvre qui cherchait à brouter l'écorce du radeau.

Puis le soleil s'est levé à travers la brume, et les radeaux étaient en face de la ville.

Lentement, comme un faisceau de brindilles dans un tourbillon, les radeaux ont tourné sur eux-mêmes devant le rempart de la ville. Les femmes plongeaient les perches dans l'eau profonde, essayant de ramer pour diriger les radeaux vers l'autre rive. Chaque fois que les perches remontaient en vibrant, elles poussaient un long cri, « *Eiiié !...* ». Penchée à la poupe du radeau, Giribala ramait elle aussi, avec un bout de planche, et elle aussi criait, chantait, et à côté d'elle Ananta et Nat, calés entre les ballots de linge, riaient en croyant que c'était un jeu. Même la vieille chèvre semblait prise d'une agitation inhabituelle,

222

elle tirait sur sa longe et secouait sa tête en bêlant.

Sur le radeau des femmes, le vieux Singh, malgré sa blessure à la hanche, maniait aussi la perche. Les embarcations hérissées de bouts de bois devaient ressembler de loin à deux insectes en train de se débattre au milieu d'une mer de boue.

Le courant des deux fleuves géants tournait, emportait les esquifs au loin, les séparait, puis au bout d'une longue courbe les ramenait bord contre bord. Enfin ils sont entrés dans une bonace, à l'intérieur de la courbe, en face de la ville d'Allahabad. Pour la première fois depuis des jours, des mois, Giribala a senti la paix en elle-même, comme si elle était réellement arrivée au but de son voyage, où il n'y avait plus l'odeur de la mort et des incendies, où elle pourrait vivre en liberté, avec Ananta.

23 juin

La déesse froide s'est installée à Palissades.
C'est une vague, qui vient de l'autre bout du
monde, et que rien n'arrêtera. Dans la Quarantaine, les passagers de l'*Ava* se sont refermés,
recroquevillés, comme pour l'arrivée de la tempête. Mais moi, quand vient la nuit, je passe de
l'autre côté, à travers le bois de filaos. J'ai appris
à bouger comme un sauvage, sans bruit, pieds
nus dans les laves et les buissons d'épines. Le
bruit du vent dans les filaos me donne le frisson,
c'est un rituel. J'aime aussi entendre la rumeur
générale de la mer qui ronge l'île par tous les
bords. Il me semble que la vibration est en moi,
à l'intérieur de mes viscères.

Quand je suis au sommet de l'escarpement, je
regarde les lumières de Palissades. Maintenant la
mort a frappé à coups répétés, et les brasiers brûlent tout le long de la baie, depuis les rochers près
de la digue, jusqu'à la pointe des parias. L'odeur
des bûchers monte jusqu'à moi, une odeur âcre et
douce à la fois, mêlée au goût acide de l'huile que

les servants jettent sur les flammes pour les ranimer.

De là où je suis, au-dessus de la ville des coolies, je n'entends pas une parole, pas une plainte. Seulement la rumeur de la mer, le bruit du vent dans les aiguilles des filaos.

Puis la lune se lève dans le ciel très clair. Elle est gonflée, très belle. Le vent a lavé le ciel, ouvert une baie plus grande que la mer qui nous entoure. La lumière de la lune éclaire l'île, scintille sur les vagues. Je vois chaque détail, chaque rocher de la baie, chaque maison. Des silhouettes circulent entre les bûchers, le long des allées de la ville. Peut-être que Suryavati et Ananta sont parmi ces silhouettes vêtues de goni, portant les flacons d'huile, ou bien repoussant les tisons avec leurs longs bâtons. Il n'y a que quelques jours qui nous séparent de notre arrivée sur l'île, et pourtant il me semble que j'ai vu cette scène depuis toujours. Je n'ai plus peur de la mort. Suryavati m'a montré la direction du sud, où réside Yama, le seigneur des morts.

Je n'ai pas oublié quand elle a prononcé son nom. Elle a pris sur le bûcher un peu de cendre qu'elle a mélangée avec sa salive et la poussière noire, et lentement elle a marqué mon visage, et j'ai senti comme un feu à l'intérieur de mon corps. Sa voix était très douce, pareille à la caresse de ses doigts sur mon front, sur mes joues, sur mes paupières. « Yama est fils du soleil, il attend sa sœur, la rivière Yamuna. Quand elle vient, elle allume un grand feu, et avec la cendre elle marque le front de son frère, comme j'ai fait, pour que leur amour ne finisse jamais. »

Alors je descends vers Palissades. Par endroits,

les anciens terrassements qui ont donné son nom à la baie sont encore intacts, les grands troncs couchés en quinconce, et le bruit que je fais en sautant déclenche les cris des chiens. Puis ils se taisent quand j'arrive au rivage. J'ai changé mon odeur, ils ne me haïssent plus.

La plupart des bûchers sont sur la plage. Il n'y a que le bruit de la mer, le crépitement des flammes. La mer est gonflée comme le ciel, pleine de la lune. Je suis dans un autre monde, où la peur est absente, où brille la lumière chaude des brasiers, l'odeur douce du santal et de l'huile. J'avance vers les flammes qui dansent et tout à coup je me souviens. C'est Jacques qui a imaginé cela, il y a longtemps. Un soir, sur la plage, à Belle-Île, c'est le dernier été où nous sommes allés en vacances avec notre père. Jacques m'avait réveillé dans la nuit, il avait un air mystérieux. « Viens, je vais te montrer. » Il y avait sur la plage un petit estuaire noir, de la vase. C'était la même nuit claire, le vent doux, le bruissement de la mer. Jacques s'est penché sur l'eau, il a allumé une bougie et il l'a forcée dans le goulot d'une bouteille lestée. Il a mis d'autres lumières, dans des bateaux de feuilles, dans des boîtes. Je regardais les lumières qui glissaient lentement sur l'estuaire, qui se perdaient dans le noir, englouties par l'eau. Un instant, j'ai eu envie de retourner à la Quarantaine, de le réveiller, de réveiller Suzanne aussi, pour qu'ils soient avec moi ici, devant les bûchers. Pour qu'ils n'aient plus rien à craindre.

Mais je n'ai pas le temps. Je suis attiré par les flammes. J'avance au milieu des bûchers. Je croise les servants, des parias vêtus seulement d'un pagne noir, la tête enveloppée de haillons. Personne ne semble me voir. Sur la plage les bûchers font un mur de chaleur, le vent fait tourbillonner des gerbes d'étincelles et rabat sur moi la fumée âcre. Je cherche Suryavati, je marche fébrilement jusqu'au promontoire où je l'ai attendue il y a deux nuits. Mais il n'y a que les parias, des hommes maigres au regard fiévreux, les Doms, les serviteurs des bûchers. Ils s'affairent, ils poussent les braises vers le centre des foyers, ou ils fouillent dans les décombres avec de longues branches calcinées. De temps à autre ils examinent les cendres, dans l'espoir de trouver quelque chose de valeur, une monnaie, un bijou oublié. Ils sont pareils à des vautours. Mais Suryavati et Ananta ne sont pas parmi eux.

À l'écart, dans l'ombre, il y a des femmes enveloppées dans leurs châles rouges, quelques hommes. Ils regardent sans parler, sans pleurer.

Je pense au bûcher de Gabriel, où Nicolas et M. Tournois ont disparu. Nous aussi nous sommes des fossoyeurs. Je voudrais que Jacques soit ici, je voudrais qu'ils viennent tous, Julius Véran, Bartoli, avec leurs grands airs, pour triturer les braises et jeter de l'huile sur le feu, qu'ils respirent la fumée, qu'ils entendent le ronflement des flammes qui consument les corps.

À mon tour, je me suis accroupi auprès d'un bûcher qui s'effondre. Armé d'une longue branche, je tisonne les braises, je fais jaillir les tourbillons d'étincelles. Personne ne prend garde à moi. Je suis pareil à eux, avec mes habits déchirés et les pieds nus, mes cheveux gris de cendre, ma figure et mes bras noircis par la suie. Je suis pareil à un Dom, je suis un serviteur des bûchers.

Comment est-ce que je pourrais retourner là-bas, à la Quarantaine, après ce que j'ai vu ? Est-ce que Suzanne pourra voir en moi autre chose qu'un de ces vautours qui portent sur eux la marque de la mort ?

Je reste longtemps assis sur la plage, devant le bûcher qui s'éteint peu à peu. Par instants les rafales de vent passent, allument des taches rouges dans les cendres. Je sens l'odeur de la mer.

Un peu avant l'aube, des silhouettes marchent lentement le long du rivage, passent devant moi. Je reconnais Shaik Hussein et Ramasawmy. Ils avancent lentement, pareils à des silhouettes fantomatiques, leurs longues cannes à la main. Le sirdar s'arrête pour parler aux hommes et aux femmes qui sont à l'écart. Il dit des mots de consolation ou peut-être murmure-t-il une prière, puis il se relève et continue son chemin. Tout est silencieux, on n'entend que le bruit du vent dans le bois de filaos, au-dessus de la ville, et la rumeur de la mer sur les récifs.

Quand le jour se lève, Surya vient, accompagnée du jeune berger Choto. Surya porte un sac de vacoa plein de nourriture pour les servants des bûchers, et Choto une marmite de thé. Je suis engourdi par la fatigue, j'ai les cheveux et les sourcils brûlés par les flammes. Quand Surya arrive devant moi, elle s'arrête et me regarde sans rien dire. Son visage n'exprime aucune surprise. Elle me tend l'assiette de riz et le pain frit. Le jeune garçon verse pour moi du thé dans un verre. Ils attendent en silence que j'aie fini de manger et de boire, puis Choto reprend l'assiette et le verre sales. La lumière de l'aube éclaire son visage, ses yeux sont immenses, intenses. Pour lui qui ne peut pas entendre, et pour Surya, je fais le signe de ce qui est bon, la main droite ouverte, à la hauteur de ma poitrine et tendue en avant. Je les regarde s'éloigner lentement, vers un autre servant. Il y a en moi quelque chose qui m'éclaire. Les premiers oiseaux commencent à criailler dans les rochers, les tristes gasses frôlent la mer ensemble, dans la direction du Diamant. Je n'ai aucun besoin de partir, il me semble que ce matin devrait durer toujours. Je suis couché dans le sable noir, j'écoute les bruits des bûchers qui se refroidissent.

C'est ici qu'Ananta a vu la première fois les femmes danser. C'était
étrange, parce que la guerre était
encore proche, les murailles de la
ville ébréchées par les obus, les vieilles maisons à demi calcinées, et partout les nuées de mouches et les
vautours. Les Anglais étaient en
face, ils avaient construit leur camp
de l'autre côté de la Yamuna, leurs
canons dirigés vers la ville.

La plage où les radeaux avaient
échoué était face à l'estuaire, loin du
courant des deux fleuves, une
grande baie envahie par l'eau immobile où poussaient des roseaux. Là,
les réfugiés venus de tous les coins
de l'Oudh s'étaient installés tant
bien que mal, depuis des mois.
Depuis la chute de Nana Sahib,
depuis que les soldats anglais de
lord Canning avaient établi ici leur
camp retranché pour se lancer à la

reconquête de Delhi et des provinces du Nord, c'était une ville de femmes et d'enfants, décimée par la famine et la maladie, une ville de huttes de branches et de boue qu'il fallait reconstruire après chaque pluie.

Sur la plage, un soir, les Doms ont construit un feu. Le vieux Singh a pris sa flûte, les femmes ont fabriqué des tambours d'eau avec des calebasses flottant dans des baquets, et la musique a commencé, lentement d'abord, puis sur un rythme de plus en plus rapide. Les gens sortaient de leurs huttes, arrivaient au milieu des roseaux, attirés par la musique. Des enfants sales comme des araignées, aux membres maigres, aux ventres dilatés. Des femmes drapées dans leurs saris, les cheveux emmêlés, les yeux hagards. Quelques hommes aussi, des laboureurs des environs, des fugitifs du Nord qui craignaient les représailles des fidèles d'Ali Naqui Khan.

Blottie contre sa mère, Ananta regardait de tous ses yeux, en retenant son souffle. Devant la haute flamme, les femmes dansaient au rythme des tambours et de la flûte, en martelant la terre durcie de la plante de leurs pieds, en faisant résonner leurs bracelets et leurs lourds colliers de cuivre. Elles avaient revêtu leurs saris neufs, couleur d'eau, couleur de turquoise, et elles portaient sur leurs cheveux noirs huilés les grands châles couleur de feu.

Puis Lil a commencé à danser seule, tandis que les autres femmes assises autour d'elle frappaient dans leurs mains, au même rythme que les tambours d'eau.

Alors Giribala a montré à Ananta comment on danse avec les mains, le signe du Seigneur Krishna, les deux mains en face de la bouche, les doigts dressés, comme celui qui joue de la flûte. Elle lui a montré tous les gestes qu'elle savait, le signe de l'oiseau Garuda, mains ouvertes comme des ailes, le signe de la roue, les deux paumes tournant l'une contre l'autre, le signe d'*alapallava*, la fleur de lotus, main ouverte devant la poitrine, le signe du bonheur, la main devant le front, l'amour et le cœur palpitant de l'oiseau, les deux mains ouvertes, attachées par les pouces, doigts qui tremblent.

L'enfant était émerveillée. Pour la première fois, elle a dansé devant sa mère, encore maladroite sur ses petites jambes, drapée dans un long tissu, ses poignets alourdis des bracelets de cuivre. Ce jour-là, Lil a donné à Ananta son bracelet de cinq perles de verre, portant la médaille de Yelamma la déesse de la danse, qu'elle avait reçu quand elle avait six ans. Pour sa mère et pour Lil, Ananta a dansé longtemps, martelant de ses pieds nus la terre sèche, dans l'odeur enivrante de la fumée de santal, et Giribala en la voyant pouvait oublier la peur, la guerre, la poitrine ensanglantée de l'ayah où elle avait trouvé l'enfant, et sa fuite à travers les champs jusqu'au fleuve où elle avait inventé le nom d'Ananta.

Cette nuit-là a été très longue, devant le feu qui brûlait sur la plage, à écouter le rythme des petits tambours d'eau, avec tous ces gens qui bougeaient au milieu des roseaux. Quand Ananta est tombée de fatigue, Giribala l'a couchée sur les ballots, avec le fils de Lil. Toute la nuit les femmes ont continué à danser, et Lil a raconté ensuite pour les gens assemblés l'histoire de la belle Lakshmibay qui était morte pour défendre sa ville contre l'ennemi, il y avait deux mois. Elle a mimé le combat contre les Anglais, sur son cheval, à coups de sabre, entourée de ses deux amies de cœur, Mandra et Kashi. Puis Mandra est tombée la première, frappée d'une balle en plein cœur, et la reine ne voulait pas l'abandonner. D'un coup de sabre elle a tranché la tête de l'Anglais et elle s'est enfuie avec Kashi jusqu'à la rivière. Une deuxième balle a fait tomber Kashi. Alors Lakshmibay est devenue folle de douleur, devant la rivière elle a fait tourner et tourner son cheval, et devant la foule qui regardait, Lil, les bras écartés, tournait sur elle-même jusqu'à tomber par terre, comme Lakshmibay, transpercée par les baïonnettes ennemies.

À Bénarès, les Doms sont restés durant toute la saison des pluies. L'eau du fleuve était noire et roulait en tourbillons, charriant des troncs arrachés aux rives. La navigation était impossible. Alors le fleuve n'était plus doux, il portait le nom d'Harasakara, la Crête de Shiva le Destructeur. Les plaines étaient inondées, les récoltes perdues, et à cause de la famine, on disait qu'il y avait des pirates sur le fleuve, d'anciens rebelles qui pillaient les villages et violaient les femmes.

La violence est arrivée jusqu'aux marches de la ville. Un matin, Giribala a été réveillée par une clameur qui montait du centre de la ville, qui augmentait comme un orage. Elle se souvenait de ce qui était arrivé à Cawnpore, la clameur des sepoys qui enflait dans les champs, qui encerclait la ville, et son cœur s'est mis à battre trop fort.

234

C'étaient des jeunes gens qui, par défi, avaient revêtu les couleurs des partisans de Bahadur Shah, et qui fuyaient à travers la ville, poursuivis par la brigade à cheval des Anglais. Le long de la rive, de jeunes garçons couraient, se cachaient dans les cours des maisons, dans les temples. Giribala restait figée sur place, serrant contre elle Ananta qui tremblait de peur. Elle répétait : « Il n'y a rien, n'aie pas peur. » Elle lui disait doucement son nom : « Ananta. »

Le calme est revenu. Mais le soir même, les Anglais ont fait ériger une longue potence au bord du fleuve, près des Ghats, et ils ont pendu une dizaine des garçons capturés par les sikhs. Certains étaient encore des enfants. Ils portaient sur leurs vêtements, comme une cocarde, les couleurs des rebelles, le bleu et le rouge de Bahadur, et le vert et l'or de Jhangsi et de Gwalior, de la reine Lakshmibay.

Lil et certaines des femmes voulaient monter dans les radeaux et s'en aller, mais le vieux Singh n'était pas de cet avis. Il a dit qu'à Bénarès, sur les marches des temples, ils étaient à l'abri.

Les radeaux des Doms étaient amarrés aux marches des Ghats. La nuit, les femmes s'occupaient des bûchers, moyennant quelques annas, ou un peu de nourriture. Elles achetaient aux paysans des bûchettes de cognassier, des cristaux de résine. Elles nettoyaient, balayaient, préparaient les bûchers, elles s'occupaient aussi des morts, les habillaient, les oignaient de parfums et les saupoudraient de santal. Depuis des mois, Giribala vivait au contact des morts. Accompagnée de Lil, d'Anala la mégère (qu'on appelait aussi Ila, en souvenir du roi Kardama changé en femme, parce qu'elle était grande et sèche, sa lèvre supérieure ornée d'une moustache), Giribala, vêtue d'une robe teintée de noir à l'æthiops, parcourait les marches des Ghats à la recherche des mourants. Il fallait négocier un accord avec la famille, puis emporter le cadavre déjà raidi, le laver dans l'eau du fleuve, l'arroser de beurre clarifié, attacher à ses membres les petits fagots de bois de santal. En haut des marches, au crépuscule, les bûchers étaient allumés, répandaient au-dessus de la ville un nuage de fumée âcre qui faisait fuir les mouches.

Il y avait eu beaucoup de morts, cet hiver, à cause de la guerre, des épidémies et de la famine. Ils arrivaient par chariots ou bien sur de larges barges conduites par des nautoniers noirs dont les gens avaient peur. Des hommes sauvages, a raconté Lil, qui vivent dans les montagnes. Ils n'ont pas de religion, ils ne connaissent pas le sel. Ils mangent les singes, les perroquets, même les serpents.

Ananta accompagnait parfois Giribala jusqu'aux marches des temples. Au début, elle avait peur, elle restait à demi cachée, regardant sa mère et les femmes doms qui préparaient les morts, leurs cheveux défaits, leur visage enduit de cendre. Puis elle s'était enhardie. Les morts ne bougeaient pas. Ils ne disaient rien, ils ne pouvaient pas faire de mal. Ils étaient de grandes poupées desséchées, aux yeux noircis, aux lèvres bleues. Seules leurs dents brillaient quand on les lavait dans l'eau du fleuve.

Elle s'était même habituée à l'odeur âcre, quand les flammes commençaient à lécher leur peau enduite de beurre, embrasait les boules de poix sous leurs aisselles.

Les bûchers brûlaient une grande partie de la nuit, tandis que les femmes s'activaient, balayaient, jetaient de l'eau sur les braises, ou bien ajoutaient des branches. Quand le brasier déclinait, c'était le moment qu'Ananta préférait. Giribala se couchait par terre, près des braises, et la petite fille se blottissait contre elle, enfouissait sa tête sous le grand châle, comme elle avait fait la première fois que sa mère l'avait arrachée à la mort, pour sentir la chaleur et l'odeur de son corps. Mais elle ne dormait pas. Elle attendait que l'aube vienne, pour la délivrer de sa peur. Elle écoutait le souffle de sa mère endormie, les craquements des braises qui se refroidissaient. C'était comme jadis, les bruits des bêtes qui rôdaient autour de la muraille, à Cawnpore, le bruit lent des assassins qui creusaient le mur de boue, quand elle cherchait la poitrine de l'ayah. Alors elle se serrait contre Giribala, si fort qu'elle la réveillait. « Qu'est-ce que tu as ? Qu'est-ce que tu veux ? » Elle serrait la mâchoire pour ne pas crier, ne pas pleurer.

Le jour se levait enfin, à travers la brume, et elle voyait les silhouettes des temples pareilles à des géants debout devant le fleuve. Elle pouvait enfin s'endormir. Quand elle se réveillait elle était sur la rive, devant les radeaux amarrés, il faisait soleil.

À la fin de cette saison des pluies, les Doms avaient amassé suffisamment d'argent. Ils seraient peut-être restés encore à Bénarès, mais un certain jour, un homme est venu, envoyé par un prêtre des bûchers. Il avait regardé les danses des femmes, il savait qu'elles étaient des gitanes, des Chammar, des femmes sans mari. Mais au milieu des femmes il avait remarqué la petite fille aux yeux clairs, aux cheveux couleur de cuivre, qui portait autour du cou le collier de la déesse Yelamma. Il en avait parlé, et il venait porteur d'un message pour les Doms : le prêtre voulait acheter l'enfant aux yeux clairs et l'envoyer à Muttra, sur le fleuve Yamuna, pour qu'on lui enseigne la danse. Elle ne manquerait de rien, elle serait l'épouse de Hari, elle serait Radha au teint de nacre. Il a proposé aux Doms une somme d'argent, et pour la mère, des coupons de tissu qu'il avait reçus des Anglais.

Giribala a serré Ananta contre elle. Elle tremblait de colère et de peur. « Mais ce n'est qu'une enfant ! » L'envoyé du prêtre souriait tranquillement. « Justement. Elle est en âge d'apprendre. » Il a montré le collier : « Elle appartient déjà à Mahi. » Il est retourné au temple pour attendre la réponse.

Giribala n'a rien dit. Mais elle a réuni ses affaires, et elle est montée dans le radeau avec Ananta. Elle a empoigné la grande perche, décidée à s'en servir si on l'empêchait de partir.

Les Doms l'ont suivie. Lil et son

fils sont montés sur son radeau. Puis les autres femmes ont embarqué sur le deuxième radeau. Le vieux Singh a dit seulement : « De toute façon, il fallait bien partir un jour ou l'autre. » Mais il a appuyé rageusement sur la perche, et les deux radeaux ont quitté la rive et sont entrés à nouveau dans le courant du fleuve.

24 juin

Je n'ai su le jour que grâce à l'anniversaire de
Suzanne. C'était aujourd'hui. Elle-même l'avait
oublié. Mais Jacques a voulu fêter cela. Il avait
tout préparé en secret, allant très tôt jusqu'aux
abords de Palissades, où il avait négocié avec un
laboureur l'achat d'une belle papaye et de quelques œufs de poule.

Julius Véran s'était moqué doucement de lui :
« Des œufs ! Je ne savais plus très bien à quoi ça
ressemblait ! »

Pour ma part, ne sachant pas quoi lui offrir, je
lui ai apporté un morceau de corail que j'ai cassé
au fond du lagon, enveloppé dans une feuille de
platanille, fraîche et humide comme un mouchoir
parfumé. C'est Surya qui m'a montré comment
dérouler la feuille du cœur de la plante, sans l'abî-
mer, pour faire un pansement.

Dans la pièce sombre, Suzanne était couchée,
les yeux grands ouverts. Depuis hier soir, la
fièvre a repris. Son visage est congestionné, ses
bras et ses jambes sont raidis par l'ankylose.

Quand elle a vu les cadeaux, ses yeux se sont éclairés.

« Merci, merci beaucoup. » Elle a admiré les œufs de poule et la papaye, elle a regardé le corail d'une belle couleur mauve, vénéneuse.

« C'est une bien belle fleur, a-t-elle murmuré.

— Oui, mais tu ne dois pas y toucher, elle te brûlerait. »

J'ai posé le corail sur une pierre plate. La lumière du matin l'éclairait d'une teinte presque bleue, comme si l'eau du lagon l'avait imprégné.

Passé le moment d'euphorie de l'anniversaire, Jacques était redevenu soucieux. Suzanne était tremblante, agitée. Elle voulait se lever. Elle a dit :

« J'ai soif, j'ai tellement soif. »

Et comme Jacques lui tendait un quart, elle s'est reculée avec un frisson de dégoût : « Non, pas cette eau horrible de la citerne. »

J'ai dit : « Je vais te chercher de l'eau fraîche. Je sais où se trouve la source. »

Jacques a voulu venir avec moi. J'ai dit, par provocation :

« Tu es sûr ? C'est de l'autre côté du volcan. »

Il hésitait.

J'ai senti la colère me prendre.

« Tu ne vas pas la laisser comme ça, juste pour leur faire plaisir ? »

Fébrilement, j'ai cherché des récipients, des seaux. Jacques s'est décidé : « Bon, je viens avec toi. »

Nous avons marché rapidement à travers les broussailles, jusqu'au cimetière. Puis escaladé le versant nord du cratère. Jacques avait du mal à me suivre, encombré par ses seaux. J'entendais son souffle d'asthmatique derrière moi. Mais je n'avais pas pitié de lui. Le soleil brûlait, la lèvre noire du volcan dressait sa paroi au-dessus de nous. Il n'y avait aucun bruit, seulement le froissement du vent dans les laves. Il mè semblait que je connaissais chaque rocher, chaque crevasse, chaque buisson d'épines. Comme si j'avais marché dans ce paysage depuis des années et des années, sans jamais m'arrêter.

Silencieusement nous nous glissions entre les roches. Comme des voleurs, je n'ai pu m'empêcher d'y penser, comme si nous allions dérober l'eau interdite, à Palissades.

De qui nous cachions-nous ? De l'autocrate Véran et de son acolyte, installés dans les ruines du phare, armés de leur lunette d'approche, de leur revolver d'ordonnance et de leur pseudo-héliotrope ? Ou bien du sirdar et de l'arkottie qui arpentent le rivage, leur bâton à la main, le sifflet à roulette attaché autour du cou comme une amulette ? Quelques jours de Quarantaine, et nous étions devenus fous, tremblant pour un peu d'eau fraîche, pour un peu de riz, guettant sur autrui les symptômes mortifères, les taches sur les joues et les ecchymoses, les lèvres qui saignent, les yeux éclairés par la fièvre. Seuls restaient normaux les parias, autour de la maison de Suryavati, les servants des bûchers, vêtus de leurs haillons noirs qui rôdent la nuit, pareils à des apparitions fantomatiques n'appartenant à aucun monde.

« Regarde. »

J'ai montré à Jacques le secret de l'eau qui jaillit entre les basaltes, sous le couvert des plantes margozes, des lianes, des hibiscus. Un grand datura aux cloches roses pousse au-dessus du ravin, remplit l'eau de son ombre. L'endroit est si beau que nous nous sommes arrêtés un moment, sans oser approcher. Au fond du ravin — plutôt une crevasse dans la lave du volcan — on ne voit pas la mer, ni la ville de Palissades, rien que le ciel d'un bleu sombre. Un instant il me semble que je suis à Anna, ce que me racontait Jacques, cette ravine noire où les enfants se baignaient dans l'eau froide, le matin.

Jacques lui aussi doit penser à Anna. À genoux devant la source, il a enlevé ses lunettes, il a passé longuement ses mains mouillées sur son visage, il a lissé ses cheveux. Ensuite nous avons bu ensemble, penchés sur l'eau comme des animaux. L'eau était douce et froide, très calme dans notre gorge.

Quand les seaux ont été pleins, nous avons escaladé le ravin pour retourner vers la Quarantaine. C'est à ce moment-là que j'ai aperçu la silhouette de Suryavati, en bas du torrent, à l'ombre des veloutiers. Elle était immobile, le visage caché par son grand foulard rouge. Elle attendait, comme si elle voulait me demander quelque chose. J'ai déposé les seaux d'eau pour courir vers elle, mais Jacques m'a empêché. Il a crié : « Léon ! » d'une voix irritée, inquiète, qui m'a arrêté. Il a dit encore : « Léon ! Suzanne nous attend, dépêchons-nous ! » Et l'instant d'après, Surya avait disparu.

Jacques et moi n'avons jamais parlé de Suryavati, mais je sais qu'il la connaît. Il doit savoir aussi qu'elle est la fille d'Ananta, de cette femme mystérieuse qui règne sur l'autre côté de l'île, sur la ville des parias. Suzanne m'a dit un jour, en plaisantant, « ta danseuse ». C'est comme cela qu'elle l'appelle, mais moi j'aime bien ce nom. Je trouve qu'il va bien à Surya, c'est un nom léger comme elle, joli comme elle. Le vieux Mari a dû parler d'elle et de sa mère, et des maisons des parias où je vais passer la nuit.

De quoi, de qui ont-ils peur ? Jacques marche vite à travers les broussailles, maladroitement, en butant sur les cailloux et en renversant la moitié de l'eau. À la baie des tombes, je le retrouve assis dans le cimetière, un seau posé de chaque côté. Il a l'air épuisé. Avec sa barbe mal taillée, ses cheveux trop longs collés sur son cou, sa chemise déchirée et ses souliers gris de poussière, il ressemble à Robinson sur son île.

« Ça ne va pas ?

— Si, si, ça va bien. Je me repose un peu. »

Je me souviens de sa première crise, l'hiver 81, à Paris, quand notre père est tombé malade, et que nous sommes allés habiter chez l'oncle William. Jacques étouffait, dans la nuit le bruit de sa respiration qui sifflait m'avait réveillé. La vieille Marie, la bonne de l'oncle, l'avait enveloppé dans une couverture, elle lui faisait respirer des remèdes de sorcière, de la casse puante, du basilic, qu'elle avait rapportés de Maurice, elle lui frictionnait le dos. Et lui, très pâle, la bouche ouverte comme un poisson qui s'étouffait. J'avais très peur, je m'en souviens, plus tard c'est lui qui me le racontait, il avait eu envie de rire parce que je disais : « Je ne veux pas qu'il mourre. Je ne veux pas qu'il mourre. »

Je me suis assis à côté de lui sur une tombe. Devant nous il y avait la mer bleu sombre, les vagues qui s'affalaient sans bruit sur la barrière de varech au fond de la baie. Une odeur puissante, enivrante.

« Il faut que tu viennes avec moi à Palissades. Ils ont besoin de toi. Tu es le seul médecin, il y a beaucoup de malades, ils n'ont pas de médicaments, ils n'ont rien. »

Il n'a pas répondu tout de suite. Il a essuyé machinalement ses verres avec son mouchoir crasseux, sans prendre garde au verre cassé par les émeutiers de l'autre jour.

« Oui, je suppose que je devrais y aller. »

Il s'est levé, il a repris les seaux, il a continué à marcher vers la Quarantaine.

Quand Suzanne a vu l'eau, elle s'est mise à genoux, elle a plongé ses mains dans un seau et elle a lavé soigneusement son visage, derrière ses oreilles, par l'échancrure de sa robe sur sa poitrine et sous ses bras. Elle était pâle, amaigrie. Jacques a raconté :

« C'est une source. Les Indiens ont une source, à côté de Palissades. Il faudra que tu viennes, dès que tu seras remise, Léon te montrera.

— Où est-ce ? Est-ce que c'est loin ? Je voudrais y aller tout de suite. »

Elle était secouée de frissons. Jacques l'a obligée à retourner se coucher. Il avait des gestes très doux. Il lui parlait comme à une enfant :

« Pas tout de suite, ma chérie. C'est trop loin, il y a trop de soleil.

— Je t'en prie. J'en ai tellement besoin, tu ne peux pas savoir. J'ai comme du feu à l'intérieur. Je t'assure, je peux marcher, emmène-moi là-bas. » Elle avait des larmes dans les yeux. Je ne pouvais pas supporter sa voix suppliante, ses larmes. Je regardais ailleurs, du côté de la porte.

« Je vais t'apporter encore un seau si tu veux. »

246

Elle s'est mise à sangloter.

« Non, je ne veux pas. Ce que je veux, c'est aller là-bas, voir la source. J'en mourrai si je n'y vais pas. »

Elle s'accrochait à Jacques, à ses vêtements, comme si elle tombait en arrière. Jacques lui a donné à boire de la quinine, il a mis un linge mouillé sur son front. Elle grelottait. Puis elle s'est laissée aller sur sa couche, elle a fermé les yeux. Jacques s'est assis à côté d'elle, son linge mouillé à la main. Il semblait très fatigué.

« Quand est-ce qu'ils vont venir nous cher- cher ? » Je l'ai entendu murmurer, et en même temps, il a dit la réponse : « Jamais ! » Sa voix était étouffée, sans colère. Puis il m'a fait signe de ne plus parler. Suzanne s'était endormie. Il avait mêlé du laudanum à la poudre de quinine, pour calmer l'angoisse de la montée de la fièvre.

Je suis sorti sans bruit. Dehors le soleil éclairait les façades noires des bâtiments de la Quaran- taine, face à l'îlot Gabriel, pareils à d'anciennes tours de guet.

Le soleil a décliné, le ciel s'est peu à peu couvert de nuages. Je suis à l'avant de la plate qui traverse le lagon gonflé par la marée. Jacques et Julius Véran occupent les bancs, et le vieux Mari pousse la perche lentement. Son visage mangé par la variole n'exprime rien, son regard laiteux est tourné vers le ciel, comme celui d'un aveugle. Il mâche interminablement la chique de bétel qui ensanglante ses gencives. Jamais on ne le voit manger ni boire. Peut-être qu'il ne vit que de la noix d'arec enveloppée dans sa feuille vert som- bre, le seul trésor qu'il cache dans sa petite valise cabossée qu'il emmène partout avec lui, et qui lui donne un air drolatique de voyageur de commerce naufragé. Julius Véran dit qu'il organise les débarquements clandestins de marchandises, sur Gabriel, le bétel, le ganjah et l'eau-de-vie que les pêcheurs mauriciens lui livrent la nuit, et qu'il revend au détail.

Debout à l'arrière de la plate, un pied posé sur le bord, le vieux passeur pousse sur la perche d'un long effort qui projette l'étrave en avant, un peu de travers, au ras des coraux. Je ne suis plus retourné sur l'îlot depuis le jour où j'ai découvert les restes du bûcher où ont été brûlés Nicolas et M. Tournois. Quand j'ai demandé à Jacques la permission de l'accompagner, Julius Véran a d'abord refusé, disant que Gabriel doit rester réservé aux incurables et à ceux qui les soignent. Jacques a haussé les épaules et m'a dit de venir. Il a précisé : « Tu ne dois pas entrer dans le camp, c'est beaucoup trop dangereux. »

La barque glisse lentement sur l'eau bleu et gris, transparente. Penché à l'avant, je regarde passer les coraux, pareils à des nuages. Cela semble très long, comme si l'on changeait de monde.

J'ai du mal à reconnaître l'îlot. Rien n'a vraiment changé, et pourtant, il y a quelque chose de différent, que je ne peux pas comprendre. Peut-être à cause du sentier que les coolies ont nettoyé, vers les citernes. Quand nous arrivons en vue des cabanes, un Indien vient à notre rencontre. C'est un des hommes que j'ai pris naguère pour l'arkottie de Shaik Hussein, un homme sans âge, maigre, vêtu seulement d'un langouti noué comme un pagne. Il est noir, la tête rasée, son front est marqué d'une large tache de peinture ocre. Seule note moderne, il porte des lunettes d'acier aux verres ronds, qui donnent à ses yeux un regard aiguisé de vieil oiseau. C'est Ramasawmy.

Jacques lui parle d'abord en créole : « Ki ou fer ? » et le vieil homme lui répond dans un anglais impeccable. Jacques et Véran s'approchent du camp. Au nord de la cabane, à l'abri des arbustes et des rochers, on a dressé une sorte de tente en toile cirée, qui forme un auvent. Il fait si chaud dans la journée, explique Ramasawmy, que les malades déplacent leurs grabats à l'ombre de la tente, pour respirer un peu d'air.

Malgré l'interdiction, je passe devant le gardien, j'entre sous l'abri. Le gardien est indifférent. Il est occupé à faire chauffer de l'eau dans une marmite noire en équilibre sur trois pierres. Sous la tente, il y a une dizaine de corps étendus, hommes et femmes. Certains sont appuyés sur un coude et regardent devant eux. D'autres sont entièrement enveloppés dans des draps tachés, comme des suaires. Je vois les visages gonflés, les lèvres noircies, les hématomes. Il y a une odeur terrible, que le vent apporte par bouffées, une odeur de mort.

Tous sont indiens. Quand j'entre dans la maison, dans l'ombre de l'auvent, pendant quelques secondes je suis aveugle. Puis j'entends le souffle lent de John. Je le reconnais bien, c'est le même bruit que j'écoutais, la nuit, à la Quarantaine, avant qu'il ne s'en aille. J'avance à l'intérieur de la hutte, mais tout à coup résonne derrière moi la voix odieuse du Véran de Véreux. Il crie : « Halte ! N'allez pas plus loin ! » Je continue. Dans la pénombre suffocante, les draps forment deux taches fantomatiques.

Ils sont là tous les deux, côte à côte. John Metcalfe étendu sur la terre, son visage pareil à un masque, son regard brillant d'une flamme étrange, qui fait penser à la folie. Sa tête lourde est renversée en arrière, sa bouche gonflée aspire l'air lentement, avec un bruit de déchirure. Sur son front, sur sa poitrine, sur ses mains, la peau est arrachée par plaques. Contre le mur, derrière John, j'aperçois Sarah. Son visage aussi est figé, ses yeux entrouverts ne brillent pas. Elle ne bouge pas. Un instant, j'ai cru qu'elle était morte. Puis je vois sa poitrine se soulever, dans une sorte de soupir. Elle n'est pas malade. Elle est seulement absente.

Je recule lentement. Je sens un vertige, je crois tomber. C'est Jacques qui me retient, qui m'entraîne au-dehors. Il m'aide à m'asseoir sur une pierre. J'ai le dos calé contre un des montants de la tente. « Ils vont mourir... Ils vont mourir... » C'est tout ce que j'arrive à dire. Julius Véran s'est approché. Je vois ses bottes poussiéreuses devant moi. Je le hais comme s'il était pour quelque chose dans ce qui arrive à John et Sarah. Comme si le mal venait de lui.

Jacques ne dit rien. Il m'entraîne vers la plage blanche où repose le nez de la plate. Le vieux Mari quitte l'abri des filaos pour me faire passer de l'autre côté. Je ressens un très grand dégoût, une nausée, de n'avoir pas eu le courage d'affronter la réalité. La barque avance sur le lagon d'un bleu éclatant, sous le va-et-vient irrité des pailles-en-queue.

Les maisons noires de la Quarantaine m'ont semblé encore plus vides, hostiles. Le soleil a surchauffé les murs de basalte, les buissons alentour sont desséchés, les vacoas, les aloès. Il n'y a pas une plante familière, pas une fleur, pas un arbuste à parfum. Seulement les feuilles grasses des batatrans, qui serrent et étouffent dans le genre d'animaux.

Je marchais vers les maisons et je pensais à la ville des coolies, aux huttes du quartier paria, de l'autre côté de la pointe, avec les chemins bien nettoyés, les jardins plantés de basilic, de patates, les cannes, les chouchous, les lalos et, au-dessus de la ville, la plantation de palmistes et de cocos. Il me semblait que c'était là-bas mon pays, et non dans ce lieu sauvage et abandonné, pareil au bivouac d'éternels naufragés.

Dans la baraque sombre, Suzanne attendait, le visage tourné vers la lumière de la porte. Elle m'a regardé comme si elle ne me reconnaissait pas. Elle a dit, d'une drôle de voix enrouée :

« Ils sont là ? Ils sont venus ? » Elle ne semblait même pas savoir très bien de qui elle parlait. Elle a répété, avec irritation : « Eh bien, réponds-moi ! Est-ce qu'ils sont venus nous chercher ? Jacques m'a dit que... »

Elle s'est interrompue. Elle avait une voix pâteuse, j'ai pensé à la poudre de laudanum. Elle a commencé une autre phrase : « Les Indiens ne sont pas nos serviteurs, ni nos esclaves. » Je ne comprenais pas ce qu'elle voulait dire.

Elle n'est pas différente de Jacques, de Bartoli, de Véran, elle n'attend que le retour du bateau, elle ne cesse pas d'y penser, c'est la seule chose qui compte pour elle, s'enfuir, se sauver. C'est cela qui brille dans son regard, une fièvre, une folie.

Comme je ne répondais toujours pas, elle s'est redressée, son cou maigre tendu de deux cordes, ses yeux brillants d'une sorte de haine dont je ne la croyais pas capable. Comme si je m'interposais entre elle et ceux qui devaient venir la chercher.

« Tu ne comprends pas, tu ne peux pas... toi, ça t'est égal, tu ne sais pas ce que ça veut dire, pour Jacques, être ici prisonnier, et ne rien pouvoir faire pour ceux qui souffrent autour de lui. Toi, tu ne penses qu'à cette fille, cette Indienne, tu nous trahis avec elle, tu trahis Jacques avec elle. Elle nous déteste, elle veut notre mort ! » Elle s'est effondrée en larmes. Peut-être qu'elle a honte de ce qu'elle a dit. Elle s'est tournée vers le mur, je ne vois plus que la masse de ses cheveux emmêlés, salis par la fièvre. J'entends le bruit de sa respiration oppressée. Je n'ai pas su ce qu'il fallait faire. Je suis sorti doucement, à reculons. Au fur et à mesure, la silhouette de Suzanne s'effaçait dans la pénombre, juste une tache pâle contre le mur noir.

Le soleil brûlait sur les lames des vacoas, sur les rochers, sur la mer. Au loin nageaient les formes antédiluviennes des îles, l'île Ronde, l'île aux Serpents et Gabriel. J'avais un sentiment de solitude, de détresse, je ne pouvais plus rester dans les bâtiments de la Quarantaine. Je ne voulais plus penser à John et Sarah Metcalfe, ni aux corps enveloppés dans les draps, sous l'auvent. Je ne voulais plus rencontrer le regard trouble de Jacques derrière ses lunettes au verre brisé, ni voir son sempiternel bidon de Condys fluide. J'ai couru aussi vite que j'ai pu, le long du rivage, vers le cimetière abandonné. J'ai décidé d'aller jusqu'à la grotte.

J'aime le soir à la baie des Palissades. Quand le sifflet du sirdar annonce la fin de la journée, et que retentit l'appel à la prière, le ciel devient très jaune. Il y a un moment de grand calme, de bonheur presque. Alors je voudrais tout oublier. Je voudrais tant partager ce moment avec Jacques et Suzanne, comme lorsque nous étions ensemble sur la plage de Hastings, et que nous regardions la nuit tomber sur la mer. Je voudrais les arracher aux murs noirs de la Quarantaine, à l'îlot Gabriel, John et Sarah, et même Bartoli et l'affreux Véran. Pourquoi se sont-ils faits prisonniers ? Pourquoi ont-ils inventé des lois, des interdits, qui les maintiennent éloignés de cette paix ? Maintenant, je comprends bien que nous ne sommes retenus ici que par nous-mêmes. Les Anglais n'y sont pour rien. Les gesticulations de Véran, du haut de son promontoire, avec son héliotrope et sa lunette d'approche, n'ont rien changé, rien modifié. C'est notre propre peur qui nous retient sur ce rocher, qui nous isole. Chaque nouveau malade nous rejette en arrière, creuse encore un peu plus le bras de mer qui nous sépare de Maurice. En même temps, je ne peux pas oublier ce qu'ont fait les Oligarques, ceux du club de la Synarchie, quand ils ont créé ce camp pour y enfermer les immigrants. Julius Véran est devenu l'instrument de l'oncle Archambau, son émissaire. Peut-être que nous ne partirons jamais d'ici, que nous sommes condamnés à y vivre jusqu'à notre dernier jour, divisés par cette frontière factice, entre les patenôtres de l'un et les sifflets de l'autre. Si nous partions, que seraient Véran, Shaik Hussein ? Des rien du tout, ce qu'ils étaient avant, un garde-chiourme des richards sucriers de Maurice et un passager parmi les autres à bord d'un vapeur des Messageries, un fruit sec, un aventurier raté, que chacun fuit.

Une fois franchies les broussailles au-dessus du vieux cimetière, et passé le chaos des basaltes sous la lèvre du volcan, tout à coup j'entre chez moi, dans mon pays rêvé, dans le monde de Suryavati. Il y a d'abord les fumées, les braseros où cuisent les galettes de dol et les marmites de riz, l'odeur du basilic et de la coriandre, et aussi le parfum du santal sur les bûchers. J'entends les voix, les cris des enfants, les aboiements des chiens, les bêlements des cabris dans les corrals. Je sais bien où est Surya. Un peu en retrait du sentier, au sud de l'escarpement du volcan, il y a notre caverne. De là, on peut voir sans être vu, on est hors de portée du regard du sirdar et de la lunette avec laquelle l'autocrate balaie sa frontière imaginaire.

C'est une caverne magique. C'est Surya qui me l'a dit, la première fois qu'elle m'en a parlé. Une crevasse ouverte dans les basaltes, défendue par une muraille de lantanas et de buissons épineux. Avant d'y pénétrer, Surya dépose des offrandes pour le Seigneur Yama, le maître de l'île, et pour sa sœur, la Yamuna. Dans une feuille, elle pose des gâteaux de riz et des galettes de dol, ou bien des morceaux de noix de coco qu'elle a frottés de piment, parce qu'elle dit qu'il faut toujours mêler le froid et le chaud, le doux et le piquant, pour que l'offrande soit bonne. Le Seigneur Yama vient de l'autre monde par la bouche du volcan. Chaque nuit, sa messagère légère passe comme un souffle, qui fait frissonner notre peau. Je l'ai sentie, la première fois, quand j'étais assis sous le bûcher, la nuit où Surya a peint mon visage avec la cendre des morts. Maintenant, je n'en ai plus peur.

Je m'assois avec Surya à l'entrée de la grotte, et nous regardons les fumées des bûchers qui montent contre le soleil. La mer est sombre, violacée, l'horizon tranche le ciel aveuglant.

Il y a toujours un peu de chauves-souris qui sortent de la grotte en se bousculant. Il me semble que je n'ai jamais été aussi heureux de voir des chauves-souris. J'aime le crépuscule ici, dans cette crevasse, à l'abri de la baie des Palissades. La main de Suryavati est forte et douce, je sens sa chaleur qui passe par ma main et entre dans tout mon corps.

Alors elle me raconte la naissance de sa mère, quand sa grand-mère l'a plongée dans l'eau de la rivière Yamuna pour la laver du sang des victimes de Cawnpore. Ce jour-là elle lui a donné son nom, elle l'a répété plusieurs fois, Ananta, Ananta, ô éternité ! C'est un nom qu'elle dit sans se lasser, et elle raconte chaque fois cette histoire, comme sa mère la lui racontait, et auparavant, sa grand-mère, l'histoire la plus vraie et la plus belle du monde.

« Ma grand-mère Giri habite toujours ici, quand on l'a brûlée, son âme est restée ici, sur cette île. Alors ma mère a voulu venir, comme elle, maintenant qu'elle va mourir. »

Elle a dit cela sans emphase, avec tranquillité. C'est la première fois qu'elle parle de la mort de sa mère.

« Pourquoi dis-tu cela ? Ta mère ne va pas mourir. »

Suryavati me regarde. Il y a un éclat dur dans son regard.

« Quoi, tu n'as pas vu ? Je suis sûre que ton frère docteur saurait tout de suite. » Elle a un ton sarcastique. « Chez vous les grands mounes on voit ces choses-là très bien.

— Qu'est-ce que tu veux dire ?

— Que ma mère est malade depuis des années, elle a une maladie qui ronge son ventre. Le médecin de l'hôpital à Port-Louis lui a dit qu'il n'y avait plus rien à faire. Il a dit qu'elle en avait pour quelques mois. Elle est allée voir le longaniste, il a pris du bhang, il a dit la même chose. Mais il lui a donné des feuilles pour qu'elle n'ait pas mal. C'était l'an dernier, elle a appris ça, elle a voulu venir sur l'île, pour être près de sa mère, pour la retrouver après sa mort. »

Il commence à faire noir dans la grotte. Surya a allumé une petite lampe en terre.

« Elle t'a emmenée ici ?

— Elle ne voulait pas que je vienne avec elle. Elle voulait que je retourne chez les sœurs, à Mahébourg, là où j'ai grandi. Mais moi j'ai voulu l'accompagner. Tu comprends, elle n'a pas de fils, c'est moi qui allumerai son bûcher quand elle mourra. »

Elle s'est avancée jusqu'au bord de l'escarpement, pour regarder la ville de Palissades. Sa voix tout à coup devient inquiète :

« Tu es le seul à savoir, maintenant. Ma mère ne veut pas que j'en parle. Elle ne veut pas qu'on l'emmène sur l'îlot. Tu ne diras rien, n'est-ce pas ? Tu ne lui feras pas de mal ? »

J'ai pris sa main à mon tour, je l'ai serrée très fort. Je vois son profil, son front très droit qui semble plein d'une connaissance mystérieuse. J'ai dit solennellement :

« Non, Suryavati, je ne dirai rien à personne. »

Peut-être qu'elle parlait pour elle-même, sans faire attention à moi.

« Je voudrais tellement savoir qui étaient ses vrais parents, les Anglais qui ont été tués à Cawnpore. Comment ils s'appelaient, d'où ils venaient, c'est la seule chose qui me manque. C'est comme si une partie de moi était morte depuis toujours. Je voudrais... »

J'ai vu qu'elle pleurait en silence, sans bouger. J'ai mis mon bras autour de ses épaules, je l'ai serrée contre moi. Je ne savais pas ce qu'il fallait dire pour la consoler. J'ai dit un des mots de la langue indienne que je connais, « *bahen* », « sœurette », et ça l'a fait rire. Elle s'est éloignée du bord, elle m'a pris par la main.

« Viens, il faut redescendre avant le couvre-feu. »

Arrivé à Palissades, j'ai voulu rester un peu en arrière, pour qu'on ne nous voie pas ensemble, je croyais que c'était ce qu'elle souhaitait. Elle m'a dit :

« Eh bien ? Qu'est-ce que tu attends ? »

Pour la première fois nous sommes entrés dans la ville ensemble. Nous avons remonté la grand-rue, Surya bien droite, avec cette démarche un peu nonchalante et orgueilleuse, qui me faisait penser aux bohémiennes dans les rues de Marseille, le grand foulard rouge flottant sur ses cheveux et ses épaules, sa tunique courte laissant voir la peau sombre de ses reins, et la longue jupe bariolée, délavée par le soleil, et ses chevilles fines cerclées d'anneaux de cuivre, ses pieds nus. Moi j'étais dans son ombre, juste derrière elle, jamais je n'avais marché avec une fille aussi belle, c'était comme une fête. J'avais oublié mon aspect physique, mes habits déchirés et salis, mes cheveux trop longs et emmêlés par le sel, la moustache qui commençait à pousser sur ma lèvre, mon visage et mes bras brûlés par le soleil.

Les gens étaient devant les maisons pour nous regarder passer. Ils reconnaissaient Suryavati, la fille de Srimati Ananta, ils l'appelaient, les commères lui lançaient des plaisanteries, et Surya leur répondait de même. Il y avait des jeunes garçons qui couraient derrière moi, qui touchaient mes habits, qui criaient : « *Janaab !* », et quand je me retournais ils disparaissaient en riant. Surya faisait mine de leur lancer des petits cailloux, comme aux cabris. Ils nous ont suivis de loin jusqu'au bout de la ville, au-delà des bûchers, puis ils nous ont laissés à l'entrée du quartier paria.

Ce soir, pour la première fois aussi, Surya m'a fait entrer dans leur maison. J'étais allé sur la plage, comme d'habitude, pour l'attendre, mais elle m'a pris par la main et elle m'a conduit jusqu'à la maison.

C'était juste une pièce étroite aux murs de lave et au toit de palmes, très propre et rangée. À droite de la porte, sur une caisse, il y avait un petit autel avec des images coloriées, bleues et rouges, qui représentaient la Trimourti. Devant les images, une petite lampe de terre était allumée. Sur le sol il y avait une natte de vacoa, et le fond de la pièce était occupé par une grande moustiquaire blanche accrochée au toit, le seul luxe de la maison.

Surya m'a fait asseoir sur la natte. Dehors, Ananta était accroupie devant le foyer, en train de faire cuire du riz et de retourner des crêpes de dol sur la plaque. Surya est allée la rejoindre. J'écoutais le bruit de leurs voix, tantôt en langue indienne, tantôt en créole. Elles riaient par moments.

La nuit entrait dans la maison et la lampe brillait de plus en plus, devant l'image des trois géants aux yeux fardés, entourés d'un ballet de fourmis volantes. Il y avait ces bruits familiers, les voix, les rires, l'odeur du riz et de la braise. Puis Surya est venue me donner à manger, une assiette pleine de riz et de morceaux d'ourites dans une sauce de cari, et des feuilles de songe, sombres, âpres. Elle s'est agenouillée à l'entrée de la maison pour me regarder manger.

« Tu ne viens pas ? Et ta mère, elle ne veut pas manger ?

— Elle n'a pas faim. Elle mange très peu maintenant, comme un oiseau. »

Comme je restais la cuiller en suspens :

« Mais mange, toi. Tu es jeune, ma mère trouve que tu es trop maigre, elle dit que tu ne dois pas manger à ta faim chez les grands mounes. Elle dit que tu serais à peu près acceptable si tu étais plus gros. »

Elle avait l'air gai. Ses yeux brillaient. À chaque instant, elle allait dehors, elle reprenait du riz dans la marmite, de la sauce, des ourites, elle remplissait mon assiette, elle versait du thé noir dans mon verre.

« Ma mère demande s'ils sont tous maigres comme toi en Angleterre ? »

Je riais, j'oubliais tout, la Quarantaine, l'îlot

Gabriel, même la tour de guet où Julius Véran surveillait sa frontière.

« En Angleterre, il y a des femmes qui jeûnent pour devenir encore plus maigres, et qui portent des corsets si serrés que leurs bonnes doivent mettre un genou dans leur dos pour les lacer, et quelquefois elles étouffent. »

Suryavati ouvrait de grands yeux. C'est comme ça que je la préférais, avec cette expression de petite fille, sa lèvre laissant paraître les deux incisives très blanches. Il me semblait qu'elle était la petite sœur que je n'avais jamais eue, qui attendait que je lui raconte des histoires, rien que pour elle, des contes de fées et de princesses anglaises, pour lui faire oublier la nuit au-dehors. Alors je l'appelais « *bahen* », ce nom qui la faisait rire, et elle me disait mon nom très doux, en prolongeant la syllabe : « *Bhaiii...* »

Sa mère entrait maintenant, courbée sous la porte, elle paraissait petite et fragile, son corps maigre enveloppé dans des voiles. Elle s'est assise sur son lit, en écartant un pan de moustiquaire.

« Parle-lui, *bhai*. Raconte-lui tout ce que tu m'as dit, ce qu'il y a à Londres, à Paris. Elle dit qu'elle se rappelle les jardins, les grands jardins, où on jouait de la musique le soir. Après, sa mère l'a emmenée avec elle en Inde, parce que son père était là-bas dans l'armée, dans la ville de Cawnpore. Parle-lui des grands jardins. C'est ça qu'elle veut entendre. »

J'ai essayé de parler des parcs, j'ai dit lentement tous les noms, comme si elle pouvait s'en souvenir, comme les mots d'une poésie mystérieuse, et Suryavati était penchée pour mieux entendre. Ananta restait immobile.

« Hyde Park, Kensington, Holland Park, Saint James, Kew Gardens... »

Suryavati avait les yeux brillants. Elle s'est écriée :

« Je suis sûre que c'est un de ces noms. Elle s'en souvient, elle dit qu'il y avait de la musique. »

Elle m'a attiré jusqu'à sa mère, elle m'a fait asseoir devant elle. Ananta me regardait de ses yeux étranges, très clairs dans son visage sombre.

« Quelle musique ? ai-je demandé. Comment était cette musique ? »

Ananta a dit quelque chose dans sa langue, à voix basse.

« C'est trop loin pour qu'elle s'en souvienne, a dit Surya. Mais elle se souvient que c'était une musique comme on n'en entend nulle part, elle a dit une musique d'anges. »

J'ai répété avec étonnement : « Une musique d'anges ? »

Suryavati a vérifié le mot.

« Oui, c'est ce qu'elle a dit. Elle dit qu'elle ne l'a entendue qu'une seule fois, dans les jardins de Londres, et ensuite elle a pris le bateau pour venir en Inde. »

Elle restait penchée vers moi, elle attendait. Même Ananta semblait attendre que, grâce à cette musique d'anges, je retrouve la clef de sa mémoire, le nom de sa mère et de son père, l'endroit où elle était née, sa maison, sa famille, tout ce qui avait été englouti dans la tuerie de Cawnpore. Je ne pouvais pas mentir. J'ai dit :

« Je ne sais pas. Je n'ai jamais entendu une musique comme celle-là à Londres, ni nulle part ailleurs.

— Même dans ces jardins dont tu as dit les noms ? »

Je lui ai expliqué que Londres est une très grande ville, avec des milliers de rues, des centaines de milliers de noms. On ne pouvait jamais retrouver les gens quand on les avait perdus. Suryavati s'est mise en colère, elle ne pouvait pas accepter cette réponse. Sa voix est devenue dure.

« Tu ne veux pas l'aider, tu ne veux pas nous aider. Tu es comme tout le monde, ça ne t'intéresse pas, tu ne veux pas que je retrouve le nom de ma famille. »

Ananta avait pris sa main, elle essayait de la calmer. Elle serrait Surya contre elle, elle lui caressait doucement les cheveux. J'ai voulu m'en aller, mais elle m'a retenu. Elle m'a regardé, pour la première fois Ananta s'est adressée à moi en anglais, elle m'a demandé de rester. Son regard avait une telle force que je n'ai pu partir. Au contraire, à l'instant même, j'ai été persuadé qu'elle disait la vérité, que tout s'était passé comme Surya l'avait raconté. J'ai compris que tout le reste était vrai aussi, qu'Ananta était venue ici pour mourir.

« Le seul moyen pour retrouver le nom des parents de ta mère, ce serait d'aller à Londres, au Colonial Office, et de chercher la liste de tous les gens qui sont morts à Cawnpore pendant la guerre. » C'était tout ce que j'avais trouvé pour la consoler. Le visage de Surya s'est éclairé.

« Tu crois que je pourrais l'emmener là-bas ? »

Mais elle s'est découragée aussitôt :

« Non, c'est beaucoup trop loin, elle ne pourra jamais attendre si longtemps. Elle ne voudra jamais aller là-bas, si loin, et quand elle ne sera plus là, à quoi ça me servirait de savoir ? »

Elle m'a serré la main. Il n'y avait plus de colère dans ses yeux. « Tu es vraiment *bhai*, tu es vraiment Dauji, mon grand frère. »

La nuit était noire, sans lune, remplie d'étoiles. Avec Surya, j'ai marché sur la plage étroite, vers la pointe. Le couvre-feu avait sonné depuis longtemps, mais il y avait encore des gens dehors, des femmes drapées dans leurs saris, des enfants qui couraient entre les huttes. Les chiens affamés rôdaient près des portes, en geignant.

Surya m'a montré tous les points brillants du ciel, et, au centre, le beau Shukra, le soldat du roi Rama. Elle m'a montré les Trishanku de la ceinture d'Orion, les Trois Péchés, debout à l'ouest de l'Océan, et l'endroit du ciel où, à chaque saison des pluies, reparaît Rohini, la mère de Balarama, celle que les marins appellent Aldébaran. Elle savait des choses surprenantes, elle les disait simplement, avec sa voix d'enfant, comme si je les connaissais aussi, et que je devais m'en souvenir : Jahnu, le sage qui avait bu l'eau du Gange, et Dhata et Vidhata, les deux vierges qui tressent la corde du destin, et l'oiseau Chatak, qui parle quelquefois dans la nuit sans qu'on puisse le voir, et qui ne boit que l'eau de la rosée.

Le vent soufflait à la pointe, emplissait nos oreilles de son chant aigu. En approchant du Diamant, nous avons écouté le grondement ininterrompu des vagues qui se brisent contre les rochers. Nous étions seuls, à l'étrave d'un grand navire noir en route vers l'inconnu, vers le nord.

Nous nous sommes assis à l'abri des rochers, sous les lantanas. C'était une cachette très douce, avec l'odeur poivrée des plantes et le goût du sel sur nos lèvres. Je sentais contre moi le corps léger de Surya, la chaleur de son visage. Elle a appuyé sa tête au creux de mon épaule. Je cherchais ses lèvres, son visage. Je tremblais si fort qu'elle m'a demandé : « Tu as froid ? » J'ai dit : « Je dois avoir de la fièvre. » Mais c'était le désir, sentir son visage et son corps si près de moi. J'ai posé mes lèvres sur ses cheveux, je cherchais la tiédeur de son cou, je voulais respirer son haleine. Elle m'a repoussé, presque brutalement. Elle a dit : « Pas maintenant. » Elle s'est écartée de moi, et en même temps, elle restait devant moi, une silhouette à peine distincte. Elle a dit : « Il faut que j'aille auprès de ma mère, elle est mal. Elle m'attend. »

J'hésitais. J'étais tout près de la frontière, à quelques pas du chemin qui me ramenait vers la Quarantaine, vers Jacques et Suzanne. Suryavati m'a tiré par le bras, elle avait un accent violent, presque en colère : « Viens ! Qu'est-ce que tu attends ? » Puis, comme j'hésitais toujours, elle a perdu son assurance, elle m'a prié : « Viens, *bhai*, reste avec moi jusqu'au matin. » Je ne savais pas, j'avais peur de choisir. J'aimais bien rôder la nuit à travers les broussailles, défier l'édit de l'autocrate Véran, le sifflet de Shaik Hussein. Respirer le parfum des cheveux de Surya, sentir sa taille légère sous mes doigts, ses paumes lisses comme une pierre et la chaleur de son visage, sentir le désir vibrer dans tout mon corps. Je ne sais pourquoi, soudain, j'avais peur que tout ne devienne indéfectible, trop réel. Comme s'il y avait vraiment une frontière, que j'avais à la franchir sans retour.

J'ai marché à côté d'elle, ma main serrée dans la sienne, nos pas se posant sur les mêmes traces.

Cette nuit-là, Surya a dormi avec sa mère, sous la moustiquaire, et moi devant la porte, enroulé dans un drap et la tête sur une pierre, entendant le vent et la pluie qui griffaient le toit de feuilles.

25 juin, à Palissades

Réveillé avant l'aube, dans le souffle froid de la mer, avec les longues déchirures roses dans le ciel. Loin, comme dans un rêve, il m'a semblé entendre le sifflet du sirdar qui signale le premier lever des femmes et le rallumage des feux. Très loin, porté par les rafales de vent, comme s'il venait de Maurice. Comme c'est étrange ! Le signal qui me semblait odieux lors de notre débarquement sur Plate, voici qu'il est devenu maintenant familier, rassurant, comme les cris des oiseaux de mer qui traversent chaque matin le lagon, comme les bruits de la vie qui s'éveille au village.

Suryavati revient déjà de la source. Elle marche le long du rivage, portant sur l'épaule droite la cruche pleine d'eau fraîche. Elle est sortie sans bruit, alors que je sommeillais encore, engourdi par le froid, enveloppé dans mon drap. Elle est arrivée au pied du volcan avant les autres femmes. Elle grimpe jusqu'à la source, le long de la faille. La plupart des gens vont en aval, là où le ruisseau forme un bassin près du rivage, mais Surya dit que l'eau n'y est pas pure.

Je la regarde par la porte. Elle s'est accroupie devant les trois pierres du foyer, le dos tourné au vent, pour rallumer le feu. Ananta ne s'est pas levée. Depuis quelque temps, elle reste enfermée dans la moustiquaire, et Surya lui porte le thé bouillant.

Pendant que je bois, les premiers travailleurs partent vers la baie, pour continuer la construction de la digue. Le deuxième coup de sifflet a retenti, plus proche, plus appuyé. De l'autre côté, à la Quarantaine, les passagers de l'*Ava* ont déjà dû se réveiller, leur premier regard interroger l'horizon, du côté où doit venir le garde-côte. Le ciel est d'un jaune très pâle, juste avant que n'apparaisse le disque du soleil au-dessus des broussailles.

Je suis avec Surya sur le chemin qui mène aux plantations. Le champ d'Ananta est du côté de la baie des tombes, à l'est du cimetière. Le jeune garçon muet à la peau noire, celui qui se nomme Choto, marche devant nous en faisant courir ses bêtes à coups de pierre. Je ne vois pas les cabris mais je les entends galoper à flanc du volcan, sauter les barrières des palissades.

C'est la première fois que Surya me demande de l'accompagner jusqu'aux champs. La pluie de cette nuit a détrempé la terre, les feuilles des lantanas lâchent des gouttes froides. Mais le ciel est clair, et à la lumière du matin tout paraît extraordinairement net, presque coupant. La falaise noire du cratère est un mur dressé contre le ciel. Il n'y a personne. Le bois de filaos fait écran contre le regard des guetteurs en haut du volcan. Seuls les oiseaux passent au-dessus de nous, des mouettes, des sternes, mais pas de pailles-en-queue. Ici ça n'est pas leur domaine.

266

« Regarde : c'est à nous. »

Suryavati montre un vallon entre les basaltes, borné au sud par les vacoas.

« C'est ma mère qui a tout planté. Elle a choisi cet endroit. Elle dit que sa mère habitait ici, dans ce champ, avant de mourir. »

D'abord, je n'ai rien vu. Il me semblait que j'étais devant les mêmes broussailles, le même chaos de rochers noirs. Mais quand nous avons commencé à descendre, j'ai aperçu les murets, les rondages. Il était à peine neuf heures du matin, et déjà le soleil brûlait avec la force d'un incendie.

Surya a commencé à travailler. Elle avait mis son foulard rouge autour de sa tête, jusqu'aux yeux, et elle épierrait le champ. Sur la terre noire, une liane rampait, portant des baies jaunes et rouges. Surya cueillait les fruits, les mettait dans son sac de paille. Elle s'est tournée vers moi : « Aide-moi.

— Qu'est-ce que c'est ? » ai-je demandé.

Elle m'a regardé avec étonnement.

« Eh bien, des pommes d'amour. »

Je me suis accroupi à côté d'elle pour ramasser les minuscules tomates, dures comme des balles. Un peu plus loin, elle m'a montré d'autres fruits, accrochés à une liane : « Lalos. » Il y avait aussi des piments d'arbre, et une variété d'aubergine sauvage, que j'avais remarquée lors des recherches botaniques en compagnie de John Metcalfe. « Brinzelle marron. »

Surya m'a emmené jusqu'aux palissades du bas, envahies de mauvaises herbes et recouvertes d'éboulis. J'ai commencé à épierrer, déchaussant les plus grosses roches avec un bâton. Surya reconstruisait au fur et à mesure les murets avec les pierres. En contrebas, il y avait un bout de terre carré, recouvert de ce que j'ai pris pour de l'herbe. « C'est du riz, a expliqué Surya. Je vais planter du riz partout ici, on aura de quoi manger au printemps. » Plus loin, elle m'a montré l'orée du bois de filaos, là où passe la frontière imaginaire de Julius Véran. « Là-bas, ma mère a planté des grains, des lentilles. Des giraumons. Quand elle est arrivée ici, il n'y avait rien, seulement les pierres et les vieilles filles. »

Vers le sommet de l'escarpement, à l'endroit où on redescend vers la baie des Palissades, j'ai distingué d'autres murets, des rondages encore entiers, les taches gris-vert des cannes, les tiges coupantes des maïs, les lianes des giraumons. Surya s'est arrêtée pour m'indiquer tous les champs. « Celui-ci, en haut, c'est à Ramasawmy. À gauche, c'est au vieux Bihar Hakim, il a des plantes qui guérissent les maladies. Là-bas, à côté du rocher, c'est à Sitamati, son mari est mort de la maladie froide, il y a deux mois, elle ne veut plus s'en aller. Je dois lui apporter l'eau pour arroser ses légumes, elle a aussi des plantes à parfum. »

Je ne me lassais pas de regarder, de découvrir les champs, les murs. J'étais ébloui par le soleil. Peu à peu, je voyais apparaître d'autres murs, ils se dessinaient tout seuls sur la pente noire, depuis le volcan jusqu'à la mer. Ce que j'avais pris pour des broussailles sèches était des plantations de basilic, des okras, des pommes d'amour, des haricots. Au milieu des batatrans, je voyais luire les feuilles sombres des brèdes et des patates. John Metcalfe avait raison : ce sont les plantes qui sauvent les hommes.

Maintenant, entre les blocs de lave, je voyais bouger des silhouettes furtives, des hommes occupés à épierrer, à sarcler, des femmes enveloppées dans leurs gonis couleur de terre. J'entendais le bruit des houes qui cognaient la terre sèche, le tintement aigu des couteaux qui frappaient les pierres. Et puis une rumeur plus sourde, quelque chose comme le bruit de mains et de souffles qui se mêlait au sifflement du vent et au grondement des vagues sur le récif.

Surya était penchée sur la terre, elle arrachait les chiendents et les batatrans qui envahissent les rondages, elle creusait la terre avec ses mains autour des plants de maïs et de tomates, pour préparer des cuvettes d'arrosage. Le soleil brillait sur les feuilles, sur les pierres noires, sur le bleu du lagon. Le cône de l'îlot Gabriel paraissait loin, un monde étranger, et plus loin encore la mince ligne verte de Maurice, sous les volutes des nuages. Du côté du Coin de Mire, la voile oblique d'une pirogue de pêche glissait lentement, disparaissait dans les creux de la houle. Je déchaussais les rochers, je sentais la sueur couler sur mon visage, dans mes yeux. Je ne pensais à rien, rien qu'à ce bout de terre, ces palissades, aux murs qu'il fallait construire contre les tempêtes.

Peut-être que, du haut de son mirador, Julius Véran et son acolyte guettaient l'horizon, envoyaient des signaux vers la Pointe aux Canonniers, pour demander qu'on vienne les chercher. Peut-être que Jacques attendait devant le môle, fumant sa cigarette de ganjah, en regardant l'îlot Gabriel. J'essayais de ne pas trop penser à Suzanne, seule dans la maison de la Quarantaine, à John Metcalfe, à Sarah, prisonniers dans le camp de Gabriel. Ici, je sentais une liberté âpre, pareille à cette terre desséchée, brûlante comme la fièvre, coupante comme les éclats d'obsidienne.

Tout était calme. Il n'y avait que ces bruits réguliers, bruits d'insectes, les mains, les souffles, qui se mêlaient au vent et à la mer. Parfois, le cri grêle d'un cabri, les claquements de langue de Choto, quelque part dans une crevasse.

Le soleil était si fort que j'ai eu un étourdissement. Soudain tout est devenu noir, et je suis tombé à genoux, sans lâcher la roche que je venais de déterrer. Suryavati m'a retenu. « Pauvre Dauji, tu n'as pas l'habitude, tu n'es pas un vrai coolie. » Elle faisait de l'ombre avec son corps, elle avait écarté son grand foulard rouge pour m'abriter du soleil. Je sentais mon cœur cogner dans ma poitrine, dans mes artères. Il n'y avait pas d'eau, Surya avait versé jusqu'à la dernière goutte sur les plants de légumes. Surya a pris dans son panier une feuille acide, amère, elle l'a mise dans ma bouche qui s'est remplie de salive. « C'est bétel marron », dit Surya. Elle m'a aidé à enlever ma chemise. Avec ses dents, elle a coupé un grand pan de tissu, et elle l'a enroulé autour de ma tête, à la manière d'un turban. Elle m'a regardé en riant : « Avec ça, tu n'as plus l'air d'un grand moune. Tu as l'air d'un vrai coolie. »

Nous sommes restés dans les plantations jusqu'au crépuscule, jusqu'au moment où le sifflet du sirdar retentit dans la baie des Palissades. Cette nuit, dans la maison, au bout du quartier paria, je suis resté allongé sur la terre. J'avais mal à tous les muscles de mon dos, mes bras et mes jambes étaient engourdis de fatigue, et je sentais encore le feu du soleil sur mon visage, dans ma

gorge. Avant de rejoindre Ananta sous la moustiquaire, Suryavati est venue près de moi. Sans rien
dire, elle s'est couchée contre moi, elle a mis ses
bras autour de mon cou, et elle a posé sa tête sur
ma poitrine pour écouter battre mon cœur. Je
n'osais pas bouger. Son corps léger a défait toutes
mes fatigues, et je suis entré dans son rêve avant
même le sommeil.

En aval de Bénarès, ils s'arrêtè-
rent à Jangpur, Bhagalpur, à Mour-
shedabad. Le fleuve était si vaste
qu'on aurait dit la mer, ses rives perdues dans la brume de l'aube. Parfois, la fumée des incendies
recouvrait la terre et l'eau, il y avait
une odeur de bûcher, une odeur de
guerre. Giribala avait l'impression
qu'elle était sur le radeau depuis
toujours, à regarder glisser les rives,
au rythme du vieux Singh appuyant
sur la perche.

Le jour, le soleil brûlait si fort qu'il
fallait puiser sans cesse au creux de
sa main pour humecter le front et
les cheveux d'Ananta.

Les radeaux traversaient des pays
mystérieux, où la forêt avait envahi
d'anciens palais, où les plantations
avaient séché dans les broussailles.
La nuit, les chacals rôdaient autour
des charniers, il fallait allumer des

feux pour les éloigner. Dans les villages, Singh jouait de la flûte, et les femmes dansaient. Lil représentait toujours l'histoire de la reine de Jhangsi, qui tombait de son cheval sous les balles des Anglais. Les gens des villages leur apportaient des offrandes de nourriture, du lait fermenté, des fruits. Maintenant, Ananta avait vraiment appris à danser, au rythme des tambours d'eau. Elle était devenue une fille élancée, sa peau couleur de terre cuite, comme une vraie Dom, mais elle avait gardé ses reflets d'or dans les cheveux et ses yeux transparents. Giribala était fière d'elle. Elle l'appelait Ananta Devi.

Giribala n'aurait sans doute jamais imaginé quitter les Doms, mais un jour le fils de Lil est tombé à nouveau malade. C'était à cause de la sécheresse, ou peut-être qu'un serpent venimeux l'avait piqué. Il ne pouvait plus boire ni manger, tout son sang s'écoulait par le fondement. Il perdit connaissance et mourut pendant la nuit. Lil a creusé elle-même une tombe dans la rive du fleuve, et par-dessus le corps de son fils elle a empilé de grosses pierres pour que les chacals ne le déterrent pas. Il n'y a pas eu de cérémonie ni de prières. Le vieux Singh disait que les Doms naissent et meurent comme des bêtes, sans que personne n'y prenne garde.

Mais à partir de ce jour, Lil est devenue folle. Elle avait cessé de parler, de se laver, de se peigner. Elle ne pouvait plus danser la légende de la belle Lakshmibay. Les gens des villages, quand ils la voyaient hirsute et sale, lui jetaient des mottes de terre.

Elle s'est mise à haïr Giribala, sans raison. Elle l'insultait, elle battait Ananta, lui tirait les cheveux, lui volait sa nourriture.

Dans son délire, elle croyait voir la jeune mendiante que Giribala avait rencontrée dans la forêt, portant son enfant mort. Elle la maudissait, elle l'accusait d'avoir empoisonné son fils. Le vieux Singh s'interposait, il marchait sur Lil, son bâton à la main. La jeune femme se reculait, l'écume à la bouche, puis elle se lovait au bout du radeau, comme une bête qui souffre. Elle s'endormait le jour, enroulée dans les vêtements et les linges de son fils.

Les radeaux sont arrivés devant English Bazar, à l'entrée de la route du sud. Le vieux Singh a dit à Giribala : « Nous n'irons pas plus loin. Nous allons retourner vers le nord avant les pluies. Pars, et peut-être que Lil guérira. »

Alors Giribala a rassemblé ses

affaires, et elle a quitté les radeaux. Elle a pris Ananta par la main, et ensemble elles sont allées vers le sud, avec tous les gens qui marchaient pour s'engager dans les pays lointains, vers Mirich Tapu, Mirich Desh.

26 juin

Aujourd'hui, avant deux heures, le garde-côte est revenu. J'étais avec les coolies qui travaillent à la digue quand le signal a été donné. C'est un jeune homme du village paria, nommé Uka, un des serviteurs des bûchers, un « balayeur », qui a annoncé la nouvelle. Depuis des jours, Shaik Hussein l'avait posté à la pointe sud du volcan, peut-être aussi pour surveiller la Quarantaine et les allées et venues du Véran de Véreux.

Il y a eu un grand silence, chacun restant figé à sa place, sur les dalles de basalte. Il faisait un temps magnifique, ciel et mer lissés par le vent, la houle forte poussant l'écume jusque sur la digue.

Le garde-côte a doublé la pointe lentement, roulant sur les vagues, et il n'y a eu qu'un seul cri. Les travailleurs des plantations, femmes et enfants accouraient sur la plage, en gesticulant et en appelant. Le sifflet du sirdar et les cris des arkotties essayaient vainement de remettre de l'ordre. Shaik Hussein a traversé la foule, il est passé à côté de moi sans me regarder, une expression sévère sur son visage tanné de vieux soldat, avec sa barbe blanche impeccable et ce grand turban jaune pâle qui contraste avec sa veste en haillons. Il marchait vite, son grand bâton d'ébène au poing comme un tambour-major ou un prophète. Derrière lui Ramasawmy et Bihar Hakim paraissaient chétifs, presque nus, maigres, la tête ceinte d'un vieux chiffon. Le mouvement de la foule m'a obligé à battre en retraite, et je me suis réfugié vers le haut de la plage.

Le garde-côte s'est arrêté devant la baie, en face de la digue en construction. La houle soulevait son étrave, faisait tournoyer la chaloupe au bout de son amarre. On entendait le bruit des machines, par instants, porté dans le vent avec les volutes de fumée noire. Sur le pont, des silhouettes bougeaient, des officiers de santé, et aussi les marins comoriens. Puis la chaloupe s'est détachée du garde-côte, et les marins ont lancé un bout jusqu'au rivage, et aussitôt de jeunes garçons ont plongé à la mer pour aller le repêcher. Je suis resté accroupi en haut de la plage, j'attendais. Ils n'étaient pas venus nous chercher, mais seulement installer un va-et-vient pour décharger des vivres et des tonneaux d'eau douce. Le club de la Synarchie ne voulait pas courir le risque de nous avoir laissés mourir de faim et de soif sur notre rocher.

Sur la plage, la foule était dense, serrée. Déjà on entendait ses cris de colère, ses imprécations. J'ai cherché du regard Surya, mais je n'ai pu la voir. Elle n'était pas venue sur la plage. De toute façon le retour du garde-côte n'était pas pour elle.

Le débarquement des vivres a commencé, dans une sorte de hâte maladroite. Les marins lançaient les caisses à l'eau, sans même les attacher au cordage, et certaines, jetées sur les dalles de basalte, se fracassèrent. Les garçons, complètement nus, étaient entrés dans l'eau jusqu'à mi-corps et rattrapaient les caisses et les tonneaux, les poussaient vers le rivage. Les vagues étaient lentes, puissantes, l'écume éblouissait sur les roches noires, la mer était d'un bleu violent. Il y avait quelque chose de désespéré, de dramatique dans cette scène, ces gens massés sur la plage au soleil, et la silhouette sombre du garde-côte qui restait au large. Quand tous les vivres ont été recueillis sur le rivage et placés sous l'abri de feuilles, la chaloupe s'est mise à reculer vers la haute mer. Les gens de l'île ont compris que c'était fini. La plupart sont retournés vers la ville, ou bien vers les plantations. Mais quelques hommes sont restés près de la digue, ils ont commencé à jeter des pierres vers la mer, en criant des menaces inutiles. Le garde-côte était toujours immobile devant la baie, roulant et tanguant sur la houle. On entendait par moments les trépidations des machines, de la fumée noire s'échappait de la cheminée, que les rafales dispersaient. Soudain j'ai vu Uka, le balayeur, au bout de la digue. Il semblait en proie à une sorte de crise nerveuse. Debout sur le bord d'un moellon, en équilibre dans le vent, les bras ouverts comme un grand oiseau sombre, il tournait sur lui-même, le regard brillant de folie. Puis il s'est jeté à la mer. Il a disparu dans l'écume, et l'instant d'après je l'ai vu qui nageait avec fureur dans la direction de la chaloupe. Tout le monde était debout sur la plage et sur la digue, pour regarder. Maintenant, l'émeute était calmée, et il n'y avait plus qu'un long silence, rempli du bruit des vagues qui déferlaient.

Pendant quelques minutes, les marins de la chaloupe, surpris, ont cessé de nager. Nous regardions tous la tête d'Uka qui disparaissait, reparaissait dans les vagues, comme s'il avait déjà atteint son but, qu'il avait réussi à s'échapper. Puis il y a eu un éclat à bord de la chaloupe, et tout de suite après j'ai entendu le bruit de la détonation. Debout à la poupe, un marin tenait un fusil. Un autre marin a déchargé à son tour son arme, et aussitôt, tous les hommes qui étaient sur la digue sont partis se réfugier en haut de la plage, à l'abri des rochers. Uka a continué à nager vers la chaloupe, mais bientôt il a été clair qu'il n'arriverait pas jusque-là. Les marins ont recommencé à souquer, et l'embarcation a rejoint en quelques instants le bord du garde-côte. Au milieu de la mer, Uka semblait un point, un déchet ballotté par les vagues. Il a encore fait des gestes avec ses bras, comme pour appeler au secours, puis il s'est laissé aller en arrière, complètement épuisé, et les vagues l'ont ramené vers le rivage.

C'est alors que j'ai vu un groupe arriver sur la plage, en provenance de la pente du volcan. Bartoli en tête, suivi de Julius Véran, son revolver à la ceinture. Un peu en retrait, j'ai reconnu la silhouette de Jacques. Les trois hommes ont marché jusqu'à la digue, tandis que les coolies recueillaient Uka sur la plage et l'entraînaient vers l'abri de feuilles. Il y avait maintenant un silence étrange sur la plage, dans l'éblouissement de la lumière et de l'écume. À moins de cent mètres, la chaloupe tournait et roulait autour du bateau, comme un jouet inaccessible.

Avec un carton roulé en porte-voix, Véran a essayé de communiquer avec les officiers du garde-côte. Mais ce qu'il criait était incompréhensible, couvert par le fracas des vagues. Quelques secondes plus tard, le panache de fumée s'est épaissi, on a entendu le roulement de la chaîne d'ancre sur le cabestan et la trépidation des machines qui augmentait. Le garde-côte a dérivé un instant sur son erre, comme s'il allait au rivage, puis il a fait machine arrière, lentement viré, et il est reparti vers le large. En quelques minutes, il a passé la pointe du volcan, qui l'a caché à nos yeux. Durant tout ce temps, chacun est resté immobile en haut de la plage, certains encore accroupis derrière les blocs rocheux pour se protéger des tirs des armes à feu. À l'abri du toit de feuilles, le groupe des passagers de l'*Ava* attendait, comme si le bateau allait revenir malgré tout. Debout sur la plage, Shaik Hussein avait enfoncé son bâton de commandement dans le sable. Il semblait une effigie ancienne, un guerrier en guenilles. Puis il s'est retourné, il a embouché son sifflet et il a lancé un son très long, qui s'amplifiait, devenait suraigu, et enfin retombait dans une note basse pareille à une plainte.

Alors a eu lieu une scène que je ne pourrai jamais oublier. C'était silencieux, implacable. Devant le sirdar les coolies ont formé une longue file qui allait du toit de palmes jusqu'aux maisons communes de la ville, pour emporter les vivres. C'était un mouvement très lent, sans violence, avec seulement la figure mince de Shaik Hussein debout sur la plage, appuyé sur son bâton d'ébène, et les silhouettes sombres des coolies portant les caisses et les sacs de riz, les barils d'huile et l'eau douce. Penchés en avant, sans parler, sans regarder, comme s'ils venaient du fond du temps et allaient vers l'autre bout du temps, emportant les vivres pour leur route sans fin.

Les trois passagers de l'*Ava* ne bougeaient pas. Ils étaient pétrifiés sur place, avec tous leurs instruments absurdes, Véran avec son revolver et son porte-voix en carton qui se défaisait, Bartoli tenant à deux mains l'héliotrope qui de temps à autre jetait un éclat involontaire, et Jacques, avec sa mallette de médecin qu'il avait amenée, inutilement, peut-être pour conjurer le mauvais effet de ses habits en loques et de ses lunettes au verre cassé.

Mais lui non plus ne disait rien. Il ne faisait rien pour empêcher la cohorte d'emporter les ressources pour les semaines à venir. Sans doute a-t-il été le premier à hausser les épaules, selon son habitude quand il juge une situation insoluble. Puis il est retourné vers la Quarantaine, suivi des deux guetteurs impuissants.

Son chemin est passé tout près de l'escarpement où je me trouvais. Jacques a relevé la tête, son regard s'est posé sur moi. Le soleil l'éblouissait. J'ai vu son visage, presque celui d'un étranger, pâle, mangé de barbe, avec la poussière grise sur ses cheveux et sur ses lunettes et cette veste vaine, qu'il avait boutonnée jusqu'au col et qui lui donnait l'air d'un croque-mort. J'ai voulu me lever, courir vers lui, le serrer dans mes bras, mais son regard s'est détourné et j'ai compris qu'il ne m'avait pas vu, ou pas reconnu. Désormais nous sommes très loin l'un de l'autre, comme si nous n'avions jamais grandi ensemble. Derrière lui marchaient Véran suivi de Bartoli, et tout à

coup ils me semblaient d'ordinaires piétons, des
promeneurs venus de quelque ville qui se seraient
perdus dans cette campagne poussiéreuse et brûlée, errant à la recherche d'une voiture de place
qui les reconduirait chez eux.

Je ne savais pas où aller. J'ai cherché Surya du
regard, le long de la baie. La plage maintenant
était vide. Il m'a semblé voir la jeune fille, devant
une des maisons communes, parmi le groupe des
femmes et des hommes qui avaient traîné le corps
d'Uka jusque-là, l'avaient étendu à l'ombre. Mais
lorsque je me suis approché, il n'était plus là.

J'ai marché jusqu'à la grotte où Surya allume
la lampe chaque nuit pour Yama et sa sœur, la
Yamuna, les vrais maîtres de notre île. Mais je
n'ai pas osé approcher. Seule Suryavati pouvait
m'y conduire. J'ai pensé aussi au ravin où jaillit
la source. Partout où j'allais, j'entendais le sifflet
du sirdar, qui rythmait à nouveau le travail des
transporteurs de pierres, comme si rien ne s'était
passé. Comme chaque fois que j'ai ressenti de l'inquiétude et de la haine, je suis allé à la pointe des
oiseaux, celle qui regarde au-delà du rocher du
Diamant, vers l'Inde, vers l'estuaire des grands
fleuves. C'est comme la proue de l'*Ava*, qui franchit l'Océan jusqu'au rocher d'Aden, jusqu'aux
terres fabuleuses.

Le vent avait déchiré le ciel en longs lambeaux.
Je suis resté tout l'après-midi à regarder les tourbillons des oiseaux autour de Pigeon House Rock.
Il y avait des goélands, des sternes, des oiseaux-
la-Vierge d'un blanc éclatant. Tous criaient, se
posaient sur le rocher, repartaient, et le bruit de
leurs ailes faisait un vrombissement de chaudière.

Vers la fin du jour, sans même avoir entendu le sifflet du sirdar, je suis retourné vers le village des parias. Les gasses rasaient l'eau de la baie, en poussant leurs cris lugubres. J'ai senti l'odeur douce des fumées, comme dans n'importe quel village du monde où les travailleurs, après une dure journée, s'asseyent et bavardent près du feu en attendant que le repas soit prêt.

En entrant dans le village paria, j'ai revu la prostituée Rasamah assise devant sa porte. Elle était étrange, son visage encore enfantin alourdi par les fards. Elle portait du talc en guise de fond de teint, ce qui lui donnait une couleur un peu verte. Elle avait peint ses lèvres au vermillon, et dessiné deux ronds rouges sur ses pommettes. Dans sa robe rouge, avec sa chevelure peignée avec soin et lissée à l'huile de noix de coco, fumant une cigarette de ganjah, elle semblait venue d'un autre monde. Un peu à l'écart, son jeune frère m'observait avec méfiance, en équilibre sur une seule jambe.

Elle n'a rien dit d'abord, puis quand j'ai continué vers la maison d'Ananta, elle a crié sur moi, comme l'autre jour, des moqueries, des lazzis. Elle a même ramassé des petits cailloux qu'elle m'a jetés, comme font les enfants sur les chiens errants. Est-ce que j'ai été victime d'une hallucination ? Il m'a semblé que la folle criait mon nom en imitant le cri du paon, comme ils faisaient jadis, à la pension de Rueil-Malmaison : « *Lé-ooh ! Lé-ooh !* »

Dans la hutte sombre, Ananta était couchée sur sa natte, la tête appuyée sur une pierre, un pan de sa moustiquaire relevé pour profiter de la fraîcheur de la soirée. Ses cheveux défaits formaient une grande nappe soyeuse autour d'elle, chaude et juvénile, qui contrastait avec son visage émacié et vieilli. Elle m'a accueilli d'un long regard sans surprise. Ses iris clairs semblaient trouer l'ombre de la case, et je n'osais pas entrer. Mais elle m'a fait signe, d'un petit geste de la main, elle m'a invité à m'asseoir à côté d'elle. Elle a murmuré quelques mots dans sa langue chantante. Des mots qui interrogeaient, ou qui priaient. Elle a fait un geste pour que je lui donne la main, elle l'a serrée longuement. J'ai senti sa paume usée et très douce, pareille aux cailloux lissés par la mer.

Je ne savais pas ce qu'elle voulait. J'ai commencé à lui parler en anglais, comme à Surya, pour lui dire ce que je connaissais de Londres, le quartier où Jacques avait vécu, pendant qu'il faisait ses études à l'hôpital Saint-Joseph, à Elephant & Castle. Elle a répété lentement ce nom, comme s'il était familier, *Elephant and Castle*, et je crois que tout à coup, grâce à la magie de ce nom, elle pouvait voir cette ville, pareille aux capitales de l'Inde, où sur le bord des fleuves dans les jardins se promènent les éléphants devant les fenêtres des palais.

Je lui racontais tout cela, en même temps je me souvenais du printemps à Londres, avec Jacques. Il allait se marier. J'avais été malade d'une broncho-pneumonie, et Jacques avait obtenu de Mme Le Berre que je quitte la pension pour venir passer ma convalescence auprès de lui. C'était cela dont je voulais me souvenir, ces mois qui maintenant s'échappaient, devenaient impalpables comme une poussière. Les arbres en fleurs dans les jardins, le ciel éclatant malgré les giboulées, la Tamise où traînaient les barges. Je marchais dans les rues au hasard, dans la Cité, près de Saint-Paul, il y avait la foule sur les trottoirs, et le dimanche à Saint-James, les jolies filles flânaient dans les allées, leurs parapluies ouverts sous la pluie douce.

Je ne sais pas si Ananta m'écoutait. Elle avait fermé les yeux, son visage maigre luisait pâlement dans l'ombre. Mais elle n'avait pas lâché ma main, elle la gardait serrée dans la sienne, comme si elle voulait que ma force passe en elle.

Jamais je n'avais vécu rien de tel. Cela me faisait frissonner. Quand maman est morte, j'avais juste un an, c'était comme si elle n'avait jamais existé. Ananta, elle, était présente, je sentais sa chaleur, sa vie. Je pensais à tout ce qu'elle avait vécu, ce que m'avait raconté Surya, la tuerie de Cawnpore, et Giribala qui l'avait arrachée au corps de sa nourrice et l'avait emmenée, l'avait plongée dans les eaux de la Yamuna. Je pensais à ce que ses yeux avaient vu, à ce que sa main avait touché, il me semblait que tout cela traversait sa paume lisse et me pénétrait jusqu'au cœur.

Dehors, la nuit tombait. J'ai cessé de parler et Ananta a retiré sa main de la mienne. Elle a fermé le pan de la moustiquaire, sans me regarder. Alors j'ai allumé la petite lampe devant sa porte et je suis sorti. Surya n'allait pas tarder à revenir de la source. Les lampes brillaient dans la plupart des maisons, les feux s'éteignaient doucement. J'ai pensé à Jacques et Suzanne dans la Quarantaine, à John et Sarah qui luttaient contre la mort sur l'îlot Gabriel. Là-bas ils n'avaient plus d'huile pour les lampes, la nuit devait avoir tout envahi. Ils n'avaient plus que quelques mesures de riz, et l'eau acide des citernes.

Des enfants sont venus me rejoindre sur le rivage. Ils n'avaient plus peur de moi à présent. Ils étaient même audacieux, ils s'asseyaient à côté de moi dans le sable, ils m'appelaient, ils riaient. Choto, le petit berger muet qui courait toujours avec Surya, s'est installé un peu à l'écart. Il s'amusait à lancer des objets dans le sable, comme des osselets. « Qu'est-ce que c'est ? » Il m'a montré un des objets. C'était simplement un bout de fer rouillé, provenant probablement de l'armature de l'ancienne digue, ou d'un bateau naufragé. Le métal était rongé par la mer, semblable à un ossement fossile. Comme je l'examinais, il m'a refermé la main et m'a fait signe de le garder. Il avait un visage très lisse, sous une masse de cheveux bouclés, ses yeux brillaient de l'éclat de l'obsidienne. Son trésor lui ressemblait, à la fois étrange et ordinaire, un morceau de cette île qui parle du temps et de la mort.

Il m'a laissé m'asseoir à côté de lui dans le sable. Nous avons joué un moment avec ses osselets. Il passait le bout de ses doigts légèrement sur mes avant-bras, pour sentir les poils. Son visage était presque invisible dans la nuit, mais ses yeux brillaient d'une lumière jaune.

Enfin Suryavati est arrivée, apportant l'eau pour baigner sa mère. Les enfants se sont dispersés. Seul Choto est resté, il a commencé à jouer de sa flûte doucement. Le son de sa flûte glissait dans la nuit, sans qu'on puisse savoir d'où il venait, quelque part le long de la plage. Lui-même ne pouvait l'entendre. Il jouait seulement en se souvenant des mouvements qu'il devait faire avec ses doigts.

Du côté de Palissades, les bûchers commençaient à brûler, pour personne, juste pour que le Seigneur Yama soit content de l'odeur. L'odeur du santal et de l'huile se mêlait au parfum de la mer, à la musique de la flûte, à la voix de Surya qui berçait sa mère. Je pensais toujours à Suzanne, de l'autre côté, qui attendait l'eau de la source. Peut-être que la fièvre me faisait délirer.

Suryavati m'a apporté l'assiette de riz. Il y avait quelque chose de tendu dans ses gestes, une impatience, une colère. Elle a posé l'assiette par terre, sur une pierre plate, et elle s'est assise un peu en retrait, son grand foulard recouvrant entièrement son visage. Quand j'ai eu fini de manger, elle m'a dit :

« Il faut que tu partes maintenant. » Sa voix était lasse, un ton que je ne connaissais pas. « Tu ne peux plus rester.

— Pourquoi ? » Je me suis levé. La plage était complètement noire, il n'y avait plus d'enfants. Seul Choto continuait à jouer sa petite musique insouciante.

« Pourquoi veux-tu que je parte ? Est-ce à cause de Shaik Hussein ? »

Elle s'est mise en colère.

« Non, Shaik Hussein n'a rien à voir. C'est moi qui te dis que tu ne dois plus venir. »

Sa voix tremblait un peu. Elle cherchait ses mots.

« Vous les grands mounes, vous êtes tous des menteurs. Vous dites que vous nous aimez, et puis vous nous oubliez. Ma mère va mourir, je ne veux pas que tu l'ennuies, je ne veux pas que tu lui fasses du mal. »

Comme j'essayais de protester, elle s'est levée à son tour. Sa silhouette dans la pénombre parais-

287

sait très grande, avec son voile qui battait dans le vent. Je ne comprenais pas ce qu'elle me disait. En même temps, je savais bien que ce qui s'était passé à Palissades, les marins armés qui avaient tiré, le pauvre Uka qui se débattait dans les vagues, tout cela avait changé quelque chose. Elle a dit, de façon véhémente : « Tu viens parler doucement à ma mère pendant que je ne suis pas là, et vous faites des plans entre vous, les grands mounes, pour qu'on vous emmène d'ici, pour qu'on nous abandonne comme autrefois, qu'on nous laisse mourir ici jusqu'au dernier.

— De quels plans parles-tu ? Je ne sais pas ce que tu veux dire. »

Mais dans ma voix il y avait bien quelque chose qui mentait, parce que je savais la lettre que Véran et Bartoli voulaient envoyer au gouverneur pour demander le transfert des passagers de l'*Ava* à la pointe aux Canonniers.

J'avais le cœur qui battait fort, je ne savais pas quoi répondre pour me défendre. J'ai dit :

« Mais comment vont-ils faire ? Shaik Hussein a confisqué tous les vivres. Il n'y a plus rien à manger de l'autre côté ! »

Elle a eu un petit rire de mépris. Sa voix était indifférente, froide. J'ai compris d'un coup combien elle les détestait, tous, ces grands mounes égoïstes et cruels, pour qui sa mère avait travaillé toute sa vie et qui l'avaient abandonnée.

« Mais vous ne pensez qu'à manger ! Vous voulez tout le temps à manger ! » Elle avait la gorge serrée, elle était au bord des larmes. « Ma mère, est-ce que tu sais depuis combien de temps elle ne mange plus ? Elle est en train de partir, et toi tu t'inquiètes parce qu'il n'y a pas tout le riz que tu veux ! » Elle était injuste, méchante, mais je l'aimais encore mieux. Elle a pris ma main, elle m'a conduit jusqu'au chemin, où on voyait briller toutes les lumières des huttes de parias.

« Regarde ! Est-ce qu'ils mangent, eux ? Est-ce qu'ils avaient du riz, quand les grands mounes les ont laissés ici pendant des mois, parce qu'ils avaient peur, à cause des maladies, à cause de la guerre de Cawnpore ? » Elle a ajouté avec une sorte de rage : « C'est vous qui nous mangez. C'est vous qui mangez notre pauvreté. »

Elle m'a laissé. Elle est entrée dans la maison, sous la moustiquaire, pour donner un peu de la chaleur de son corps à Ananta.

La fumée des bûchers couvrait la plage. Il me semblait que j'avais dans la bouche un goût de cendre, un goût de sang. Je suis parti en courant vers la pointe. Je ne voulais plus sentir cette odeur. Je voulais être comme sur l'étrave d'un navire, tranchant le vent et les vagues, entrant dans le monde de la mer et des oiseaux.

Le vent apportait la pluie. Il faisait froid. La marée se gonflait contre les récifs, avec un grondement ininterrompu. Je me suis assis à la place que j'aime, parmi les basaltes, devant Pigeon House Rock, et j'ai commencé la traversée lente de cette nuit.

À l'aube, ce sont des détonations qui m'ont réveillé. C'était tout près, du côté de la citerne. Un instant, j'ai cru que l'émeute avait repris, que Shaik Hussein avait lancé ses troupes contre la Quarantaine. Je me suis faufilé à travers les broussailles.

Quand je suis arrivé à la citerne, j'ai entendu

un bruit de course. Un des cabris de Choto est passé près de moi, détalant à toute vitesse. Il devait être blessé, parce qu'il y avait du sang sur la terre, là où il était passé. Dans la clairière, près de la citerne, à la lueur pâle de l'aube, j'ai aperçu la silhouette lourde de Bartoli, puis Julius Véran, son revolver à la main. Quand ils m'ont vu, ils ont rebroussé chemin, sans un mot. Il y avait quelque chose de si burlesque, et en même temps de si terrible dans cette chasse, que je n'ai rien pu faire que m'enfuir vers la plage, et plonger dans l'eau du lagon. Maintenant, il me semble que nous sommes entrés dans la folie.

27 juin

De retour à la Quarantaine, dans l'après-midi, à la lumière du soleil les bâtiments paraissaient presque neufs, avec les bouquets de basilic que le vieux Mari a semés autour de l'infirmerie, et les batatrans bien verts qui descendaient jusqu'à la mer, à la manière d'une haie anglaise. Si on oubliait la raison qui nous maintenait prisonniers sur cette île, c'était à peu près la description que Jacques faisait naguère du paradis de son enfance, les bâtiments de la propriété d'Anna, les deux maisons, celle de la Comète et la maison du Patriarche, entourées du grand jardin à secrets. Là-bas, disait-il, on n'entend que le bruit de la mer qui bat le sable noir des plages, et le ciel se mêle à l'eau bleue du large.

C'était pour cela que j'étais de retour à la Quarantaine, pour l'entendre me parler encore de ce temps-là. Il n'y avait rien qui pouvait changer ma vie, rien d'autre pour espérer un lendemain. Parler, parler encore, comme en Angleterre, lorsque Jacques et Suzanne m'avaient emmené pour leur voyage de noces à Hastings, au début de l'été, et que nous restions ensemble, sous un grand plaid, à raconter Médine et Anna. Suzanne et moi, nous écoutions, nos yeux brillaient, c'était de la magie. Les champs de cannes à l'infini, jusqu'aux montagnes, le sentier le long de la mer à Eau-Bouillie, l'anse de Flic-en-Flac, et au nord, la rivière Belle-Isle et le domaine de la Thébaïde, La Mecque. Ces noms désignaient des endroits qui ne pouvaient exister que dans les songes.

Je suis entré dans la maison. Suzanne était seule, elle allait mieux. Il y avait une rémission. Son visage s'est éclairé, j'ai retrouvé son sourire, ses yeux moqueurs.

« Léon ? Tu ne sais pas ? On doit venir nous chercher. On va nous transférer à Maurice, à la pointe aux Canonniers. Jacques doit remettre une lettre au gouverneur, le bateau va venir le chercher. »

Je ne répondais rien. Je pensais à ce que Suryavati avait dit hier, à sa colère.

« Qu'as-tu ? Tu as un air bizarre. Est-ce que tu as vu Jacques ? Où étais-tu ? J'étais si mal hier, je ne me souviens plus de rien. »

J'ai dit, d'une voix mal assurée : « Je peux aller te chercher de la bonne eau à la source. »

Elle a pris mes mains. Ses paumes étaient brûlantes.

« Non, non. » Elle était impatiente, nerveuse. « Ça n'est pas la peine. Demain, nous serons à Maurice, nous aurons toute l'eau que nous voudrons. Jacques dit qu'il y a une petite rivière, pas loin de Médine, en hiver l'eau est froide. Il y a un petit lac aussi, les oiseaux viennent boire au vol, et c'est rempli de dames-céré, et les femmes indiennes viennent se baigner le soir. Moi aussi je veux aller me baigner là-bas, même si ça ne plaît pas à l'oncle Archambau. J'irai nager dans la rivière, je nage bien, tu sais, à la pension j'étais la seule fille qui savait nager, j'allais en cachette à la rivière, l'eau était froide, bonne, tu ne peux pas savoir... »

Elle ne pouvait plus s'arrêter. Elle délirait un peu. Malgré la maladie, elle avait retrouvé cette expression que j'aimais. Les yeux bleu-gris brillants, cet incarnat aux joues, les lèvres entrouvertes sur ses incisives bien blanches. Je me souvenais comme j'étais amoureux d'elle, la première fois qu'elle est venue chez l'oncle William, à Paris. Jacques l'avait présentée, Suzanne Morel, une Réunionnaise à Paris, une orpheline, comme nous. Il y avait eu une sorte de dîner créole, des chatignies, du thé, des gâteaux-piments.

Elle touchait à tout, elle riait, elle tenait mon frère enlacé, je crois que je n'avais jamais vu personne comme elle. Dans la salle de bains, elle avait oublié son sac et son mouchoir, et j'avais enfoui mon visage dans son mouchoir, pour respirer son parfum. J'avais honte à l'idée qu'elle aurait pu me voir. Il me semblait que je sentais encore ce parfum, maintenant, doux, entêtant, un peu piquant.

« Tu te souviens, à Hastings ? »

Je n'avais rien oublié. C'était comme si elle avait lu dan ma pensée.

« Quand je t'ai vu, j'ai cru que tu étais beaucoup plus petit, tu avais une tignasse de cheveux noirs, comme un gitan, et pour te taquiner je te disais que tu avais des yeux langoureux, avec des cils merveilleusement longs et recourbés. »

Elle s'était assise près de la porte, les genoux entourés de ses bras. Elle faisait toujours cela quand on allait au bord de la mer, elle ne voulait pas s'asseoir sur les bancs. Elle choisissait un pré, ou bien un coin de plage à l'abri du vent. Jacques disait qu'elle était comme maman, elle se moquait du qu'en-dira-t-on.

« Tu te souviens, un soir j'avais embrassé Jacques, on était sur la plage, et une femme est arrivée, elle m'a insultée, elle a dit en anglais : allez dans un hôtel pour faire vos saletés ! »

Elle riait, et moi, ça me serrait le cœur, parce que je savais bien que Jacques n'avait pas écrit cette lettre, et que de toute façon, même s'il l'avait écrite, il aurait été incapable de la remettre au gouverneur. Maintenant, Véran et Bartoli étaient en haut du volcan, dans les ruines du phare, comme des bègues, à faire fonctionner l'héliotrope de fortune dans les derniers rayons, tournés vers la côte de Maurice déjà lointaine, grisâtre, indifférente, où s'accumulaient les nuages.

Suzanne avait soif. Je lui ai donné à boire de cette affreuse eau noire de la citerne, d'où il fallait extraire une à une les larves de moustiques avec un brin d'herbe.

« La dernière fois... » a-t-elle murmuré.

Elle était très fatiguée. Le poids de ses yeux creusait son visage. « Et ton amour, ta bayadère ? Tu devrais me la présenter. » Elle avait retrouvé un bref instant son air moqueur, cette sorte de sourire qui passait dans ses yeux.

J'ai dit : « Surya ? » Elle a bougé les lèvres

comme si elle répétait tout bas ce nom. Elle a pensé à quelque chose :

« Jacques m'a dit hier : Jamais je ne les abandonnerai. Dans sa lettre il a demandé que tout le monde soit emmené à la pointe aux Canonniers, il a dit que nous ne partirions pas sans les immigrants.

— Je sais...

— Il te défend toujours. L'autre soir, tu n'étais pas là, tu étais avec elle... Véran a dit qu'il faudrait t'enfermer, t'empêcher d'aller là-bas, que tu étais devenu dangereux. Jacques s'est mis en colère, il lui a crié : Pour qui vous prenez-vous ? Il l'a traité de fou, d'imposteur. »

Elle cherchait à dire quelque chose de drôle, pour me divertir, pour que je reste avec elle, comme lorsqu'elle était venue chez l'oncle William, et que je guettais chacune de ses plaisanteries.

« Eh bien, ils auront de quoi jaser, à Maurice, si tu viens avec elle ! Tu vas leur mener la vie dure ! »

Elle a récité le poème de Baudelaire :

Quand, les deux yeux fermés, en un soir chaud
[d'automne,
Je respire l'odeur de ton sein chaleureux,
Je vois se dérouler des rivages heureux
Qu'éblouissent les feux d'un soleil monotone...

J'étais étonné. Elle qui ne vivait depuis des jours que de fièvre et d'eau, son esprit était plus clair que le mien. Ses yeux brillaient dans la pénombre.

« Est-ce que tu as oublié, Léon ? »

J'ai dit, presque à voix basse : « Non, je n'ai pas oublié.

— Tu m'avais parlé de Baudelaire, j'avais détesté ça. Un homme méchant, et son horreur des femmes ! Je t'ai dit que je ne voulais rien entendre. Et quand même, tu avais récité *La servante au grand cœur*, "les morts, les pauvres morts, ont de grandes douleurs", ça me donnait le frisson. Tu te rappelles ? Et moi, *The Song of Hiawatha*. C'était comme une bataille, tes mots contre les miens. Et Jacques qui ne comprenait pas, qui avait voulu réciter *Le lac*, cette horreur ! »

Tout cela était si loin. Cela paraissait si étrange, presque incompréhensible ici, entre les murs de lave, dans l'air surchauffé de la fin du jour, la solitude.

« Tu m'avais récité *L'invitation au voyage*. Je ne voulais pas te le dire, je n'avais jamais rien entendu de si beau. »

Nous pensions à la même chose, au même instant.

« Tu te souviens, quand tu es descendu à terre, à Aden ? J'étais sur le pont, dans une chaise longue, pour avoir un peu d'air, il faisait si chaud. Il y avait le commandant Boileau. Jacques est revenu, il était pâle, il m'a dit : Je viens de voir quelqu'un qui va mourir. Il avait une voix comme s'il avait envie de pleurer. »

Elle s'est laissée aller en arrière, bien à plat sur la terre noire. Elle a fermé les yeux. J'ai pris sa main, elle l'a serrée, sa main était souple et chaude, pleine de force. Elle a dit en soupirant, comme si elle l'avait connu réellement :

« Mon Dieu, comme je l'ai détesté ce Rimbaud. »

Le vent soufflait sur les murs de la maison. J'ai reconnu la voix de Jacques. Il arrivait au débarcadère, sur la plate de Mari. J'entendais ses mots par bouffées, chantonnants, comme s'il parlait créole. J'ai eu envie d'aller me cacher, mais Suzanne a retenu ma main. Elle parlait plus vite, avant que Jacques ne soit là.

« C'est un méchant, ton Rimbaud, mais il a écrit de jolis vers. Peut-être qu'il faut être méchant pour écrire de jolis vers.

— Ou peut-être que c'est le contraire, c'est parce qu'il a écrit de belles choses qu'il est devenu méchant.

— Non, je ne crois pas que ça soit vrai. » Elle me regardait. À voix presque basse, elle a dit :

Comme je descendais des Fleuves impassibles,
Je ne me sentis plus guidé par les haleurs :
Des Peaux-Rouges criards les avaient pris pour
                                                [cibles
Les ayant cloués nus aux poteaux de couleurs.

C'était Hastings. Le cahier que j'emportais partout avec moi. Elle avait une mémoire exceptionnelle. Je ne lui avais lu le poème qu'une seule fois. Elle écoutait avec cette expression de sérieux des enfants.

Je suis sorti. Dehors, le crépuscule éblouissait. Il me semblait entendre le bruit de la lumière, comme un tremblement continu. Véran et Bartoli sont entrés dans l'annexe de l'infirmerie. Jacques est venu vers moi.

« Comment est-elle ?

— Elle a l'air d'aller mieux. Elle parle beaucoup. »

À contre-jour, le regard de Jacques m'échappait. Sa silhouette fragile, son air voûté. Sa barbe et ses cheveux en désordre, et cette calvitie naissante — la marque des Archambau — dont Suzanne se moquait. Il avait une voix fatiguée, hésitante :

« Nous n'avons pratiquement plus rien, plus de quinine, plus de désinfectant. J'ai dû aller mendier des vivres à Palissades. Véran parlait de les prendre, de monter à l'assaut, avec son revolver ! Il devient dangereux. »

Il a regardé autour de lui d'un air égaré.

« Il va falloir fabriquer de la chaux, beaucoup de chaux.

— Tu as pu communiquer avec le gouverneur ? »

Jacques a haussé les épaules.

« C'est Suzanne qui t'a dit ? »

Il cherchait des yeux le Véran de Véreux.

« Une idée de cet imbécile sentencieux. Il croyait qu'on allait nous envoyer un bateau, à sa demande. Pourquoi pas un aviso ! »

Il avait un tel ton de découragement que c'est moi, qui n'y crois pas, qui ai dû tenter de le calmer. J'ai retrouvé la vieille formule : « Inquiétude et expectative... »

Je regardais le profil de Jacques contre le ciel clair, la barbe, le nez aquilin, le front haut et dégarni. C'est lui, c'est tout ce que j'ai gardé de mon père, je pouvais imaginer comment il était quand ma mère l'a rencontré, sur le bateau de l'India Steamship, l'année 1860, en route vers l'Angleterre. Il avait exactement l'âge de Jacques aujourd'hui, il avait terminé ses études de droit à Londres, il était jeune avocat, brillant, romantique, il plaisait aux femmes. Il était tombé tout de suite amoureux de cette jeune fille étrange, cette Eurasienne, à la fois audacieuse et réservée, qui partait travailler à l'autre bout du monde. Jacques avait gardé la grande feuille de papier sur laquelle Amalia avait écrit le long questionnaire auquel les jeunes filles de ce temps-là soumettaient celui qu'elles avaient élu cavalier pour une soirée :

« Ce que vous aimez ce soir ?
— Vous regarder.
— Ce que vous détestez ?
— Que les autres vous regardent.
— Votre danse préférée ?
— Aucune, je ne sais pas danser.
— Votre héros ?
— Alexandre.
— Votre héroïne ?
— Juliette.
— À quoi rêvez-vous ?
— Aux pays lointains.
— Dans quel pays aimeriez-vous vivre ?
— Je ne sais pas. En Laponie, peut-être.
— La qualité que vous préférez chez un homme ?
— La franchise.
— Chez une femme ?
— La douceur.
— Si vous faisiez un vœu ?
— Vous revoir chaque jour.
— État de votre esprit en cet instant ?
— Inquiétude et expectative. »

Je n'ai jamais su ce que Jacques avait fait de cette feuille. Mais moi je l'avais recopiée, apprise par cœur, pour me la réciter, la nuit, comme une pièce de théâtre, dans le dortoir de la pension de Mme Le Berre à Rueil-Malmaison. Ce que j'aimais le mieux, ce qui nous faisait toujours rire, Jacques et moi, quand nous nous la récitions, c'était cette réponse finale : « Inquiétude et expectative. » Quand on avait une difficulté dans la vie, ou qu'on redoutait quelque chose, il y en avait toujours un qui concluait : « Inquiétude et expectative. »

Jacques a eu un petit sourire. Il se souvenait, lui aussi.

La nuit est tombée sur la Quarantaine. Après les jours de pluie et de vent, le ciel est nu, resplendissant. Je ne peux pas dormir. Il y a trop de clarté, et cette vibration, dans le socle de l'île, une onde qui traverse le basalte et qui vient jusqu'à moi, me fait trembler sur mes jambes. Comme si cette île tout entière était mémoire, surgie au milieu de l'Océan, portant en elle l'étincelle enfouie de la naissance.

Quand nous étions ensemble en France, à Montparnasse, Jacques parlait interminablement de notre île. De la mer où on voyait tout le bleu du monde, quelquefois sombre et colère et d'autres fois transparente, fraîche, et très douce, comme une rivière circulaire, et qui coule à travers le lagon en emportant des fleurs d'écume. Du ciel aussi, des étoiles qu'on y voit la nuit. Et à force de l'écouter je finissais par croire que j'avais vu tout cela, que je m'en souvenais, que je l'avais emporté en quittant Maurice comme un trésor. Je pense à Surya. Elle aussi a connu une existence par sa mère, elle aussi porte une mémoire qui vibre et se mélange à sa vie, la mémoire du radeau sur lequel Ananta et Giribala dérivaient le long des fleuves, la mémoire des murs d'Allaha-bad et des marches des temples à Bénarès. La vibration du navire qui les emportait sur l'Océan, vers l'inconnu, vers l'autre côté du monde.

C'est cela, je le sais bien maintenant, c'est la mémoire qui vibre et tremble en moi, ces autres vies, ces corps brûlés, oubliés, dont le souvenir remonte jusqu'à la surface de l'île. Ainsi, Surya parlait de sa grand-mère, disparue dans le feu du bûcher, quelque part sur la plage de Palissades, et dont l'âme libérée continue de bouger entre les pierres noires et les buissons d'épines, se mêle au souffle du vent, fait tournoyer les pailles-en-queue au-dessus du lagon de Gabriel, en veilleurs éternels. Puis, quand Ananta mourra, ensemble elles retourneront jusqu'à la rivière Yamuna.

Je me suis couché à la Quarantaine, devant la porte, à la place que j'avais choisie au début, pour éviter les piqûres des moustiques. J'ai retrouvé mon oreiller, la vieille pierre de lave usée par l'eau et par le vent. J'écoute le vent bruisser dans les feuilles des vieilles filles, dans les palmes. C'est une soirée comme d'été, quand chaque chose, chaque être fait sa musique particulière. Il me semble entendre distinctement les craquements des crabes de terre, le bruit furtif des rats dans les palmistes, ou même la course des centipèdes caparaçonnés de fer. Malgré la fatigue qui brûle mes paupières, je n'arrive pas à dormir. J'écoute la respiration tranquille de Suzanne, et les ronfle-ments de Jacques au fond de la pièce. À un moment, je suis sorti pour uriner, j'ai vu la pleine lune briller sur le miroir du lagon. La marée commençait à monter, non pas avec de grosses vagues rageuses comme celles qui auréolaient Suryavati sur le chemin du récif, mais doucement, envahissant lentement chaque creux, chaque sillon des coraux. Il y avait un grondement lointain, du côté de Pigeon House Rock, la mer qui se brisait sur les lames des récifs. J'ai entendu marcher dans la nuit, mon cœur a bondi, j'ai cru que c'était Suryavati. La silhouette s'est approchée, et j'ai reconnu Suzanne. Elle est debout dans sa longue chemise blanche, ses cheveux défaits flottant dans le vent, pareille à une somnambule.

« Où vas-tu ? » Ma voix est irritée. Cette impression d'être pris par mes propres sentiments.

Elle chuchote, elle semble effrayée. Les maisons de la Quarantaine brillent sous la lune. Elle a peur d'alerter Jacques.

« Nulle part, je ne vais nulle part, je te cherchais. »

Elle est vacillante. Elle attend que je lui prenne le bras, que je l'aide à marcher.

« Léon, tu ne vas pas t'en aller ? Tu ne vas pas nous laisser ? Jacques n'a que toi, moi aussi je n'ai que toi. »

Je reste immobile. Je me sens froid.

« Mais non, où veux-tu que je m'en aille ? Retourne te coucher, Jacques va s'inquiéter. »

Elle voulait aller aux latrines, mais elle n'a pas la force de marcher seule, et elle n'ose pas le dire. Je l'ai tenue sous le bras, comme une infirme, à petits pas, jusqu'au-dessus du trou. J'ai voulu l'aider à s'asseoir, elle me renvoie. « Tu te rends compte ! Je suis quand même capable. »

Sur le chemin du retour, elle a failli tomber plusieurs fois. Elle transpire. Je me détourne un peu pour ne pas sentir son haleine. Pour qu'elle ne s'en rende pas compte, j'essaie de plaisanter. « Allez, encore un peu, ça va mieux qu'il y a deux ou trois jours. Tu ne pouvais même pas te lever. »

Je la rattrape.

« Léon, c'est affreux, je — j'ai les genoux qui se plient à l'envers.

— Qu'est-ce que tu racontes ? C'est impossible !

— Si, si, je t'assure, c'est la vérité. Je ne savais pas que j'étais arrivée à ce point. »

Elle pleurniche. Elle se laisse aller par terre contre le mur de la maison.

« Je ne veux plus rentrer, je ne le supporte plus. Ça sent mauvais, les murs, tout, j'ai envie de vomir. Si je rentre, j'ai l'impression que je vais mourir cette nuit. »

Jacques s'est réveillé.

« Qu'est-ce qui se passe ? Qu'est-ce qu'elle a ? »

J'étais surpris qu'il parle de Suzanne à la troisième personne, comme si elle était absente.

« Léon, aide-moi à la porter à l'intérieur. »

Suzanne est furieuse. Elle se débat, puis elle s'écroule en larmes.

« Laissez-moi, je ne veux pas rentrer, vous êtes méchants ! Allez-vous-en ! »

Je me suis reculé. Je ne peux rien dire, mais Jacques explique :

« Elle ne peut pas rester ici, en plein vent, avec la fièvre qu'elle a elle risque une pneumonie. »

L'éclat des voix a attiré Julius Véran et Bartoli. Ils sont devant la porte de l'annexe, ils essaient de comprendre ce qui se passe. Véran a même crié son *Qui va là ?*

Tout d'un coup Suzanne s'est reprise. « Mais qu'est-ce que vous voulez ? Allez-vous-en, laissez-moi un peu tranquille. »

Elle parvient à se relever seule, en s'accrochant aux saillies du chaînage de pierres. Elle rentre dans la maison.

Jacques est allé puiser de l'eau à la citerne, il dissout dans le quart la poudre de quinine. Je l'entends qui dit doucement, comme on parle à une enfant : « Bois, s'il te plaît, ma chérie, bois sinon tu ne guériras jamais. » Elle, encore suffoquée : « Non, laisse-moi, laisse-moi, je suis si fatiguée. »

Je ne sais pas si elle a fini par boire. Quand j'entre dans la maison, un peu après, je les vois, à la lumière du falot, tous les deux enlacés, immobiles comme s'ils étaient endormis.

Combien de jours sont passés sans toi, Surya ?

Depuis qu'elle m'a renvoyé de l'autre côté, je n'ai pas approché, je n'ai pas cherché à savoir ce qui se passait. Je n'ai pas compté les jours. J'ai marché chaque matin sur le sentier qui va vers la baie des tombes, aux contreforts du volcan. De là, je vois très bien la côte verte et pâle, à l'horizon, l'écume sur le cap Malheureux. Je ne sais plus si elle est lointaine ou proche, à force de la regarder, par instants elle me semble un immense radeau en train de s'éloigner de moi, glissant sous les voiles gonflées des nuages.

Les seules nouvelles que nous recevons de l'autre côté sont colportées par le vieux Mari, répétées et amplifiées par Bartoli et le Véran de Véreux.

Hier soir, après le repas (riz et lentilles charançonnés), Julius Véran a parlé de la tentative d'un jeune paria, qui a construit un radeau avec le tronc pourri d'un cocotier et de la ficelle de vacoa, pour se laisser flotter jusqu'à Maurice. Il s'est lancé dans la mer à la pointe des Palissades. Véran en parle comme d'une scène comique. Le garçon a dérivé un instant vers le large, battant des mains et des pieds pour faire avancer son esquif, mais une lame l'a rejeté sur les dalles de basalte, manquant de le noyer.

« Comment s'appelle-t-il ? » Véran a semblé surpris par ma question.

« Est-ce que je sais ? C'est un jeune garçon, un intouchable. »

Je n'ai pas besoin d'en entendre plus, je sais que c'est Uka, le balayeur, qui a failli se noyer l'autre jour, en voulant nager jusqu'au bateau.

« Moi aussi, je ferai comme lui », ai-je dit par bravade. Véran a haussé les épaules.

« Si vous voulez, je ne vous retiens pas. Mais vous n'arriverez jamais. Il y a trop de courants. Pourquoi croyez-vous que les gens de Maurice nous ont confinés sur cette île ? » Il a ajouté : « Sans compter quelques beaux spécimens de requins blancs. »

Jacques n'a même pas écouté. Mais Suzanne m'a regardé avec inquiétude. Elle a peur que je ne mette ce projet à exécution, juste pour défier cet homme que je déteste. Bartoli a dit : « C'est irréalisable. S'il y avait la moindre chance, il y en a beaucoup qui l'auraient déjà fait. »

Véran m'a jeté un coup d'œil étrange, comme si cette folie le tentait malgré tout. « Il nous faudrait une véritable embarcation. Après tout, François Leguat a bien réussi à faire le voyage de Rodrigues à Maurice à la rame. » Il réfléchissait à haute voix. « Il nous faudrait un bois solide, construire un plancher, des flotteurs, un mât avec sa vergue. Il y a bien le bois des caisses, et le palan du va-et-vient à Palissades. À condition que les coolies ne l'aient pas déjà brûlé pour leurs bûchers. Il y a aussi la plate de Gabriel. Le tout permettrait de transporter une dizaine de personnes. »

Bartoli était sceptique. « C'est cela que vous appelez une véritable embarcation ? Cette barque dont le bord est naturellement à deux doigts de l'eau et que le remous d'un banc de poissons ferait chavirer ? »

Jacques a dit : « Et une fois arrivés, qu'est-ce qui se passerait ?

— Ils seraient bien obligés de nous écouter, de nous envoyer à la pointe aux Canonniers. Ils ne nous ramèneraient pas ici !

— C'est exactement ce qu'ils feraient. Avant d'avoir dépassé le Coin de Mire, le garde-côte serait déjà là, et vous auriez le choix entre monter à bord et revenir ici, ou bien être envoyés par le fond à coups de canon.

— Alors c'est le paria qui avait raison, conclut Bartoli. Après tout, il n'était pas si fou que ça. Le seul moyen, c'est de construire un flotteur et d'aller tout seul à la nage, en espérant que les requins ne vous verront pas. »

Cet échange n'a pas rassuré Suzanne. Quand je suis sorti de la baraque, j'ai senti son regard qui s'accrochait à moi, comme si j'allais réellement me jeter à l'eau cette nuit.

Depuis que je suis revenu de ce côté de l'île, nous passons une grande partie du temps enfermés dans le bâtiment de l'infirmerie, où le vieux Mari a installé sa cuisine. L'après-midi, quand Jacques interrompt sa partie d'échecs pour se rendre sur Gabriel voir les malades, je vais tenir compagnie à Suzanne. Nous restons sur le seuil, l'air étouffant de la pièce sombre lui fait horreur.

Je parle un peu avec elle, je l'aide jusqu'aux latrines. Elle a des moments de lucidité intense, ardente. Ses yeux ont un éclat fixe qui me trouble, qui me fait penser au regard de Nicolas. La peau de son visage est tendue à l'extrême, sans une ride, jusqu'à lui donner une expression poupine, où la souffrance et la crainte semblent gommées.

Hier après-midi, Suzanne a demandé à Jacques de lui couper les cheveux. Depuis des semaines elle ne peut ni les laver ni les coiffer. Jacques n'avait pas de ciseaux. Avec son grand coupe-choux qui lui sert pour sa barbe, Jacques a tranché dans l'épaisse chevelure châtain sombre à reflets dorés dont j'étais amoureux. Mais cette scène qui aurait pu être vaguement tragique, grâce à elle est devenue gaie, un peu folle. Elle était assise devant la baraque, sur une pierre, sa chemise de nuit bien échancrée, les épaules entourées d'un châle indien que Jacques lui avait acheté lors de l'escale d'Aden. Elle riait chaque fois que Jacques faisait tomber une mèche épaisse. Et quand ç'a été terminé, elle s'est tenue bien droite pour que je la regarde. Elle avait l'air encore plus d'une petite fille échappée d'un couvent, avec son front bombé, sa nuque bien droite et le bout de ses oreilles très rouge. J'ai pensé que c'était à cause d'elle, de tout ce qu'elle est, que je ne puis pas bouger, que je n'arrive pas à m'en aller. À cause de son visage et de son front, de son regard bleu-gris, je suis prisonnier de la Quarantaine. Pourquoi faut-il que j'aie à choisir entre mes deux sœurs ?

Chaque après-midi, à l'heure où la lumière décline sur le lagon, la fièvre apparaît. C'est l'heure où Suzanne est le plus lucide. Elle

commence à trembler, je vois dans son regard
monter la peur, comme une vague. Dans le quart
cabossé, je mélange la poudre de quinine à l'eau
affreuse de la citerne, et je lui donne à boire. C'est
Jacques qui m'a confié ce soin, parce que avec lui
elle ne veut rien savoir. Puis, comme une récompense, j'ouvre son petit livre bleu-noir, dont la
reliure est déjà mangée de moisissure. Son regard
brille d'impatience.

Je lis *The Song of Hiawatha* comme si c'était
un conte pour enfants, sans signification cachée,
simplement une musique de mots, pour faire
rêver. Parfois il me semble que je lis interminablement le même passage.

> *Can it be the sun descending*
> *O'er the level plain of water ?*
> *Or the red swan floating, flying,*
> *Wounded by the magic arrow*
> *Staining all the waves with crimson*
> *With crimson of its life blood...*

Suzanne regarde la lumière qui change sur le
lagon, tandis que les gasses mélancoliques volent
au ras du récif.

Les mots n'ont pas d'importance. C'est la
lumière dans les yeux de Suzanne qui a de l'importance. Ce qu'elle attend.

Ce soir, en attendant que Jacques revienne de
Gabriel avec des nouvelles de John et Sarah, j'ai
marché le long de la plage, pour guetter les premiers signes de la marée sur la barrière de corail.
La mer était calme, sauf par instants de grandes
gerbes d'embruns qui allumaient des arcs-en-ciel,

et les rafales de vent d'est au goût de sel. Devant
moi, l'îlot paraissait nu et noir, sans vie. J'étais
exactement à l'endroit où j'ai vu Suryavati pour
la première fois, sa silhouette debout au milieu
du lagon comme une sorte d'aigrette. Maintenant
le récif est vide, le chemin qui suit le récif est à
peine visible, un lieu abandonné. Depuis les
coups de feu de l'autre matin, cette scène burlesque et dramatique où Véran a déchargé son revolver contre un cabri égaré, les enfants ne sont pas
revenus ramasser des coquillages. Il me semble à
présent que c'est cette barrière grise du récif qui
marque la véritable frontière qui nous sépare de
l'autre partie de l'île.

Dans une saute de vent, j'ai entendu le long
coup de sifflet du sirdar et l'appel à la prière. Il
m'a semblé que la voix qui psalmodiait n'avait
jamais été plus proche. Un instant, j'ai rêvé d'être
là-bas, de l'autre côté, au plus près de cette voix.
En arrivant à la Quarantaine, j'ai vu Jacques en
train de parler avec Bartoli et Véran. Ce dernier
semblait véhément, presque menaçant, et Jacques
était consterné. À voix basse, comme s'il ne voulait pas alerter Suzanne, il a dit :

« Ils veulent que j'emmène Suzanne demain
matin. »

Je ne comprenais pas. « Que tu l'emmènes où ?

— Eh bien, là, en face. Sur Gabriel. Dans le
camp des contagieux. »

Je n'ai pas pu me retenir de crier : « Mais elle
n'a que de la fièvre ! »

Jacques m'a interrompu avec une sorte de bru-
talité.

« Suzanne a une variole confluente. Il n'y a
aucun doute là-dessus. »

309

Son désespoir est si violent que j'ai des larmes dans mes yeux. Je ne sais quoi dire, quoi faire. Je marche autour de la Quarantaine, je regarde l'eau du lagon où la lumière du ciel est en train de s'éteindre, la masse noire de Gabriel, j'écoute le bruit de la mer qui bat en côte. Comment avons-nous laissé Suzanne se faire prendre à ce piège ? C'est un vide qui s'agrandit en moi, en nous, que rien n'arrive à combler. En un instant, je me souviens de tout ce qui a précédé, les préparatifs du départ, le train jusqu'à Marseille, l'embarquement à bord de l'*Ava*, la soirée d'adieux, les lumignons accrochés aux haubans, les serpentins, l'orchestre qui jouait un quadrille pour les premières, et Jacques et Suzanne enlacés qui dansaient sur l'entrepont. L'eau des bassins, lisse et noire, les reflets des lumières de la vieille ville, et au large les lamparos qui glissaient lentement.

J'ai le cœur qui me fait mal quand j'entre dans la pièce. Jacques est assis à côté de Suzanne, comme s'il attendait un événement, une décision. À la lumière de la lampe à kérosène, je remarque pour la première fols ce que Julius Véran a vu d'un seul coup d'œil. Le visage tendu de Suzanne, les paupières lourdes, les lèvres sèches et gonflées, cette expression de douleur absente, d'étonnement, que j'ai vue sur le visage de John Metcalfe avant qu'on ne l'emmène sur l'îlot Gabriel.

Je ressens de la colère tout à coup, à l'idée que le Véran de Véreux venait chaque jour voir Suzanne, la figure tout enfarinée, comme s'il prenait simplement des nouvelles. En réalité il cherchait à discerner les premiers signes du mal pour l'expulser sur Gabriel, pour l'exiler loin des vivants. Je ne peux plus me maîtriser, je tremble de colère, je marche vers l'infirmerie, à la recherche du tyran. Il n'y a là que Mari, assis à sa place devant la porte, fumant philosophiquement sa pipe de ganjah. Quand je lui demande où est Véran, en français d'abord, puis en créole — *kot fin alé ?* —, il me regarde sans répondre, de ses yeux laiteux, indifférents. Mais je n'ai pas besoin de sa réponse. Je cours à travers les rochers, jusqu'à la baie des tombes, et je monte la pente du volcan sans reprendre mon souffle. Je veux atteindre le cratère avant la nuit, le chaos de basaltes où Véran s'installe chaque soir, pour regarder du côté de Palissades. L'homme est assis sur un rocher plat, à l'aplomb de la source. Au-dessous, déjà dans l'ombre, les femmes indiennes puisent l'eau, certaines sont nues jusqu'à la ceinture et lavent leurs longues chevelures. J'ai vu les taches rouges et jaunes de leurs vêtements qui sèchent sur les rochers noirs. La colère me prend. Je ne puis accepter son regard vicieux posé sur ce lieu secret, sur cette eau vierge. Je pense à ce qu'il a fait, au désespoir d'Uka, aux coups de revolver qu'il a tirés contre le cabri de Choto.

D'un bond je suis sur lui, il tourne la tête au moment où je serre son cou dans le creux de mon bras. Une seconde, il est surpris et se plie en avant, tandis que je le frappe du poing gauche. Puis il se redresse, et c'est moi qui suis sous lui, ma tête heurtant la roche. « Petit merdeux, je vais t'apprendre ! » Il est immensément lourd et fort. Il a posé un genou sur chacun de mes bras, et je ne peux plus bouger, malgré mes efforts enragés. Alors, avec une colère froide, il entreprend de

311

m'étrangler. Ses mains serrent mon cou, écrasent ma gorge. Je vois son visage au-dessus de moi, un masque aux yeux noirs enfoncés, l'expression de haine et de folie qui fige ses traits. Il ne dit rien, il ne bouge pas, simplement ses mains serrent mon cou et m'étouffent. Alors que je suis sur le point de m'évanouir, j'entends la voix rocailleuse de Bartoli. Il le tire en arrière par les épaules, essaie de lui faire lâcher prise. Il crie : « Bon sang, mais lâchez-le ! Ce n'est qu'un enfant, vous allez le tuer ! » Les mains de Bartoli ouvrent les doigts, un par un, et finalement Véran desserre son étreinte. « Lâchez-le ! Vous êtes devenu fou ! »

Je peux respirer de nouveau. Véran se relève, entraîné par Bartoli. Il est très pâle, son visage encore contracté de meurtre.

Je titube entre les rochers, l'air brûle ma gorge quand je respire, j'ai des larmes dans les yeux. Je ne sais ce qui m'a fait le plus mal, de l'étranglement ou de ma colère impuissante.

Sans me retourner, je redescends la pente vers le cimetière. Le soleil couchant a mis sur la lagune une couleur de sang, les îles sont des caillots noirs, emportés par la fumée des nuages, par la nuit. Comme je traverse l'ancien cimetière, je vois Surya. Elle est debout au milieu des rochers, elle est à demi tournée, comme si elle était prête à s'enfuir. Au-dessus, il y a le champ d'Ananta où j'ai travaillé, les terrasses et les rondages. Tout est silencieux, vide. Surya est venue jusqu'à moi, elle passe sa main sur mon visage. Le sang a collé mes cheveux sur ma tempe, là où ma tête a heurté la roche.

« Qu'est-ce que tu as ? Tu t'es battu ? »

Comme si rien ne s'était passé, comme si nous

nous étions vus la veille. Elle marche avec moi jusqu'au rivage, puis elle me laisse, elle retourne auprès de sa mère. Elle murmure, avant de partir : « Cette nuit, je t'attendrai là-haut. » Elle montre l'escarpement où s'ouvre la grotte.

Cette nuit, nous ne dormons pas. Nous sommes seuls tous les trois dans la maison de la Quarantaine, entourés par le vent et la rumeur de la mer. C'est notre dernière soirée. Jacques en a pris son parti. Demain, nous serons à Gabriel.

Suzanne est couchée au fond de la pièce, à côté d'elle la lampe punkah éclaire son visage, son regard filtrant à travers ses paupières, sa bouche aux lèvres gercées. Peut-être qu'elle glisse sur son rêve fiévreux, dans un autre monde, dans un autre temps, dans les prés trop verts de Hastings, ou bien sur la jetée-promenade où l'orchestre joue l'ouverture du *Fleidermaus*, dans les tourbillons d'oiseaux de mer.

Il me semble qu'elle nous écoute, du fond de son somme. J'ai dit à Jacques :

« Parle-nous encore de la maison d'Anna. »

Il me regarde sans comprendre. Il a ôté ses lunettes. À la base de son nez, il y a la marque qui accentue le bec aquilin des Archambau.

« Est-ce que je suis né à Anna ?

— Tu es né à Anna, dans une chambre du haut, je m'en souviens. C'était pendant une tempête terrible, tout le monde craignait un cyclone. Il n'y avait pas de docteur, il fallait aller le chercher à Quatre-Bornes, papa est parti avec la voiture à cheval sous une pluie battante, par la route qui passe entre les montagnes, la nuit tombait, tout le monde l'attendait, et ça a duré, duré, moi je crois que j'ai fini par m'endormir devant la porte, et tu es arrivé pendant que je dormais, quand papa est revenu avec le docteur tu étais déjà là. »

C'était la première fois qu'il me parlait de cela, de ma naissance, de la tempête. Cela me faisait mal, et en même temps, cela me rendait fort, plein de chaleur. Je pensais à Surya, ce qu'elle m'avait murmuré au moment où elle partait et je voulais que la nuit marche plus vite.

J'entends le bruit du vent, j'ai le goût de la mer sur mes lèvres, comme au jour de notre arrivée sur l'île. Il me semble entendre le sifflet du sirdar, de l'autre côté, mais pourquoi ? L'aube est encore loin, la nuit est longue.

« Quand je t'ai vu pour la première fois, c'était le jour suivant, ou peut-être même la semaine d'après, parce que le docteur avait dit que tu étais arrivé trop tôt, tu étais fragile. Je m'en souviens bien, un tout petit bébé avec une jolie figure, pas du tout comme les nourrissons d'habitude, et beaucoup de cheveux bien noirs. Il paraît que tu es né avec les yeux ouverts, et que tout de suite tu as regardé tout avec beaucoup d'attention. »

Suzanne ne bouge pas, mais je suis sûr qu'elle écoute. Elle respire lentement, en faisant des efforts. Je ne veux pas entendre ce bruit oppressant, je veux entendre encore des mots.

« Est-ce que j'ai eu ma chambre tout de suite ?

— Non, tu penses ! Maman ne voulait pas te laisser, même la nuit, elle voulait que tu restes à côté d'elle, tu avais mon berceau, en bois avec de la toile écrue, qui grinçait quand on le bougeait. Maman ne voulait pas de nénène, elle voulait s'occuper de toi toute seule. Elle te mettait sous sa

314

moustiquaire, elle avait très peur de la fièvre, elle disait qu'elle avait entendu des rats rôder. »

Jacques se balance un peu en parlant, comme s'il cherchait à mieux se souvenir. L'oncle William disait que mon père faisait la même chose, comme les enfants qu'on interroge.

« Il y avait des rats à Anna ?

— Oui, de gros rats. Papa avait fini par acheter un fox-terrier, c'était le seul moyen d'en venir à bout. Ils couraient dans les palmistes, et la nuit, dans le grenier, on entendait leurs griffes sur les poutres. Papa avait même tiré dessus à la carabine, mais il visait mal, et ça faisait trop de bruit. »

Nous rions. C'est étrange de parler d'Anna, comme si tout était normal, comme si nous étions en voyage à l'autre bout du monde, et que nous allions réellement revenir. Comme si tout ça pouvait recommencer.

Le vent a dépouillé le ciel, les étoiles brillent avec force et au-dessus du lagon la lune est montée, une lune décroissante, penchée de côté comme un fruit entamé. Maintenant Jacques parle de Suzanne. Il n'a pas dit son nom, il a simplement continué, presque sans s'en rendre compte, avec l'été de leurs noces, à Hastings.

« Elle voulait absolument prendre un bain chaque matin, malgré le vent et la pluie, elle emportait un grand drap pour faire comme une cabine, je l'accompagnais jusqu'à l'eau... Le journal local avait parlé d'elle, il l'appelait *Bathing Beauty* ! »

La nuit semble sans fin. La mer a fini de monter, l'eau du lagon est tendue et brillante sous la lune. C'est si beau et paisible, il semble impossible qu'il y ait la mort autour de nous. Je pense à

Ananta, à son corps dont la vie se retire lentement.

Jacques ne parle plus. Il a allumé sa dernière cigarette de tabac anglais, la fumée douce s'éparpille dans les rafales du vent qui passe par la porte. Il rêve à ce paradis si proche, de l'autre côté du bras de mer, les champs de cannes qui ondulent sous le vent, les maisons blanches, les jardins, les allées bordées de filaos, les rues de la ville, animées le dimanche matin. La maison d'Anna. L'endroit que maman préférait, au bout du chemin, vers la mer, ce qu'elle appelait son théâtre, parce que chaque soir, à la tombée de la nuit, elle allait s'y asseoir pour écouter le chant des martins.

La silhouette de Jacques disparaît dans la nuit, je vois seulement le bout de braise de sa cigarette. Je tremble, je sens encore cette vibration en moi, comme les trépidations des machines de l'*Ava* quand nous quittions le port de Marseille, il y a longtemps, une éternité.

J'ai marché dans la nuit vers l'ancien cimetière. Je voulais arriver en haut de l'escarpement, juste pour sentir l'odeur de la fumée, l'odeur du santal dans les bûchers, pour entendre clabauder les chiens. La lune éclairait le volcan, les tombes de basalte brillaient. Je me suis retourné pour regarder la mer au-delà de Gabriel, immense et couleur de métal, les îles comme des aérolithes.

Puis j'ai senti sa présence, son regard, tout près, caché dans la nuit. Un souffle, un frisson dans la rumeur du vent et de la mer, elle qui murmurait mon nom : *Bhaii*...

Au-dessus de moi, la lune étincelait sur les buissons qui cachent l'entrée de la grotte. J'ai escaladé les rochers, j'ai vu Suryavati. La lampe était allumée à l'entrée de la grotte, mais c'est la clarté de la lune qui la montrait. Elle était à genoux sur le sol. Elle portait son grand foulard, ses cheveux noirs étaient défaits, divisés par une raie. Comme je restais dans les rochers, elle m'a appelé encore, avec une sorte d'impatience : « Viens ! »

Je me suis assis à côté d'elle, à l'entrée de la grotte. Ici, le vent ne soufflait pas. La petite lampe à kérosène brillait comme une étoile. Du fond de la grotte venait une odeur d'encens, très douce, enivrante. Suryavati me parlait dans la langue de sa mère. Comme une chanson à voix basse, qui entrait en moi. Moi aussi je lui parlais. Je ne sais ce que je lui disais, peut-être que je lui parlais de l'Angleterre, de la ville dont elle rêvait, non pas Londres ni Paris, mais une ville pleine de jardins et de fontaines, où Elephant & Castle était le nom de la demeure de Rao Sahib à Jhangsi, des allées bordées d'arbres où caracolait la reine Lakshmibay avec ses deux amies de cœur, Mandra et Kashi, leurs longs châles de couleur flottant derrière elles comme des drapeaux, et la rivière en crue où elles moururent ensemble, invincibles.

Surya avait une voix étrange, rauque et basse. Elle a dit : « Ma mère s'en va à la Yamuna. » Comme je la regardais sans comprendre : « Chez nous, on ne dit pas mourir. On dit qu'on va à Vrindavan, le pays de la rivière Yamuna. » J'ai voulu lui dire quelque chose, une banalité, lui offrir mon aide, mais elle a mis ma main sur ma bouche. Son visage était tout contre le mien, la lumière de la lune brillait sur ses pommettes, par instants le blanc de ses yeux jetait des éclats. Je sentais son odeur, la chaleur de son corps, son

317

haleine. Comme le soir où nous étions ensemble sur la plage, tandis que Choto jouait sa musique. La nuit était belle. Jamais je n'avais vécu cela de toute ma vie, j'étais sûr que jamais plus cela ne se reproduirait. Le vent avait nettoyé le ciel, la lueur de la lune avait changé les rochers en lames de métal, les broussailles, les vacoas. J'imaginais les tombes autour de nous, debout, droites comme des êtres. J'écoutais le vent, j'écoutais le bruit de mon sang, le froissement léger de la mer. Et cette vibration, comme au fond de l'océan, qui grandissait en moi, le tremblement de la mémoire.

Surya a posé ses mains sur mes épaules, dans un geste de lutteur elle m'a fait allonger sur la terre, à l'intérieur de la grotte. Je ne pouvais pas lui résister. L'odeur du santal, la fumée de l'encens nous enveloppaient, je sentais dans ma bouche le goût du sel et de la cendre. Comme si nous étions en haut d'une falaise, au-dessus de la mer, des oiseaux, sans rien qui nous précède, suspendus dans le vide. J'ai embrassé Surya, ses mains d'abord, puis son visage, ses paupières, la commissure de ses lèvres. J'ai serré son corps léger. Elle a détourné un instant son visage, puis elle a appuyé ses lèvres sur ma bouche, avec violence, j'ai eu le goût de sa salive dans ma bouche.

J'ai respiré l'odeur de la cendre dans le creux de son cou, à la naissance de ses cheveux, j'ai ouvert l'échancrure de sa robe, pour appuyer mes lèvres sur ses seins. Le désir me faisait trembler si fort que je n'arrivais plus à respirer. Je croyais que j'étais malade. C'était à cause de tout ce qui était arrivé, depuis le jour où le garde-côte était revenu, quand les marins avaient tiré contre Uka, et que Shaik Hussein avait confisqué l'eau douce et les vivres. Je ne comprenais pas ce qui m'arrivait. Je la désirais, je voulais la toucher, me plonger dans son odeur, goûter à ses lèvres, à sa peau, n'être qu'un avec elle. Et au même moment, j'avais peur d'elle, j'éprouvais comme de la haine. Suryavati a senti que je tremblais, elle s'est écartée.

« Qu'est-ce que tu as ? » Puis, avec une sorte de dédain : « Qu'est-ce que tu veux de moi ? »

J'étais désespéré. Je croyais que je n'avais pas su ce qu'il fallait faire, que j'allais devoir retourner à la Quarantaine, à notre prison noire. Elle avait rajusté sa robe, ses cheveux noirs faisaient un grand voile sombre sur ses épaules. J'ai vu que la raie sur son front était peinte en rouge sombre.

Elle m'a fait asseoir en face d'elle, si près que nos genoux se mêlaient. « Regarde-moi. »

Elle m'a donné une calebasse pleine d'eau de coco âpre et douce. J'ai bu longuement, et l'eau fraîche a calmé mes tremblements. J'ai voulu lui parler, peut-être lui dire que je l'aimais, avec ces trémolos des jeunes gens de mon âge infatués de poésie, mais elle m'a fait signe de me taire. Elle a posé des morceaux de résine sur le brûleur, à côté de l'autel, et la flamme est devenue très jaune. Elle a dit encore : « Regarde-moi, c'est la première fois que tu me vois. » À la lumière de la lampe, son visage était un masque d'or, ses yeux deux puits d'ombre. Je sentais son regard comme une chose matérielle, vivante, une vague, une caresse. Son regard entrait en moi, m'emplissait, se mêlait à son image et à son odeur. Je me souvenais de la pierre noire, l'après-midi où j'étais allé seul sur Gabriel, le grain de sa peau, et ma verge durcie qui se répandait dans l'écume.

Je n'avais plus besoin de parler, plus besoin qu'elle me parle. Je comprenais tout d'elle, cela allait directement de son cœur au mien, peut-être qu'elle chantait, du fond de sa gorge, un bourdonnement aigu qui se mêlait au bruissement du vent. Peut-être qu'elle disait cela avec ses mains, comme cette nuit auprès du bûcher, où en dansant elle disait son nom, la main droite levée, pouce et index joints, la main gauche ouverte, doigts éployés comme les plumes de l'aigrette. J'étais ivre, mes yeux ardaient. La nuit était sans commencement, sans fin.

J'ai senti sa main sur ma peau. Sur mon visage, sur ma poitrine, mes épaules. Sa main douce, usée comme la main d'une vieille, sa main sèche et chaude, poudrée de poussière et de kurkum, qui dessinait sur moi, traçait des cercles, rayait mon corps. Elle a dénoué sa robe et j'ai vu dans la pénombre ses seins légers, la marque étrange qu'elle avait peinte au-dessus du sein droit, un disque ou une roue, sur sa peau claire une fleur violette, pareille aux boutons des tétons. Elle a pris ma main droite et elle l'a posée sur sa poitrine, pour que je sente la chaleur de son sein, la douceur de sa peau, le tremblement lointain de son cœur.

Je savais que le moment était venu. C'était le moment le plus important de ma vie, sans le savoir c'était pour cet instant que j'avais embarqué à bord de l'*Ava*, que le commandant Boileau avait touché à Zanzibar malgré l'interdiction, et que nous avions été abandonnés sur l'île Plate. Rien n'était au hasard, je le comprenais enfin. J'étais retourné à la Quarantaine, j'avais cru que tout était fini, que je ne reverrais plus Suryavati.

Bientôt je retournerais dans mon monde, à Maurice, ou en France. Ces jours et ces nuits, la fumée des bûchers à Palissades, l'eau vierge de la source, les cris des enfants dans le village, la musique de Choto, la maison d'Ananta, j'aurais pu tout oublier. J'aurais pu devenir un Archambau, avoir un bureau d'affaires à la rue du Rempart, aller aux courses au Champ-de-Mars, tomber amoureux d'une jeune fille du club de la Synarchie, écrire des poésies dans *Le Cernéen*, des articles vengeurs contre le Patriarche dans la *Commercial Gazette*, j'aurais pu être quelqu'un d'autre, d'indifférent, un fils de sucrier, petit-fils de négrier. Mais Surya avait tracé à la poudre sur le sol les deux étoiles à six branches et le Subramania qui éloigne les mauvais esprits, qui annule la loi des Patriarches, qui aveugle l'orgueil des Archambau. Le regard de Surya était irrésistible, il brillait de la vérité pure, il restituait l'éclat du soleil jusque dans la nuit.

J'ai senti la houle de son corps contre moi. Sous sa peau les éclats endurcis du basalte, et la poussière, comme de la cendre. Le goût du sel sur ses paupières, le bruit du sang dans mes artères, dans sa poitrine. Je l'ai pénétrée et elle a tourné un peu de côté son visage, parce que je lui faisais mal. Mais le désir m'emportait, si vite que je ne pouvais m'arrêter, maintenant j'entendais son souffle, mêlé à mon souffle, je sentais son corps frais comme l'eau qui coule, j'étais devenu le feu, la fièvre, le sang, et Surya me serrait entre ses cuisses d'une étreinte puissante.

Tout cela, je le savais depuis toujours, je l'avais vécu déjà mille fois en rêve. La sueur mouillait mon front, coulait le long de mon dos, et je sentais aussi la sueur de Surya, au creux de ses reins. Les coups de mon cœur, la longue vibration qui sortait de la grotte, emplissaient aussi son cœur. Et le goût de son haleine, le goût de la cendre et de la mer dans ses cheveux. Je regardais son visage, l'arc noir de ses sourcils, pareils aux ailes d'une hirondelle, ses iris couleur de cuivre, où étaient mêlés des fils bleus et verts. Je n'étais plus seul, j'étais un avec elle, elle était la mer, fraîche, lente, mouvante autour de moi. Mon sexe, cette pierre noire, droite, glissant sur la lèvre douce et humide de son sexe, la feuille de nymphéa qui enveloppe la pierre. Je me souviens du jeu de la pierre et du papier. Je me souviens des mains de Surya, la nuit où elle avait dansé pour moi près des bûchers, la lumière de ses yeux, et le geste du dieu qu'elle arrêtait devant moi, sa main droite fermée, pouce dressé, assise sur la paume de sa main gauche.

Je n'étais plus le même. J'étais un autre, j'étais elle, et avant elle, j'étais Giribala qui fuyait le long du fleuve, emportant l'enfant Ananta à travers la campagne incendiée, se cachant le jour dans les roseaux, et qui l'avait plongée dans l'eau boueuse de la Yamuna, lui avait soufflé son nom au visage.

Surya a poussé un cri, j'ai senti son corps trembler comme si une même vague passait de moi en elle, j'ai senti le flux de ma semence qui montait, qui jaillissait du monde, des roches noires du volcan, des récifs où cogne la mer. J'ai eu peur, peur de ce qui arrivait, peur de cette force irrésistible, j'ai regardé le visage de Surya troublé par une grimace, elle semblait avoir mal, j'entendais son souffle écorché, je sentais la sueur qui coulait sur ses épaules, sur son dos, sur ses seins, qui collait ses cheveux à ses tempes. Peut-être qu'elle a ressenti aussi cette peur. Les yeux fermés, elle a joint ses mains sur ma nuque et elle m'a attiré, comme quelqu'un qui se hisse. Elle a murmuré mon nom, le nom qu'elle m'a donné dans sa langue, *bhaii*, frère, le nom qu'elle disait quand nous marchions ensemble à travers les broussailles, et Choto qui gambadait devant nous en chassant ses cabris à coups de pierre. J'aimais comme elle prononçait mon nom.

Nous nous sommes couchés l'un contre l'autre, dans l'ombre de la grotte, tout près de la lampe qui s'étouffait. Nous n'avions qu'une seule peau, qu'un seul visage, ses yeux agrandis étaient deux puits d'ambre et je voyais à travers eux, je respirais aussi par sa bouche. Il n'y aurait plus de peur, ni de douleur, ni de solitude. Le bruit de la mer et du vent nous portait, nous grandissait, la musique des moustiques autour de nos cheveux, la rumeur de la ville des coolies, de l'autre côté du volcan. Tout cela en moi, en elle, qui s'étendait, s'unissait dans l'espace. Ce n'était pas une vague, mais un frisson, le souffle froid de Shitala qui annonce la mort, le vent avant la pluie. La lave noire, le radeau de lave noire, glissant sur l'océan en feu, le ciel, les astres lointains. Les hommes là-bas, si loin. Dans leur paradis muré par la mer, les hommes. Dans leurs villes interdites, Londres, Paris, les rues d'Elephant & Castle, les quais de Marseille, la rue Saint-Pierre qui va jusqu'à la Conception. Dans leurs bateaux ancrés à l'embouchure du Tollys Nullah, devant la rivière Hughli rayée par la mousson, attendant le jour du départ vers l'autre extrémité de l'Océan, vers Mirich Desh, vers Demerara, Georgetown, Trinidad Fidji.

Et toujours, les nappes de la fumée des bûchers qui recouvrent les berges, qui traînent paresseusement sur le rivage, répandent leur odeur suave et nauséeuse.

Je voulais sentir toujours le goût du sang, de la salive et de la sueur, parce que c'était le goût de Surya, de sa vie. Je voulais ne jamais cesser de ressentir le frisson qui monte en elle, depuis la plante de ses pieds jusqu'à ses paumes mouillées, jusqu'à la racine de ses cheveux mouillés, et me plonger dans ses yeux. Sa voix disait mon nom, *bhaii*, doucement, comme si elle m'interrogeait, ou qu'elle se plaignait. Ses mains tenaient ma nuque, ne la lâchaient pas, son corps se hissait lentement hors de la mer, elle respirait à grands traits. Ensemble nous glissions, en volant, ou plutôt en planant, contre l'aile noire du ciel. Nous étions des oiseaux, tout à fait des oiseaux.

Lentement, je suis retombé. J'ai senti les pointes dures des obsidiennes. La grotte était chaude, humide. La sueur faisait des ruisseaux sur mon dos, entre mes omoplates. Suryavati était debout, je l'ai vue se draper dans son grand châle rouge et se glisser dehors, à travers les broussailles. Elle s'en allait. J'ai crié son nom, bêtement, j'ai dit, moi aussi, *bahen*, sœur ! La nuit était silencieuse. La flamme de la lampe s'était éteinte. Devant moi il y avait la pente du volcan, les roches dures, phosphorescentes. Les nuages déchirés, des pans de ciel troués d'étoiles. Suryavati est revenue me faire taire. Elle s'est assise à l'entrée de la grotte. Son visage et ses mains étaient mouillés d'eau froide.

Nous avons marché en silence jusqu'au petit bois de filaos, longeant les plantations. Le vent faisait un bruit de forge, et la mer sur les récifs. Nous étions à quelques pas seulement des maisons de la Quarantaine, nous marchions le long d'une bande de sable phosphorescente sous la lueur du ciel. Ici, tout était froid et menaçant. Je comprenais pourquoi Choto et les enfants ne voulaient pas s'aventurer jusqu'ici. Ce n'était pas seulement à cause du revolver de Julius Véran. Tout faisait penser à la mort. À peine quelques monticules, et les troncs noirs des filaos nous séparaient de Palissades, si près qu'on entendait les chiens aboyer. Mais ici, c'était abandonné, jeté au vent et aux embruns, une côte de naufrageurs.

Nous sommes passés à proximité des latrines et de la citerne, dans un nuage de moustiques qui pénétraient jusque dans la gorge. Surya allait vite, posant ses pieds exactement sur les pierres du chemin, se glissant sous les branchages sans y toucher. Quand nous sommes arrivés sur la plage, elle est entrée dans l'eau sans m'attendre, elle a plongé. La mer était haute, un lac noir. De l'autre côté de la barrière, les vagues en déferlant vibraient jusqu'au fond du lagon. Par instants, à la lueur de la lune, je voyais les jets de vapeur entre les rochers noirs, à la pointe du Diamant.

Je suis entré à mon tour dans l'eau très douce et tiède, je cherchais Surya. Puis j'ai senti son corps contre moi, ses habits collés à sa peau, sa chevelure ouverte dans l'eau comme des algues. Jamais je n'avais ressenti un tel désir, un tel bonheur. Il n'y avait plus de peur en moi. J'étais quelqu'un d'autre, quelqu'un de nouveau.

« Regarde, *bhai* le jour se lève. » L'eau glissait autour de nous comme une rivière, grise et miroitante, l'eau qui entrait par la passe du nord du récif et traversait le détroit entre les deux îles, jusqu'à la passe du sud.

Mes lèvres ont cherché la bouche de Surya. Je la tenais par sa taille souple, elle riait. Ensemble nous retombions dans l'eau, je sentais ses jambes s'enrouler autour des miennes, ses bras qui me serraient. Nous suffoquions. Nous nous redressions, le temps de reprendre notre souffle. Nous étions redevenus des enfants. Nés à nouveau, dans l'eau courante du lagon, sans passé et sans avenir.

La mort n'était rien. Juste le souffle de la déesse froide qui passe sur l'île. À un moment, Surya a dit : « C'est comme la rivière où ma mère est née. »

Elle se tenait debout devant moi, avec une gravité étrange, l'eau jusqu'à la taille. Le ciel s'éclaircissait lentement, mais je ne voyais que sa silhouette, sa chevelure alourdie par l'eau. La fraîcheur du lagon m'avait lavé, avait dénoué mes nerfs. Je sentais une paix, une sorte d'innocence.

Elle dit : « Maman m'a donné sa bénédiction. Elle m'a dit que je pouvais être ta femme. Elle va aller à Vindavan maintenant. »

Mon cœur battait lentement. Tout était lisse comme l'eau, la lumière commençait à éclairer Surya, à briller sur ses cheveux, sur ses épaules. Nous sommes retournés sur la plage. Les coups sourds des vagues qui cognaient la barrière de corail étaient très lents aussi, très longs. Le vent avait cessé. Les moustiques tournaient autour de nos cheveux. L'air était doux, presque chaud déjà, dans quelques instants le disque du soleil allait apparaître au-dessus de la pointe du Diamant. Surya avait étendu son grand châle sur les batatrans pour le faire sécher. J'ai posé ma tête sur sa poitrine. « Tu m'emmèneras ? » J'ai posé cette question comme un enfant geignard. « Nous resterons toujours ensemble ? » Elle n'a rien répondu. Comme elle avait demandé pour Londres, je lui ai dit : « Tu m'emmèneras avec toi jusqu'à la Yamuna ? » Elle a mis ses mains chaudes sur mon visage. Peut-être qu'elle voulait me dire que tout cela n'était que des mots, des contes sans vérité.

Je me suis endormi, ma joue appuyée contre sa poitrine, en entendant les coups de son cœur, mêlés à la vibration des vagues sur le socle de l'île. Un peu avant que le soleil ne jaillisse de l'horizon, elle s'est levée doucement, elle a mis ma tête dans le creux de mon bras replié, et elle est partie. Elle a tenu un instant ma main, dans mon demi-sommeil j'essayais de la retenir, elle a dû défaire mes doigts un a un.

C'est à elle que je pense, maintenant, à la petite fille qui tient serrée
très fort la main de sa mère, au
moment de franchir la coupée et de
monter à bord du bateau gris, dont
la haute cheminée crache une
épaisse fumée, qui doit partir pour
Mirich Tapu, Maurice, le pays d'où
on ne revient pas. Il pleut, la mousson est déjà là, après ces mois de
chaleur et de sécheresse, le long du
fleuve, après ces journées intermina-
bles dans le camp de Bhowanipore,
sur le canal du Tollys Nullah, à Calcutta.

Tous les bateaux sont déjà partis
pour l'autre bout du monde. Il ne
reste que l'*Ishkander Shaw*, amarré
devant le camp, qui doit prendre les
immigrants vers Maurice, quelque
deux cents hommes et une soixan-
taine de femmes, plus des enfants,
des moutons et des volailles.

À quoi pense-t-elle tandis qu'elle franchit la planche vermoulue posée sur le pont du navire ? Est-ce qu'elle se retourne pour regarder une dernière fois le camp, comme si quelque chose d'elle restait attaché à ce paysage, cette muraille en boue qui ferme le camp, la haute porte en bois, et les maisons communes des coolies, avec leurs murs de planches sans fenêtres et leurs toits de feuilles, et, le long du mur, alignées en demi-cercle, les huttes où les femmes et les hommes célibataires cuisinaient chaque matin, la citerne, et les quelques arbustes décharnés, sous lesquels les hommes s'asseyaient vers le soir pour bavarder. Ananta serre la main de sa mère, elle regarde le camp sans dire un mot. Elle s'en souviendra toujours, jusqu'à sa mort.

Je pense à Ananta comme à quelqu'un que j'aurais connu, une aïeule dont je porterais le sang et la mémoire, dont l'âme serait encore vivante au fond de moi. Je ne sais d'elle que ce nom, et qu'elle avait été arrachée à la poitrine de sa nourrice assassinée, à Cawnpore, pendant la grande mutinerie des sepoys en 1857. Ce que m'a raconté ma grand-mère Suzanne, quand j'étais enfant, la légende de mon grand-oncle disparu.

Mais je ne sais rien de la femme qui lui avait sauvé la vie, et que j'appelle Giribala en souvenir de Rabindranath Tagore. C'est le voyage d'Ananta et de Giribala qui me donne une certitude, plus que n'importe quelle aventure. La lumière de l'aube qui éclate malgré les nuages de la mousson, du côté de l'estuaire du Tollys Nullah, et les vols d'ibis au ras de l'eau, basculant dans les méandres. La coupée, juste une planche vert-de-grisée, glissante, le long de laquelle elles se hasardent, en se tenant très fort par la main, et le regard d'Ananta vers le camp, pour ne jamais oublier.

La nuit s'est effacée. Emportant l'odeur de la mort, les cris des femmes que les assassins passent au fil de l'épée, les silhouettes grotesques des enfants pendus au gibet de Bénarès, leur cocarde autour du cou. Et toute cette eau boueuse, qui descendait lentement, lourdement, jour après jour, mois après mois, le fleuve si vaste que l'autre rive disparaissait dans la brume, jusqu'à Calcutta, jusqu'au camp de Bhowanipore.

Giribala aussi se retourne, elle s'arrête une seconde, malgré les injonctions des arkotties sur le pont du navire. Peut-être que durant l'espace de cette seconde, elle pense elle aussi à tout ce qui reste sur la rive, dans le dépôt des immigrants, comme si c'était déjà une autre vie.

À Janpur, elle a rencontré l'agent recruteur qui les a vendues, elle et sa fille, au Français Lemaire, représentant de la Bird and Co. Un petit bonhomme replet, habillé d'un complet de lin impeccable et coiffé du chapeau *helmet* à l'anglaise, flanqué de son interprète aussi menteur et rusé que lui. À toutes les femmes qui arrivaient, il racontait la même histoire, le travail qui les attendait là-bas, dans l'île miracle, les palais du « Sarkar » anglais, avec ses jardins, ses rivières, l'argent qu'elles allaient mettre de côté pour une vie nouvelle, pour se marier. C'est lui qui a organisé le départ vers l'Hughli, vers Calcutta. Tour à tour charmeur et menaçant, quand une des femmes cherchait à reprendre sa parole et s'en aller. Alors, par la voix de l'interprète, il exigeait d'elle qu'elle rembourse tout, depuis la roupie payée à l'arkottie jusqu'aux frais du voyage en bateau, sans compter le drap qu'elle avait reçu et tout le riz décortiqué et le poisson séché qu'elle avait mangés depuis son arrivée au camp.

Mais Giribala n'a pas pleuré, n'a pas jérémiadé. Sans hésiter, elle a apposé à l'encre rouge la marque de son pouce sur le registre de la Bird and Co, qui porte la mention : *accompagnée d'un enfant de sexe féminin âgé plus ou moins de sept ans.*

En échange, elle a reçu le « collier », la médaille de laiton sur laquelle était marqué au coin le chiffre 109, et la petite boîte de fer-blanc dans laquelle elle devait garder tous ses papiers, le contrat d'engagement et le passeport l'autorisant à quitter la colonie. Pour la première fois, elle a entendu le nom de la propriété où elle allait travailler, un nom étrange qu'elle a répété dans sa tête jusqu'à ce qu'il devienne aussi familier que si elle y avait toujours vécu : *Alma.*

Ce soir-là, après la signature des contrats, près des cuisines du camp, à l'abri de la pluie, les femmes racontaient des histoires incroyables, des enfants qu'on avait enlevés pour presser leurs crânes comme des cocos afin d'en extraire l'huile, des vieillards que les Blancs donnaient à manger à leurs chiens, et les aliments impurs que les Ferenghis mêlent à la nourriture des coolies, pour les damner. Giribala écoutait ces sornettes en haussant les épaules. Rien n'était aussi terrible que ce qu'elle avait vu à Cawnpore, les femmes et les enfants tués à coups de bâton par les sepoys, et la vengeance des Anglais qui attachaient les hommes à la bouche des canons et les pulvérisaient au-dessus des champs.

Elle serrait contre elle sa fille, son seul bien, son unique trésor. Pour Ananta Devi, elle était prête à affronter tout, l'Océan, les incertitudes du voyage et la méchanceté des hommes. Pour elle, pour les joyaux de ses yeux couleur de saphir, pour sa longue chevelure aux reflets d'or, elle irait à l'autre bout du monde, à Mirich Tapu, Mirich Desh.

Le 1ᵉʳ juillet

Le départ pour Gabriel a eu lieu ce matin. Jacques a soutenu Suzanne jusqu'à l'embarcadère en ruine. J'étais à sa droite, je la tenais par la main. La fièvre la brûlait. À mi-chemin, elle a pleurniché un peu : « Je ne peux pas, je ne peux pas, regarde, je n'ai plus de jambes ! » Elle s'est assise sur un rocher. Le ciel était zébré, jaune éblouissant. Devant nous, de l'autre côté du lagon, l'îlot paraissait sombre, hostile, une pyramide funèbre. Il y avait des oiseaux qui frôlaient la surface de l'eau, des goélands, des gasses. Mais je n'ai pas vu les vrais maîtres de l'îlot, les pailles-en-queue à brins rouges.

« Allons, viens, nous sommes presque arrivés. » Comme elle ne pouvait pas, Jacques l'a soulevée dans ses bras. Elle semblait légère comme un mannequin de chiffons, avec sa longue chemise blanche qui faisait un éventail jusqu'à terre, ses cheveux courts bouclés par la chaleur. On aurait dit qu'elle et Jacques célébraient une deuxième fois leurs noces. Mais le visage de Jacques était

334

endurci, avec son verre cassé, sa barbe trop longue et ses habits poussiéreux, il avait l'air d'un vagabond. À l'embarcadère, j'ai vu la silhouette massive de Julius Véran. Un peu en retrait, en position de surveillant, il y avait Shaik Hussein accompagné de son arkottie. Aussi quelques femmes que je ne connaissais pas, le visage voilé par des foulards, et des enfants presque nus. C'était silencieux, solennel, vaguement menaçant. Suzanne marchant comme une condamnée, jusqu'à la barque pourrie qui manquait chavirer, et qui prenait l'eau à une telle vitesse qu'il fallait écoper sans arrêt durant la brève traversée jusqu'à Gabriel.

La marée était encore haute, mais le jusant commençait à se déverser par la passe du sud. Pendant que j'étais occupé à écoper, le vieux Mari et Jacques s'efforçaient de lutter contre le courant, l'un à la godille, l'autre (Jacques) debout à la proue, cherchant un appui pour la perche. Quand nous abordâmes le canal, il y eut un moment de panique parce que Jacques ne trouvait plus du tout le fond, et la barque se mettait de travers, dérivait vers la passe. Il avait posé un pied sur le bord, et il essayait de ramer avec la perche, et ne réussissait qu'à faire entrer davantage d'eau dans la barque. Et le vieux Mari qui lui criait : « Donne-li papa ! Donne-li ! » En n'importe quelle autre circonstance, la scène aurait été absolument comique, mais en cet instant elle était odieuse, tragique. Sous son ombrelle défraîchie, Suzanne était exsangue, sa tête appuyée contre les paquets et le matelas enroulé. Je pensais à la traversée de John et Sarah Metcalfe, il y avait si longtemps que je n'arrivais pas bien à me souvenir de la date.

C'était avant-hier, peut-être, ou la semaine dernière, mais ç'aurait aussi bien pu être il y a un an. Il s'était passé tant d'événements depuis.

Jacques a fini par passer la perche au vieux Mari, et en quelques poussées énergiques nous avons atterri sur le banc de sable de Gabriel. Le débarquement et la marche vers les campements ont duré longtemps. Mais Suzanne avait tout d'un coup recouvré son courage, comme si cette traversée était pour elle les prémices de notre départ pour Maurice. Avec Mari, j'ai transporté le matelas. Suzanne marchait devant nous, son bras autour des épaules de Jacques, son ombrelle noire ouverte en arrière, comme à la promenade.

Les campements sont au pied du piton central, à l'abri des alizés, non loin de la clairière où Nicolas et M. Tournois ont été brûlés, où j'ai bâti les cairns en leur mémoire. Je n'y étais pas retourné depuis ce jour, et à présent, l'îlot me paraissait beaucoup moins effrayant. Il y avait un premier campement, suivi de deux abris plus précaires où se trouvaient John et Sarah, et les coolies contaminés. La hutte où devait s'installer Suzanne était faite d'un muret de laves sur lequel avait été bâti à la hâte un toit de toile et de feuilles. Jacques avait tout préparé, nettoyé. Le sol avait été aspergé au Condys, la base des murs peinte à la chaux et le terrain alentour soigneusement désherbé et épierré. Depuis des jours, sans en parler à personne, Jacques avait tout prévu pour rendre un aspect à peu près agréable à cet endroit sinistre.

Lorsque nous sommes arrivés au campement, une silhouette est apparue dans les broussailles, l'air farouche, sauvage, et j'ai eu du mal à reconnaître Sarah Metcalfe. Elle s'est approchée pour embrasser Suzanne. Elle ne semblait pas se souvenir de moi ni de Jacques. Elle était très maigre, son visage et ses mains noircis par le soleil, par la suie. Elle a paru heureuse de revoir Suzanne, presque gaie. J'ai senti son odeur, une odeur étrange, de crasse, de fumée, un peu aigre, qui me repoussait. Ensuite elle m'a reconnu. Je ne savais pas quoi lui dire. Elle m'a entraîné par la main, elle parlait fort. « Viens, je suis content que tu es venu, j'espérais que tu viens le voir, il te demande beaucoup. » Avec son accent traînant, mais la voix claire. Je la revoyais le jour du départ, attachée au corps de John, il me semblait que c'était il y avait très longtemps. « Il est là, il sera content de te voir. Il me disait que tu es comme son frère. » Je la suivais à travers les broussailles, jusqu'à la deuxième clairière où se trouvaient les huttes des contagieux. On était presque à la pointe de Gabriel, entre les rochers apparaissait la ligne de l'horizon, la longue bande verte de Maurice. « Il est près de la porte, là il peut voir tout le temps son paradis. Il peut voir son île, il doit être bien content tu sais. » La hutte était vide. Au bout de la clairière, dans le chaos rocheux, il y a une planche debout, maintenue par un petit tas de pierres noires, qui vibre dans le vent continu. Sur la planche, de travers, écrit à la mine de plomb, j'ai pu lire le nom, et la date : *John Metcalfe, 5 7ber 1847/28 march 1891*. J'ai compris d'un seul coup, sans comprendre. C'est cette date surtout qui me faisait sursauter, comme quelque chose d'incongru, d'invraisemblable. Je la relisais attentivement, comme si cela avait encore plus d'importance que la mort de John. La date que

Sarah a écrite sur la planche comme date de sa mort est exactement celle du jour où nous sommes arrivés dans les bâtiments de la Quarantaine. Est-ce sa folie ? Est-ce qu'elle se souvient réellement du jour où le garde-côte nous a abandonnés sur l'île, comme si nous étions condamnés ? Est-ce que cela a une importance ?

Sarah Metcalfe s'est assise à côté de la tombe, dans le vent qui bouscule ses cheveux et ses haillons. Le soleil du matin brillait sur la mer belle, faisait tout proches les îlots, l'aérolithe englouti du Coin de Mire. Et devant nous, la côte de Maurice, verte, immense, ses pics bleus coiffés de nuages. « Le pâtre promontoire au chapeau de nuées. » Le vers de Hugo m'est revenu, comme si Sarah pouvait comprendre. Et les mots du *Bateau ivre*, que Suzanne dit si bien :

*Je sais les cieux crevant en éclairs, et les trombes
Et les ressacs et les courants : je sais le soir,
L'Aube exaltée ainsi qu'un peuple de colombes...*

À côté de la tombe, en contrebas, parmi les rochers déchiquetés par le vent et les embruns, il y a un abri de branches mortes mal ajustées, couvertes d'un bout de toile cirée maintenue par des pierres, quelque chose comme un terrier, ou une cabane de clochards accrochée aux piles d'un pont. C'est là que Sarah est entrée, rapidement, se faufilant à quatre pattes, sans plus me regarder, comme si tout d'un coup elle m'avait oublié. Quand je suis revenu à la hutte de quarantaine, je n'ai pas eu besoin de questionner Jacques. Il m'a dit, d'une voix un peu étouffée, pour que Suzanne n'entende pas : « Il est mort le soir même de son arrivée. Il n'y avait plus rien à faire. » J'avais entendu Julius Véran en parler, je ne voulais pas le croire : Sarah est devenue folle.

J'ai marché jusqu'au piton du milieu. Le soleil brûlait déjà, avec de grands éclairs de lumière sur les triangles des basaltes. Gabriel est beaucoup plus chaud, plus âpre que l'île Plate. Cet îlot semble une ébauche de sa voisine, plutôt une épure. Tout en angles, en brisures, en coulées de lave et forêt de buissons épineux, encerclé par le bruit des vagues qui se brisent sur la côte sud-ouest, et longé au nord par le lagon émeraude que traverse une longue griffe de sable blanc.

Je ne sais pourquoi, j'ai ressenti une sorte de soulagement quand nous avons débarqué sur la plage de Gabriel. Suzanne paraissait insouciante elle aussi, elle marchait appuyée sur Jacques, elle riait presque. Pour elle, le passage sur Gabriel était la première étape sur le chemin du retour. On nous avait isolés, pour pouvoir nous embarquer sur le garde-côte et nous renvoyer en Europe. Mais peut-être ressentait-elle l'ivresse de découvrir ce rocher nu, la solitude extrême de la mer, la violence du vent, sans autre abri que ces huttes précaires, loin du regard de Véran, loin des coups de sifflet du sirdar. Comme si la brûlure des roches et des broussailles pouvait nous guérir du mal, de la fièvre, de la peur. Peut-être allons-nous succomber à la folie les uns après les autres, rejoindre dans son illusion Sarah Metcalfe, le visage noirci par la fumée et les yeux éblouis à force de regarder la ligne de Maurice inaccessible à l'horizon !

Je suis parvenu au sommet du piton, face au

nord. Il me semble que je suis Robinson à l'instant où il découvre les limites de son domaine, entouré par l'infini de l'Océan ! Les rafales me bousculent, m'étouffent. Je suis adossé à une ancienne plate-forme cimentée, là où autrefois se dressait le mât des signaux. Les ouragans ont cassé le mât, et il ne reste plus que les débris de l'armature rouillée, rongée par la mer, pareille à des ossements. La pente du piton descend jusqu'au lagon. Je vois avec netteté, en transparence, la demi-lune de la barrière de corail, le chemin sombre qui permettait à Suryavati de venir de l'île Plate. Devant moi, l'île semble solitaire, abandonnée. Les cubes noirs des maisons de la Quarantaine sont encore plus vides. Comme il est risible que Julius Véran ait voulu défendre cela, son royaume, ces rochers arides où les arbres sont tordus par le vent, cette plage âpre et ces baraques aux fenêtres vides. Sont-ils encore dans le bâtiment sans fenêtres à côté de l'infirmerie ? Je n'aperçois aucun signe de vie. Même le vieux Mari a disparu. Les deux guetteurs ont dû rejoindre leur poste d'observation en haut du volcan, armés de leur lunette d'approche et de leur revolver, comme à la veille d'une guerre ! Vue de Gabriel, Plate paraît plus grande, elle me semble même illimitée, inconnue, avec ce long cap qui court vers l'est, au ras de la mer, terminé par l'icosaèdre du Diamant auréolé d'oiseaux.

Je regarde le volcan, j'essaie de deviner les mouvements de la vie. Choto, caché dans les broussailles, guettant les cabris. Vers l'escarpement, les femmes qui travaillent dans les plantations, qui arrosent le riz et les patates. Les vieilles et les enfants à la recherche de petit bois pour le feu. De l'autre côté du cratère, il y a le creux humide et tiède dans les basaltes, bruissant d'insectes, où les femmes lavent leur linge dans l'eau froide de la source, en écartant les songes et les ipomées, à l'ombre du grand Datura.

Je me souviens de l'après-midi avec John, son enthousiasme quand nous descendions vers le ravin : « Cet endroit est le paradis ! » Il cueillait les spécimens, détachait les racines en creusant doucement autour des radicelles, plaçait chaque feuille entre les claies garnies de feutre humide. Le soir, à la lumière du quinquet, il ouvrait le bocal de formol qui empestait toute la pièce. « Metcalfe, vous nous faites respirer une odeur de mort ! » lui criait Jacques. Et lui, son grand corps penché en avant, sa tête rouge transpirant à la chaleur de la lampe, enduisait les feuilles et les racines avec son pinceau à pâtisserie imprégné de l'élixir d'éternité. Puis il dictait le nom à Sarah, lentement, qui l'écrivait à la mine de plomb sur le cahier, comme une formule magique. Ce soir-là, à défaut de l'indigotier endémique, nous avions découvert dans une crevasse, près de la source, un spécimen rare de *Filices*, une longue liane tigrée, dont je n'ai pas oublié le nom, *Adiantum caudatium*, et une variété de citronnelle au parfum acéré, sensuel, que le formol avait noyée à son tour.

Je regarde le col du volcan où nous avions marché longuement, jusqu'à la nuit, comme des chercheurs d'or, sans prendre garde à la morsure du soleil. Nous étions si près de Palissades que nous entendions les voix des femmes et des enfants dans les maisons. C'est Ramasawmy qui nous avait renvoyés, non pas violemment à la manière du sirdar, mais seulement en se montrant au bout du chemin, nous regardant, sans rien dire. Et ce même soir, j'avais rejoint Surya au milieu des bûchers.

Je regarde l'île Plate, il me semble qu'elle a la forme même du passé, comme si j'étais entré dans une autre vie, perché sur un observatoire en dehors du temps, et que je pouvais apercevoir chaque détail, chaque pierre, chaque buisson témoins de ce que j'avais vécu. Ou comme dans ces rêves où l'on se voit vivre et agir au fond de la chambre voisine, par l'ouverture d'un étroit guichet.

Ce que je voudrais voir, c'est l'autre versant, l'autre côté du volcan, la baie des Palissades, où se trouve tout ce qui maintenant a de l'importance pour moi, Suryavati, Ananta, ce qui me fait peur et que je désire en même temps. J'ai faim d'aller là-bas, de sentir à nouveau l'odeur des fumées du soir, le santal, le kurkum, j'ai faim d'entendre les voix et les rires, le glissement doux de la langue indienne, le chant bengali, urdu, tamoul, la flûte douce de Choto devant la mer.

Il n'y a que ce mince détroit qui me sépare de celle que j'aime, rien que cette langue de sable et de corail rompue par la marée. Je suis assis sur les ciments du sémaphore. Derrière, à gauche et à droite, il y a la mer ouverte, violente, et la côte de Maurice. Mon domaine est si près. Pourquoi suis-je ici, en exil ? Il me semble que j'ai vécu toute ma vie sur Plate, c'est ma terre natale, c'est là que j'ai tout appris, il n'y avait rien auparavant, il n'y aura rien après.

J'ai des larmes dans les yeux. Je ressens le vertige, la nausée. J'ai si faim. La fièvre me brise les membres et fait entrer un souffle froid au centre de mon corps. Je sais que c'est Shitala, la Froide, celle qui règne sur ces îles, qui annonce le Seigneur Yama.

J'ai eu envie de plonger dans l'eau transparente et nager jusque de l'autre côté, jusqu'à l'embarcadère. En même temps, je sais que je n'en ai plus la force. Le torrent qui coule par la passe est infranchissable, je serai emporté vers le large, puis rejeté par les vagues sur les lames du récif. La barque du passeur est hors de vue, cachée dans les batatrans, près des cabanes de la Quarantaine. Ce n'est qu'une vieille plate pourrie qui fait eau de toutes parts, mais sans elle je ne peux atteindre l'autre rive. Le vieux Mari doit être assis à l'ombre de l'infirmerie, mâchant son bétel. Je sens son regard vide, troublé par le glaucome, son regard qui n'attend rien. Peut-être que nous nous sommes tous trompés. Ce n'est pas le sirdar, ni Véran, ni même le Patriarche qui nous retiennent ici. C'est le passeur, à l'obstination d'aveugle.

Moi aussi, je rêve, en haut de mon observatoire, pris dans le lent frisson de la fièvre. Je rêve à Surya, telle que je l'ai aperçue la première fois, en train de marcher sur l'eau du lagon le long du récif, mince et légère contre le mur d'écume, pareille à une déesse. Je voudrais la voir apparaître devant moi, maintenant, je voudrais pouvoir crier son nom, pour que le vent apporte ma voix jusqu'à elle. Là-bas, sur le rivage de Plate éclairé par le soleil, peut-être qu'elle va revenir, que tout va pouvoir recommencer.

Peut-être ai-je crié ? Je titube sur le sommet du piton, puis je descends de roche en roche, vers le lagon. J'arrive au-dessus des citernes, le seul souvenir des coolies abandonnés sur l'îlot en 1856. Elles sont grandes, plutôt en meilleur état que celles de Plate. Chacune a conservé son couvercle en fonte auquel est attaché un seau en zinc. À genoux sur le toit, je fais pivoter le lourd couvercle, et je lâche le seau au fond de la citerne. L'eau est fraîche, presque douce, sans ces larves de moustiques qui causaient des vomissements à la Quarantaine.

Je bois longuement, pour éteindre le feu qui me brûle, le froid qui souffle au centre de mon corps. Je pense à Jacques et à Suzanne. Il faut que je les aide, que je m'occupe d'eux. Que je leur apporte à boire, que je leur prépare quelque chose à manger.

Sous la tente, Jacques s'est endormi, écrasé de chaleur. Mais Suzanne ne dort pas. Elle est allongée à même la terre, dans sa longue chemise poussiéreuse. Je vois d'abord ses pieds nus très blancs, ses bras. Elle a les mains posées à plat sur le sol, elle ne bouge pas. Un instant, j'ai eu très peur. J'ai dit son nom : « Suzanne ! » Elle a ouvert les yeux. Elle a un sourire faible. Son visage est tendu, gonflé, les paupières lourdes, ses lèvres gercées entrouvertes sur ses incisives, mais son regard brille d'une lumière inquiétante. Je n'ai pas besoin de toucher son front pour savoir qu'elle brûle.

« Veux-tu un peu d'eau ? Est-ce que tu as très soif ? »

Elle me regarde sans répondre. Elle bat des paupières. Son souffle est douloureux, difficile. Il y a des excoriations aux coins des lèvres, sur le cou, à la saignée des bras.

J'ai couru jusqu'aux citernes, j'ai rempli la vache à eau avec le seau, puis j'ai replacé le couvercle. Il me semble en faisant cela que je suis avec les coolies morts ici, avec les gens de Palissades, avec Suryavati et Ananta.

Suzanne a pu boire un peu, rehaussée contre mon épaule. Elle parle à voix basse, pour ne pas réveiller Jacques. Elle se plaint d'avoir mal au dos, d'avoir des vertiges. Elle dit : « Tu crois que je vais mourir comme John ? » Elle a dit cela avec calme, sans détresse, sans emphase. « Je ne sais pas. » Je n'arrive plus à trouver des mots pour la consoler, je ne peux plus mentir. Elle parle de Sarah. « Tu sais, elle voulait bien mourir, mais elle n'a pas pu. Peut-être que c'est vrai, la déesse qui vient chaque nuit et qui souffle sur les gens. »

Jacques m'a raconté, les femmes indiennes qui traversent chaque matin, dans la barque de Mari, pour apporter à manger aux malades. Elles vont jusqu'à la tanière de Sarah, avec du riz, des faratas, elles les posent sur une pierre, comme une offrande, et elles s'en vont. Quand elles sont loin, Sarah sort de sa cachette, elle mange rapidement, puis elle retourne dans son trou près de la tombe.

Suzanne le sait-elle ? Je vois des larmes dans ses yeux, qui coulent le long de ses joues et mouillent ses cheveux, mais c'est peut-être l'enflure qui bouche le canal lacrymal. Elle est belle avec ce feu qui brûle en elle, qui efface toute trace de souffrance. Je me suis approché d'elle très doucement et je l'ai baisée au front, comme une enfant. Ses paupières ont tremblé, mais elle n'a rien dit.

Je ne peux pas oublier l'été à Hastings, les fêtes de nuit sur la jetée, l'orchestre qui jouait les quadrilles, les messieurs en costumes clairs, les dandys, les jeunes filles en longues robes et chapeaux de paille, et Suzanne qui m'entraînait, qui voulait absolument m'apprendre la valse. « Un-deux trois, un-deux trois ! » Un soir nous étions au cirque, devant la plage. Les cavaliers en costumes noirs et larges chapeaux ont commencé à défiler au son des mariachis. Suzanne était si fatiguée qu'elle s'est endormie sur mon épaule, et je n'osais plus bouger, je respirais son parfum, je sentais le poids léger de sa chevelure, sa main qui s'abandonnait. Cela me semble si loin, et pourtant, c'est là, juste derrière ses paupières alourdies, tandis qu'elle s'endort.

Je me souviens de Jacques dans son complet gris tout neuf, chemise blanche et cravate de soie noire, un claque à la main, et cette canne qu'il affectait alors, la seule chose qu'il gardait de Maurice, du temps d'Anna, la canne-épée de notre grand-père Archambau, en bois de fer et pommeau sculpté en tête de dogue, pour en découdre — à Rueil-Malmaison, il m'avait parlé des thugs d'Elephant & Castle. Pour faire rire Suzanne, il dégainait sur la plage et feignait une botte contre un tas de varech. Il portait déjà ces lunettes rondes à monture d'acier qui contrastaient avec sa barbe et sa chevelure châtain foncé romantique, et lui donnaient vaguement l'air de ce qu'il n'était pas, un poète, un musicien. Ces lunettes dont un verre est brisé, qu'il enlève pour dormir, et qui ont marqué un creux à la racine du nez.

Ils sont si jolis, si fragiles tous deux. Je ne peux imaginer de les abandonner, de ne plus les revoir. Il me semble que si je les quitte des yeux, ne fût-ce qu'une heure, ils vont s'effacer, dévorés par la déesse au souffle froid.

Je suis resté longtemps assis dans l'abri, à côté d'eux. Le vent fait claquer la tente, siffle dans les broussailles. Ici le bruit de la mer n'est pas une rumeur lointaine comme sur l'île Plate. C'est un grondement continu, proche, qui fait trembler les rochers et la terre. C'est peut-être à cause de ce bruit que Sarah Metcalfe a perdu la raison. C'est un bruit qui porte la peur, efface en moi tout le passé et le futur, me laisse sans mémoire. Il me semble que je deviens endurci, sombre comme Gabriel.

Le soleil est à la verticale, l'air est bouillant. J'ai marché jusqu'au camp des coolies. Dans le chaos rocheux, il y a une sorte de cuvette, occupée par une grande hutte faite de pierres sèches et de bois, dont les interstices ont été colmatés à la chaux. Il n'y a aucune trace des maisons qu'habitaient les immigrants, l'année où le gouvernement les avait abandonnés sur l'îlot.

Sur le seuil, à l'ombre de l'auvent, il y a une vieille femme noire et maigre, enveloppée dans un sari déteint. Quand je m'approche, elle fixe sur moi son regard brillant, avec une expression de sauvagerie, ou de crainte, qui m'arrête sur place. Puis elle se lève et rentre dans la hutte en maugréant.

Je me courbe pour entrer dans la hutte. Il fait si sombre que je ne distingue rien. L'absence de lumière rend l'atmosphère étouffante, comme à l'intérieur d'une crevasse. J'aperçois deux femmes, enveloppées dans leurs voiles. Puis un jeune garçon presque nu, qui s'enfuit au-dehors et me regarde avec une expression de crainte et de défi : c'est Pothala, le frère de la prostituée. Les deux femmes sont Rasamah et sa mère, la vieille Murriamah, que je n'ai pas reconnue.

347

Rasamah s'est levée, elle marche jusqu'à la porte. À la lumière du soleil, je vois son beau visage régulier, ses yeux couleur de miel. Elle porte la marque sur son front, et ses cheveux noirs sont peignés avec soin, la raie peinte au kurkum. Elle aussi a une expression d'angoisse et de méfiance. Elle est si faible qu'elle doit s'asseoir par terre. Puis elle continue d'avancer, à quatre pattes, la main tendue, comme si elle voulait me parler. Je me souviens d'elle, du temps où Shaik Hussein allait la voir dans sa case. Son regard arrogant, puis ses imprécations le lendemain de l'émeute. Murriamah est debout au fond de la hutte, ses yeux brillent comme des braises dans la pénombre. Elles sont exilées, à cause de ce qui s'est passé. La ville de Palissades les a rejetées.

Il y avait d'autres femmes indiennes, dans la barque de Mari. Où sont-elles passées ?

Comme si elle avait deviné ma question, Rasamah répond. De la même voix avec laquelle elle m'insultait, rauque, désagréable, qui contraste avec la beauté de son visage. Elle répète seulement : « Tous morts. Tous morts. » Sa mère n'a pas bougé. Je ne vois que la lueur dans les yeux de Rasamah, la colère, la peur, la haine. Je me souviens aussi de ce que m'a dit Surya, à propos de Rasamah, qu'elle avait été vendue à un arkottie, battue et prostituée à Calcutta, jusqu'à ce que sa mère l'enlève et l'emmène sur le bateau, le plus loin possible. Et ces mots qu'elle a dits à Surya, ces mots que je ne pourrai pas oublier : *Pourquoi Dieu m'a donné ce visage et ce corps pour me faire vivre dans un cloaque ?* Elle crie encore, de sa voix éraillée : « Tous morts ! » Et elle cherche à quatre pattes un caillou à me jeter, comme le matin où j'étais passé devant sa maison, au village paria.

348

Le long du rivage, le vent tourbillonne, la lumière éblouit. J'ai beau m'éloigner, vers la pointe la plus au sud, je ne peux pas m'empêcher d'entendre la voix de Rasamah. Comme à Sarah Metcalfe, les femmes indiennes viennent chaque matin leur porter de la nourriture, une offrande silencieuse.

Sous la tente, Jacques s'est réveillé. Il a posé une écuelle émaillée à côté de la couche. Il a agrandi l'échancrure de la chemise de Suzanne et, lentement, il lave sa peau écorchée. J'ai entrevu sa poitrine blanche marquée de taches rouge sombre, couleur de sang séché. Quand je suis entré dans la hutte, Suzanne a tourné la tête vers moi, elle m'a regardé, elle essayait de sourire. C'est cela qui m'a fait le plus mal, qu'il n'y ait plus de pudeur, qu'elle gise là sur le sol, nue jusqu'à la ceinture, son corps brillant et zébré.

Jacques presse un chiffon imprégné de solution au borax, puis il essuie très doucement. Il a des gestes d'amant plutôt que de médecin. À un moment, il s'est aperçu de ma présence, il s'est arrêté, il dit : « Il faudrait quelques jours, juste quelques jours. » Je ne comprends pas. Il dit : « Éviter l'intoxication. Si l'éruption se résorbe, tout ira bien. Elle a été vaccinée, elle va se battre. Il faut juste deux jours. »

Je suis retourné aux citernes, puiser encore de l'eau fraîche. La réserve est abondante, de meilleure qualité qu'à l'île Plate. J'aime toucher le ciment chaud des citernes, sentir la froideur de la profondeur. Il me semble que je perçois la vie des coolies qui ont vécu ici avant nous, des voyageurs abandonnés. Ce sont eux qui ont construit ces citernes, apportant chaque pierre, la soudant au mortier. Ils habitent encore ici, dans ces roches noires, au pied du piton, devant le bleu irréel du lagon, devant la mer aux vagues très lentes, je sens leur regard sur moi, dans la lumière qui se répercute. Ils ont scruté jour après jour la ligne de Maurice, attendant le bateau qui ne venait pas. Ils ont été brûlés les uns après les autres sur la plage, leurs cendres emportées dans l'Océan. Et maintenant, je suis au même endroit, je marche sur leurs corps. J'ai le goût de leurs cendres dans ma gorge, une fine poussière qui se mêle à mes cheveux, qui glisse sur ma peau.

Le soleil a bien décliné. Les pailles-en-queue ont repris leurs rondes au-dessus du piton, leurs longs rubans rouges flottant derrière eux comme des fanions.

À l'aube l'*Ishkander Shaw* a commencé à glisser presque sans bruit le long du Tollys vers l'embouchure de la rivière Hughli. La pluie tombait en rideau sur l'eau et sur le pont, gouttant dans la cale par les interstices des planches et le long des manches à air. Dans la partie arrière de l'entrepont, réservée aux femmes seules et aux couples, Giribala goûtait aux délices de l'air frais, à la poussière d'eau qui entrait par les écoutilles mal fermées. Après toutes ces journées sous le soleil brûlant, sur les routes de Janpur, d'English Bazar, et la longue attente dans le camp de Bhowanipore, la mousson était une récompense. La vibration des machines était aussi très douce, pareille à une musique. Ananta s'était enfin endormie, lovée contre les genoux de sa mère.

L'île promise était loin, à des jours

et des nuits devant eux, si loin que personne n'aurait pu dire si elle existait vraiment. L'île était à l'autre bout de ces nuits, après un long temps dans le ventre de l'*Ishkander Shaw*, comme s'ils avaient été avalés par un monstre marin. Les bâches mouillées s'agitaient au-dessus des écoutilles, lâchant des nuages de gouttes.

Giribala avait trouvé une place contre les membrures du navire, au milieu des autres immigrants. Chacun avait déroulé sa natte (fournie par M. Lemaire en même temps que le drap en loques qui constituaient le « trousseau » des coolies) et avait placé son ballot de linge à sa tête, afin de mieux se prémunir contre le vol. À l'avant, de l'autre côté de la chaudière, c'était le quartier réservé aux hommes célibataires. Il y avait aussi une trappe d'accès à la cale, où étaient enfermés les sepoys enchaînés, destinés au bagne de Maurice, pour la construction des routes et des voies ferrées.

L'*Ishkander Shaw* est entré dans les eaux de l'Hughli au lever du jour. Des femmes s'étaient massées devant les quelques hublots graisseux, pour essayer d'apercevoir la ville de Calcutta, le palais du gouverneur. Elles avaient les lèvres tatouées. Ce sont des Doglij Lokê, dit Mani. Elles sont des sauvages, elles ne connaissent pas la mer. Elles parlaient dans une langue que Giribala ne comprenait pas, elles chuchotaient, il y avait des éclats de rire étouffés. L'angoisse du départ maintenant effacée avait cédé la place à une sorte d'impatience enfantine.

La voisine de Giribala s'appelait Mani. C'était une femme encore jeune, au visage émacié par la fièvre, et qui tenait enveloppé dans un châle un tout petit garçon. Elle parlait quelques mots d'anglais. Tout de suite elle a sympathisé avec Giribala, parce qu'elle aussi avait un enfant. C'est elle qui a montré où étaient les commodités : le robinet de laiton raccordé au condensateur, près des machines, qui dispensait dans un gobelet d'étain un mince filet d'eau tiède et fade. Et les latrines : à gauche des machines, une hutte en bois ouverte sur le bord, munie d'une planche trouée et d'un seau pour puiser l'eau de mer. Malgré le seau, l'odeur était terrible et se répandait dans tout l'entrepont. Les hommes faisaient leurs besoins à l'avant, directement par un sabord, et les prisonniers enchaînés n'avaient droit qu'à un seau au fond de la cale.

La descente de l'Hughli a duré

tout le jour. Au fur et à mesure que le soleil montait, la chaleur se faisait plus lourde à l'intérieur du navire, et la plupart des immigrants se sont couchés sur leurs nattes pour dormir.

Vers cinq heures, il y eut une distribution de riz et de poisson séché, mais ni Giribala ni Ananta ne purent y toucher. Mani, elle, mangea leur part, puis elle sortit de sa robe un sein gercé qu'elle donna à téter à son fils.

Le vent est devenu violent tout d'un coup, à cause de la pluie qui arrivait. On entendait les marins courir sur le pont, et la grand-voile s'est mise à claquer, avec des détonations qui faisaient vibrer la coque et les membrures. Le mouvement de tangage s'est accentué.

Malgré les interdictions, Giribala est montée jusqu'à l'écoutille pour regarder sous la bâche. Elle a hissé Ananta sur l'échelle, et ensemble elles ont regardé. Devant elles, au bout du navire, la rivière s'ouvrait sur une immensité couleur de boue, une mer que le couchant teintait d'or. L'horizon n'avait aucune limite. Il disparaissait dans les volutes des grands nuages noirs zébrés d'éclairs, et en son centre, droit devant le navire, s'étendait l'arbre de la pluie pareil à un géant en marche, devant lequel fuyaient les oiseaux. Jamais Giribala n'avait rien vu de plus magnifique, de plus effrayant. Elle tenait de toutes ses forces Ananta, serrée contre sa poitrine, et leurs yeux s'écarquillaient devant le spectacle de la mer. Les rives du fleuve s'écartaient, disparaissaient sous le nuage de pluie, longues bandes de sable grises qui flottaient, ondoyaient comme des serpents, se métamorphosaient. Puis tout d'un coup, droit devant la proue, il y a eu une vague énorme, immobile, qui déferlait en rugissant, là où l'eau de l'Hughli rencontrait la marée. L'avant du navire semblait attiré irrésistiblement par le tourbillon, et toute sa machine tremblait pour essayer de vaincre les remous, tandis que les marins armés de longues perches sondaient avec frénésie, en criant : *Ram ! Ram !* Giribala entendait les coups sourds des troncs d'arbres qui cognaient l'étrave, le crissement de la quille sur les bancs de sable. Elle ne pouvait pas détacher son regard de la vague qui se recourbait devant le navire. Des femmes ont pris Ananta, l'ont emmenée en arrière, à l'abri, mais Giribala n'écoutait pas leurs cris. Son visage ruisselant de pluie, elle regardait par l'ouverture de l'écoutille, avec terreur, avec émerveillement. L'*Ishkander Shaw* a frappé la vague, et toute l'ossature du navire a craqué et gémi tandis qu'il passait la barre. D'un seul coup, il s'est retrouvé sur la mer, tanguant et roulant, et Giribala s'est penchée et elle a vomi longuement sur le pont, sans entendre les lazzis des marins.

Plus tard, Mani est revenue de la cuisine. Moyennant une pièce, elle avait obtenu un pot d'eau chaude dans lequel trempaient des feuilles de thym. « Bois, ça va te guérir. »

Le breuvage était bouillant et amer, mais Giribala a pu s'allonger sur la natte, à côté d'Ananta. Elle s'est endormie presque aussitôt, comme s'il y avait des mois et des années qu'elle n'avait pas dormi.

Le 2, à l'aube

Levé vers six heures, au moment où le jour se rompt au-dessus du piton. Je passe mes nuits à l'entrée de la hutte, à l'abri de la tente. Sur Gabriel, il n'y a pour ainsi dire pas de moustiques, grâce aux alizés qui soufflent en permanence sur le lagon, et à cause de la rareté de l'eau et de la végétation. Les nuits sont aussi plus fraîches que sur Plate, presque froides, d'un froid de désert. Ici mes accès de fièvre ont cessé. Je dors d'un sommeil profond, réparateur. Mon lit se compose d'une simple toile dans laquelle je m'enroule, et d'une pierre pour la tête. Mais ce n'est pas l'inconfort qui nous tourmente à Gabriel, c'est la faim. Nous avons en tout et pour tout la ration minimale octroyée par Shaik Hussein, par personne deux mesures de riz de Saigon, une de farine de maïs, un quart de dol, un peu de mantèque. Jacques a emporté ses boîtes de thé et ses pains de savon, qu'il utilise avec parcimonie. Nous cuisinons à tour de rôle sur un foyer rudimentaire, avec comme seul combustible des brindilles et le

357

bois flotté que je récolte sur la plage, et qui brûle avec une mauvaise fumée verte. Murriamah cuisine dans l'autre campement, et le matin, malgré l'isolement et la pénurie, je sens une odeur de civilisation qui arrive jusqu'à nous. Dès que j'ai fini le seul repas de la journée, je vais jusqu'au-dessus du lagon, pour regarder Plate, la longue pointe qui court jusqu'au Diamant. Attendre Suryavati.

Le ciel est lavé par le vent, le soleil brûle dès qu'il a dépassé l'horizon. Sur la rive nord, on est devant la mer ouverte, d'un bleu presque noir, tachée d'écume. Tout est calme ici, il n'y a pas d'autre mouvement que les vagues lentes, et, de temps à autre, le passage des pailles-en-queue qui nous surveillent, avec leurs caquètements de crécelle.

Sur Gabriel, on ne sait plus rien de ce qui se passe de l'autre côté. On n'entend plus les sifflets du sirdar, les appels à la prière du matin, ni le chant du muezzin le soir. On ne perçoit plus rien de la vie à Palissades, le travail des femmes dans les plantations, la construction sans fin de la digue, ou la récolte du talc dans la veine, au pied du volcan. J'essaie de me souvenir du ravin où brille l'eau douce, dans les bassins cachés par les feuilles de songe, du grand datura vénéneux, près de l'endroit où les femmes vont se baigner et laver leur linge. De ma place au milieu des rochers, ébloui par le soleil et par le vent, je cherche les signes de vie. Maintenant, les bâtiments de la Quarantaine semblent encore plus abandonnés, pareils à des ruines d'un autre siècle. Julius Véran et Bartoli ne quittent plus leur poste, en haut du volcan, peut-être dans l'attente d'un assaut final qui ne viendra jamais. Quant au vieux Mari, lorsqu'il a conduit les Indiennes qui apportent chaque matin leurs offrandes, il passe ses journées près de l'embarcadère, à l'ombre de l'infirmerie, rêvassant et fumant comme une sentinelle oubliée.

Aujourd'hui, à la mer basse, Surya est venue sur le récif. Elle porte son sac de vacoa en bandoulière, elle s'appuie sur son long harpon. Elle s'arrête un instant au milieu du lagon, dans la passe, avec l'eau jusqu'à la taille. Puis elle remonte vers l'îlot, jusqu'à la demi-lune de sable qui conduit au rivage.

Elle a revêtu le sari vert d'eau qu'elle portait le soir où nous sommes allés dans la grotte, au-dessus de Palissades, et qui se confond avec la couleur du lagon. Je suis descendu jusqu'à la plage, je sens mon cœur battre plus fort, tous mes sens sont décuplés, je vois distinctement son visage, la tresse lourde qu'elle porte sur l'épaule gauche, la goutte rouge sur son front, le clou d'or dans sa narine. Ses yeux sont entourés d'un liseré noir. Elle est très belle.

Elle est devant moi sur la plage. Avec des gestes très simples, elle pose le sac de vacoa dans le sable, elle l'ouvre pour me montrer ce qu'elle apporte, des galettes, quelques tomates de son jardin et un petit ballot d'herbes et de feuilles sèches.

« C'est ma mère qui te l'envoie, c'est bon pour guérir les plaies de la maladie froide, pour laver la peau. »

En examinant les feuilles, j'ai reconnu la bevilacqua, dont John avait trouvé toute une plantation sur l'escarpement, près des Palissades, le jour où Ramasawmy nous avait interdit le passage. J'ai même retenu son nom latin, *Hydrocotile asiatica*.

Surya cache son sac à l'intérieur d'un massif de batatrans. Puis elle me prend par la main. Et comme si rien ne s'était passé, comme si nous nous étions vus la veille, elle m'entraîne vers le piton. « Viens, je vais chercher la plante pour le baume. »

Ensemble, nous escaladons les rochers. Le vent souffle avec violence, il nous fait tituber, nous coupe le souffle. Surya avance vite. Elle est agile, elle saute d'un rocher à l'autre, elle cherche du regard. Dans un creux, elle a trouvé, elle a une joie presque enfantine : « Viens voir ! » Dans la fissure du basalte, il y a une plante aux feuilles vert sombre, brillante au soleil. Les feuilles sont dentelées, un peu épineuses, et, au cœur de la plante, je vois une grappe de fleurettes vert pâle. Surya a cueilli tout très vite, les feuilles et la grappe de fleurs, elle les noue dans un pan de son sari.

Nous sommes presque au sommet, sous les ciments du sémaphore. Surya s'assoit à l'abri d'un rocher, hors du vent. La mer est autour de nous, violente, magnifique. À l'horizon, il y a la ligne de terre de Maurice, la frange de l'écume sur le cap Malheureux, le vert-gris des champs de cannes, et même les silhouettes des maisons, les tours des fours à chaux. C'est si près, c'est à l'autre bout du monde.

Maintenant les pailles-en-queue se sont rapprochés. Ils sont inquiets de notre présence, ils volent nerveusement, en virant autour du piton. Un couple vient droit sur nous, puis bascule en criaillant, leurs longues plumes de queue rouge feu traînant dans le vent. Ils passent si près que je vois distinctement leurs becs rouges, leurs pattes bleutées et leur prunelle dure dardée sur nous comme un diamant noir. Au moment où ils basculent dans le vent, ils poussent un long cri éraillé, plein de détresse et de colère. J'ai fait un geste vers eux, pour les éloigner, mais Surya retient mon bras.

« Ne fais pas ça, ils ont peur, on est près de leur nid, ils croient qu'on veut leur faire du mal. »

Elle m'entraîne de l'autre côté du piton, vers le vent.

« Viens, je vais te montrer leur nid. »

Nous marchons lentement, courbés en avant, pour ne pas être trop visibles. Sur ce versant, il y a moins de vent, la végétation est plus épaisse. Il y a des batatrans, des euphorbes, des lantanas. À mesure que nous progressons, les cris des oiseaux se font plus pressés, plus aigus. À présent il y a quatre couples qui tournoient, poussés par le vent de l'autre côté du sémaphore, puis ressortant derrière nous.

Surya s'est arrêtée, elle chuchote à mon oreille, comme un secret : « Regarde, *bhai*, c'est leur maison. » Devant nous, il y a un glacis où la pente du piton paraît défrichée, labourée. Par endroits la terre noire est percée de trous, comme des entrées de terriers. Du rivage, on ne pouvait pas les apercevoir. Des buissons de lantanas masquent les entrées. Cela ressemble à des trous de lapins. J'en compte plus de cinquante. Nous sommes devant le village des pailles-en-queue.

Nous continuons d'avancer à quatre pattes, sans geste brusque, sans faire de bruit. Surya parle contre mon oreille : « Ils ont eu des petits, c'est pour ça qu'ils nous crient dessus. Ils nous disent de nous en aller. »

Nous ne sommes plus qu'à une dizaine de mètres des tunnels, juste au-dessous du glacis. Les pailles-en-queue volent au-dessus de nos têtes, en désordre. J'entends tout près de moi le bruit de leurs ailes et une sorte de sifflement muet qu'ils poussent, leurs becs grands ouverts, un cri de rage sans voix. Ils sont magiques et maladroits, avec leurs plumes couleur d'écume et les longues banderoles rouges. Ils se heurtent entre eux. Certains se sont posés sur la terre, devant nous. L'un d'eux marche vers nous, l'air menaçant, l'œil de côté. Il a les plumes de son jabot hérissées, il voudrait nous faire peur, mais sa démarche est grotesque, cahotante, il ressemble à une poule en colère.

Je regarde Suryavati. Elle s'est allongée par terre, son visage exprime un émerveillement enfantin. « Regarde, *bhai*, c'est la maman. Elle est prête à se battre pour défendre son enfant. » Derrière, un peu en retrait, un autre oiseau crie. « Lui, c'est le papa », décide Surya. Il va et vient d'un air énervé, il aiguise son bec dans la terre. Ces oiseaux qui semblaient si grands dans le ciel, avec leurs longues ailes blanches en forme de lame de faux, tournoyant autour du piton et se laissant tomber dans la mer comme des pierres, sur la terre sont petits et sans défense, à peine plus grands que des pigeons.

Surya continue à s'approcher des terriers, en rampant, appuyée sur les coudes. Son regard est fixé vers les tunnels, elle ressemble à un chat aux aguets. Quand elle arrive tout près, un des pailles-en-queue s'envole en criant, mais l'autre fait face et marche vers elle, un peu de travers, son jabot gonflé, son bec entrouvert laissant échapper un sifflement de haine et de peur. L'oiseau s'envole sur place, siffle, fait mine d'attaquer. J'arrive à mon tour en rampant, et l'oiseau comprend qu'il ne gagnera pas cette guerre, il s'enfuit soudain, battant des ailes de toutes ses forces, sans un cri. Il va haut dans le ciel, traînant derrière lui sa flamme somptueuse et inutile.

Nous sommes devant l'entrée du terrier. Tout d'abord, je ne peux rien voir dans l'ombre, seulement les débris de nourriture, des coquilles, des os de seiche. Puis j'aperçois au fond de la cavité, à demi caché derrière le nid de brindilles conchiées, un unique oisillon taché, hirsute. Il a une grosse tête alourdie par son bec noir, la peau de son crâne est bleutée. Il pousse des sortes de piaillements énervés. Il cherche à se mettre debout dans le nid, mais le poids de son énorme tête le fait basculer. Il est attendrissant et hideux. Comment un tel avorton peut-il se métamorphoser un jour en un de ces dieux ailés, si blanc, impérieux, glissant et volant au-dessus de l'océan, faisant onduler sa longue traîne de feu, comme s'il ne devait jamais se reposer ?

Le couple a recommencé à tournoyer au-dessus de nous en poussant des cris affreux. D'autres oiseaux, attirés par le scandale, se sont joints à eux, des goélands, des pétrels, même des fous. Le vacarme est assourdissant. Surya m'entraîne en arrière, ensemble nous redescendons la pente du piton, vers le lagon. Nous sommes abasourdis par les cris des oiseaux, éblouis par le soleil et le vent. Nous trouvons un peu d'ombre, du côté des filaos, et nous nous reposons sur le sable un long moment. J'ai appuyé ma joue sur la poitrine de Surya, j'écoute à nouveau battre son cœur. Il me semble que nous ne nous sommes jamais quittés.

Ensuite nous mangeons les provisions que Surya a apportées. Tout à coup j'ai très faim, je mange les galettes de dol sans attendre.

J'ai honte de ne pas avoir pensé à partager. « Peut-être que je devrais apporter quelque chose aux autres, là-bas ? » J'ai montré le campement de Jacques et Suzanne, et celui des femmes indiennes.

Surya est debout. Elle hésite. Elle regarde du côté du lagon.

« Il faut que je retourne, la mer va monter. »

Elle est contre le soleil, le sable éblouissant, sa robe est couleur de l'eau, son visage est de cuivre sombre. Je ressens du dépit, de la colère presque. « Tu ne peux pas t'en aller maintenant. Il faut que tu voies mon frère et Suzanne. Personne n'a le droit de nous séparer. »

Elle me suit sur le chemin des campements. Elle a mis son grand châle rouge sur son visage. Elle ressemble à n'importe quelle femme du village des parias. J'entends le bruit de ses bracelets qui tintent à ses chevilles, le froissement de sa longue robe. J'ai le cœur qui bat, c'est la première fois qu'elle m'accompagne chez mon frère.

Moi aussi je suis pieds nus. Pour me protéger du soleil, j'ai mis un morceau de toile blanche autour de ma tête.

Sous la tente, la chaleur est suffocante. Il y a des nuées de moucherons. Au moment où nous arrivons, Jacques se redresse, il nous regarde. Je me rends compte qu'il ne m'a pas reconnu. Il dit : « Qui êtes-vous ? Qui cherchez-vous ? » Contrairement aux grands mounes, il n'a pas l'habitude de tutoyer les Indiens.

Puis il ajuste ses lunettes pour mieux me voir. Suzanne, elle, m'a reconnu. Son visage tuméfié a du mal à sourire, mais ses yeux brillent, il me semble, de la même lueur amusée que lorsqu'elle m'a rencontré la première fois, chez l'oncle William.

Suryavati est debout à l'entrée de la tente, elle a l'air d'une écolière qui n'ose pas dire son nom. C'est Suzanne qui lui fait signe d'approcher. Ses lèvres gercées ont du mal à articuler, sa voix est tout engourdie. Elle dit quand même : « Comme elle est jolie ! » Elle essaie encore, elle s'impatiente. « Comment — » Mais elle ne peut pas finir sa phrase. C'est moi qui réponds : « Son nom est Suryavati. »

Comme je suis devant elle, Suzanne a un geste irrité, elle me repousse pour mieux voir Surya. Elle dit encore : « Comme elle est jolie... Entrez, excusez-moi, je ne peux — je ne peux pas me lever. »

L'effort qu'elle fait pour parler l'a un peu ranimée.

Tout d'un coup, je suis atterré par son état. Elle est très maigre, sa peau est sèche, marquée de vilaines plaques rouges. À la base du cou et à la saignée des coudes, les plaies sont à vif. Elle s'est épuisée en voulant accueillir Surya. Elle se laisse aller en arrière, elle respire vite. Son front est brûlant et ses mains glacées. Jacques est assis à côté d'elle. Dans la cuvette émaillée, il y a un peu d'eau poussiéreuse et le tissu qui sert de compresse.

« Il n'y a plus de borax, plus rien. » Il dit cela avec un désespoir tranquille qui me fait mal. « Je ne vais tout de même pas aller lui chercher du talc ! »

Surya s'est approchée de la couche. Sans regarder Jacques, elle a pris une poignée de feuilles, elle les a imprégnées avec l'eau de la cuvette, en les malaxant entre ses paumes. Un jus presque noir coule en mince filet. Quand les feuilles ont été réduites en pâte, Surya les étale avec soin sur les plaies. Le pansement doit être froid, parce que Suzanne frissonne.

« Qu'est-ce que c'est ? » Elle a demandé cela à Surya, d'une voix faible.

Surya dit juste le nom : « Bevilacqua. »

Elle prépare d'autres cataplasmes. Elle est à genoux devant Suzanne, elle a ouvert le décolleté pour laver la peau abîmée par l'éruption. Elle a des gestes très doux. C'est comme cela qu'elle s'occupe d'Ananta, qu'elle la baigne chaque matin, pour apaiser ses escarres.

Jacques et moi nous sommes mis un peu à l'écart, debout devant la porte. Dehors, la chaleur a diminué. Un froissement dans les branches des lantanas nous prévient de l'arrivée du vent de la marée.

Puis nous entendons un bruit de pas. Un instant, j'ai cru que c'était Véran, ou le sirdar, venu pour contrôler. C'est Pothala et sa mère. Le jeune garçon est presque nu, vêtu seulement d'un langouti autour des reins. Il est resté devant la hutte, déhanché, les bras croisés. Murriamah est entrée silencieusement. Elle a rejeté en arrière son voile orange. Elle a un visage de déesse grecque, vieilli, amaigri, couleur de bronze, ses cheveux gris sont coiffés en deux longues tresses. Elle s'arrête devant Suzanne et elle regarde sans rien dire.

Surya s'est retournée. Elle cherche du regard quelque chose, puis elle prend un des draps qui sert de moustiquaire et, avec l'aide de Murriamah, elle l'accroche aux montants de bois, de chaque côté de la hutte, comme un écran. Elle se tourne vers Jacques, elle lui dit : « Il faut la laver toute. » Elle a dit cela brièvement, comme un ordre, pour que nous sortions de la hutte. Jacques ne proteste pas. Il sort le premier, il s'assoit dehors sur une pierre. À la lumière du soleil il paraît encore plus fatigué, les cheveux et la barbe en désordre, ses habits poussiéreux, pieds nus dans ses souliers écorchés. Il parle seul, d'une voix monotone. « Ce matin, le marasme était effrayant... C'est à peine si elle m'a reconnu. Il faudrait gagner quelques jours, quelques heures. » Il roule machinalement une cigarette. La fumée qui tourbillonne dans le vent a une drôle d'odeur vaguement sucrée. Jacques a eu affaire, lui aussi, avec les pêcheurs contrebandiers du vieux Mari : ce qu'il fume, c'est du ganjah.

Pothala est resté dans les rochers, non loin. Il est mince comme une liane noire, avec son langouti blanc et sa tignasse hirsute. Il me fait penser à Mowgli. J'ai essayé de lui parler plusieurs fois. Il écoute avec attention, mais son visage reste buté, il ne répond que par des monosyllabes. De temps à autre il est secoué par des quintes de toux bronchitique.

Maintenant, Surya a terminé. Elle détache le rideau. Jacques est entré le premier, il s'agenouille à côté de Suzanne. Il y a un rayon de lumière jaune qui entre par les interstices du toit et qui éclaire son visage. Elle a l'air apaisée. Elle est enveloppée dans un drap qui a collé à son corps mouillé et dessine la forme de ses seins, de ses hanches. Ses cheveux courts sont peignés en arrière. Quand je m'approche à mon tour, elle me tend une main fraîche, détendue. Elle murmure pour moi : « Elle est un ange. »

Surya n'a pas fini. Maintenant, Murriamah l'a prise par le bras, l'a attirée vers l'autre campement. Elle marche devant Surya, à demi tournée, à la façon des gens qui n'ont pas de caste. Il n'est pas difficile de comprendre ce qu'elle demande. Rasamah est au plus mal. La maladie froide s'est abattue sur elle hier soir, en quelques heures elle a gagné tout son corps.

Au moment où j'entre à mon tour sous l'abri, je suis repoussé par une odeur violente, une odeur de mort. Rasamah est étendue sur une natte, dans l'air surchauffé de la hutte. Malgré la pénombre, je distingue son visage noirci, déformé par l'enflure. Sa bouche est entrouverte. À travers ses paupières gonflées, ses yeux brillent de cette même lueur de vie et d'intelligence insupportable. Mais ses lèvres sont incapables d'articuler la moindre parole.

Je suis resté sur le seuil avec Pothala. Surya s'est agenouillée devant Rasamah. Elle a fait signe à Murriamah d'approcher, d'apporter un peu d'eau, mais la vieille femme ne peut pas bouger. Elle reste debout dans un coin de la hutte, son regard fixé sur sa fille, comme devant un spectacle à la fois répugnant et irrésistible.

Jacques est à côté de moi, devant la porte de la hutte. Il regarde lui aussi un long moment, sans rien dire. Puis il retourne vers notre campement. Quand j'ai essayé de le retenir, il a secoué la tête. « Il n'y a plus rien à faire. » Il a murmuré quelque chose, et comme je ne comprends pas, il répète, avec un sang-froid qui me fait peur : « Il faudra préparer le bûcher très vite. »

Je suis hébété. Je crois que nous sommes tous en train de perdre la raison, nous sommes devenus pareils au Véran de Véreux, prêt à faire couler le sang pour un peu de nourriture, ou pour la guerre. À un moment, j'ai entendu un bruit furtif dans les broussailles, derrière le campement de Murriamah. J'ai cru entrevoir la silhouette de Sarah Metcalfe qui fuyait vers son trou, à la pointe sud. Pothala lui a jeté des pierres. Tous des fous.

Surya est retournée vers le lagon. Elle est partie sans se retourner, marchant vite entre les rochers, jusqu'à la plage. Son visage de cuivre sombre est fermé, elle a mis sur ses cheveux un pan de sa robe verte.

La mer est tout à fait haute, le chemin de corail a disparu, et les bancs de sable sont noyés. Suryavati n'a pas eu à faire un signe. La plate du vieux Mari traverse le lagon, un peu de biais à cause du courant. Avant même que l'étrave ne touche à la rive, la jeune fille a bondi dans la barque. Debout à la proue, elle appuie sur la perche, elle s'en va vers l'île Plate, comme si elle ne devait jamais revenir.

Comme chaque soir, le crépuscule est magnifique. Le vent est tombé, le ciel est traversé de bandes pourpres, violettes. L'eau du lagon est lissée, d'un bleu éclatant, comme si la lumière venait des fonds. Tout est si parfaitement calme ici. Il n'y a que le grondement du ressac sur les brisants, de l'autre côté de l'île et le vol lent des oiseaux qui se dirigent vers les rochers, autour du Diamant. Les pailles-en-queue ont déjà regagné leurs terriers, au pied du sémaphore.

C'est l'heure où je vais m'asseoir à côté de Suzanne, pendant que Jacques fait bouillir de l'eau sur le feu de brindilles. C'est comme un rituel. Je vais lire à haute voix les poèmes qu'elle aime, dans le petit livre bleu foncé maculé de cendres et de boue. C'est devenu pour moi le livre le plus important du monde, il me semble que chaque mot, chaque phrase, porte un sens mystérieux qui éclaire notre vie réelle.

Quand je commence à lire, je vois son visage qui s'éclaircit. Ses yeux brillent plus fort, il me semble qu'elle respire plus librement. Je lis *La cité de la mer*, et les mots écrits par Longfellow le 12 mai 1881 entrent en elle, dénouent ses peines et lavent son esprit. J'ai commencé à lire, et j'entends Jacques qui s'approche de l'entrée, et le mouvement léger de Pothala dans les buissons, ou peut-être Sarah qui écoute, cachée dans les rochers, en retenant son souffle.

The panting City cried to the Sea
I am faint with heat — Oh breathe on me !
And the Sea said, Lo, I breathe ! but my breath
To some will be life, to others death !
As to Prometheus, bringing ease
In pain, come the Oceanides,
So to the City, hot with the flame
Of the pitiless sun, the east wind came.
It came from the heaving breast of the deep
Silent as dreams are, and sudden as sleep
Life-giving, death-giving, which will it be,
O breath of the merciful, merciless sea ?

Passé les bouches du Gange et de l'Hughli au soir, l'*Ishkander Shaw* est entré dans le grand Océan, sous un ciel bas, par une nuit zébrée d'éclairs. C'est un voyage comme le sommeil, comme l'engourdissement qui suit une longue maladie. Jour après jour, nuit après nuit, emportés dans le mouvement lent de la houle, qui fait rouler et craquer le navire, gémir les membrures, et les trépidations de l'hélice qui sort de la vague, et le souffle du vent qui pèse sur les voiles, qui freine le roulis.

Giribala comptait les jours, en les marquant dans un petit cahier d'écolier qu'elle avait acheté à la boutique du camp, à Bhowanipore. Elle ne savait écrire que l'anglais, tout ce qui lui était resté du temps où elle fréquentait l'école de la mission à Cawnpore, et elle ne savait écrire que les noms des jours de la semaine. Le jour qui avait précédé l'embarquement, elle avait écrit avec application : *Lundi*. Puis elle avait tracé un trait au-dessous.

Chaque matin, au réveil, elle sortait le cahier de son baluchon, elle marquait le nouveau jour, elle tirait son trait, et elle rangeait le cahier avec soin. C'était son seul objet précieux.

Le matin, dès cinq heures et demie, l'arkottie donnait un long coup de sifflet. C'était le signal du lever. Chacun roulait sa natte, se dépêchait de ranger le drap et le linge de nuit dans les bagages, et poussait son ballot dans le creux entre les membrures. À six heures, le cuistot commençait la distribution du riz. Les femmes seules d'abord, puis les couples, à tour de rôle se présentaient au bas de l'échelle avec les écuelles, pour recevoir la ration, une boule de riz puisée à la louche. Les deux arkotties surveillaient la distribution, pour s'assurer que personne ne se présentait deux fois. Tout se faisait en ordre, dans le plus grand silence. Chacun recevait aussi un quart de thé noir, versé d'un grand samovar en cuivre. Après le repas, pris rapidement à la lumière des lampes, les femmes reformaient une file pour une brève toilette, entrant deux par

372

deux dans la cabane des latrines, au centre de l'entrepont.

Les premiers temps, Giribala était gênée d'avoir à faire ses besoins et se laver devant Mani. Même lorsqu'elle voyageait avec les Doms, chacune allait de son côté et s'accroupissait dans le fleuve, avec l'eau qui montait jusqu'au cou. Puis elle s'est habituée. Elle lavait Ananta avec soin, mais l'eau salée de la pompe laissait une pellicule collante et poissait les cheveux. Il fallait attendre l'heure de monter sur le pont pour espérer se rincer sous la pluie.

Ensuite venait l'heure de la prière. Au centre du navire, dans la partie réservée aux hommes, les musulmans se prosternaient du côté du soleil levant, et la voix de l'arkottie psalmodiait. Ananta se glissait près de la porte, elle regardait les hommes en prière sans poser de questions. D'autres hommes, et des femmes du pont arrière, faisaient la première offrande au soleil, avec un peu d'eau au creux de leur main.

Quelque temps après le départ, une dispute avait éclaté à l'avant du navire. Deux immigrants indiens avaient voulu allumer un cierge devant une image de Jésus de Nazareth. C'étaient deux chrétiens de Pondichéry, nommés Lazare et Joseph. L'arkottie avait voulu éteindre la bougie et confisquer l'image, et les deux hommes s'étaient battus avec lui, puis le capitaine avait fait mettre les deux chrétiens aux fers, à côté des sepoys enchaînés.

Chaque matin, après le déjeuner et la prière, commençait la promenade en plein air sur le pont. Les immigrants montaient à tour de rôle, par groupes de vingt, pour s'aérer pendant une demi-heure. La première équipe, qui changeait chaque jour, avait pour tâche de laver le pont à l'eau de mer et au savon noir. Celles qui suivaient procédaient à d'autres tâches, comme de désinfecter les nattes et les matelas au Condys fluide, ou de laver les ustensiles de cuisine. D'autres réparaient les voiles, tressaient des cordages, ou réparaient les pièces de bois du garde-corps. Malgré le travail, tous les immigrants attendaient avec impatience l'instant de sortir de l'étouffement de l'entrepont et de pouvoir respirer le vent, sentir la pluie ou la chaleur du soleil. Seuls deux hommes échappaient à ce mouvement, des hommes du Nord, vêtus de blanc, qui depuis le premier jour avaient commencé une partie d'échecs, qui les occupait jusqu'au soir. L'équipe des femmes seules à laquelle appartenaient Mani et Giribala sortait en fin de matinée, au huitième tour, entre dix heures et onze heures. Alors toutes les corvées de nettoyage étaient terminées. Le pont lavé à grande eau brillait comme du marbre poli, les linges et les pots de cuisine étaient mis à sécher dans des caisses, et le robinet de laiton du condensateur à eau douce étincelait comme s'il avait été de métal précieux.

Les femmes apportaient seulement leur linge sale, qu'elles lavaient à genoux, à même le pont, avec l'eau de mer puisée à la pompe. Elles avaient droit à un rinçage à l'eau douce et tiède du condensateur, sauf lorsque l'averse suffisait à dissoudre le sel. Puis sous la surveillance d'un des arkotties à l'abri de son grand parapluie noir, elles étendaient le linge sur le pont pour attendre qu'il sèche. La plupart du temps, il fallait l'étendre dans l'entrepont, sur une corde installée près de la chaudière.

Giribala aimait beaucoup ces moments. Avec Ananta, elle s'asseyait à côté du linge, les jambes pliées sous elle, comme si elle était encore dans la maison de sa tante, à Cawnpore. La lumière était si intense que les premiers instants, quand elles sortaient de l'entrepont, elles étaient éblouies et elles titubaient, leurs yeux débordant de larmes. Elle cachait le visage d'Ananta avec un pan de sa robe, et elle avançait en tâtonnant jusqu'à sa place sur le pont, à l'ombre de la voile.

Puis, peu à peu, quand elles s'étaient habituées, Giribala et Ananta regardaient autour d'elles. Partout, aussi loin qu'elles pouvaient voir, il n'y avait que l'Océan, d'un bleu sombre, mouvant, rempli d'étincelles. Le navire semblait immobile, montant et descendant dans les creux, sa grande voile rouge gonflée dans le vent d'est. Au-dessus du château arrière, la haute cheminée jetait des flots de fumée noire qui se rabattaient en tourbillonnant vers la proue. Parfois, une saute de vent renvoyait le nuage vers la poupe, et Giribala couvrait sa tête et celle d'Ananta avec son châle. La fumée déposait de petits points incandescents sur le pont, qui brûlaient la peau et laissaient des taches de suie sur le linge qu'on venait de laver.

Les premiers jours, les femmes Doglij Lokê, les sauvages, refusaient de sortir de l'entrepont. Elles se cramponnaient aux membrures en criant, comme si on allait les jeter à la mer. Mais Mani leur a parlé très doucement, avec des gestes, et un matin, elles ont consenti à monter l'échelle, à marcher sur le pont dans le vent. Mais elles sont allées s'asseoir contre le château arrière, le plus loin possible du bord, et elles sont restées immobiles, serrées les unes contre les autres, leur regard plein de vertige.

Les journées étaient si longues, dans le ventre du navire. Giribala voulait faire durer l'image de la mer infinie, ce bleu qui brûlait les yeux, ce vent qui mettait du sel sur les lèvres. L'ardeur du soleil, la grande voile rouge qui claquait en se gonflant. Dans le linge qui avait séché sur le pont, Ananta cherchait l'odeur de l'Océan. Elle s'allongeait sur le châle de sa mère, elle appuyait sa joue sur l'étoffe déjà usée, elle se laissait glisser dans son rêve, bercée par le roulis. Giribala croyait qu'elle dormait. Elle l'éventait avec un soufflet de paille qu'elle avait tressé pendant les jours d'attente, au camp de Bhowanipore. Elle lui chantait doucement des comptines, comme si Ananta était encore toute petite, le bébé qu'elle avait arrachée à la poitrine ensanglantée de l'ayah.

Mais Ananta faisait un rêve étrange, si lointain qu'il lui semblait qu'il avait commencé avant sa naissance, si étrange qu'elle ne pouvait pas le raconter.

Elle rêvait d'un autre bateau, non pas cette vieille coque de l'*Ishkander Shaw*, avec sa poupe relevée comme

une caravelle et sa voile rouge rapié-
cée mille fois, et sa machine bouil-
lante qui tombait en panne chaque
soir.

C'était un navire immense, grand
comme une ville, tout brillant de
lumières, avec ses trois mâts char-
gés de voiles hautes comme des
montagnes. Elle était dans ce navire,
et elle glissait sur l'Océan, couchée
dans un grand lit blanc entouré d'un
nuage de gaze, sans fin, sans peine,
comme on glisse le long d'un rêve, à
l'envers.

Parfois dans son rêve, elle entendait de la musique, mais elle ne
savait pas ce que c'était. Une musique très douce qu'elle n'avait jamais
entendue nulle part. Elle n'était plus
dans le navire, mais dans un grand
jardin très vert où cascadaient des
jets d'eau, où voltigeaient des milliers d'oiseaux, de papillons, où brillaient au soleil des milliers de fleurs
parfumées.

Une nuit, au bout du fleuve, dans
le camp de Bhowanipore, elle s'était
réveillée en sursaut, elle avait voulu
raconter à sa mère ce qu'elle entendait dans son rêve. Giribala l'avait
écoutée parler, puis elle l'avait serrée dans ses bras. « Ce que tu
entends, c'est la musique des
anges. » Cette explication avait rassuré Ananta, et elle s'était rendormie

paisiblement. Maintenant, tandis que l'*Ishkander Shaw* avance et roule et tangue sur l'Océan, elle entend la musique encore plus fort, encore plus près, comme si chaque vague que la proue franchissait, sur la route de Mirich Desh, les rapprochait du jardin de son rêve et des anges.

Le 4

Voilà deux jours que Surya n'est pas venue. Avant-hier, tôt le matin, elle a franchi le lagon dans la plate, avec les femmes qui apportent le riz et la mantèque. Dans son sac de vacoa, elle avait des fruits, et les feuilles de bevilacqua pour Suzanne. Elle est restée un instant dans la hutte, elle avait une expression étrange, inquiète. Elle parlait à Suzanne, à voix basse, en préparant les cataplasmes. Je l'ai accompagnée jusqu'à la plage quand elle est repartie. À un moment, un couple de pailles-en-queue a traversé le ciel au-dessus du lagon, leurs longues banderoles flottant dans le vent, elle a dit : « Ils sont comme les humains, ils n'ont qu'un seul enfant. » Elle m'a posé des questions sur Suzanne, elle voulait savoir où ils s'étaient rencontrés. Elle parlait de l'Angleterre. Je ne comprenais pas pourquoi elle voulait entendre tout cela.

Quand elle est repartie dans la barque, avec les autres femmes, j'ai compris qu'Ananta était morte. Tout le jour, je suis resté sur le promon-

380

toire, près des ciments du sémaphore. Je voulais la voir, l'appeler. La marée est restée basse jusque vers le milieu de l'après-midi, le banc de sable dessinait son immense croissant blanc jusqu'au goulet de la passe. Il y avait des gens qui marchaient de l'autre côté, le long du rivage, à la recherche de coquillages, et des enfants qui chassaient les ourites dans les mares noires. C'était la première fois qu'ils s'aventuraient ici. Il y avait quelque chose de changé.

Véran ne s'est pas montré. Seul Bartoli est sorti de l'infirmerie, la main en visière, pour regarder dans notre direction. Puis il est retourné à l'intérieur du bâtiment. Comment passe-t-il le temps ? J'imagine qu'il fait des parties d'échecs imaginaires, tourné contre le mur, ou qu'il rêve comme Mari, en fumant du ganjah.

J'ai attendu Surya. Puis je n'ai plus attendu. Maintenant j'en étais sûr : Ananta était partie. Elle était « retournée à la Yamuna », comme dit Surya.

J'ai cherché des feuilles dans les rochers, près du piton. Les leçons de John Metcalfe n'ont pas été inutiles. Sur le versant ouest j'ai trouvé des feuilles de psiadia à dentelures larges, qui sont bonnes pour le baume. J'ai même trouvé dans un recoin abrité de l'amarante rustique, que Surya appelle des « brèdes malbar » et de la castique. Et un peu plus bas, sous le glacis des pailles-en-queue, de la citronnelle, avec laquelle je pourrai faire du thé pour Suzanne.

Grâce à Surya, je sais reconnaître les traces des gens qui ont vécu pendant des mois ici, les coolies de l'*Hydaree* abandonnés sur Gabriel avant nous.

Partout je trouve des morceaux de fer rouillé, des tessons de poterie, même d'anciennes pièces de monnaie, indiennes et chinoises.

Dans une faille, j'ai trouvé des signes étranges gravés sur la lave, des cercles, des triangles, des sortes de rosaces. Qui a laissé ces marques ? J'ai imaginé une femme, son visage brûlé par le soleil, qui traçait lentement ces dessins, jour après jour, comme une prière, en regardant la ligne verte de Maurice qui flottait au loin comme un mirage. Ou bien un homme, assis sur le rocher, son visage entouré de linges, immobile devant la mer comme un veilleur d'éternité.

Ce sont eux qui ont planté l'amarante, la citronnelle, et les plantains qu'on trouve plus bas, du côté des citernes. Parfois il me semble que j'entends le bruit de leurs pas, leurs voix, les noms qui résonnent autour des pitons, qui se mêlent aux cris des pailles-en-queue. Comme à Palissades, le soir, les enfants qui appellent : *Chota, Auklhah, Sabara-am ! Aui !*

Les oiseaux magiciens tournent dans le vent, autour du sémaphore. Quand je suis trop près de leurs terriers, ils giflent mes cheveux en poussant leurs cris muets. Peut-être que c'est la folie qui me guette, ici, dans cet îlot, prisonnier des éclats du basalte et de l'écume, avec la vibration perpétuelle des vagues au centre de mon corps !

Il n'y a que Suryavati. Elle seule nous rattache au monde des vivants. Son regard, la lumière de ses yeux, la chaleur de ses mains. Avant, Suzanne me disait : « Ta bayadère », avec cette ironie qu'elle met toujours à propos des choses qui me concernent. Maintenant, elle l'attend chaque jour, son regard sans cesse tourné vers la porte, un regard fiévreux, qui brille plus fort quand quelqu'un franchit le seuil.

Le soir, j'avais le cœur qui battait la chamade. Il y avait cette vibration, au fond de moi, qui se mêlait au bruit de la mer sur les récifs, au caquètement incessant des oiseaux de mer. Je sentais la fièvre revenir, un frisson qui arrivait de très loin, qui montait peu à peu. Dans le bout de miroir que Jacques a posé près de la porte pour tailler sa barbe, j'ai regardé mon visage. Il y a longtemps que je ne l'ai pas vu, par désintérêt, et aussi à cause de toutes les occupations de la vie quotidienne. J'ai été étonné du changement. Ma peau est noircie par le soleil, mes cheveux sont une crinière sombre. Il me semble que moi aussi, j'ai l'air d'un fou. Suryavati m'a dit que je ressemblais à Angoli Mala, le bandit qui coupait les doigts des gens dans la forêt, et que Bouddha a guéri de sa folie. Mais je n'ai aucune tache, aucun signe de la maladie.

Quand je suis sorti de la maison, Suzanne m'a suivi du regard. Elle avait la même expression inquiète que lorsque je me glissais dans la nuit pour aller du côté de Palissades. Pourtant, ici, où pourrais-je m'échapper ?

Je suis revenu vers elle. Elle a dit quelque chose, très bas, pour ne pas déranger Jacques qui dormait en chien de fusil au fond de la hutte. J'ai cru qu'elle avait besoin de quelque chose, un peu d'eau, ou bien que je l'aide à aller à la toilette. Mais elle a dit seulement ces mots : « Sauvenous. » Puis elle s'est tournée vers le mur.

Je suis entré dans la mer avec délices. L'eau du lagon était noire, immobile, sous le ciel encore clair. J'ai marché le long de la demi-lune de sable, puis je me suis lancé dans le courant. Je dérivais à peine. Quand je plongeais, j'entendais le froissement des vagues contre mon oreille. Je nageais lentement, prenant ma respiration pour glisser entre deux eaux, les yeux ouverts dans l'ombre, guidé seulement par la vibration de la mer.

La traversée était longue. À un moment, devant moi, j'ai distingué le socle de Plate, la forme déchiquetée du volcan.

Tout sans bruit, sans lumière. Pareil à un grand animal endormi sur la mer.

J'ai touché terre près du môle en ruine. C'est le domaine des laffes-la-boue aux piquants empoisonnés. C'est ici que Surya m'a soigné, la première fois, quand je m'étais coupé sur un corail.

Hors de l'eau, le vent était presque froid. Il y avait une odeur de pluie, comme un brouillard qui passait devant la lune. J'ai couru à travers les broussailles, le long de mon sentier, jusqu'au cap. Je devine encore mes brisées, mes pieds retrouvent les traces, les obstacles. Je n'ai rien oublié. Je suis passé au large des maisons de la Quarantaine, abandonnées. Véran et Bartoli n'y sont que pour dormir le jour. Ils passent leurs nuits en haut du volcan à guetter l'arrivée des ennemis imaginaires, à l'abri de leurs murailles sèches. Même la citerne semble oubliée, envahie par les lantanas. J'ai traversé l'odeur d'eau croupie, les nuages de moustiques. Ainsi la frontière inventée par l'autocrate est devenue réelle, comme si de ce côté de l'île tout avait été empoisonné.

J'ai fui ce quartier de ruines. Il y avait comme

un souffle froid qui me faisait frissonner. Je me suis trompé deux fois de chemin dans la nuit, me heurtant à des portes d'épines. Puis tout d'un coup je me suis retrouvé de l'autre côté, au-dessus de l'escarpement où commencent les plantations de cocos. J'étais devant le village paria, je voyais la baie des Palissades.

Les lumières brillaient partout, dans les maisons, devant les portes, et le long du rivage les bûchers rougeoyaient. Je respirais une odeur lente de nourriture, mêlée à la fumée des bûchers, je la flairais comme un chien, du haut de l'escarpement. Il y avait des semaines et des mois que je n'avais pas senti cela. Maintenant, j'appartiens à un monde de pierre et de vent, un monde sans parfum où ne bougent que les oiseaux au regard cruel. L'écorchure de la mer, du soleil.

J'avais peur de descendre. J'ai fait un détour, pour ne pas alerter les chiens, pour arriver au vent. Dans le village paria, j'ai vu la hutte de Murriamah. Il n'y avait personne, et pourtant une petite lampe brûlait devant la porte.

La maison d'Ananta était vide aussi. À l'entrée, la lampe vacillait, au bout de son kérosène. À l'endroit où Ananta était couchée, le sol était propre, balayé. Il n'y avait plus de moustiquaire ni de drap. Son coffre de santal avait disparu, ses images, son brûleur d'encens. Le cœur battant, j'ai couru le long du rivage, jusqu'à la plate-forme au milieu de la mer. Je n'ai pas vu Surya tout de suite. À la lueur des bûchers, j'apercevais des silhouettes, des femmes occupées à nourrir les flammes, des hommes qui tisonnaient avec de longues branches. Sur la plate-forme, il y avait un corps allongé, enveloppé dans une robe.

J'ai reconnu Surya. Elle était assise sur le bord de la plate-forme, la fumée l'enveloppait par instants complètement, comme si elle brûlait elle aussi. Devant elle, Ananta. Une forme petite, mince comme un corps d'enfant, déjà calcinée par les flammes. À ses pieds, il y avait le coffre de santal qui contenait tous ses biens, toute sa vie, ses bijoux, ses peignes et ses fards. Mais Surya avait gardé la boîte d'étain de la compagnie Bird, contenant la carte d'immigrante de sa grand-mère, et le collier de laiton avec le numéro 109, qu'Ananta portait autour du cou quand elle est montée sur le bateau, à Bhowanipore.

J'étais ici pour le dernier instant. Je ne me suis pas approché de Surya. Je suis resté de l'autre côté du bûcher, sous la plate-forme devant la mer, à l'endroit où nous avions passé la première nuit ensemble.

Un homme était debout près de Surya. Il jetait de temps en temps de l'huile sur les flammes, qui bondissaient en crépitant. J'ai reconnu le vieux Ramasawmy, celui que j'avais pris pour un aide de camp de Shaik Hussein, et qui était en réalité le vrai dirigeant de Palissades. Il ne disait rien, il jetait seulement de l'huile, et la fumée tourbillonnait autour de sa silhouette maigre.

Tout était silencieux. Seulement le ronflement des flammes dans les bourrasques et le crépitement des étincelles.

Un peu plus loin, dans la grande rue, il y avait des gens qui allaient et venaient, des enfants qui ne dormaient pas. Des chiens qui copulaient, puis se battaient en poussant des cris stridents. Les chauves-souris de la grotte, attirées par les lumières, zigzaguaient à travers les volutes de fumée. Il y avait une odeur d'encens, douce, écœurante, une odeur de sueur aussi. Je grelottais. La fièvre montait doucement, m'emplissait de froid. Je me suis assis tout près des flammes pour me réchauffer. Sur une marche, un enfant était assis, aussi immobile qu'une statue. C'était Choto, le joueur de flûte qu'Ananta aimait bien. Suryavati regardait les flammes. Elle aussi était immobile, sauf de temps à autre, pour essuyer ses yeux irrités par la fumée.

Je me suis couché par terre, dans la chaleur du bûcher. Les bruits ont cessé peu à peu, et je me suis endormi d'un sommeil qui m'écrasait contre la terre. Quand j'ai ouvert les yeux, à l'aube, le brasier avait fini de se consumer. Tout était gris, comme recouvert d'une fine pellicule de cendres, jusqu'à la mer.

Je suis allé uriner accroupi dans les buissons. Puis j'ai marché jusqu'au rivage, pour me laver. La mer était basse, l'eau tiède. Sur la plage, les chiens rôdaient à la recherche d'un débris à ronger. Ils ont grogné contre moi, et j'ai marché, le bras levé, une pierre dans la main. Les rues du village paria étaient vides. Seuls, sur la plage, quelques silhouettes d'hommes et de femmes, debout dans l'eau pour prier. Dans la hutte d'Ananta, la lampe à kérosène s'était éteinte.

J'ai suivi le chemin des cabris, vers l'escarpement. Déjà, la lueur d'un feu s'allumait, derrière les maisons, ici ou là. Encore un instant, et le sifflet du sirdar allait retentir, pour dire aux femmes de préparer l'eau pour le riz et le thé. Puis les cohortes d'hommes et de femmes partiraient vers les plantations, la houe en équilibre sur la tête, ou bien portant les sacs de vacoa pour apporter des pierres noires à la digue.

En arrivant en dessous de la grotte, j'ai vu briller l'étoile de lumière. Suryavati était venue. J'ai imaginé qu'elle dormait, enveloppée dans un drap, la tête tournée vers le ciel gris, épuisée de fatigue et de chagrin.

J'ai attendu un instant, sans oser approcher. Je voulais qu'elle sente ma présence, et qu'elle m'appelle, comme elle m'avait appelé par la pensée, la nuit où nous avions dormi ensemble.

Surya ne dormait pas. Elle m'attendait. À la lueur de l'aube ses traits semblaient vieillis. Elle avait des taches de cendres sur son visage, sur ses mains, sur sa robe. Quand je suis arrivé devant la grotte, elle a éteint la mèche de la lampe entre ses doigts, et elle m'a entraîné sur la pente, vers le cimetière en ruine. Au-dessus de nous, le cratère faisait une muraille noire, menaçante, encore noyée dans la brume. Il me semblait qu'à chaque instant j'allais entendre la voix de Véran lançant ses menaces, ses sommations, criant : « Qui va là ? » comme s'il était encore dans la garde, au temps des barricades.

Nous avancions bousculés par les rafales de pluie. Nous avons traversé le petit bois de filaos, dans la musique du vent. Sous les arbres, encore dans la nuit, nous nous sommes couchés sur le tapis d'aiguilles. Suryavati s'est serrée contre moi. J'avais si froid que je ne pouvais arrêter mes tremblements. J'ai posé mes lèvres sur ses paupières, j'ai goûté à ses larmes. Je ne sais plus ce que je disais, elle m'a fait taire. « C'est fini, je ne serai jamais plus la même. » Puis elle s'est calmée. Elle a dormi un peu, pendant que je veillais. Quand le soleil s'est levé derrière les nuages, elle a pris son sac de vacoa, où elle avait son drap et ses affaires et la boîte d'étain d'Ananta. Devant le môle, le vieux Mari semblait n'attendre que nous. Il nous a passés de l'autre côté, sur l'îlot Gabriel.

J'étais auprès de Suzanne, dans la hutte, quand le Véran de Véreux a fait son apparition. Peut-être qu'il savait que Surya était venue avec moi sur l'îlot, qu'il la cherchait pour l'arrêter. Il venait aux nouvelles, disait-il. Il espérait que la guérison était en bonne voie. Mais il avait son revolver à la ceinture, l'air sinistre d'un milicien. À force de veiller toutes les nuits et de dormir le jour, son visage a pris un teint terreux, son regard a une expression agressive, inquisitrice. Quand il est entré dans la hutte, Jacques a voulu l'expulser, mais Véran l'a repoussé contre le mur.

Alors Suzanne s'est redressée sur sa couche. La colère avait ranimé son visage, son regard brillait d'un éclat sombre.

« Vous voulez savoir comment je vais ? Qu'est-ce que vous cherchez ? Cela ne vous suffit pas ? Vous trouvez qu'on met du temps à mourir ? »

J'ai essayé de la calmer. Jacques est resté contre le mur, incapable d'un mouvement.

Suzanne était maintenant en proie à une crise de rage qui décuplait ses forces. Elle a réussi à se lever toute seule, elle a fait quelques pas dans la pièce. Elle étouffait. Tout d'un coup, avec ses deux mains elle a déchiré l'encolure de sa chemise jusqu'à la taille. Dans la pénombre, son buste luisait étrangement, la peau blanche marquée des taches noires des plaies où le sang s'était durci.

« Vous vouliez savoir ? Eh bien, vous savez

maintenant, vous avez vu ! Alors partez ! Allez-vous-en ! Envoyez vos messages à Maurice, au gouvernement, au Patriarche ! Dites-lui que nous n'en avons plus pour longtemps ! »

Véran battait en retraite. Son visage brillait de sueur, ses yeux rétrécis étaient pleins de peur et de haine. Il est sorti de la hutte à reculons. Il a marmonné : « Cette femme est devenue folle. » Comme il fuyait à travers les broussailles jusqu'à l'embarcadère, j'ai fait comme Pothala. Je lui ai jeté des pierres. J'ai crié : *Shuuda hafiz !* comme si j'étais fou, moi aussi.

Je l'ai vu monter dans la barque de Mari, et glisser au loin, sur la lagune, un peu de biais, puis disparaître dans les fourrés, du côté du volcan.

Surya m'a pris la main. Sa paume était douce et chaude. Ensemble nous nous sommes installés devant la hutte de Jacques et Suzanne, sous l'auvent de toile.

Pothala est venu nous chercher. Il s'est mis simplement debout devant la tente, sans rien dire. Son visage avait une expression figée. Jacques a eu beau lui faire signe d'entrer, lui offrir un bol de riz, il n'approchait pas. Quand on allait vers lui, il s'enfuyait. Contre le soleil, sa silhouette paraissait dégingandée, une ombre allongée. Suryavati l'a suivi vers le deuxième campement, et Jacques et moi avons marché derrière elle. Avant d'arriver, j'ai vu Sarah Metcalfe. À demi cachée derrière les buissons, elle nous regardait passer. J'ai voulu lui parler, mais elle a disparu dans les fourrés. Elle poussait de drôles de cris aigus, comme un animal qui a peur. Pothala était devant le campement, accroupi sur le seuil de la porte, le regard tourné vers l'intérieur.

Au fond de la hutte, une petite lampe était allumée. Murriamah était assise, les genoux repliés, elle se balançait un peu en avant et en arrière, et sans ouvrir la bouche, elle faisait un murmure étrange, comme un bourdonnement d'insecte. Quand Surya est entrée, la vieille femme a tourné la tête, et j'ai vu les marques de cendre que ses doigts avaient dessinées sur son visage. Il y avait quelque chose de lent et de froid dans son regard. Elle s'est reculée un peu, comme si elle avait peur. Surya a marché jusqu'au mur, et j'ai vu le corps de Rasamah, allongé à même la terre, enveloppé dans un vieux drap souillé. Son visage était absolument lisse, aussi neuf qu'un visage d'enfant. Elle n'avait pas de traces de la maladie, sauf à la commissure des lèvres et à la base du cou.

Malgré l'encens dans les brûleurs, l'odeur était insupportable. Jacques a pris mon bras et le bras de Surya, il nous a entraînés au-dehors. Je n'arrivais pas à détacher mon regard du visage de Rasamah. Son front haut et lisse, la ligne douce de son nez, l'ombre sur ses paupières, sa bouche entrouverte où brillaient ses incisives, et la forme juvénile de son corps sous le vieux drap taché, ses bras allongés, ses mains posées à plat sur la terre. Il me semblait que j'entendais les mots que Surya m'avait rapportés, ces paroles qui me faisaient frissonner comme la phrase d'une tragédie : « Pourquoi Dieu m'a donné ce visage et ce corps pour me faire vivre dans un cloaque ? »

Aidés par Pothala, Surya et moi avons réuni tout le bois mort que nous avons pu trouver, les bois flottés sur la plage, les bouts de caisse naufragés, mangés par le sel. Surya s'était enveloppée dans le grand châle rouge qu'elle portait, la nuit où elle servait les bûchers. Il y avait quelque chose de changé en elle, quelque chose d'endurci, depuis la mort d'Ananta, un air égaré et rêveur, je ne sais plus.

Nous n'avions pas le temps de construire un autel avant la nuit. Jacques a dit, de sa voix froide : « Il faut aller vite, il faut tout brûler sur place. »

Il m'a aidé à démonter la bâche cirée, la seule chose de valeur, que nous avons roulée sur le sol. Sans la plus grande partie du toit, les murs de pierre noire entouraient Rasamah, elle paraissait petite et frêle dans l'enceinte inutile. Déjà fermée dans son sarcophage.

La poussière avait déjà commencé à couvrir son visage. Nous avons lancé sur elle les branches sèches. Le vent tiède entourait l'îlot, apportant la rumeur de la mer. Suryavati a versé l'huile sur le corps de Rasamah. C'était juste avant la nuit, le ciel devenait pâle, la mer d'un bleu presque violet. Surya a donné la lampe à Pothala, elle lui a montré où il fallait bouter le feu. Pendant quelques minutes il ne s'est rien passé, parce que le bois était salé et ne voulait pas brûler. J'ai entendu le battement énervé d'un éventail, un simple carré de paille tressée que Murriamah agitait. C'était un bruit familier, comme quand elle allume le feu sous la marmite de riz. Puis la flamme a jailli, très rouge, dans la fumée tourbillonnante. Jacques a regardé encore un moment, puis il est retourné au campement, auprès de Suzanne.

Je ne pouvais pas quitter des yeux la flamme. Maintenant il faisait complètement nuit, le vent était léger. Des chauves-souris voletaient autour du brasier, à la poursuite des insectes. Surya entretenait le feu. Elle jetait des branches, repoussait les tisons. Murriamah avait mis dans le feu toutes les affaires de Rasamah, même ses bijoux et ses fards. C'était comme si elle avait décidé qu'il ne resterait rien d'elle sur la terre. Pothala restait immobile, de l'autre côté du foyer. À un moment, j'ai vu qu'il s'était couché à même la terre, et qu'il s'était endormi.

Moi aussi, j'ai sombré dans le sommeil, en regardant tourbillonner les étincelles.

Suryavati m'a touché l'épaule, pour me réveiller. Je ne comprenais pas ce qu'elle me disait. Elle a répété : « Suzanne veut te voir. » J'ai titubé jusqu'à la hutte. Jacques m'attendait devant l'entrée. Le reflet de la lampe donnait une expression étrange à son visage. À l'intérieur de la hutte, la lampe faisait la même lumière vague que dans la pièce où j'avais vu Rasamah. Sur sa couche, Suzanne paraissait très mal. « Elle délire, a dit Jacques, elle dit sans cesse ton nom, elle récite les poèmes que tu lui as appris, Rimbaud, Baudelaire. C'est toi qu'elle veut, elle te réclame. » Comme j'hésitais à approcher, Jacques a ajouté d'une voix froide : « Peut-être qu'elle ne va pas mourir, qu'elle va se battre. » Je me souviens, quand il était interne à l'hôpital Saint-Joseph, à Londres, il m'avait parlé de cette femme qui se mourait d'une fièvre puerpérale : « Peut-être qu'elle s'en sortira, malgré les médecins. » Je n'arrive pas à me souvenir si elle avait guéri, comme si cela pouvait avoir une quelconque importance pour la vie de Suzanne.

J'ai posé ma main sur son front bouillant. Elle a tourné la tête, lentement, avec peine. C'était le même regard que Rasamah, où la souffrance décuplait l'intelligence.

« Est-ce que je vais mourir, est-ce que c'est maintenant ? » Elle a dit cela dans un murmure, pour que Jacques ne l'entende pas. J'ai serré sa main. Je voulais lui donner ma force. Je me souviens bien, à Hastings, nous avancions tous les trois sur la plage, contre le vent. Elle se souvenait peut-être de cela, ce vent frais, chargé de mer, qui nous donnait envie de partir. C'est ce jour-là que nous avons décidé d'aller à Maurice.

Elle parlait, elle disait des mots indistincts, comme si elle était ivre. Jacques s'est allongé auprès d'elle, et presque aussitôt s'est endormi. J'écoutais le bruit de la respiration de Jacques, les phrases emmêlées de Suzanne, et les bruits de la nuit, les cris des oiseaux dans les rochers. Avec la marée, le vent était arrivé.

Au point du jour, je me suis levé. Suzanne respirait doucement. La crise était passée. Son visage n'était plus enflé, les mèches de ses cheveux étaient collées à son front par la sueur.

Dehors, l'odeur du brasier s'était évaporée. Le vent dispersait les cendres. J'ai vu les formes de Murriamah et de Pothala, et plus loin, contre un rocher, Surya qui dormait. Le vent était froid, comme s'il sortait des profondeurs. J'ai touché le visage de Surya, elle s'est retournée, elle m'a attiré contre elle, dans le creux tiède du sable. J'ai senti ses lèvres contre les miennes. Nous n'avions qu'un seul souffle.

Au septième jour du voyage, Giribala a écrit : *Dimanche* et elle a tracé son grand trait. Ce jour-là, Shitala, la déesse froide, est entrée dans le navire. À l'aube, quand les marins descendirent dans la cale pour recruter un couple de forçats pour le nettoyage du pont, un des sepoys était replié contre la coque, dans une posture grotesque, attaché par la jambe à son compagnon. Le médecin, M. Sen, est venu. Il a mis un miroir devant la bouche du forçat et a constaté qu'il était bien mort. L'odeur infecte qui régnait dans la cale et la souillure du corps ne laissaient guère de doutes sur la cause du décès. Le médecin a apporté la mauvaise nouvelle au commandant qui s'est mis en colère, a convoqué les arkotties et demandé pourquoi il n'avait pas été prévenu. Maintenant, le choléra était à bord, cela signifiait un retard, d'autres malades, des morts sans doute. Il était responsable devant la Bird and Co, pour avoir embarqué un homme malade.

Des marins ont détaché le cadavre, l'ont enroulé dans des chiffons imprégnés d'ammoniaque, et l'ont monté sur le pont. C'est alors que les immigrants ont commencé à parler de la déesse froide.

Dans l'entrepont, il y eut un début de révolte. Certains demandaient qu'on retourne en Inde, d'autres voulaient quitter le couvert de l'entrepont et s'installer en plein air, pour fuir les miasmes. Dans le quartier des femmes aussi la peur grandissait. La plupart s'étaient massées à l'arrière, pour être le plus loin possible des latrines et du réduit des bagnards. Seules les femmes Doglij Lokê restaient immobiles, leurs yeux agrandis de frayeur, sans comprendre ce qui arrivait. Mani et Giribala sont restées ensemble. Ananta écoutait la rumeur qui grandissait, et elle se serrait contre sa mère, comme si le temps de Cawnpore était revenu.

Les marins, armés de bâtons, ont détaché le reste des sepoys et les ont conduits sur le pont. Il y a eu le bruit lourd d'un corps qui tombait à la mer, et d'un seul coup le silence est revenu dans l'entrepont. Un peu plus tard, les marins ont apporté un seau et une bonbonne de Condys fluide pour désinfecter la cale. L'un d'eux a expliqué à un immigrant, qui amplifia la nouvelle, que désormais les bagnards voyageraient sur le pont, dans l'étroite pièce de l'infirmerie, afin d'éviter la contagion. Mani a secoué la tête : « Maintenant, la déesse froide est sur le bateau, il y aura d'autres morts. » Elle a mis autour du cou de son fils une amulette, une graine noire et un morceau de santal, pour le protéger. Ananta n'avait rien que le collier avec la médaille de laiton, portant le numéro d'inscription de sa mère.

À présent, il y avait quelque chose de trouble dans le ventre de l'*Ishkander Shaw*, une menace, une peur. C'était là sans cesse, dans la pénombre de l'entrepont, cela emplissait l'air, vibrait dans les trépidations des machines, était présent dans le roulis, jusque dans les moindres craquements des membrures. C'était dans le passage des heures, le changement de couleur du ciel, qu'on percevait à travers les interstices de la bâche.

C'était durant la nuit surtout que la déesse rôdait. Giribala restait couchée sur la natte, enlacée à sa fille, elle attendait sans dormir, les yeux grands ouverts dans l'ombre. Elle s'endormait un instant, comme on tombe, puis elle se réveillait en sursaut, le cœur battant, le visage en sueur, et elle serrait Ananta contre elle.

« Quand arrivons-nous, maman ? demandait Ananta à voix basse.

— Bientôt, ma chérie, demain peut-être, ou après-demain. »

Mais elle savait bien qu'il fallait encore longtemps, des jours et des nuits, des mois peut-être.

Parfois, il y avait un souffle, un soupir qui courait dans l'ombre, un air froid qui hérissait tous les poils de la peau. Giribala sentait le souffle passer sur elle et sur Ananta, et elle n'osait plus bouger, ni respirer. C'était le souffle de Shitala, celle qui annonce l'arrivée du Seigneur Yama, le maître de la mort. Giribala se souvenait du jour où elle avait rencontré dans les roseaux de la Yamuna la jeune fille aux yeux vides qui tenait dans ses bras son enfant mort, et qui avançait vers elle irrésistiblement, la main tendue, jusqu'à ce que Lil la tire en arrière et l'arrache à son regard.

Chaque matin, dans la lumière grise de l'aube, après que le coup de sifflet de l'arkottie avait résonné, les immigrants se redressaient et se comptaient du regard. Ils cherchaient à voir qui était tombé dans la nuit, qui avait été touché par le souffle de la déesse.

Un matin, c'est un enfant qui ne s'est pas redressé. Il était à quelques pas d'Ananta, très pâle, les lèvres bleues, couché contre un tas de linge souillé, les yeux entrouverts, et sa mère essayait de le réveiller en le berçant d'une plainte monotone.

La maladie était rapide, le froid entrait dans le corps, jusqu'à bleuir les doigts et les lèvres, et l'enfant s'est vidé en quelques heures de toute son eau. Quand le médecin est venu, l'enfant était déjà mourant. Un marin l'emporta, enveloppé dans des chiffons comme une vieille poupée, et il ne resta plus que la plainte de la mère, cette chanson qui semblait sourdre de partout à la fois, dans la pénombre de l'entrepont. Et toujours, le bruit lourd du corps qu'on immergeait, la mer qui se refermait sur lui.

Le pont, en plein air, n'était plus comme avant. Quand c'était le tour de Giribala et d'Ananta, elles ressentaient toujours le même éblouissement, ce tourbillon du ciel et de la mer, le vent chaud qui gonflait la grand-voile, et les volutes de fumée qui jaillissaient de la haute cheminée, au-dessus du château, en jetant des escarbilles. Mais il y avait la peur, maintenant, comme le regard de la jeune fille au bord de la Yamuna, l'odeur fade de son corps, son haleine glacée.

Sur le pont, les femmes travaillaient, lavaient leur linge, et personne ne parlait. Il y avait une marque, à côté des chaloupes, là où chaque matin on basculait à la mer les corps que la déesse avait pris.

Lil elle-même avait cessé de parler. Elle s'asseyait tout le temps à sa place, entre les membrures, son châle rabattu sur son visage, tenant son fils serré contre son sein ridé.

L'équipage aussi était devenu silencieux. Depuis que les sepoys avaient été enfermés dans l'infirmerie, les marins dormaient à l'arrière, à même le pont, à l'abri des machines. Ils ne descendaient plus dans l'entrepont. Le cuistot déposait au bas de l'échelle la grande marmite de riz et les immigrants venaient se servir à tour de rôle, sous la surveillance des arkotties. Seuls les deux hommes du Nord, vêtus de leurs longues robes blanches, coiffés de leurs hauts turbans, continuaient leur partie d'échecs sur un grand mouchoir à carreaux rouges, comme si rien d'autre au monde n'avait d'importance. Ananta s'était échappée plusieurs fois pour les regarder jouer, mais ils ne l'avaient pas même remarquée.

Giribala avait déjà rempli vingt-huit pages du cahier d'écolier, écrivant pour la quatrième fois *Lundi*, lorsqu'il se produisit quelque chose de nouveau, qui bouleversa tous les immigrants. C'était encore tôt le matin, le vent avait cessé, et la mer n'avait plus ces longues vagues qui fatiguaient la coque du navire et faisaient gémir les membrures, mais une houle courte, comme lorsqu'ils avaient passé les bouches du Gange, à la pointe des Sables.

Puis il y eut ce bruit étrange, un grincement, ou une plainte, et c'était si inhabituel que toutes les femmes ont voulu voir par les verres graisseux des hublots. C'est Mani qui a reconnu le bruit. Elle a serré le bras de Giribala, son visage éclairé par la joie. « Écoute ! Écoute ! Nous sommes près de la terre ! Écoute ! »

Elle s'est frayé un passage jusqu'au hublot, entraînant Giribala avec elle. À travers la vitre, Giribala a aperçu la mer couleur d'émeraude, et la ligne des îles, les silhouettes incroyables des cocotiers. Les bruits grinçants provenaient d'oiseaux de mer qui suivaient le navire, tourbillonnant dans le ciel au ras du pont.

L'heure de la sortie n'avait pas sonné, mais Giribala et Ananta se sont précipitées en haut de l'échelle, suivies de Mani et des autres femmes. Les îles étaient à bâbord, glissaient doucement devant la proue du navire. Il y avait si longtemps qu'elles n'avaient pas vu la terre que ces îles leur paraissaient irréelles, inaccessibles comme l'embouchure d'un fleuve gigantesque. À l'horizon, droit devant, en partie cachée par la voile et la cheminée, il y avait une autre terre, qui semblait sans fin, ourlée d'écume, avec de hauts pics dont les sommets se perdaient dans les nuages. Mani a montré la ligne de terre. « C'est ici. Nous sommes arrivés. C'est Mirich Desh. »

Les yeux de Mani étaient pleins de larmes, à cause de l'émotion, ou bien à cause de toute cette lumière. Ananta a serré la main de Giribala. « Est-ce que nous sommes vraiment arrivés, maman ? » Mais Giribala ne pouvait rien lui répondre. Elle ne pouvait que regarder cette terre si longue, si blanche, les montagnes et les nuages, et les larmes qui débordaient aussi de ses yeux. Elle n'arrivait pas à comprendre qu'elles étaient vraiment arrivées.

Peu à peu les autres immigrants, les hommes du quartier avant, arrivaient sur le pont. Les arkotties eux aussi étaient montés, ils se tenaient debout à la proue, dans l'aire de manœuvre, mais les marins ne songeaient pas à faire évacuer le pont. L'*Ishkander Shaw* avait affalé toute sa toile, et glissait à la seule force de sa machine à vapeur, comme pour faire une dernière démonstration de sa puissance.

Devant eux, trois îles sombres dérivaient lentement, pareilles à des animaux échoués, et un peu plus loin, au centre du bras de mer, un rocher aigu émergeait de l'Océan. Puis le commandant s'est ressaisi, il a donné des ordres, et à coups de sifflet, les arkotties ont fait redescendre tout le monde dans l'entrepont. Malgré la fraîcheur du matin, le soleil avait chauffé l'intérieur du navire. L'air au-dehors était immobile, la mer calme. Déjà les immigrants se hâtaient de plier leurs affaires, de nouer les coins de leurs ballots. Il y avait un bruit de voix, des cris, une impatience, une fièvre. On arrivait.

Le vent ne cesse plus. Il a éloigné toute menace de tempête. Le ciel est d'un bleu qui déchire la vue, et la mer sombre, dure, infranchissable. Surya et moi, nous avons construit notre campement tout à fait au sud, au pied du piton, sous les terriers des pailles-en-queue. C'est elle qui a choisi l'endroit. Elle a dit qu'elle voulait vivre près des oiseaux, voir comme eux l'horizon et la côte de la grande île où ils ne vont jamais.

Elle a tout donné avant de quitter Plate, la moustiquaire et les instruments de cuisine. Elle n'a gardé que son harpon et le sac de vacoa. Elle a brûlé ses cahiers d'école et les pages de l'*Illustrated London News* qui parlaient de Londres et de Paris. Quand j'ai compris cela, qu'elle n'avait plus rien, j'ai senti un frisson, le frisson que donne la proximité de la vérité.

Le vent souffle en rafales sur les angles des basaltes, il bouscule les batatrans et les broussailles. C'est un vent qui vient de loin, qui a le goût de la haute mer. Le soleil est ardent depuis la première minute jusqu'au moment où il plonge dans la mer. Les basaltes étincellent. Même les vacoas sont pleins d'étincelles. Parfois un insecte file dans la lumière, une guêpe, emportée vers la mer.

Le piton vibre tout le temps. Au commencement, on ne s'en rend pas bien compte. On croit entendre la rumeur de la mer, le fracas des vagues sur les écueils noirs, à la pointe de l'îlot. Mais la vibration est pareille au vent. Elle vient du plus profond, du ventre de la terre, et elle remonte jusqu'au rocher sur lequel nous sommes accrochés. Même lorsque nous nous couchons sur la terre, au fond de la faille, nous l'entendons. Suryavati prend ma main, elle la serre très fort. « Nous resterons toujours ensemble, n'est-ce pas ? *Bhai*... » Peut-être est-ce la fièvre qui vibre comme cela, de la terre jusqu'à notre corps. La déesse froide, sur qui nous demeurons.

Pas très loin de notre abri, vit Sarah Metcalfe.

Depuis la mort de Rasamah, c'est Surya qui lui porte a manger, une offrande de riz, quelques fruits, des coquillages. J'ai essayé de lui parler, mais elle est devenue si craintive qu'elle n'a même pas voulu sortir de sa cachette. Ce matin, ce sont les oiseaux-bœufs qui ont nettoyé l'assiette de lampangue et de poisson séché. Mais elle n'a pas peur de Surya. Elle s'assoit sur une pierre, elle mange vite, sans dire un mot. Elle boit à la citerne, directement du seau, quand il n'y a personne aux environs. Ses vêtements sont en haillons, son odeur est repoussante. De quoi, de qui a-t-elle peur ? Surya dit qu'elle se cache, de peur que Véran ne la fasse enfermer. Elle passe toute la journée terrée dans son trou, comme une bête traquée. Elle ne sort qu'au crépuscule, pour boire, ou pour chercher des coquillages dans les flaques, à la marée basse.

La planche où elle a écrit le nom de John a basculé dans le vent, et elle ne se soucie plus de la redresser. Pourtant, quelquefois j'ai vu Sarah du côté des pyramides que j'ai dressées à la mémoire de nos premiers morts, Nicolas et M. Tournois et les femmes indiennes. Mais peut-être qu'elle ne va là que pour s'abriter du vent. Pothala continue à lui jeter des pierres, malgré les admonestations de Jacques, peut-être parce qu'il a peur d'elle. Elle se sauve en poussant des cris aigus d'oiseau.

Justement, il y a les oiseaux. Dès l'aube, Surya m'emmène jusqu'en haut du piton, aux tanières des pailles-en-queue. Nous rampons parmi les broussailles sèches, sans bruit. Le vent siffle dans les rochers, la mer est si bleue et libre ! Maintenant nous la voyons avec le regard des oiseaux, un regard dur, qui scrute chaque fond, chaque courant. Ce matin, Surya m'a montré une forme sombre qui glissait à la surface, au large du cap. « Regarde ! » Un orque avançait, en faisant bouillonner la mer, puis se renversait en montrant son ventre blanc.

Les pailles-en-queue tournent à la recherche de proies. Un oiseau-bœuf passe au ras du piton, en criaillant, son envergure immense bordée de noir étendue dans le vent. Il a repéré un poisson et se laisse choir comme une pierre, suivi des pailles-en-queue, qui tombent l'un après l'autre. Nous entendons le choc des corps sur la mer, puis la bataille qui s'ensuit. Personne ne peut entrer impunément dans leur domaine.

Nous connaissons chaque tanière. Surya avance la première, en rampant, jusqu'à la porte. Maintenant, les pailles-en-queue la connaissent, ils ne nous attaquent plus. Ils se contentent de marcher en boitant le long du glacis, leur bec ouvert, en feulant. Suryavati leur parle doucement, elle a avec eux un langage doux et glissant, la langue des Doms, la langue secrète qu'Ananta lui a apprise. Elle dit : « Ils sont comme nous, des vagabonds et des voleurs. » Elle m'a appris des mots, pour m'entendre les répéter, *churm*, voleur, *chalo gul laiyé*, entrons dans la maison. Mais elle ne leur prend jamais rien.

Elle les regarde longtemps, couchée dans la terre, tandis que les oiseaux viennent et repartent. Je reste un peu en arrière, dans les rochers. J'aime le moment où les oiseaux s'élancent vers la mer, leurs longues banderoles de feu ondoyant dans le vent, leurs corps brillant comme la nacre.

Nous ne parlons pas. Juste quelques mots, comme une chanson. Ou bien quand nous sommes blottis dans notre antre, avec le vent qui siffle au-dessus de nous, son souffle qui se mêle au mien, son œil immense qui s'ouvre au milieu de son front, mon nom, qu'elle répète lentement : *bhaiii*...

Chaque jour, dans l'après-midi, je descends du promontoire. Je vais chercher l'eau aux citernes, dans une outre en peau de chèvre que m'a donnée Mari. Puis au campement, pour notre part de riz. Suzanne a commencé à se lever. Elle est très maigre, sa longue robe flotte sur elle. Elle aide Jacques à faire cuire le riz. Elle mange de bon appétit. Elle a une façon très élégante de prendre le riz avec trois doigts, c'est Surya qui lui a montré. Elle rit quand je lui en fais la remarque. C'est la première fois depuis longtemps que je la vois rire.

Jacques donne des nouvelles.

« Nous avons eu la visite de Bartoli. Il prétend que le garde-côte doit venir nous chercher aujourd'hui ou demain. Il dit que les coolies sont massés sur la plage à attendre. »

Je l'écoute distraitement, tout en remplissant de riz le plat émaillé. Surya aime le lampangue, la croûte brûlée au fond de la marmite, que je décolle avec soin.

« Il paraît que Véran devient fou. Il s'est barricadé en haut du cratère, il veille toute la nuit, il dit que c'est le grand soir, qu'ils vont nous tuer jusqu'au dernier. »

Suzanne commente :

« Mais il doit bien descendre de temps en temps pour manger ? »

Jacques hausse les épaules.

« Il doit avoir suffisamment de provisions, avec tout ce qu'il nous a volé. Et il a la source juste en dessous. »

Il raconte à voix basse, pour que Suzanne n'entende pas :

« Il aurait égorgé un cabri, l'autre nuit, pour recueillir son sang et essayer une transfusion, avec un siphon enfoncé dans sa cuisse. Il est devenu fou, plus personne n'ose approcher de son repaire. »

Il y a encore quelques jours la nouvelle de la folie de Véran m'aurait rempli de joie. Véran, couvert de sang, barricadé dans les ruines du phare, revolver au poing, guettant l'assaut des fantômes. Maintenant, tout cela m'indiffère. C'est comme un mauvais rêve déjà usé, qu'on retrouve en sortant d'une longue maladie, et qui s'évapore avec la sueur.

Suzanne m'a pris par la main. À la lumière du soleil déclinant, elle est pâle, lointaine. Elle dit timidement :

« Pourquoi ne venez-vous pas ici, avec nous ? » Elle n'ose pas prononcer le nom de Surya. Elle a honte d'avoir dit naguère : « ta bayadère ».

Mais le vent de Gabriel a tout balayé. Il n'y a plus de poésie. Je n'ai plus envie de lire les longues phrases un peu solennelles de Longfellow. Il me semble que même les mots violents de l'homme d'Aden ont disparu dans le ciel, ils ont été emportés par le vent et perdus dans la mer. Dès que j'ai collecté le riz et rempli l'outre d'eau fraîche, je me hâte vers le promontoire où Suryavati m'attend, couchée sous le vol obsédant des oiseaux-comètes.

Suzanne a senti que quelque chose lui échappe. Elle ne sait pas, elle veut me retenir. Elle essaie de me parler comme autrefois, Londres, Hastings, et *The Song of Hiawatha*. Elle voudrait que Jacques recommence à raconter Maurice, les champs de Médine, la maison d'Anna. Elle dit : « Tu l'as entendu ? Demain ou après-demain, nous serons enfin là-bas. » Est-ce qu'elle a déjà oublié ? La vengeance du vieil Archambau a glissé sur elle sans laisser de marques.

Elle a pensé à autre chose, comme une solution à tous nos problèmes. « Nous irons à la Réunion plutôt, il paraît qu'ils ont besoin de médecins, d'infirmières, à la Ravine-à-Jacques. » Elle s'interrompt. « Un nom qui nous irait bien — Et puis c'est mon pays, après tout. L'été nous irons jusque dans les hauts, à Cilaos, en chaise à porteurs, il fait froid, il y a des cascades glacées, des forêts

pleines d'orchidées, c'est le paradis. » La vie est
revenue en elle, le sang afflue à ses joues, ses yeux
brillent. Elle fait des projets, elle recommence à
rêver. Jacques la serre contre lui, il l'embrasse. Il
a le regard embué des myopes. Il a essayé de parler, mais il n'arrive plus à raconter Maurice
comme avant. C'est comme s'il n'y croyait plus. Il
s'est tourné vers moi, et pour la première fois j'ai
vu cette expression de froideur, presque de haine,
et j'ai compris que, quoi qu'il advienne, il avait
déterminé de ne jamais plus rien devoir au nom
des Archambau.

J'ai couru vers le piton, pour retrouver mon
domaine, et Surya. Dans les broussailles, j'ai rencontré Pothala qui errait. Il est très maigre, noir.
Il a la taille d'un enfant et le regard endurci d'un
adulte. J'imagine tout ce qu'il a vécu depuis le
départ de Calcutta.
J'ai essayé de l'amadouer avec un peu de nourriture. Je lui tends l'assiette émaillée qui contient
les morceaux de lampangue de riz. Il a les yeux
brûlants de ceux qui ont faim. Mais il se recule
au fur et à mesure que j'avance. Je lui dis en français : « Allons, viens, n'aie pas peur ! Je ne vais
pas te manger ! Tu es beaucoup trop maigre. » Il
ne parle aucune langue. Surya dit que lui et sa
mère sont des « gipsies », kolhatis des montagnes
de l'Inde, des jongleurs, des voleurs. Ils volent les
enfants, ils dressent des singes pour entrer dans
les maisons, ils ont des serpents comme chiens de
garde.
À présent que leur campement a brûlé, Murriamah et lui n'ont plus d'abri. Ils ne peuvent pas
habiter avec Jacques et Suzanne, ils sont trop

farouches. Le jour, pour fuir l'ardeur du soleil, ils se réfugient dans le bosquet de filaos, près de la plage. Ils restent tapis dans les batatrans, je vois la marque de leurs corps dans les feuilles. Le soir, ils dorment dans la clairière, près des citernes et des latrines. Murriamah vient chercher sa part de riz chaque matin, sans un mot. L'îlot Gabriel sèche toutes les paroles. Le vent, la dureté des pierres, le grondement des vagues sur le récif sont devenus nos vraies paroles.

Jacques est venu lui aussi à la pointe sud, pour regarder la ligne de l'île. Il regarde presque sans ciller. Je connais chaque détail, chaque accroc sur cette ligne. Je pourrais la dessiner sur le sable les yeux fermés. Tout de suite à droite, la proue naufragée du Coin de Mire, et loin derrière, confondue avec la mer et le ciel, la longue bande de sable qui court vers l'est, puis les pentes vertes des cannes, et la série des douze pics dont les pointes se perdent dans les nuages, le piton de Rivière Noire, la montagne du Rempart, le Corps de Garde, la montagne Ory, le Pouce, les Deux Mamelles, le Pieter Both avec son chapeau, la montagne Calebasse, la montagne Blanche, la montagne Bambous, le Camp de Masque. C'est Jacques qui m'avait appris leurs noms, c'était comme une litanie que je récitais, le soir, dans mon lit, à la pension de Mme Le Berre, à Rueil. Sur un carnet j'avais marqué leurs noms. J'imaginais d'escalader le Pieter Both. C'était comme une promesse que nous nous étions faite, Jacques et moi. « Papa avait dit à Alexandre : Je te parie que tu ne monteras pas jusqu'en haut avec moi. Alexandre l'a accompagné jusqu'au chapeau, là où il y a une échelle de corde. Mais il avait le ver-

411

tige. Et papa est arrivé en haut tout seul, il s'est assis sur le chapeau de pierre. Il a dit qu'il n'avait jamais rien vu d'aussi beau. »

Maintenant, je sais bien que nous n'irons pas au sommet du Pieter Both. Il s'est passé trop de choses. C'est comme si cela n'existait plus. Le Pieter Both est une montagne comme les autres, juste une dent sur cette ligne bleutée que j'ai regardée jusqu'au vertige, jusqu'à la nausée.

Mais Jacques n'est pas venu pour regarder le paysage, ni pour voir comment est notre campement. Il est venu pour m'interroger.

Jacques :

« Quelles sont tes intentions ? »

Moi :

« Comment cela, mes intentions ?

— Tu sais ce que je veux dire. Demain ou après-demain, le bateau sera là. Il faut que tu prennes une décision.

— Si c'est ce que tu veux savoir, je ne resterai pas ici. »

Mon ton sarcastique lui déplaît.

« Je parle de cette jeune fille. Qu'est-ce que tu lui as promis ? »

À mon tour d'être irrité.

« Mais rien ! Que veux-tu que je lui promette ? Est-ce qu'ici on est en mesure de promettre quelque chose ? »

Jacques aussi s'irrite. Quand il s'irrite, il ôte ses lunettes et passe son doigt sur l'arête du nez. Il paraît que mon père et l'oncle Archambau faisaient la même chose. Avant, cela m'amusait. Maintenant, j'ai du mal à supporter ce tic.

Jacques parle lentement, comme à un enfant qui fait la mauvaise tête.

« Ce que je veux dire — ce que nous avons à te dire, Suzanne et moi, c'est que tu n'es pas un parfait inconnu à Maurice, tu appartiens à une famille, les Archambau sont des gens puissants, ils font partie de l'oligarchie, le fameux cercle de la Synarchie. »

Je l'interromps.

« Tu veux parler des Patriarches ?

— Oui, les Patriarches, si tu veux. Tu appartiens à cette caste, que tu le veuilles ou non. Et tu ne peux pas faire que cette jeune fille ne soit pas d'une autre caste. Ici, ça n'avait pas d'importance. Ici c'est une terre neutre, une île déserte. Mais, dès que tu en sortiras, tout sera comme avant. Est-ce que tu y as pensé ? Il faut que tu sois franc avec elle, il faut que tu lui dises la vérité. »

Je regarde la ligne de l'île, à l'horizon. D'un instant à l'autre, tout change. Des nuages se lèvent, là-bas, une grande barre oblique qui s'alourdit à l'ouest, vers le Coin de Mire, et déjà les montagnes disparaissent dans un brouillard de pluie. Le vent qui souffle est plus frais. Il agite les cheveux et la barbe de Jacques. Je vois sur le côté de sa mâchoire les poils blancs mêlés à la barbe.

Jacques se méprend sur mon silence. Il m'entoure de son bras, dans un geste faussement protecteur. Est-ce qu'il a oublié que Surya a sauvé sa femme ?

Je dis :

« Peut-être que tu as raison. Nous sommes devenus étrangers. »

Je vois qu'il n'a pas compris ce que je viens de dire.

413

Jacques me montre l'horizon :

« Regarde, c'est tout de même notre pays. Nous n'en avons jamais eu d'autre. C'est là-bas, à Anna, que nous sommes nés. »

Il tend la main comme s'il montrait des villages, des maisons imaginaires. En clignant des yeux, j'ai vu briller les cases des pêcheurs de Grand-Gaube, le phare de la Pointe aux Canonniers, les tours des fours à chaux, du côté d'Union, de Harel.

Je sais bien qu'il se trompe. Jacques m'a parlé de Suzanne, son projet un peu fou, de devenir la Florence Nightingale de Maurice, de créer des dispensaires, d'améliorer les conditions des laboureurs, et Jacques serait leur médecin. Je ne sais pourquoi, tout cela est déjà loin de moi, j'ai cessé d'y croire.

« Tu ne comprends pas ce que je te dis. »

Jacques me regarde avec étonnement. J'ai une voix qu'il ne reconnaît pas, dure, déterminée.

« Nous sommes devenus étrangers l'un pour l'autre, nous n'appartenons plus au même monde. »

Mon visage brûlé, mes cheveux emmêlés, épaissis par le sel, c'est comme s'il me voyait pour la première fois.

« Tu es fou ?

— Mais regarde-moi. Regarde-toi. Nous n'avons plus rien en commun. Nous ne serons plus jamais comme avant. Toi et Suzanne, vous irez d'un côté, moi de l'autre. Peut-être que nous ne nous reverrons jamais. Le bateau va venir vous chercher, vous irez à Médine, à Port-Louis, je ne sais pas où. Toi tu seras toujours un Archambau. Tu pourras retourner en France, ou en Angleterre. Moi je reste avec Surya, je serai toujours avec elle, elle est ma famille maintenant. Même le Patriarche ne saura pas où je suis. »

Je suis debout au milieu des rochers, le dos tourné à la mer. La colère m'a pris, je suis prêt à empoigner Jacques, à le gifler. Jamais je n'aurais imaginé que je pouvais le haïr, non pas pour lui-même, mais pour ce qu'il représente, l'esprit des Patriarches. Il est en haillons comme moi, il est hâve, famélique, rongé par la fièvre et la dysente-rie, pieds nus dans ses souliers, et ses lunettes cassées, et pourtant il continue à commander, à régner en maître.

« Tu dis vraiment des choses insensées, absur-des. Comment pourras-tu renier ta famille, ce que tu es, moi, Suzanne, tout ce qu'on a fait pour toi... »

Je l'interromps. Tout d'un coup c'est le trop-plein de ma rancœur qui se déverse.

« Mais ouvre les yeux ! Ce sont eux qui ont tout fait, les Patriarches, ce sont eux qui nous ont abandonnés, comme ils avaient abandonné les passagers de l'*Hydaree*, pendant des mois sur cette île. Tu ne comptes pas pour eux ! Rien ne compte pour eux, en dehors de leurs champs de cannes. Tu parles du nom des Archambau, mais tu es le fils d'un homme que les Archambau ont humilié, ont jeté dehors ! Un fruit sec ! C'est l'on-cle Archambau qui le lui a dit, après la reddition de comptes. Et quand il a eu ce qu'il voulait, il nous a mis tous à la porte, il a envoyé maman à la mort. Parce qu'elle n'était pas du grand monde, parce qu'elle était eurasienne ! Et toi, tu voudrais que je retourne chez eux, que je fasse comme s'il ne s'était rien passé ? C'est toi qui es fou. Jamais ils ne t'accepteront, ni toi ni Suzanne. Moi, je n'existerai pas pour eux. Ils ne sauront même pas qui je suis. Je ne les verrai jamais, sauf quand ils passeront au galop dans leurs voitures, et que je me mettrai dans le fossé pour ne pas être écrasé. »

Jacques est anéanti. Il ne répond pas. Il s'assoit sur un rocher, son visage brillant au soleil, avec l'arête du nez cassée un peu pâle. Il regarde vaguement au loin, du côté de l'horizon où les montagnes se gomment sous la pluie.

J'ai honte de m'être laissé emporter.

« Écoute, il faut que tu le saches : nous n'avons plus rien ici, ni maison ni famille. »

Je sais que je lui fais mal, parce que je dis ce qu'il ressent depuis longtemps. Comme s'il n'était venu sur cette île, avec Suzanne, que pour être exilé de Maurice à jamais.

Suzanne nous a rejoints à la pointe. Elle arrive en vacillant, sa longue robe qui flotte sur son corps trop maigre. Elle est faible, mais son visage est éclairé par un sourire. Elle se doute de notre dispute. Comme autrefois, sur la plage de Hastings, elle se blottit contre l'épaule de Jacques, elle caresse ses cheveux. Elle voudrait bien retrouver les gestes, quand ils étaient amoureux, qu'ils avaient la vie devant eux. Suzanne me prend la main, elle essaie de m'attirer pour que je m'assoie avec eux.

« Pourquoi ne viens-tu pas vivre avec nous ? Bientôt nous serons réunis là-bas, tout sera merveilleux comme on l'avait dit ? » Mais elle a dit cela avec une interrogation dans la voix, comme si elle-même n'arrivait pas à y croire, que c'était seulement une rêverie écrite dans son keepsake.

Elle dit : « Nous irons voir les gens de la famille. Nous ne nous séparerons jamais, n'est-ce pas ? »

Jacques ne répond pas. Je sais ce qu'il pense. C'était dans son regard froid, quand il me regardait. Nous n'avons plus de famille. Peut-être que nous n'en avons jamais eu. C'était seulement un rêve que j'entretenais dans ma solitude, dans le dortoir froid de la pension Le Berre, pour tromper ma faim. Quand ma mère est morte, l'oncle Archambau a tout effacé, jusqu'à nos moindres traces. Il a fermé sur nous les portes d'Anna, et nous avons tout perdu, la terre bleue, la mer émeraude des cannes, les pics où naissent les nuages, même le Pieter Both. C'était sa volonté. S'il en avait été autrement, aurions-nous été abandonnés sur Plate et sur Gabriel ?

Suzanne frissonne.

« Je suis fatiguée, aidez-moi à retourner au cabanon. » Même quand tout est tragique, elle réussit à nous faire rire.

Comme nous commençons à marcher, il y a un bruit dans les broussailles, le mouvement d'un animal furtif. C'est Sarah Metcalfe. Elle est sortie de sa cachette, sans doute attirée par la voix de Suzanne. Elle est debout dans les rochers, elle cligne des yeux dans la lumière trop forte. Son visage juvénile est rougi par le soleil, ses cheveux sont décoiffés, pleins de nœuds et de brins. Suzanne a fait un geste pour l'appeler, mais aussitôt la folle disparaît vers sa tanière.

Nous avons fait un détour pour ne pas passer devant les pyramides noires. À un moment, j'ai senti Suzanne trembler contre mon bras. Elle faisait de grands efforts.

« J'ai le cœur qui bat trop, je ne peux plus. »

Jacques et moi avons noué nos mains pour faire une chaise à porteurs, et c'est par ce moyen que nous l'avons ramenée jusqu'au « cabanon ». Avec ses bras autour de nos épaules, Suzanne et nous devions peindre un tableau étonnant, quelque chose dans le genre de Paul et Virginie à la baie du Tombeau. Un peu à l'écart, à demi caché dans les batatrans, Pothala nous a regardés passer.

Nous sommes arrivés au campement. J'avais honte de m'être laissé emporter par la colère, d'avoir trahi la confiance de Suzanne. Je me souvenais de l'arrivée à Plate, du pont du garde-côte nous regardions la rive méchante, les dalles de basalte où se fracassaient les vagues, et la baleinière qui avait commencé le va-et-vient. Il me semblait que c'était à l'autre bout de ma vie, et en même temps, je reconnaissais chaque détail, chaque battement. Je me souvenais de Jacques et de Suzanne, sur le pont de l'*Ava*, si jeunes, élégants, lui dans son costume de flanelle grise et gilet, ses souliers noirs bien vernis. Elle dans sa longue robe en organdi boutonnée jusqu'au cou, et son chapeau blanc épinglé sur son épais chignon doré.

L'instant d'après, Suzanne est sortie de la hutte. Elle s'était lavée et peignée, ses cheveux courts encore plaqués par l'eau, l'air hardi et confiant. Elle est pieds nus sur la terre, elle ressemble à une jeune pionnière américaine, à une fille de Boers.

Pendant que nous nous disputions, Jacques et moi, elle a tout balayé, tout arrangé. Elle a accroché un morceau de toile à l'entrée en guise de rideau. Elle a allumé le feu, mis du riz à bouillir. Elle est incroyable. Elle a réussi à donner à ce coin de malheur un air de cottage anglais. Jacques en est tout attendri. Il s'assoit à côté d'elle, à l'abri de la tente. Suzanne me fait signe de les joindre.

« Viens, mets-toi là. Où est Surya ? »

Elle a un ton enjoué, comme si tout cela était naturel.

« Je ne sais pas. Elle a dû traverser. »

Je ressens la même inquiétude, comme si tout pouvait se défaire à chaque instant, que Surya s'en aille pour toujours.

Suzanne a déjà oublié. Elle parle d'autre chose, de Maurice, de la famille, d'Anna, la fille de Louis, la petite-fille du Patriarche, qui est née en avril dernier, et qui, à ce qu'on dit, est aussi brune que moi.

Je l'écoute. Je me souviens qu'il y a seulement un mois tout cela me paraissait d'une importance extrême. Je regardais l'album des photographies de sa jeunesse, les portraits de la famille Morel, la maison de Cilaos. Jacques avait conservé son portrait de communiante, en même temps qu'une lettre mal orthographiée et sincère dans laquelle elle lui écrivait : « Tu verras, amour, quand nous irons là-bas, l'heure de la réconciliation aura sonné. » Une petite fille sage au regard sérieux, aux longs cheveux, et au front haut.

C'est pour elle que je suis là. C'est pour elle que je suis resté. Elle est ma seule famille, elle qui n'est qu'une étrangère, une étudiante de la Légion d'honneur, dans son uniforme barré du ruban arc-en-ciel. Une Réunionnaise émigrée à Paris, dans le quartier Montparnasse, et qui s'est promise à mon frère quand elle n'avait que quatorze ans. Je l'aime, je ne pourrai pas l'oublier. C'est cela qui me met en colère, qui me met de l'eau dans les yeux.

Quand la marée descend, Surya pêche le long du récif. C'est l'heure où la lumière décline, et le vent faiblit. Elle est avec les oiseaux, les goélands, les macoas, les oiseaux-bœufs. Ils viennent du Diamant, elle marche au milieu d'eux sur le récif, entourée de leurs cris. Elle est une déesse de la mer. Elle est comme je l'ai vue la première fois, mince et longue, glissant à la surface de l'eau. Elle brandit son harpon, elle frappe et sort de l'eau l'ourite dont les bras s'enroulent autour de la tige. Avec des gestes précis, elle fait cette chose horrible de retourner la pieuvre comme une poche, puis elle l'attache à la corde de vacoa autour de sa taille, comme un drapeau diapré. Tout est si beau ici, solitaire, silencieux, que cela me déchire au-dedans. Une image fragile qui va se défaire, que je ne pourrai pas sauver.

De l'autre côté du lagon, sur Plate, les maisons de la Quarantaine sont des ruines insensées. Le long de la plage de corail quelques enfants marchent. Un peu à l'écart, j'aperçois celui qui est le préféré de Surya, Choto, le joueur de flûte, qu'elle appelle le Seigneur Krishna. Et au bout de la plage, ramassant des bois flottés pour le feu, je reconnais la silhouette un peu dégingandée d'Uka, le balayeur, qui voulait traverser le détroit à la nage, disparaître dans la mer. Il y a des femmes aussi, drapées dans leurs saris. Elles remplissent leurs sacs de coquillages, pour fabriquer le lait de chaux.

Je ressens la paix, le bonheur. Ainsi, le Véran de Véreux s'était trompé, il n'avait rien compris. Il s'est retranché en haut de sa forteresse, armé de son revolver, pour attendre une attaque. Mais les Indiens ont pris l'île, sans faire un bruit, sans pousser un cri de menace, simplement au rythme lent des femmes, avec les jeux des enfants. Ils épierrent les pentes pour faire de nouveaux champs où ils vont semer leurs légumes, ils puisent l'eau des citernes pour arroser leurs plants de riz. La lèvre noire du cratère est devenue une île dans l'île, et Véran ne peut plus en sortir.

La barque du vieux Mari traverse le lagon lentement, dans le crépuscule. À l'avant, il y a un homme debout, la perche à la main. Je reconnais la silhouette de Bartoli. Mari arrête la plate un instant, le temps de débarquer le passager et ses affaires. Bartoli prend pied sur la langue de sable dénudée par la marée. Il nous a vus. Il ne fait aucun signe. Il charge sur l'épaule le sac de riz et se dirige vers le campement. Désormais Véran est seul sur son volcan. Derrière son rempart de moellons usés par le vent, il guette l'arrivée de la nuit, les feux qui s'allument, dans la baie des Palissades. Avec les débris de caisses et les bois flottés glanés dans les creux des basaltes, il construit son feu, lui aussi. Il a oublié son héliotrope, il n'envoie plus de signaux vers Maurice et la Pointe aux Canonniers. À présent, il reste assis chaque nuit à regarder danser les flammes, dans les bourrasques qui arrachent des trombes d'étincelles. Il guette de son regard vide, comme si les flammes dressaient un mur infranchissable contre sa propre peur, contre l'armée des coolies, contre les thugs. Il veille, les sourcils brûlés par les retours de flamme, son revolver posé sur une pierre à portée de sa main. Le feu est entré en lui, le feu est sa fièvre, sa folie qui le ronge et le nourrit.

Suryavati est revenue du récif, portant les ourites attachées à sa ceinture. Son regard est étrange, de la même couleur que le disque du soleil quand il disparaît à l'horizon entre les îles. Elle a déposé sa pêche. Sur le sable, les ourites sont étalées, ouvertes en fleurs diaprées. Il y a des mouches plates qui vibrent autour du couteau. C'est une image violente et ordinaire. Surya a dépecé les ourites, puis elle est entrée dans l'eau pour se laver, comme pour une prière. Elle se tourne vers moi, elle dit mon nom : *Bhaii, Mera bhaii...*

Comme je reste indécis, elle me prend par la main et elle m'entraîne dans l'eau. L'air et l'eau sont identiques, légers, incolores, très doux. Ensemble nous glissons dans le lagon, l'eau impalpable nous recouvre de la fumée des rêves.

Avec la nuit, la marée envahit le lagon. C'est comme une respiration. Jamais je n'avais senti cela aussi fortement. Il y a un mouvement qui ouvre les vannes, une pulsion. Surya s'est serrée contre moi, ses jambes sont autour des miennes, ses mains se joignent sur ma nuque. Son visage est tout près, je vois ses yeux immenses, ses cheveux flottent autour d'elle et glissent sur mon visage comme des algues. Elle parle doucement, dans la langue secrète des Doms, les mots des voleurs qui entrent dans la maison, la chanson de Lalli qu'Ananta lui chantait pour la bercer. *Chhurm*, *kala*, *chalo gul laiyé*, voleur, voleur, entrons dans cette demeure...

Elle m'entraîne au fond de l'eau, par jeu, et moi aussi je plonge sa tête sous l'eau, jusqu'à ce que nous suffoquions. De l'autre côté du lagon, Plate n'est plus qu'un rocher sombre contre le ciel jaune. Le souffle de la marée nous pousse doucement le long du banc de sable, dans le courant d'une grande rivière qui nous enveloppe.

Dans le crépuscule, j'ai imaginé que j'étais dans la Yamuna, là où Giribala a plongé Ananta après l'avoir arrachée à la mort. Surya m'entraîne à mon tour dans la rivière, cette eau légère et douce qui coule entre les ruines du monde. Elle me tient enlacé, ses cuisses serrent mes hanches, son buste est bien droit hors de l'eau, tandis que nous nous échouons sur le banc de sable et que nous sentons les attouchements des poissons de sable qui s'enhardissent et nous mordillent. Nous sommes au milieu de l'eau, au centre du lagon, sur la langue de sable, et les îles sont lointaines, des ombres noires, à la dérive. Quelques oiseaux traversent, venant de Pigeon House Rock, des gasses tristes, au ras de l'eau, des bandes rapides de courlis et de macoas qui basculent et se dispersent en criant, comme si nous étions avec eux les derniers habitants de la terre.

La marée pousse son souffle dans le lagon. Maintenant l'eau déborde le récif en grondant, et nous perdons pied. Sans nous séparer, nous nageons vers le rivage de Gabriel.

Nous sortons de l'eau à la nuit noire, grelottant. Sur la plage, à l'abri du bois de filaos, je prépare un feu avec le bois sec et les aiguilles. Les allumettes de Surya sont humides, et j'ai dû courir jusqu'au campement en chercher d'autres. Comme je renverse des ustensiles de cuisine, quelqu'un sort de la hutte. Un instant, j'ai cru que c'était Jacques, puis je reconnais la figure de Bartoli. J'ai oublié que Julius Véran est resté en haut du volcan, je me redresse, prêt à tout. « Qui vive ? » demande Bartoli. Est-il armé lui aussi, et venu monter ici un bivouac contre les Indiens ? Pour toute réponse, je grogne : « Des allumettes ! » Il semble s'en satisfaire. « Ah bon ! » Je l'entends qui s'adresse à Jacques. « C'est votre frère. Il avait besoin d'allumettes. » Suzanne dort-elle déjà ? Un instant j'ai cru qu'elle allait venir, puis j'ai entendu la voix de Jacques reprenant une conversation interrompue avec Bartoli. Ils parlent du départ, des mesures à prendre, de la fameuse lettre qu'ils vont écrire au Gouverneur. Puis ils continuent la partie d'échecs que la folie de Véran et notre départ pour Gabriel avaient interrompue. J'entends Jacques dire froidement : « Échec au roi. » Comme si rien d'important ne s'était passé.

Je suis retourné en courant jusqu'au bois de filaos. J'ai le cœur qui me fait mal. Il me semble que quelque chose est en train de se produire, un événement à la fois prévisible et irréalisable, un frisson, un changement. C'est cela qui fait vibrer le socle de l'île, chaque jour, chaque nuit, qui m'empêche de dormir.

Je suis si troublé que je ne retrouve plus Surya. Un bref instant, contre toute vraisemblance, j'ai peur qu'elle ne soit partie, que le passeur soit venu la prendre dans sa barque pour la ramener de l'autre côté.

Je marche sur la plage, sans voir, j'appelle d'une voix angoissée : « *Bahen !* Ohé, *ba-hen !* » Elle me fait taire : « *Hush !* » Elle est à genoux au bord de l'eau, elle lave les ourites dans la marée.

Quand le feu brille, elle met les tentacules à cuire sur des claies qui crépitent. L'odeur a attiré Murriamah et Pothala. Ils se sont approchés sans bruit, ils sont à croupetons devant le feu. Leurs yeux brillent comme des braises. Ils meurent de faim. Nous partageons les tentacules calcinés, tordus comme des bouts de cuir, mélangés au riz froid. Nous mangeons sans rien dire, tournés vers le foyer. Après le froid de la mer, les morceaux d'ourites et le feu nous brûlent. Je n'ai jamais fait un tel festin.

Murriamah ne parle pas. Elle regarde le feu qui diminue. De temps en temps, du bout des orteils, elle pousse les charbons qui se répandent. Pothala, quand il a fini de manger, est retourné en arrière, s'asseoir dans les broussailles, toujours sur ses gardes.

Surya s'est enveloppée dans son grand foulard rouge qui couvre ses cheveux et son visage. Sa robe couleur de mer est encore trempée, tachée par le sable et la cendre. Quand nous avons terminé, elle va laver l'écuelle de riz dans la mer. Puis elle la remplit à nouveau, avec du riz et des ourites. Elle me donne l'écuelle. « Tiens, *bhai*, c'est pour ton frère et Suzanne. » Elle dit cela tranquillement, comme si c'était la chose la plus naturelle du monde. Puis elle met du riz et les derniers restes des ourites dans un linge qu'elle ferme aux quatre coins. Elle l'apporte sur la pierre plate, à l'entrée de la tanière de Sarah Metcalfe comme une offrande.

Je suis allé attendre Surya dans notre domaine, sous le glacis des pailles-en-queue. Avec des aiguilles de filao, j'ai fabriqué une sorte de matelas. Sous la tente de toile cirée, cela fait un creux bien tiède, tout à fait comme un nid d'oiseaux. D'ici, j'entends très bien la vibration qui monte du socle de l'île. Un bruit de forge, ou plutôt, un bruit de sang. Au-dessus de nous, à flanc du piton, les pailles-en-queue sont dans leurs terriers. Quand Surya est arrivée, ils ont commencé à s'énerver, à claquer du bec, à caqueter, un, puis un autre, puis toute la colonie de Gabriel.

Elle s'est glissée dans l'abri, elle s'est couchée contre moi. J'ai senti son buste et ses jambes encore froids de l'eau de mer. Elle a posé sa tête contre mon épaule, elle dit : « Ils ne veulent pas de nous, ils nous disent de partir, de retourner chez nous ! » Elle sait que le jour du retour est proche. Nous n'en avons pas parlé. Je crois qu'elle en a aussi peur que moi.

Nous restons absolument sans bouger, serrés l'un contre l'autre, presque sans respirer, jusqu'à ce que les oiseaux se calment.

La nuit est froide. Il y a un frisson qui sort des pierres noires. C'est un monde minéral, aigu, endurci, et nous sommes si faibles. Seuls les oiseaux ont le droit d'y vivre. Ils ont un regard qui ne cille pas. Eux ne dorment jamais. Ils ne rêvent jamais.

Je sens la tête de Surya s'alourdir sur mon épaule, son souffle se ralentir. Elle dort comme une enfant, abandonnée contre moi, dans l'abri étroit, pareil au ventre d'une pirogue. C'est très doux, et en même temps, sans que je comprenne pourquoi, cela me serre la gorge et fait battre mon cœur. Tout à l'heure elle a dit : « *Bhai*, je suis si fatiguée. » En murmurant, pour ne pas alerter nos voisins, elle a dit : « Qu'est-ce qui va nous arriver ? Je voudrais que ça soit toujours maintenant. »

Moi aussi, j'ai le cœur qui bat, j'ai peur de ce qui doit venir. Le bateau qui doit partir, non pas le garde-côte des services sanitaires, mais ce grand paquebot des Messageries, cette ville de métal aux cheminées qui crachent la fumée, ces bateaux aux noms de fleuves, qui autrefois me faisaient rêver, *Ava*, *Amazone*, *Djemnah*, *Yang-tsé*, *Peï-ho*, *Iraouaddy*, dont j'avais appris par cœur les escales et les jours de départ. Et qui maintenant me donnent le frisson.

Alors peut-être va-t-il falloir remonter à bord, retourner vers l'Europe, vers les villes tumultueuses, Marseille, Bordeaux, Paris, Londres. Suryavati, quand sa mère est morte, n'a pas pleuré. Elle n'a rien dit. Mais quand elle est venue à Gabriel, qu'elle est devenue ma femme, elle a parlé de Londres, juste pour dire que, sans Ananta, elle n'irait jamais.

Où irais-je ? Qu'est-ce que j'irais faire là-bas ? Londres, sans Surya, est-ce que cela existait ? J'ai rêvé pourtant que je l'emmenais, que nous marchions dans les rues de la Cité, comme Mrs Aouda au bras de Phileas Fogg, elle vêtue de sa longue robe couleur de mer, la tête couverte du châle flamboyant, portant sa goutte d'or à la narine et ses bracelets de cuivre autour des bras. Elle marchait au milieu de la foule, comme une princesse, parmi ces gens tous identiques courbés sous leurs parapluies noirs, dans le bruit des voitures, la fumée des bains publics, des usines, le long des rues neigeuses, à Shepherd's Bush, à Bayswater, à Elephant & Castle.

Mais je ne veux plus penser à cela. Je ne veux penser qu'à cet instant, sentir son souffle sur moi, sentir le poids de sa tête, respirer l'odeur douce de son corps, écouter la vibration interminable de la mer, le vent, le caquètement des pailles-en-queue qui veillent.

Il n'y a pas d'avenir, pas de demain. La nuit doit être éternelle, virant lentement avec les étoiles autour de l'axe planté dans le cœur de l'île, pareil au mât de l'ancien sémaphore.

C'est elle que je veux voir, encore, Ananta, comme si c'était par elle que tout commençait. Alors les bâtiments de la Quarantaine, sur l'île Plate, étaient tout neufs, les murs de lave bien jointoyés face au lagon, le môle, les citernes prêtes pour recueillir l'eau de pluie, et au sommet du cratère, le phare s'allumait chaque soir. À Palissades, le camp des immigrants était net comme un bivouac militaire, sa longue rue rectiligne joignant les deux places, chacune comportant six maisons communes d'environ vingt pieds sur dix, séparées par le poste des cuisines, et flanquées des abris de palmes servant de dépôts. Tout alentour, les plantations de cocos et de cannes à sucre, les jardins en terrasses, propres et desservis par des chemins, et entre les deux parties du camp, la jetée oblique, faite de gros blocs de basalte, permettant l'atterrissage par n'importe quel temps. De l'autre côté du lagon, au sommet du piton de l'îlot Gabriel, le mât des signaux se dressait portant bien haut la flamme rouge de l'empire britannique.

Mais peut-être que rien de tout cela n'a vraiment existé ? Peut-être que cela n'aura été qu'un dessin sur les papiers d'un certain Corby, géographe du gouvernement, pour chasser l'image terrible des hommes et des femmes abandonnés sur l'île un an auparavant ?

Les jours qui ont suivi le débarquement des immigrants sur Plate, le ciel est resté sans nuages, le vent soufflait doucement. Giribala et Mani habitaient la première maison du camp, réservée aux femmes seules. C'était mieux qu'à Bhowanipore. Ananta répétait de temps en temps : « Quand partons-nous ? » On attendait la décision du gouvernement.

L'épidémie était arrêtée. Les sepoys avaient été isolés sur Gabriel, de l'autre côté du lagon, dans des abris de branches et de feuilles. Le soir, quand Giribala emmenait Ananta de l'autre côté du volcan, elles voyaient les feux allumés sur la plage, qui signalaient la présence des bagnards. Les nouvelles étaient bonnes. Mani a dit qu'avant la fin de la semaine, le bateau les conduirait à Maurice, pour commencer les travaux de la coupe.

Quand Giribala a-t-elle compris ce qui s'était passé ? Peut-être y avait-il sur l'île un témoin, une vieille folle qu'on avait oubliée, qui s'était cachée dans les fourrés quand le bateau était venu chercher les survivants ? Avec Ananta, Giribala parcourait le rivage, traversait les broussailles par les sentiers. Il y avait des traces de bûchers partout, le long des plages, jusqu'au nord de l'île, et dans les anciennes plantations on marchait sur des bouts d'os.

Mani ne voulait plus quitter le camp des Palissades. Elle avait vu des squelettes à demi brûlés, des crevasses qui s'étaient ouvertes sous la tempête, mettant au jour des crânes humains. Même dans le cimetière, au sud de l'île, il y avait des os brûlés au milieu des tombes.

Un soir, quelqu'un a parlé de l'*Hydaree*. Une femme, qui avait rencontré la folle, qui l'avait écoutée. Elle a raconté ce qui s'était passé il y avait trois ans, les gens que le bateau avait abandonnés sur l'île. Il y avait eu des tempêtes, ou bien peut-être qu'à Maurice les planteurs craignaient une mutinerie comme celle qui venait de commencer en Inde. Sur l'île Plate, les immigrants avaient attendu, jour après jour, semaine après semaine. Ils n'avaient plus rien à manger. Ils creusaient la terre avec leurs ongles, pour déterrer les tubercules des batatrans. Les enfants se noyaient sur le récif en cherchant des coquilles. La déesse froide s'était installée sur l'île, chaque nuit elle prélevait des corps. Alors les survivants allumaient des feux sur la plage, pour brûler les morts, pour appeler au secours les habitants de Maurice. Mais personne ne venait. Presque tous les immigrants étaient morts sur l'île.

Giribala écoutait cette histoire en frissonnant. Elle serrait contre elle Ananta, comme si elle craignait de l'avoir prise au piège. Maintenant, il lui semblait que tout sur cette île avait la couleur et le goût des cendres.

Pourtant, quelques jours plus tard, le bateau du service sanitaire est venu. Il est arrivé vers midi, par une mer lisse, il a mouillé devant la baie des Palissades, et une baleinière a glissé jusqu'à la digue. À bord de la baleinière, il y avait un officier anglais, un homme grand et fort, avec une belle barbe blonde qui brillait au soleil, et un merveilleux uniforme blanc. Il a tiré d'une sacoche un grand cahier rouge, et debout sur la digue, il a commencé

432

à lire les noms et les numéros, que les arkotties répétaient après lui en criant.

Tout d'un coup, sans bien comprendre pourquoi, Ananta s'est sauvée. Elle s'est mise à courir sur la plage brûlante, au milieu des gens qui attendaient, le cœur battant, les yeux pleins de larmes. Elle entendait la voix de sa mère qui l'appelait, qui criait son nom en faisant chanter la dernière syllabe, *Anantaaa !* Elle courait le long du sentier, vers le volcan, son visage griffé par les tiges des lantanas, elle sautait d'un rocher à l'autre, vive comme un cabri. Elle ne savait pas où elle allait, elle ne savait pas pourquoi elle fuyait. Elle cherchait un endroit où se cacher, une crevasse, un trou dans la terre, pour disparaître, pour que personne ne la retrouve. Il s'était passé trop de choses, il y avait eu trop de morts, et puis tout ce soleil sur la plage des Palissades, l'attente dans le ventre du bateau. Du plus loin qu'elle se souvenait, Ananta n'avait jamais arrêté de bouger, de fuir, d'attendre des bateaux, de marcher sur les routes. Maintenant elle ne voulait plus entendre cet homme qui appelait les noms, elle ne voulait plus monter dans le bateau, aller dans ce pays, Mirich Desh, cette île d'où personne ne revenait.

Peut-être que ce qu'elle voulait réellement, c'était que la déesse froide la prenne, comme elle avait pris le garçon à bord de l'*Ishkander Shaw*, dans son sommeil. L'emmène à nouveau de l'autre côté de la mer, jusqu'au grand fleuve, jusqu'à la poitrine de sa nourrice sur laquelle elle pourrait enfin s'endormir. Et les cris des meurtriers s'éloigneraient, disparaîtraient pour toujours.

Au sommet de l'escarpement, entre les blocs de basalte, Ananta a trouvé l'entrée de la grotte. C'était une anfractuosité sombre dans la coulée de lave, dont l'orifice était à demi obstrué par des buissons épineux. Ananta s'est glissée dans la grotte. Son cœur battait très vite, à cause de la course à travers la colline, et aussi parce qu'elle avait peur. Quand elle est entrée, et que ses yeux se sont accoutumés à la pénombre, elle a vu que la grotte était habitée. Dans le fond, il y avait une sorte d'autel, une grande pierre plate sur laquelle étaient posés des fruits, des galettes, et des copeaux de santal dans un vase de terre cuite. Une lampe éteinte se trouvait au pied de l'autel.

À l'intérieur de la grotte, tout était calme. Il faisait frais, il y avait comme un murmure d'eau quelque part, derrière la roche, un parfum de

434

fumée et d'herbes. Après les heures d'attente, sur la plage brûlante, et la course à travers les plantes griffues, Ananta avait l'impression d'être arrivée à l'entrée d'un palais, celui qu'elle espérait depuis longtemps, où régnaient la paix et la douceur. Elle voulait appeler sa mère, pour lui dire de la rejoindre ici, de venir s'installer dans cette grotte, loin de tous les bateaux, de tous les étrangers. Mais elle avait peur que les arkotties ne la retrouvent, et la ramènent jusqu'à la digue. Elle tremblait de fatigue, les larmes emplissaient sa bouche. Elle s'est allongée sur le sol de la grotte, près de l'autel. Quand elle se réveillerait, ils seraient tous loin, le bateau de l'homme à la barbe d'or les aurait emmenés de l'autre côté, dans la grande île. Sa mère viendrait à sa recherche, elle saurait trouver le chemin de la grotte, elles resteraient ensemble pour toujours, sans peur de l'avenir.

Vers la fin de l'après-midi, c'est la vieille femme, celle que les immigrants de l'*Ishkander Shaw* appelaient la folle, qui a trouvé Ananta dans la grotte. Elle s'est agenouillée à côté d'elle et elle l'a réveillée en lui touchant le visage. Ananta avait peur, mais la vieille femme l'a rassurée. « Tu ressembles à ma fille. » Comme elle avait l'air attristé,

Ananta a dit : « Est-ce qu'elle est morte ? » La vieille femme a raconté ce qui s'était passé, les gens qui étaient arrivés ici sur un bateau et qu'on avait oubliés. Et la déesse froide qui les avait pris, les uns après les autres. Sa fille était morte parmi les premiers, et elle l'avait brûlée sur la plage. Puis elle s'était réfugiée dans la grotte, et quand le bateau était revenu, après des mois, elle n'avait pas voulu partir sans sa fille. Elle s'était cachée.

Maintenant, Ananta n'avait plus peur. La folle l'a emmenée vers la baie des Palissades, et elle l'a suivie sans protester. Le ciel était jaune, la mer brillait, une étincelle accrochée à chaque vague. Sur la digue, les derniers passagers attendaient devant la baleinière. Ananta a reconnu la silhouette de sa mère. Elle est descendue, d'abord lentement, les yeux étrécis à cause de la lumière, puis en courant à travers les broussailles, en sautant d'un rocher à l'autre. Quand elle est arrivée à la plage, Giribala l'a serrée très fort dans ses bras. Sur la digue, l'officier anglais s'impatientait. Ensemble elles sont montées dans la baleinière et les marins ont souqué pour lancer la barque à travers la vague. Ananta a cherché du regard dans les broussailles, du côté du volcan. Mais la vieille femme avait disparu.

Je n'arrivais pas à dormir. À un moment, je me suis glissé en dehors de l'abri, sans réveiller Surya. J'ai rampé très lentement dans les rochers, pour ne pas provoquer le vacarme des oiseaux. Le vent était violent. J'ai cherché un abri dans le chaos de basaltes, pour regarder le ciel et la mer. La nuit était claire, remplie d'étoiles. À l'horizon, j'ai vu l'éclat intermittent du phare de la Pointe aux Canonniers, et, à gauche, la lueur des maisons de Grand-Gaube. Tout semblait proche et familier, et en même temps irréel comme le dessin des constellations. La mer était lissée par la nuit. J'écoutais les coups des vagues sur le récif, le bruit glissant du lagon qui se vidait par la passe. Tout cela, je voulais le retenir, le garder toujours, c'était à moi, c'était ma vie, mon origine. Mes yeux brûlaient, de fatigue ou de fièvre. Mon visage était dur comme la pierre, j'entendais le bruit du sang dans mes artères, mêlé au flux et au reflux. Je me souvenais de l'éblouissement, la première fois que j'étais venu sur cet îlot, quand ma semence s'était répandue sur la roche noire et s'était mélangée à l'écume.

Maintenant, il me semblait que je n'avais vécu que pour cela, pour trouver Surya, et vivre avec elle dans cette faille, au milieu des rochers de Gabriel. Voisins d'un peuple d'oiseaux magiciens, aux yeux sans paupières, attendre avec eux l'instant où le soleil jaillira de la mer.

J'ai tressailli quand Suryavati m'a touché. Elle est arrivée sans bruit. Peut-être que les pailles-en-queue sont devenus nos amis, qu'ils ont fini par accepter notre présence. Peut-être sommes-nous entrés dans leur ordre.

Nous restons longtemps assis à regarder la mer, la nuit. Puis nous sommes retournés à la faille, sous la tente. « Sens, *bhai*, comme j'ai chaud. » Surya approche sa paume de mon visage pour que je sente l'irradiation, sur mes joues, sur mon cou. Les oiseaux énervés par notre va-et-vient ont recommencé à caqueter, l'un après l'autre, se répondant, jusqu'à ce que toute la colonie soit prise de folie. Nous restons alors complètement immobiles, serrés l'un contre l'autre, nos souffles mêlés, sans oser rire ni murmurer, jusqu'à ce que le vacarme s'apaise.

L'amour de Suryavati est ardent comme le soleil, lent et fort comme la mer, vrai comme le vent. Nous sommes dans notre antre, dans notre aire, serrés l'un contre l'autre, comme des oiseaux.

Jamais je n'ai ressenti un tel bonheur. Il n'y a plus rien de sensé, plus rien de rêvé. C'est le mouvement de la mer, qui ronge et cogne le socle de l'île, le lent va-et-vient du flux et du reflux, et le goût du sel dans nos bouches, dans nos gorges. La pierre noire est très douce, la poussière glisse sur notre peau, si douce sous nos doigts, pareille à une cendre très ancienne. Les cris des oiseaux sur le piton vont crescendo, aigus, rauques, impatients, ils sont le seul langage de l'île. Dans les terriers, les couples veillent, un œil tourné vers le ciel noir dans l'attente de l'aube.

Dans mon corps j'ai reconnu la vibration. C'est elle que j'ai sentie dès la première nuit, quand j'étais couché à côté de Jacques et de Suzanne dans la hutte de Palissades, sans pouvoir dormir. Ce n'est pas un bruit. C'est bas et lent comme la pulsation d'un cœur, comme le murmure du sang dans mes artères. Comme la rumeur de la mer ou le grondement des ailes des oiseaux autour de Pigeon House Rock. Cela n'a pas de nom.

J'ai posé mon oreille sur la poitrine de Surya, dans le creux très doux entre ses seins. Cela vient, puis s'arrête, recommence. Cela monte le long des veines de la terre, jusqu'à la lèvre émergée de l'Océan, jusqu'au corps de Surya. Sur ses lèvres, je bois la vie, je respire son souffle, je prends la chaleur de ses mains. Elle me serre au centre de son ventre, et les pierres, et les courants du lagon nous serrent.

Tout à coup je n'ai plus peur de ce qui doit venir. J'ai le goût de la cendre des bûchers sur mes lèvres, le goût du sel éternel. Je ne suis plus seul, je suis aussi en Surya, elle est moi et je suis elle, nous sommes unis dans un mouvement très fort et très doux. Et nous sommes aussi la peau noire de l'île et le vent, et la mer, et l'esprit des oiseaux qui guettent le premier rayon du soleil. La nuit nous enserre, appuie sur la montagne, sur les broussailles, la nuit mêlée au vent. Les gouttes de pluie crépitent sur la toile cirée au-dessus de nous, par rafales, le vent s'engouffre dans la crevasse et passe sur nous sa main froide. Je sens dans ma gorge les battements de son cœur, je suis dans la peau de Surya, j'ai en moi le bruit de sa vie, une vibration lointaine et vraie. Son souffle va vite, je sens les fines gouttes de sueur sur sa nuque, à la naissance de ses cheveux, au creux de ses reins. Nous n'avons qu'une seule sueur. Je suis en elle et elle est en moi, mon sexe est profondément en elle, serré par son sexe, la pierre et la feuille, le poing et la paume qui l'enveloppe. Il ne peut rien y avoir avant, ou après, seulement ces rochers noirs, nus et âpres, le vent qui siffle dans les buissons, la mer qui cogne. Rien d'autre que le basalte, la poussière, la cendre. Et le ciel où fusent les nuages, scellés sur les étoiles, et les pailles-en-queue dans les tanières, leur œil sans paupière qui attend le soleil.

Ils crient, par instants, ils gémissent. Ils marchent aussi, je les entends faire claquer leurs becs, ébrouer leurs plumes. Leurs voix montent, s'unissent, puis s'éteignent, Suryavati a noué ses bras autour de moi, son visage est tourné de côté. Et puis soudain il y a cet éclat, comme si le cœur s'arrêtait, et que le temps mourait. Juste un point, au plus profond, une étoile de douleur, et Surya a gémi un peu en me repoussant du plat de ses mains. Je me suis répandu en elle, tous mes muscles tendus, le souffle perdu. La pulsation a continué, puis s'est ralentie, s'est éloignée. Nous sommes tombés l'un à côté de l'autre, dans la faille de pierre. Il y avait maintenant un silence profond. J'écoutais le grondement de la mer. Les oiseaux s'étaient tus. La vibration avait cessé, peut-être, on aurait dit une langue qui retournait au centre de la terre, qui s'enfonçait dans le secret des galeries. Cela s'en allait. Encore, encore, plus bas, plus loin. Jusqu'au centre du ciel, parmi les étoiles oubliées.

Surya s'est serrée contre moi. J'avais besoin de sa chaleur. Tout contre mon oreille, dans un souffle, elle a dit : « Cette nuit, j'ai un enfant de toi. » Elle ne peut pas le savoir, et pourtant je suis sûr qu'elle dit vrai. Maintenant nous avons un enfant.

La nuit est si longue. Suryavati s'est levée, elle s'est glissée dehors. Les pailles-en-queue n'ont pas crié. J'attends, la sueur s'évapore sur mon corps. Je sens l'odeur aigre des oiseaux voisins, une odeur d'urine et de guano, et aussi l'odeur poivrée des lantanas. Je m'endors un peu. C'est le corps frais de Surya qui me réveille. Elle s'est lavée dans le lagon, ses vêtements sont mouillés, sa chevelure lourde d'eau salée. La peau de ses bras est toute hérissée par les frissons.

Avant l'aube, tout devient parfaitement calme. Même les pailles-en-queue ont cessé de caqueter. La mer commence à descendre, le lagon se vide par la passe avec une rumeur paisible de rivière. Dans la faille de basalte, Surya dort lovée contre moi, une forme tiède et vivante dans la froideur du petit matin.

Le 7 juillet, au matin

Le bateau est revenu. Jacques l'avait prévu : la saison de la coupe va commencer à Maurice, les planteurs vont avoir besoin de tous les bras. Shitala, la déesse froide, a quitté les îles. Peut-être qu'elle n'avait plus rien à manger.

Je n'ai pas vu arriver le schooner. Il est mouillé depuis l'aube devant la passe, au large de la baie des Palissades. Je ne me souvenais pas qu'il était si grand. Quand nous l'avions aperçu, la première fois, du haut du pont de l'*Ava*, cet après-midi pluvieux dans la rade de Port-Louis, il nous avait semblé insignifiant, à peine une barque de pêche abâtardie, avec son gréement de goélette et cette cheminée disproportionnée qui crachait un nuage de fumée noire, plutôt semblable aux vieux remorqueurs dans le port de Londres.

Il vire lentement sur son ancre devant le volcan. Il a quelque chose d'inquiétant, très noir, sans port d'attache ni chiffre, sans pavillon. Sa machine tourne au ralenti et, malgré cela, nous entendons résonner dans tout le lagon les coups des bielles, comme une locomotive en attente. C'est un bruit que j'avais oublié. J'ai les oreilles pleines du fracas des vagues sur le récif, jour et nuit, et des cris des oiseaux, du hurlement continu du vent dans les roches. Ce bruit-là est un bruit de mécanique, un bruit d'homme, étrange, puissant, étranger à notre île.

Les oiseaux sont paniqués. Ce sont eux qui ont donné l'alarme, avant même que nous ayons pu distinguer les trépidations du bateau. Ils se sont envolés tous ensemble, ils ont tourné et tourné au-dessus de la passe en criant. Un instant, j'ai cru qu'une tempête était en train d'arriver. Ou bien que l'émeute avait repris à Palissades, que les coolies s'apprêtaient à traverser le lagon pour nous couper la gorge. Jacques et Bartoli étaient en état d'alerte, ils se préparaient à construire des chicanes. Quand j'ai débouché sur la plage, j'ai vu Murriamah et Pothala immobiles. À côté d'eux,

Suryavati était debout devant le lagon, elle regardait le bateau.

Alors le passeur est arrivé, poussant la vieille plate avec sa palanque. Il n'a pas enfoncé le nez de la barque dans le sable, mais il a mis simplement la perche, pour l'immobiliser en attendant.

Je suis sur la plage, à côté de Surya. En face, sur le rivage de Plate, les bâtiments de la Quarantaine semblent toujours aussi abandonnés. Il y a des enfants qui courent le long du rivage, des femmes qui appellent. Surya dit :

« C'est aujourd'hui, nous allons partir d'ici. »

Elle dit cela d'une voix un peu étouffée, comme si elle avait peur. Moi aussi, je ressens de la crainte. J'ai envie d'aller me cacher à l'autre bout de l'île, comme Sarah, dans notre faille au milieu des rochers. Le schooner est très grand sur la mer d'un bleu pur. C'est une image irréelle. On dirait qu'il n'y a personne à bord. Seulement le bruit de sa machine qui cogne sourdement, et la fumée qui tourbillonne au-dessus de la haute cheminée, un grondement qui fait peur, le souffle d'un monstre chimérique.

« Nous allons partir... » Elle répète cela. Elle serre très fort ma main. Elle est mince et frêle, encore près de l'enfance, son visage sombre creusé par l'inquiétude. Elle ressemble à Ananta. Un instant, j'ai eu une idée puérile, je crois que je l'ai dite à haute voix : et si nous restions ? Nous allons nous cacher dans notre faille, au pied des nids des pailles-en-queue, et personne n'ira nous chercher là. Dans la cohue, on croira que nous avons embarqué. Tout le monde sera si pressé de monter à bord du bateau. Surya n'a pas répondu.

J'entends la voix de Jacques, il crie d'impatience, il rassemble tout ce qu'ils ont. Suzanne doit chercher sa sacoche de voyage, son chapeau, son ombrelle. De l'autre côté du lagon, les femmes se dépêchent dans les plantations, elles ramassent les papayes, les giraumons, des enfants ont pris les lampes dans les maisons vides de la Quarantaine, les vieilles assiettes émaillées, les bouteilles vides, tout ce qu'ils ont pu trouver.

Jacques et Suzanne sont enfin arrivés sur la plage. Jacques porte sa serviette de médecin, contenant ses bistouris et son stéthoscope, et le sac de voyage de Suzanne. J'imagine qu'elle y a rangé à la hâte tous ses papiers, pêle-mêle, et le petit livre bleu des poèmes de Longfellow, au milieu des vêtements. Jacques aide Suzanne à monter dans la plate. Murriamah et Pothala sont déjà assis à l'arrière, dans l'eau, à même le fond. Une personne de plus et la plate coulera définitivement. Jacques a repoussé la barque vers le large. Il est pieds nus, son pantalon roulé jusqu'aux genoux. Il a attaché ses souliers autour de son cou par les lacets, comme autrefois, quand il allait courir dans les champs autour d'Anna. Il est si impatient de voir partir la barque qu'il ne s'est même pas soucié du sort de Surya. Mais j'ai vu Suzanne qui faisait une drôle de grimace, dans le soleil du matin, comme si elle voulait s'excuser de partir si vite.

Bartoli est du second voyage. Lui n'emporte rien. Il a abandonné dans la hutte le sac de riz. Son visage épais transpire déjà, il jette autour de lui des regards inquiets. Quand nous sommes installés au centre de la plate, Jacques monte à la proue, il s'empare de la longue perche. Le vieux Mari guide la barque à la godille.

Malgré la marée basse, le courant est si violent que la plate s'est mise encore de travers. Jacques essaie de ramer avec la perche et ne réussit qu'à faire embarquer un peu plus. Debout à la poupe, Mari rame lentement, son regard d'aveugle tourné vers la haute mer. Comme lors du premier passage, il y a quelque chose de comique dans ce voyage de travers, où tout peut à chaque instant se transformer en naufrage. Les cris aigus du passeur ne suffisent pas à redresser la barque, et c'est Surya qui s'empare de la perche. Jacques s'est assis un peu en arrière sans protester. Surya est debout sur le bord, elle plonge la perche au plus profond, réussit à toucher une patate et, d'une seule poussée, elle nous renvoie vers la rive de Plate.

Sur le môle en ruine, Suzanne nous attend. Elle a ouvert pour la première fois son ombrelle frangée de dentelle qu'elle avait sur le pont de l'*Ava* quand nous glissions sur la mer Rouge. Avec sa longue robe boutonnée jusqu'au cou, ses cheveux courts, et ses bottines à la main, elle n'a plus rien de la malade que Surya baignait chaque soir au baume de l'île Plate, et qui paraissait vaciller sur le seuil de la vie. Elle semble une jeune aventurière, prête à partir pour le bout du monde, Ménie Muriel Dowie. Elle rit et bat des mains quand la plate touche les pierres du môle. Elle a posé son ombrelle et ses bottines pour nous aider à débarquer les affaires, le sac de voyage, la bonbonne de Condys fluide que Jacques n'a pas voulu abandonner sur Gabriel. Surya et moi, nous n'avons rien que nos habits, et le petit sac de vacoa et le harpon pour la pêche aux ourites. Je n'ai même plus de chaussures. Je suis comme un naufragé,

445

sans passé, sans bagages. Semblable aux pierres de Gabriel, usé par le vent et le sel, noirci et endurci par le soleil.

Jacques me regarde à peine. Il a pris le bras de Suzanne et il l'entraîne sur le chemin, vers le haut de l'escarpement, où les immigrants sont rassemblés. Suzanne s'est retournée, il me semble que je lis dans son regard un regret, un déchirement, tandis qu'elle s'éloigne du lagon. Mais peut-être que c'est moi qui lui prête ces sentiments.

Surya et moi marchons aussi sur le chemin. Il n'y a plus personne sur la rive de la Quarantaine, seulement le vieux Mari. Le voyage ne le concerne pas. Il doit rester pour accueillir les prochains immigrants. Il est assis sur son rocher, à l'ombre du mur de l'ancienne infirmerie, il mâche sa feuille de bétel, son regard bleuté tourné vers le lagon.

Suryavati s'est retournée tout à coup. Elle regarde fixement l'îlot Gabriel, un moment j'ai cru qu'elle voulait se souvenir. Puis elle dit : « Sarah ? Est-ce qu'elle est avec les autres ? » Jacques s'est arrêté sur le chemin, il est en conversation avec Bartoli. Comme je m'approche, il dit, d'un ton anxieux : « L'embarquement des passagers va commencer, il faut que tu viennes tout de suite. Il paraît que Véran est déjà sur le bateau. » Ce n'est pas le sort des passagers de l'*Ava* qui me préoccupe. Je pense à Suryavati, je sens à nouveau une colère impuissante. Comme je lui parle de Sarah Metcalfe, restée prisonnière de l'îlot Gabriel, Jacques hausse les épaules.

Ses yeux sont embués derrière ses verres, ses mains tremblent. « Il faut retourner la chercher très vite, le bateau n'attendra pas. » Il retourne vers Suzanne, essaie de la convaincre de partir sans lui pour la baie des Palissades. Elle s'éloigne à contrecœur, portant le sac de voyage trop lourd, son ombrelle tombée sur son épaule. Elle marche avec Bartoli et Murriamah. Le garçon Pothala est resté avec nous. Son regard brille d'une lueur étrange. C'est la perspective de la chasse à la folle qui l'attire.

Nous sommes remontés dans la plate, manœuvrée par Surya. Pothala est à la godille. Il rame avec force, j'imagine qu'il est le fils d'un pêcheur bengali. Mari est resté à l'ombre de son mur. Son regard pâle n'a même pas bougé quand nous avons poussé la plate vers la passe.

Dès que nous touchons Gabriel, Jacques, Surya et moi nous courons à la recherche de Sarah, vers la pointe sud. Pothala a suivi un autre chemin à travers les broussailles. Nous ne crions pas, pour ne pas effrayer la pauvre folle. Devant l'île Plate, le bateau est toujours attaché à son ancre, coiffé de son panache de fumée noire, avec ses machines au ralenti. L'embarquement a sans doute déjà commencé. Il n'y a aucun bruit sur Gabriel. On dirait une île morte. Les pailles-en-queue ont fui ailleurs, ils ont sans doute rejoint les autres oiseaux autour de Pigeon House Rock. Ou bien ils se sont terrés dans leurs trous, effrayés par les trépidations du garde-côte.

Pothala est déjà à la pointe sud. Il est accroupi sur un rocher. J'imagine qu'il a dû entrer dans la tanière, comme s'il chassait une bête. Suryavati passe devant lui sans rien dire, elle descend dans le chaos, elle écarte la porte d'épines. Elle appelle : « Sarah ! »

Il n'y a personne. L'antre est vide. Sur la pierre

447

plate, à l'entrée, il y a encore les restes de riz que Surya a déposés hier. Les oiseaux n'y ont pas touché. En me penchant, je vois la couche de Sarah, un drap sali de cendres et de terre, et son sac entrouvert, qui contient ses maigres effets : un peigne indien, quelques roupies et une poignée d'annas, un volume rouillé de l'Ancien Testament, un paquet de lettres tachées par les embruns. La vue de ces dépouilles est à la fois dérisoire et triste, comme ces choses insignifiantes qu'on retrouve dans une maison en deuil. Sur le sol, à côté de la couche, un calepin noir, lié par un galon rouge, attire mon regard. C'est le précieux carnet que John Metcalfe emportait partout avec lui, dans lequel il consignait toutes ses observations et ses découvertes.

Sur la couverture, sur une étiquette, de la main penchée et régulière de Sarah, avec laquelle elle recopiait chaque soir les noms étranges des plantes, il y a écrit : *Flat Island, 28 may 1891*. La date de clôture du cahier est restée en blanc. C'est la date à laquelle nous sommes entrés dans la Quarantaine, et celle que Sarah a écrite, de la même main, sur la planche qu'elle a plantée dans la terre, là où John a été transformé en cendres.

J'ai laissé l'argent et les lettres, et j'ai pris le calepin noir. Il me semble que John l'a laissé juste pour moi, pour que je me souvienne, que je continue après lui les leçons de botanique. Je me souviens de ce qu'il disait, quand nous marchions à la recherche de l'indigotier : « Ce sont les plantes qui sauveront les hommes. »

À la pointe sud, le vent arrache des copeaux d'écume. Les vagues sont puissantes, elles déferlent sur les écueils en montrant leur ventre vert d'émeraude. Je sens qu'il faut faire vite. Le bateau doit rouler entre ses amarres, il ne tiendra pas longtemps. Où est la folle ?

Suryavati la cherche dans l'éboulement des roches noires, près de l'endroit où nous avions notre abri. Elle avance en silence, comme si Sarah était un oiseau, qu'il ne fallait pas l'effrayer. Peut-être qu'elle aussi voudrait bien se cacher, laisser partir le bateau avec tout ce monde. Sarah doit avoir raison, nous devrions retourner dans notre faille, à l'abri, vivre le reste de notre vie avec les pailles-en-queue. Oublier Maurice, comme Maurice nous avait oubliés.

J'entends la voix de Jacques. Il s'impatiente, il a quitté la plate et il s'est avancé sur la pente du piton pour nous dire de revenir. Le vent hache ses paroles, n'arrivent jusqu'à nous que des bribes incompréhensibles : Hé !... Ho !... J'imagine Suzanne, debout sur la plage, tournée vers le chemin du cimetière, attendant de nous voir arriver, et les gens qu'on embarque dans la yole.

J'ai fait le tour de Gabriel, précédé de Pothala furetant dans les broussailles comme un chien de chasse. Sarah n'est nulle part. Peut-être s'est-elle réfugiée en haut du piton, sous les ciments du sémaphore. Mais impossible : les oiseaux lui font peur. Ils l'auraient dénoncée en piquant sur elle, en criant. J'arrive près des glacis. Les pailles-en-queue tournent au-dessus de moi en criaillant, deviennent menaçants. Pothala n'ose plus approcher. Déjà nous sommes des étrangers, des ennemis. Ce sont eux qui nous chassent.

Pothala a oublié Sarah. Il rampe parmi les rochers, à la recherche des plumes rouges fabuleuses. S'il pouvait, il essaierait de capturer les pailles-en-queue, d'arracher leurs brins.

Nous sommes redescendus vers la plage. Jacques est déjà remonté dans la barque. Il crie :

« Alors ? Vous l'avez trouvée ? »

Je secoue la tête. Il a une voix dure, il dit :

« Tant pis, on ne peut plus attendre. » Il ajoute, avec mauvaise conscience : « Elle est peut-être déjà partie. »

À ce moment même, Surya apparaît sur le chemin des campements, soutenant Sarah Metcalfe. La jeune femme marche lentement, en titubant. La chaleur, le manque de nourriture ont fait d'elle une infirme. Elle ne résiste même plus quand Jacques la hisse à bord de la plate. Elle se couche dans le fond, enveloppée dans ses chiffons.

Suryavati est la dernière à embarquer. Tandis que la plate, lourdement chargée, dérive doucement à travers la passe, elle reste tournée vers le rocher sombre de Gabriel. Il me semble que je sens un regard qui nous suit, depuis le campement et les citernes. Peut-être simplement l'œil endurci des oiseaux qui tournoient autour du sémaphore. Dans le brouhaha de la mer qui gonfle le lagon, j'entends cette vibration lointaine, ce souffle, comme si tous ceux que nous abandonnons étaient encore vivants.

Il y a de grands tourbillons dans la passe. Pothala a du mal à maintenir le cap vers le môle. Tandis que nous glissons au-dessus de la forêt noire des coraux, à un moment, j'ai vu passer une ombre, qui rôde et nous suit comme un chien furieux. J'ai reconnu le tazor, le maître du lagon. Il me semble qu'il y a maintenant une éternité qu'il m'a laissé passer dans son domaine. Aujourd'hui, pour lui aussi, je redeviens un étranger.

Nous arrivons à la baie des Palissades un peu avant midi. En débouchant sur la baie, en haut de l'escarpement, Surya et moi sommes stupéfaits. Nous ne parvenons plus à marcher, notre cœur bat trop vite et trop fort. Comme Sarah, nous avons envie de fuir dans les broussailles.

Depuis le pied du volcan jusqu'aux maisons communes, la baie des Palissades est remplie de monde. Les Indiens sont venus de tous les coins de l'île, de toutes les huttes, des champs et des bois de filaos, et se sont réunis sur la plage blanche, devant la jetée en construction. J'avais oublié. Je ne savais plus qu'ils étaient si nombreux. Une foule, un millier, peut-être davantage. Ils forment une masse compacte, sombre, silencieuse. Seules brillent çà et là les taches vives des robes des femmes. Ils sont debout sous le soleil violent, sans ombre, devant la mer éblouissante. Jacques lui-même s'est arrêté. Il cherche à se ressaisir. Il ne veut pas que je me rende compte de son émotion.

« Où est Suzanne ? Je ne vois pas Suzanne. » Sa mauvaise vue l'empêche de se rendre compte de ce qui se passe, mais il voit bien la masse humaine rangée sur la plage comme une armée silencieuse.

À l'extrême gauche de la baie, près de l'abri où on débarquait les vivres, j'aperçois Suzanne dans sa robe claire. À côté d'elle, la silhouette trapue de Bartoli, son crâne déplumé qui contraste avec les chevelures des Indiens.

« Votre femme est là-bas, elle vous attend. » C'est Surya qui lui a parlé. Elle a une voix douce, elle le prend par le bras et lui montre où il faut regarder. Elle est plus indulgente que moi.

Jacques descend d'abord, et je marche derrière lui, presque machinalement. Nous descendons vers la baie, à travers les broussailles. Le vent souffle en rafales, un vent brûlant qui lisse la mer et le ciel. La fumée du schooner s'éparpille, revient vers nous. Tout à coup je sens l'odeur âcre des machines, le charbon, l'huile chaude. Je ne savais plus que cela existait. Comme un animal, je flaire le vent, je goûte avec ma langue. Et maintenant les trépidations sont devenues une vibration lourde qui emplit toute la mer et court sous mes pieds nus. Un grondement, qui fait battre mon cœur. Je me souviens, la première fois que je suis monté sur le pont de l'*Ava*, à Marseille, et que le navire a commencé à appareiller, c'était le même bruit sourd, puissant, inquiétant. Je continue de descendre, loin derrière Jacques, sans regarder en arrière.

Quand nous arrivons à la plage, je me rends compte que nous nous sommes hâtés pour rien : l'embarquement n'a pas commencé. Le schooner continue de pivoter autour de l'axe de sa chaîne, freiné par l'ancre flottante. Il roule beaucoup. Sur le gaillard d'avant, l'officier anglais est entouré de l'équipage. De temps à autre, il regarde vers nous avec sa lunette. Il doit être en train d'évaluer la situation. Il est tout à fait impossible d'embarquer tous les immigrants sur le schooner. Il faudra d'autres bateaux, plusieurs voyages. Deux jours, peut-être davantage.

À l'avant, sur le pont, il y a des marins comoriens en costume clair. Ils sont armés des fameux fusils Schneider que j'ai vus lors de l'émeute. Véran aurait dit : « Avec ça, je vous descends un homme à cinq cents mètres. »

Au fait, où est passé le véreux ? Un moment, j'ai cru qu'il était resté en haut du volcan, seul dans son camp retranché, comme un capitaine qui sombre avec son navire. Puis je l'aperçois dans le groupe des passagers de l'*Ava*. Il n'a plus rien de sa superbe. Il s'est assis dans le sable, à l'abri des montants de bois du dépôt à vivres. Comme Bartoli, il est très pâle, usé par l'insomnie. Maintenant que l'heure du départ approche, il est redevenu l'affairiste besogneux, le négociant perpétuellement en faillite qu'il n'aurait jamais dû cesser d'être. Suzanne ne l'a même pas regardé quand il est venu s'asseoir à côté d'elle.

Sur la plage, la foule est serrée. Nous avons du mal à passer. Les hommes sont debout, leurs visages ruissellent de sueur, leurs vêtements sont trempés. Quand Jacques arrive, portant sa mallette de docteur et la bouteille de Condys fluide, ils s'écartent sans hostilité. Ils ne semblent plus avoir rien de commun avec ceux qui lui jetaient des pierres. Ils ont des visages très doux, aux beaux yeux intenses. Peut-être qu'ils croient que Jacques est celui qui va les délivrer, leur permettre de continuer leur voyage. Je passe au milieu d'eux, sans encombre. Ils ne parlent pas. Certains sont très jeunes, des enfants encore. De longs bras et de longues jambes, un corps flexible comme une liane, vêtus seulement d'un langouti blanc ceint autour des reins. Où est Uka, où est le berger Choto ? Il y a aussi des gens que je n'ai jamais vus, debout au soleil dans leurs habits de voyage, comme s'ils attendaient le train sur le quai d'une gare, vêtus de vestes et de gilets par-dessus leurs robes, les pieds chaussés de souliers cirés, s'abritant du soleil sous de grands parapluies noirs, tels les gentlemen de la Cité.

Ils me laissent passer, ils ne me regardent pas. Ils regardent le bateau ancré devant la baie, qui pivote autour de sa chaîne et roule sous la houle. Il y a un silence dense, un silence qui dure, sur la plage, sous le soleil trop fort, avec seulement la trépidation des machines au ralenti.

Tout à coup, je m'aperçois que Suryavati n'est pas avec moi. Elle m'a laissé partir avec Jacques, elle est restée dans les rochers. Je veux retourner en arrière pour la chercher, mais Suzanne vient jusqu'à moi, elle m'embrasse. « J'ai eu peur, je croyais que vous n'arriveriez jamais. » Elle serre Sarah contre elle, elle la fait asseoir à l'ombre, à côté de Julius Véran. Elle entoure Jacques de ses bras, elle parle vite, pour cacher son inquiétude. À la lumière dure de midi, elle est très maigre, la peau de son joli visage est maintenant toute parcheminée, hâlée comme celle de Sarah. Jacques n'écoute pas ce qu'elle dit. Il essaie de la rassurer. « Je crois que nous n'allons pas tarder à embarquer. » Ce qui l'effraie, c'est la quantité de monde sur la plage. « Il faut absolument que nous montions les premiers. » Comme s'il avait honte, il ajoute : « Je pense qu'ils vont envoyer un deuxième bateau. » Bartoli hausse les épaules. « S'ils repartent comme l'autre fois, ça sera la révolution. »

Nous avons les lèvres desséchées par la chaleur et le vent, mais personne n'aurait l'idée d'aller jusqu'aux citernes, ou d'escalader les rochers vers la source. Sur le moignon de la jetée, Shaik Hussein est debout, appuyé sur son bâton de sirdar. Ses habits sont en haillons, son turban est déchiré et flotte au vent, et pourtant il a gardé son air altier. Il reste immobile, tourné un peu de côté pour éviter le soleil, dans une attitude de dédain et d'indifférence. À aucun moment il n'a daigné regarder dans la direction des passagers de l'*Ava*. Dans quelques instants, quelques heures, nous changerons de monde. Il nous a déjà oubliés.

Puis, tout d'un coup, sans raison apparente, la manœuvre de l'embarquement a commencé. La yole s'est détachée du schooner, elle vient droit vers la baie des Palissades, portée par les vagues. Elle est montée par quatre marins comoriens, très noirs dans leurs impeccables uniformes blancs. À la force des rames, deux d'entre eux maintiennent le canot immobile au-dessus de la ligne de déferlement, tandis que les autres s'occupent du va-et-vient. Ils ont jeté un bout au rivage, et c'est le long de ce pont improvisé que les premiers rescapés sont hissés à bord, complètement trempés par les vagues. Il y a d'abord quelques coolies, choisis par Shaik Hussein parmi les plus âgés, portant leurs baluchons noués au sommet de la tête. Puis les femmes, Murriamah et son fils Pothala, d'autres femmes indiennes dont les longues robes multicolores ont reçu des paquets de mer et se sont collées à leurs corps. Malgré les vagues, le danger, tout cela se fait sans un cri. Seulement les pleurnichements des jeunes enfants qui s'accrochent à leurs mères quand la vague se brise devant eux sur les dalles de basalte avec un fracas de tonnerre. Enfin, c'est au tour des passagers de l'*Ava*. C'est Shaik Hussein qui a donné l'ordre, et les Indiens se sont écartés docilement.

D'abord Suzanne, qui entraîne avec elle Sarah Metcalfe. Jacques les accompagne dans la mer.

Accroché au va-et-vient, il passe d'abord la mallette de voyage et ses propres affaires, y compris la fameuse bonbonne de Condys fluide. Puis il se retourne vers les femmes, le dos contre les vagues, il leur tend la main. Sarah Metcalfe réussit à rejoindre le bord de la yole, mais au moment où Suzanne s'élance à son tour, une vague plus forte la recouvre. Quand elle reparaît, elle a lâché la corde et perdu pied. Elle nage dans l'écume, elle a perdu son chapeau et son ombrelle. Jacques se jette à l'eau, un instant ils nagent librement dans la mer étincelante, bousculés par les vagues, comme cet été où Suzanne bravait tous les interdits et s'élançait dans la mer verte à Hastings, au pied de la jetée. Les marins comoriens les rattrapent et les hissent l'un après l'autre à bord de la yole. Je ne sais pourquoi, leur joie d'être dans le canot me serre le cœur. Déjà ils ne sont plus que deux silhouettes parmi les autres, dans la yole, emportés par les vagues, tandis que Bartoli et Véran entrent à leur tour dans la mer, glissent le long du va-et-vient. À l'instant de partir, Bartoli s'est tourné vers moi. Il m'a dit : « Venez-vous ? » Son visage est sérieux, coupé de rides comme celui d'un vieux soldat, et tout à coup je n'ai plus de ressentiment. Il y avait quelque chose d'ordinaire, de familier, dans ses yeux clairs, comme si je le connaissais depuis des lustres, sans jamais lui avoir parlé. J'ai secoué la tête, sans répondre, et il est entré dans la mer, sans se tenir à la corde, il a nagé jusqu'à la yole.

Tout s'est passé très vite. Maintenant la yole est pleine, si chargée qu'elle embarque à chaque roulis. Le marin a remonté le bout, et les nageurs ont appuyé sur les avirons pour s'écarter du rivage.

J'étais debout devant les dalles, avec les Indiens. Je n'ai même pas songé à faire un signe pour Jacques et Suzanne. La yole recule en tanguant, elle se tourne lentement vers le schooner. Je ne sais plus où sont Jacques et Suzanne, je les ai perdus de vue. Les rafales de vent doivent être glaciales, et j'imagine que Jacques serre Suzanne dans ses bras, la protège des paquets de mer. Peut-être qu'elle cherche à m'apercevoir sur la plage, et qu'elle ne voit que la foule noire des immigrants, debout comme sur la rive d'un fleuve immense.

Comment sont-ils si calmes ? Je marche le long de la plage, je cherche les visages que je connais. Ceux que je rencontrais quand j'allais à la maison d'Ananta, les vieux qui revenaient de chez elle avec des poignées d'herbes-miracle, les laboureurs enturbannés, les Indiens du Nord avec leurs babouches pointues, et les jeunes garçons partis à l'aventure, avec pour seul bagage un mouchoir noué dans lequel ils cachent quelques dollars. Les femmes drapées dans leurs foulards rouges, frêles et dures, visages couleur de terre cuite, portant un grand anneau dans la narine et sur le front la marque du Seigneur Yama. Je marche le long de la plage, et ils me laissent passer en silence, ils me regardent à peine. Peut-être que je suis vraiment devenu semblable à eux, sans famille et sans patrie, que je me suis lavé de toute mémoire, qu'il ne reste plus rien en moi du grand moune que j'étais, et que je me suis défait du nom des Archambau. Maintenant je porte sur moi les insignes de ma nouvelle vie, la cendre des bûchers, la poussière noire de Gabriel et l'odeur des oiseaux. Mon regard est neuf. Je ne redeviendrai jamais celui que j'étais, celui qui montait la coupée de l'*Ava*, dans l'idée vaine de retrouver son île, ses ancêtres.

J'ai parcouru toute la rive des Palissades. Je voulais voir Uka, le balayeur, qui avait été avec moi auprès des bûchers. Il me semble que c'est lui qui est devenu mon frère, depuis le jour où il s'est jeté à l'eau pour nager jusqu'à Maurice. Plusieurs fois j'ai cru le reconnaître dans des groupes, mais je n'ai trouvé que des jeunes gens au visage indifférent, qui détournaient leur regard.

Suryavati est absente. J'ai eu peur qu'elle ne se soit embarquée sans m'attendre. Les voyages de la yole se répètent avec régularité, selon le même rituel : le marin lance le cordage, qu'un garçon attache au mât de charge, et les femmes et les hommes glissent dans l'écume jusqu'à la yole. Il y a eu six, peut-être dix voyages, plus d'une centaine d'immigrants. Au large de Palissades le pont du schooner est plein de monde. Le navire roule dangereusement, la fumée noire tourbillonne dans les rafales, les cache parfois complètement. Sur la plage, tout le monde est ivre de soleil et de vent. L'écume est aveuglante comme de la neige, la ligne de l'horizon coupe le souffle. Mais personne ne songe à s'en aller. Je regarde de temps à autre vers l'escarpement, au-dessus de la plage, dans l'espoir d'apercevoir la silhouette de Surya, puis mon regard se tourne irrésistiblement vers la mer.

Vers le soir, enfin, le schooner appareille. Il part soudain, sans un signal. Simplement, la trépidation des machines s'accentue et les marins hissent les voiles des deux mâts, qui claquent dans le vent et disparaissent dans le nuage de fumée. Sur le rivage, chacun respire l'odeur âcre du charbon, l'odeur très douce qui se dissipe dans le ciel.

Quand c'est devenu évident que le navire s'en allait, il y a eu un mouvement de désespoir dans la foule qui restait. Les Indiens sont encore très nombreux. Alors le bruit court que le garde-côte ne reviendra pas, jamais. Ou peut-être est-ce la fatigue d'avoir attendu si longtemps au soleil et dans le vent. Des hommes courent le long du rivage, ils escaladent la jetée et poussent des cris, gesticulent vers le navire. Certains sont entrés dans la mer jusqu'à la taille, titubant dans les vagues. Le schooner n'est plus qu'une silhouette noire qui disparaît dans les creux, remorquant dans son sillage la yole semblable à une coque de noix.

D'autres se sont assis sur la plage, à côté de leurs ballots. Ils ont un regard lointain, rêveur, comme s'ils priaient. Parmi eux, j'ai reconnu le vieux sage, l'homme que j'avais rencontré sur le chemin de Palissades, le jour où je m'y étais aventuré avec John Metcalfe : Ramasawmy. Il est assis en tailleur sur la dalle de basalte, le dos tourné à la mer, son bâton de commandement posé à côté de lui. Il n'a pas de bagages, pas même un mouchoir noué aux quatre coins. Il a revêtu, par-dessus son pagne blanc, une veste usagée d'Anglais, une veste d'uniforme démodée avec un col haut et une double rangée de boutons. C'est à son exemple que les autres hommes s'asseyent, les uns après les autres, autour de lui, sur le rivage. Il y a une force étrange qui se dégage de lui, comme s'il était le seul à comprendre ce qui doit arriver. Comme je passe devant lui, sur la plage, en remontant vers l'escarpement où Surya m'attend, il fixe son regard sur moi, et il me semble que je reçois un peu de sa lumière, de sa certitude. Son visage est sombre, ses cheveux sont coupés très court, il n'a pas d'âge. Il a quelque chose de doux et d'aigu dans son regard jaune, et je ne sais pourquoi, tout d'un coup je me souviens de l'homme d'Aden, dans la pénombre étouffante de la chambre de l'hôpital civil, ce regard qui me transperçait en silence. J'ai eu envie de m'asseoir, moi aussi, et d'attendre. Mais je voulais retrouver avant tout Surya.

La plupart des coolies sont retournés vers les maisons communes. D'autres continuent à errer le long du rivage, se regroupent sur la jetée ruinée, comme si le bateau de leurs rêves allait revenir à n'importe quelle heure du jour ou de la nuit.

Pourtant c'est évident qu'il est trop tard pour aujourd'hui. Le ciel a déjà cette couleur jaune de la fin du jour. Les oiseaux, enhardis depuis le départ du schooner, recommencent à voler le long de la baie. À l'endroit où la mer bat la côte du volcan, j'aperçois un couple de pailles-en-queue en train de pêcher dans le flux. Ils planent très haut, puis tombent dans la vague. C'est la première fois que je les vois au-dessus de Plate. Sans doute sont-ils informés de notre départ imminent, qui va leur rendre la propriété du lagon.

Je sais où retrouver Suryavati. J'escalade l'escarpement avant la nuit. Dans les fourrés, j'entends détaler les cabris. Mais Choto n'est plus là pour les enfermer dans leur corral. Les chiens abandonnés errent à leur poursuite à travers les buissons, déjà redevenus sauvages comme des chacals. Comme je traverse leur piste, je les entends gronder. À tout hasard je me suis armé d'une bonne pierre de lave aiguë comme une hache.

Je traverse les plantations. Ce que les femmes indiennes ont laissé en partant, les cabris l'ont saccagé, plants arrachés, brèdes tondues, légumes broutés jusqu'à la terre sèche. Même les petits murs de pierre se sont effondrés par endroits. Le soleil a commencé à dessiner de longues fêlures dans la terre, là où les femmes versaient chaque soir des cruches d'eau, sur les lianes des courges et les champs de riz. C'est comme si rien de tout cela n'avait existé, comme si c'était il y a cent ans.

J'arrive en haut de l'escarpement, à l'ombre du cratère. Le vent est si fort que je trébuche en arrière. C'est un vent qui vient de l'autre bout de l'Océan, qui gonfle la vague des marées, un souffle puissant, plein du grondement des vagues et de l'odeur du récif. Les Indiens se sont installés à la baie des Palissades, ils ont construit leurs maisons, planté leurs champs, à l'abri. Ici, le vent qui souffle efface tout. Comme sur Gabriel, il passe sur les murs, sur la citerne, sur les enclos et les tombes, il use tout, jusqu'à ce qu'il ne reste plus que des cicatrices.

Dans l'ancien cimetière, près de la tombe de Thomas Melotte, Suryavati attend, assise, en regardant la mer et la silhouette de Gabriel. Elle est vêtue du beau sari couleur de mer, elle porte sur sa tête le grand foulard rouge qui la fait ressembler à Ananta. À côté d'elle, il y a son sac de vacoa, contenant le collier d'étain de sa grandmère, son numéro d'engagée pour la coupe. Ce sont les seuls bagages qu'elle emporte de Gabriel.

Ici, la nuit est déjà tombée, mais quand Surya me regarde, je vois la lumière de ses yeux, cette lueur d'ambre qui m'avait fasciné la première fois, au bord du lagon. Je tremble de ce qu'elle va dire, comme si ma vie se jouait en cet instant. Elle vient vers moi, elle met son bras autour de ma taille, elle dit :

« Suzanne est partie. Toi, qu'est-ce que tu vas devenir, *bhai* ? »

Elle a ce ton de persiflage. Il y a en elle une sorte de contentement enfantin, comme lorsque nous étions seuls sur le piton des pailles-en-queue. Elle m'entraîne vers le bas de l'escarpement, dans la direction du cimetière. Nous n'avons plus que quelques minutes pour revoir notre domaine, pour tout reconnaître, emporter ce qui n'était qu'à nous, le reflet du ciel dans le lagon, la silhouette noire des îles, le fracas de la mer et l'odeur des vieilles filles dans les bouffées de vent tantôt froid comme l'eau, tantôt tiède comme une haleine. Et peut-être encore le dernier passage des pailles-en-queue dans le soleil, traînant derrière eux l'emblème de leur royauté inutile, qui les rend semblables au signe de la comète au pinacle de la dernière maison d'Anna.

Debout au milieu des tombes, nous regardons le crépuscule qui estompe les cachettes de Gabriel, les massifs de batatrans, les failles dans la pierre noire, les fûts des filaos. Moi non plus je n'emporte pas de bagages. Je n'ai même plus de souliers. Mon seul trésor, c'est le petit livre noir noué d'un galon rouge, où John a raconté les derniers jours de sa vie, sa chasse à l'indigotier austral, son rêve d'un monde meilleur où les plantes auraient guéri l'humanité de toutes ses plaies.

Pour ne pas le perdre, je l'ai caché sous une pierre plate, à l'entrée de la baie des Palissades.

Surya court entre les tombes, elle saute par-dessus les buissons d'épines. Elle est plus vive que moi. Mais c'est un jeu, elle me laisse me rapprocher, et au moment où je vais la saisir, elle pousse un cri et bondit plus loin.

Nous allons ainsi, en jouant, jusqu'au rivage, jusqu'aux maisons de la Quarantaine. Nous courons dans le crépuscule, le cœur battant, à bout de souffle. Nous avons oublié la menace du bateau, la trépidation des machines, les marins armés dans la yole.

Nous sommes passés derrière la citerne. Les murs noirs des maisons sont à peine visibles, des ruines au milieu des batatrans. Nous courons vers le bout de l'île, vers la pointe où il n'y a que le vent qui enivre. Ici, la fumée des bûchers n'est jamais retombée. Ici il n'y a jamais aucune mémoire.

Nous arrivons à Pigeon House Rock au rendez-vous de tous les oiseaux, dans un bruit de forge. C'est la fête de la mer qui commence, ils sont tous là, les macoas, les mouettes, les oiseaux-bœufs, les sternes, les goélands immenses, les fous, les frégates au goitre rouge. Le ciel est éblouissant, les embruns sont pleins d'irisations, il y a des trombes qui jaillissent des souffleurs.

Dans une mare sombre, au milieu des écueils, Surya a pêché notre dernier repas sur l'île, quelques oursins violacés, des berniques, et même une conque oubliée. Elle a laissé son harpon dans le cimetière, et c'est avec une pierre aiguë qu'elle ouvre la coquille, pour en extraire les fruits couleur de corail. Elle avance sans peur au milieu des embruns, elle me guide le long des rochers, comme si elle devinait chaque vague, chaque ressac. « Je te montrerai comment on devient un pêcheur. Nous achèterons une pirogue à Mahébourg. » Elle rit en sortant de la vague, sa robe longue collée à son corps, ses cheveux lourds de sel. J'ai goûté à la mer sur ses lèvres, sur son épaule. « Nous irons pêcher dans toutes les îles, nous irons même à Saint-Brandon, où les femmes n'ont pas le droit d'aller, je m'habillerai en homme et nous partirons ensemble. » Elle semble danser sur le récif, elle est ivre de la mer qui monte et du vent, de toute cette lumière d'or qui nous enveloppe. Le lagon est lisse et impénétrable comme un miroir. Jamais je ne me suis senti plus libre. Je n'ai plus de mémoire, je n'ai plus de nom.

La nuit est venue lentement. Après avoir mangé les coquillages et les oursins, nous sommes entrés dans l'eau du lagon, une dernière fois. C'était doux et léger comme une fumée, glissant comme un torrent. Le flux avait apporté la vie, des aiguillettes, des bancs de poissons. Près du récif, nous nous sommes allongés sur la longue langue de sable qui s'incurve vers Gabriel, pour écouter le bruit des vagues qui déferlait derrière nous, dans la nuit, sentir les mordillements impertinents des poissons de sable.

Quand nous sommes sortis il faisait presque froid. Nous avons marché dans la nuit, vers la ville des parias. Le ciel était rempli d'étoiles.

Il me semblait que je ne connaissais rien au monde mieux que ce chemin qui va de la Quarantaine à la baie des Palissades, ce chemin que j'ai ouvert et parcouru chaque nuit, à travers la zone interdite créée par Véran et par le sirdar.

Il s'est passé tant de choses, tant de choses se sont défaites et recomposées autrement, nos sentiments, nos idées, jusqu'à la façon que nous avions de regarder, de parler, de marcher et de dormir. Quelques-uns sont morts, d'autres ont perdu la raison. Nous ne serons jamais plus les mêmes.

J'ai dans ma main la main de Surya, je sens sa paume chaude, vivante. Dans la pénombre je distingue à peine son profil, mais je sens son parfum, un peu doux et poivré comme celui des lantanas, tandis que nous marchons le long du sentier étroit, poussés par les rafales de vent du nord-est.

Nous sommes au bord du talus où je m'arrêtais pour regarder la maison d'Ananta. Maintenant, le quartier paria est vide, abandonné. Mais comme nous approchons de la ville des coolies, nous entendons une rumeur. Des chiens aboient contre nous, dans les rues désertées, rôdent derrière nous en grondant.

La baie des Palissades est magnifique : partout sur la plage, jusqu'au pied du volcan, les feux sont allumés. Il y a cinquante, soixante foyers, qui trouent la nuit de flammes rouges. Pour la première fois le couvre-feu a été levé. Shaik Hussein, cette nuit, a aboli la loi du parti de l'Ordre, du chef de la Synarchie mauricienne. De toute façon il ne pouvait pas faire autrement. Depuis le retour du schooner, il n'est plus le sirdar, il est un immigrant comme les autres. C'est lui-même qui l'a voulu. Après le départ du schooner, il a posé sur la plage son bâton en bois de fer, et il s'est assis avec les autres autour de Ramasawmy. Il a tourné vers la mer son regard de soldat vaincu. Cet homme que j'ai haï, que tout le monde craignait, qui nous avait condamnés à l'exil et qui nous avait affamés, tout à coup m'a semblé émouvant. En le voyant sur la plage, j'ai pensé à ce que racontait Jacques sur la grande mutinerie de l'Inde, les sepoys de Nana Sahib vaincus par les Anglais, marchant en longues files à travers les ruines, j'ai pensé aux prisonniers enchaînés, embarqués dans les bateaux et envoyés à Maurice pour travailler à la construction de la voie ferrée et des routes. Un bref instant, Shaik Hussein a retrouvé son pouvoir et sa gloire, il a été le gouverneur de cette île du bout du monde. Maintenant, à nouveau il n'est plus personne, il va se joindre à la foule des laboureurs, sur les quais de Port-Louis, dans le camp de Powder's Mill, et les contremaîtres des plantations inscriront son nom sur leur liste, prendront sa photo et lui donneront une carte de travailleur.

La nuit est ivre, sous ce ciel, avec les feux allumés sur la plage. Suryavati m'a conduit jusqu'à notre place, sur la plate-forme des bûchers. Le vent souffle par rafales, apportant le bruit et l'odeur de l'Océan. Surya a pris une braise, qu'elle a portée dans ses paumes comme un joyau, et nous avons rapidement construit un feu, avec des brindilles et des aiguilles de filao. L'odeur du santal et du baume est sur la baie, un nuage doux qui cache les étoiles.

Malgré les fatigues du jour passé, chacun veille. Les feux brillent de tous côtés, dessinent la longue courbe de la baie des Palissades, pareille à une ville devant la mer. À la lueur du feu, le visage de Surya est un masque très ancien, creusé d'ombres, aux sourcils merveilleusement arqués. Il y a une sorte d'impatience, une sorte de désir, autour de nous, comme si nous avions commencé une grande fête. On entend le bruit des voix, les murmures, les rires, qui se mêlent au bruit des vagues, à la rumeur du vent, au craquement des branches mordues par le feu. Des groupes se sont formés, des familles, des amis. Certains fument, ou bien racontent des choses du passé, des histoires. De temps à autre, une chanson s'élève plus haut que les paroles, une voix claire qui monte et descend comme une musique de flûte. Ou bien une longue plainte. Même, à la lueur des flammes, je vois une silhouette qui danse sur la plage, le corps flexible d'un jeune garçon, et j'entends le bruit des mains qui battent en cadence, de plus en plus vite. C'est une ivresse qui grandit, qui passe sur la baie comme un souffle, qui s'enfle, retombe, renaît. La longue attente est en train de s'achever, demain, ou après-demain, les immigrants vont commencer leur travail, la mer des champs s'ouvrira devant eux, et ils avanceront sous le soleil leurs longs couteaux à la main, ils sentiront la poussière de la terre rouge sous leurs pieds nus, ils respireront l'odeur âpre des cannes. Oui, c'est une impatience, un désir. Quand je me couche l'oreille contre le sol, j'entends toujours la vibration. Je la connais bien, c'est celle que j'ai perçue chaque nuit, sur Gabriel. Quelque chose de vivant, d'éternel, tout près de la surface du monde, juste au bord de la lèvre du volcan, sur la frange de la mer. C'est cela, c'est le désir qui vibre dans le corps des gens, cette nuit, qui les tient en éveil. Comme la nuit où les bûchers brûlaient tous ensemble, pour plaire au Seigneur Yama. C'est cela qui vibre aussi dans le corps des oiseaux, au fond de leurs terriers, dans leur regard qui ne baisse pas, qui ne cille pas.

« Écoute, tu entends ? » Surya appuie son oreille contre la dalle de basalte. Elle ne dit rien, mais je suis sûr qu'elle entend comme moi la vibration. Elle a enlevé son foulard. Ses yeux brillent à la lumière des braises, je vois l'éclat de ses dents. Elle sourit, elle danse pour moi, pour la nuit, lentement d'abord, puis de plus en plus vite, en tournant sur elle-même, les bras étendus, tenant chaque extrémité de son châle. Le feu danse derrière elle, la fumée l'enveloppe, dépose des cendres dans ses cheveux, sur ses épaules. Au-dessus d'elle, je vois le diamant du ciel, le Seigneur Shukra glisse lentement vers l'ouest. Pour lui aussi elle danse, et les feux brûlent dans la baie des Palissades. L'ivresse grandit, une vague venue du fond de la mer, qui glisse jusqu'à notre île, qui nous porte de l'autre côté, vers la terre qui nous attend.

Quand le feu faiblit, Surya se met à genoux, avec ses mains elle repousse les braises, elle ajoute des brindilles.

Toute la baie brûle dans la nuit, et là-bas, de l'autre côté, au cap Malheureux, à Grand Baie, à Grand-Gaube, ils doivent voir ces lumières flottant sur l'horizon, qui leur parlent de nous, de notre attente, de notre désir. Quelque part, sur les plages là-bas, des amis inconnus ont allumé des feux pour nous répondre.

C'est une nuit très longue et belle, une nuit sans fin. Nous sommes au bord de la terre, au bout du monde. Sur notre radeau de basalte, nous glissons lentement vers la vie nouvelle, vers notre mère. Nous sommes enfants du rêve. Nous sommes libres, enfin, nos chaînes sont tombées.

Dans la nuit, des gens marchent le long du rivage. Des hommes portent du thé noir dans une grande théière de cuivre, et un verre. Chacun boit à son tour.

Surya boit d'abord, puis elle me tend le verre à moitié plein. Le thé est amer et tiède, mais je n'ai jamais goûté breuvage plus exquis. L'homme qui distribue le thé est grand et maigre, son visage à demi caché par un turban en haillons. À côté de lui je reconnais Uka, le balayeur, l'intouchable. Il tend le verre de thé à d'autres hommes, près de nous. J'entends des voix qui l'appellent, des rires. Il n'y a plus d'interdits. Cette nuit, tous les hommes sont devenus semblables, ils sont enfiévrés, ivres de soleil et de vent, leurs yeux brûlent et leur peau est couverte de cendres, comme la pierre sur laquelle ils sont couchés. Ils parlent tous la même langue, celle qui est au cœur, et qui n'a pas besoin des lèvres.

La nuit est longue et brillante, pleine de musique et de fumées.

Surya s'est couchée contre moi, je sens le mouvement doux de sa respiration, la chaleur de son corps. À un moment, je me suis levé, j'ai marché sur la plage, au milieu des feux. Quand je passe, des gens se retournent, je vois des visages, j'entends des paroles. Il y a des mains qui me touchent, des interrogations. Au-dessus de la baie des Palissades, les plantations sont noires, les palmes s'agitent dans le vent avec un grand bruit de froissement. Le volcan est invisible. Pour la première fois, il n'y a aucun feu sur le cratère, là où Véran montait sa garde. Cette nuit est douce, sans ennemi, sans effroi. J'entends le bruit des voix qui montent de la plage, de la musique, je sens l'odeur des feux. Nous partirons, l'île retournera à son état de nature. Dans les fourrés, autour de Palissades, il y a des craquements, des bruits de cavalcade. Les chiens redevenus sauvages rôdent et chassent les cabris dans le chaos de rochers. Bientôt ce sera leur monde.

C'est une nuit ancienne, une nuit qui ressemble au commencement. La lumière des feux éclaire vaguement la case collective où nous avions passé la première nuit, dans la tempête. Tout cela est si loin, vague comme un rêve.

J'ai retrouvé dans ma poche le morceau de fer rouillé que m'a donné Choto, lorsque je suis entré pour la première fois au village paria. Je ne sais pourquoi je l'ai gardé, comme un talisman. Tout ce qui s'est passé auparavant me semble maintenant irréel, une légende, une rumeur qui s'efface. J'ai la même certitude que les gens assis sur la plage, je ressens le même bonheur : tout doit être nouveau.

C'est une nuit infinie, chaque instant se confond à l'autre, comme s'il ne devait jamais y avoir de jour. Les flammes s'amenuisent, vacillent, repartent, avec cette couleur vert d'eau près des braises, et les tourbillons de fumée. Plus loin, le long de la plage, des feux se sont éteints, d'autres se sont allumés. Il y a des silhouettes qui vont et viennent, des hommes, des femmes, d'un foyer à l'autre. La voix qui chantait tout à l'heure s'est tue, puis voici qu'elle reprend, continuant le même chant, la même plainte. Dans le ciel au-dessus de nous les étoiles girent lentement. Sirius est près de l'horizon, le Seigneur Shukra s'est couché. Quand nous étions dans la grotte, je m'en souviens, Surya avait dessiné sur ma peau avec de la cendre l'image des sept Rishis qu'on voit au ras de l'horizon, et elle m'avait parlé aussi des Jinnats, et de la grande tache de *payasa*, le riz au lait des immortels. Cette nuit, c'est nous qui avons inventé des constellations sur la plage, comme si nous avions renversé l'univers. Alors nous dérivons lentement sur notre radeau de lave, dans la nuit, au hasard, les yeux brûlants à force de lire l'avenir dans les flammes. Ceux qui sont partis aujourd'hui sur le schooner, où sont-ils ? Là-bas, sur l'autre rive, dans quel camp, endormis dans leurs abris ? Dans la touffeur des grands arbres de l'Intendance, dont parlait Jacques, sur les quais du port, ou bien dans les huttes de paille de Powder's Mill, serrés comme des oiseaux capturés, rompus par le vent, le soleil, et la pierre noire marquée sur leur peau.

Sur Plate, je ne le savais pas, nous avons vécu dans la compagnie des morts. Dans notre bouche la cendre des bûchers, saupoudrant nos habits, nos cheveux. Et puis ce regard inconnu, ce regard sans paupières qui ne cesse de nous traverser, mêlé à la lumière, ce regard des oiseaux qui balaie l'horizon, l'œil du vent sur les rochers, la parole du vent et de la mer, le long frisson de la vague née à l'autre bout de l'Océan, cette vibration incessante.

Suryavati m'a rejoint au bout de la plage. Elle se serre contre moi, je sens la chaleur de son souffle dans la nuit. Nous sommes retournés lentement à notre place, sur la plate-forme des

471

bûchers. D'autres gens sont venus s'asseoir près de notre feu, un couple d'immigrants. La femme est si jeune, presque une enfant, ses yeux brillent d'un éclat minéral à la lueur des braises. Quand elle se lève, à notre arrivée, je vois qu'elle est enceinte, bien près d'accoucher. Surya est très douce avec elle, elle lui parle, elle lui apporte du thé, elle l'aide à s'accommoder sur la terre, à l'endroit où c'est le plus agréable, au vent.

Surya me parle aussi, ou bien est-ce avec une voix intérieure, un murmure, une chanson pour dormir. Les contes de son enfance, que lui racontait Ananta, la légende de la reine Lakshmibay.

Moi aussi, je me suis couché par terre, en regardant le feu, le ciel noir où tourbillonnent les chauves-souris. Je n'ai plus de désir de vengeance. Tout ce qui en moi avait été endurci par les années d'attente, dans le dortoir froid de la pension Le Berre, à Rueil-Malmaison, toute cette cohorte de souvenirs et de mots que je portais comme des pierres, maintenant s'est effacée.

La nuit est longue, elle s'ajoute à toutes les nuits, au glissement des jours sur les îles de pierre, au mouvement de la mer, et je m'éloigne de ce feu qui me brûlait, qui m'avait armé au cœur.

Jacques, quand il a quitté Rueil-Malmaison pour aller en Angleterre, j'ai pensé que je pouvais en mourir. Quand je l'ai revu, l'été suivant, je ne l'ai pas reconnu. Ce visage étranger, adulte, ces petites lunettes cerclées d'acier à travers lesquelles il regardait le monde comme à la loupe. J'ai voulu mourir, la nuit où je suis sorti du dortoir, en chemise, pour marcher dans les congères, dans la cour de l'école, puis immobile contre le

472

mur, jusqu'à ce que je tombe, et Flécheux affolé qui appelait. J'écoutais la rumeur très douce de la mer à Anna, le grondement des vagues qui traversait la terre tout entière et le pavé de la cour, jusqu'à moi, pour me chercher, me ramener.

Je n'ai plus de vengeance. Que m'importe Alexandre Archambau, que me font les Patriarches, les membres distingués du club de la Synarchie et leur motto arrogant, « Ordre, Force et Progrès » ? Maintenant je l'ai compris : ils ne sont là que pour un bref instant, déjà le vent qui vient de l'autre bout de la terre souffle sur eux et les efface, le grondement de l'Océan recouvre leur voix. La vérité est simple et belle, elle est dans la lumière qui étincelle sur les dalles de basalte, dans la puissance de la mer, dans cette nuit illuminée le long de la baie des Palissades, comme un miroir de l'infini. Ce qui est vrai, c'est le visage très doux et ancien de cette femme, la douceur des gestes de l'homme qui est auprès d'elle, leur enfant qui doit naître bientôt. L'amour de Surya, son souffle tranquille contre ma poitrine, le sang qui palpite dans sa gorge, le goût des cendres sur ses cheveux, sur ses lèvres. Sa voix quand elle dit mon nom, un nom lent et secret comme une chanson, *bhaii*, frère. La Yamuna qu'elle porte en elle, le fleuve où est née Ananta, et son frère Yama, fils du soleil, marqué au front d'une goutte de santal comme l'œil de la mémoire. Cette chanson qu'elle fredonne maintenant, avant de s'endormir, les yeux ouverts, à la lueur du brasier qui se contracte peu à peu. Pour moi, ou pour l'enfant qui va naître, l'enfant qu'elle porte dans son ventre. *Lalli*, la chanson de Kala, qui est entré sans bruit dans la maison. Il enlève ses chaussures, il allume sa lampe, et il dit à son aide, dans un murmure : *Litara*, veille et n'oublie pas de jeter la boule de terre s'il vient un danger... *Kaja chamaa*, un jat te guette ! *Thip Jaa !* Cache-toi ! *Lalli Lug Gaya ! Chhurm, kala lug gaya !* Ton vol est fini, et le voleur est mort !

Notre feu n'est plus qu'un tas de braises rougeoyantes. Sur la plage, il y a une grande paix, comme après la tempête. La mer est lente et puissante.

Les moustiques sont revenus. La fumée ne les éloigne plus. Surya s'est enveloppée dans son grand châle rouge. Assis de l'autre côté des braises, le jeune Indien évente sa femme pendant qu'elle dort, avec un pan de sa chemise.

Je me suis couché contre Surya, pour sentir la chaleur de son corps, son souffle dans le creux de mon épaule. Ensemble nous glissons sur la mer, vers l'autre bout du temps. Je n'ai jamais vécu d'autre nuit que cette nuit, elle dure plus que toute ma vie, et tout ce qui a été avant elle n'a été qu'un rêve.

Elles partent, elles vont disparaître. Un instant encore, je voudrais
les voir, les retenir, telles quelles,
Ananta et Giribala, assises à même
le débarcadère, entre les racines du
grand arbre de l'Intendance. Il y a
beaucoup d'immigrants autour d'elles, certains assis à l'ombre, leurs
ballots devant eux, les autres allant
et venant, l'air à la fois impatient et
effrayé, dans leurs habits étranges,
les femmes drapées dans leurs saris
roses, de grands anneaux de cuivre
aux bras et aux chevilles, leur bijou
incrusté dans la narine comme une
goutte d'or. Les hommes maigres et
brûlés par le soleil, leur visage noirci de barbe, leurs yeux brillants
comme des galènes.

Sur les quais, au soleil, les sirdars
attendent l'heure du départ. Ils sont
vêtus de vestes usagées de l'armée
anglaise, coiffés de turbans, ils tien-

nent à la main leurs longs bâtons d'ébène.

Ce matin, très tôt, l'agent de la Bird and Co, du nom de Lindsay, vêtu d'un impeccable costume noir et coiffé d'un chapeau *helmet*, a regroupé les immigrants par le nom des sucreries. Ceux des Plaines-Wilhelms, ceux de Moka, ceux de Rivière-Noire. Ananta et Giribala sont allées s'asseoir sous les arbres, avec les immigrants de Moka. Mani et son fils sont allés à l'autre bout du quai. Le long de l'avenue, les chevaux sont attelés, le départ est proche.

Ananta n'a pas lâché la main de Giribala, elle la serre aussi fort que le jour où elles ont franchi la coupée, à Bhowanipore, pour monter sur le bateau. Elle voudrait parler, interroger sa mère, mais sa gorge se ferme. Il y a un grand silence qui pèse sur le port, comme s'il allait se passer un événement. Même les oiseaux dans les arbres sont muets.

Enfin, vers dix heures, le départ a commencé. D'abord les cohortes de laboureurs, à pied, vers Grande-Rivière, Camp-Benoît, ou Beau-Bassin. Ils vont en rang par deux, comme des prisonniers, la plupart pieds nus, la tête enveloppée dans un linge, leurs bagages au bout des bras.

Ensuite l'agent appelle le départ pour Rivière-Noire. Ananta aperçoit au loin la silhouette maigre de Mani. Elle avance avec les autres, elle est montée sans se retourner, et déjà le cocher fouette les chevaux et le char s'éloigne le long de l'avenue, disparaît derrière les maisons. Presque tout de suite après, on appelle le nom d'Alma, et Giribala et Ananta se joignent aux immigrants qui montent dans le char. Giribala s'est assise tout à fait à l'arrière, avec Ananta à ses pieds. Dans le grondement des roues sur le pavé, les chars partent l'un après l'autre, tirés par les chevaux fatigués. Il fait déjà très chaud, les femmes s'éventent avec des soufflets de raphia, et la poussière pénètre à l'intérieur de la bâche, une poussière grise d'abord, puis rouge à mesure qu'on sort de la ville et qu'on roule à travers champs, vers la montagne des Signaux.

Giribala s'est couverte de son châle, mais Ananta, elle, ne peut pas s'empêcher de regarder au-dehors, par l'ouverture de la bâche, les maisons de la ville qui s'estompent dans le nuage de poussière, le grand bassin bleu du port où on voit encore les mâts des navires, tout cela qui s'en va, qui appartient déjà à un autre monde.

La poussière entre si fort, à Pailles, que la petite fille se met à tousser, mais elle repousse sa mère qui veut l'abriter sous son châle, elle veut tout voir, chaque détail de la route, chaque case, chaque bosquet. Tout près, il y a le rocher sombre de la montagne Ory, dont un pan est encore dans l'ombre, et de l'autre côté, les ravines rouges qui descendent vers la rivière Moka, et les collines touffues, les jardins, l'entrée des grandes maisons, Bagatelle, le Bocage, Euréka. Puis la route contourne la montagne, il y a moins de poussière. Par moments, il y a un souffle de fraîcheur, Ananta entend le bruit de l'eau qui cascade entre les rochers noirs. Il y a des vols de merles, des oiseaux rouges, des papillons.

Au gué de Souillac, les chars se sont arrêtés. Les cochers ont dételé les chevaux pour les faire boire. Les immigrants en profitent pour descendre se dégourdir les jambes. Les femmes s'isolent derrière les buissons pour uriner, les hommes s'accroupissent au bord de la rivière. L'eau est couleur de ciel entre les arbres. Il y a des manguiers, les enfants jettent des pierres dans l'espoir de faire tomber des fruits. Mais les femmes les rappellent, d'une voix anxieuse. C'est que court encore la légende des marrons, Rasitatane et le grand Sacalavou qui se sont enfuis dans les montagnes sur les hauteurs du Pouce, ou dans les gorges de la rivière Profonde, et qui attaquent les convois de travailleurs, enlèvent les enfants.

Les chevaux piétinent et renâclent, tandis qu'on les rattelle. Puis la cohorte de chars repart, roule sur le gué de basalte, commence à descendre vers la plaine, vers les champs immenses des cannes qui ondulent dans le vent, vers Belle-Rose, l'Agrément, vers les hautes silhouettes des sucreries voguant au-dessus de la mer d'émeraude comme de grands steamers immobiles. Mon Désert, Circonstance, Bar-le-Duc, et tout en bas, près d'une retenue, Alma.

Il doit être une heure de l'après-midi quand le convoi arrive devant Alma. Les chars se sont arrêtés au carrefour, et les immigrants ont commencé à marcher au soleil, vers la porte de la propriété. Les chars sont repartis dans la poussière, vers les domaines de l'est, Bonne-Veine, l'Espérance, vers le Camp-de-Masque.

Les travailleurs marchent en ordre, sous la conduite du sirdar. Les cannes sont si hautes qu'Ananta ne peut rien voir d'autre, même en sautant. Seulement, au bout des champs, le piton du Milieu qui disparaît dans un nuage. Elle marche en renversant la tête. Le ciel au-dessus d'elle est magnifique, d'un bleu intense, parcouru de nuages blancs. La lumière du soleil se réverbère sur les feuilles des cannes. Il y a une odeur puissante, étrange, une odeur âcre et douce de vesou, de feuille qui fermente.

Puis la petite troupe arrive devant la ville d'Alma. C'est plutôt un village, écrasé de soleil, sans ombre, avec des maisons toutes semblables en planches chaulées et toit de feuilles. Il n'y a personne pour les accueillir, tous les hommes sont au travail dans les champs.

Un instant, les immigrants s'arrêtent, comme s'ils hésitaient à entrer. Ananta a pris à nouveau la main de Giribala, elle sent la même inquiétude que le jour du départ, au moment de monter à bord du grand bateau gris. Sur la place d'Alma, un chien famélique erre lentement. Plus loin, il y a un arbre géant, un ficus orné de guirlandes, comme un dieu.

Un après l'autre, les immigrants entrent dans la ville, suivent la haute silhouette du sirdar. Ananta entend pour la première fois au loin, portée par les bouffées de vent chaud, la rumeur sourde du moulin au travail, pareille au bruit de la mer sur les récifs.

L'aube s'est rompue de l'autre côté de l'île. C'est d'abord une tache qui salit la nuit, puis apparaissent les nuages gris, légers, de longues plumes immobiles au-dessus de la terre imprécise. La masse noire du volcan redevient visible. Surya s'est relevée pour regarder, elle frissonne un peu. « C'est comme la fin du monde. » Elle dit cela avec une sorte d'assurance. « Quand le monde finira, il aura cette couleur, parce que l'air quittera la terre et s'en ira très loin, vers le soleil. »

Nous marchons sur la plage, entre les gens encore endormis. Les feux ont laissé des cercles noirs dans le sable, le vent a soufflé des cendres sur les corps pendant leur sommeil.

Suryavati marche devant moi. Elle se hâte pour arriver la première à la source, au pied du volcan. Les basaltes sont encore froids, brillant d'une fine poussière de rosée. Quand nous arrivons au premier bassin, des oiseaux s'envolent dans un grand froissement de plumes, des aigrettes, des macoas, d'autres petits comme des bengalis. L'eau est froide, encore imprégnée de nuit. Surya se lave le visage et les bras, elle boit longuement, puis elle passe la main sur ses cheveux, pour les lisser. Plus bas, au bord de la plage, debout dans le ruisseau qui se mélange à la mer, des hommes font déjà leur prière. D'autres viennent avec des vaches à eau pour préparer le thé. Ils lavent les théières et les verres, puis ils retournent vers les feux nouveaux.

Lorsque la lumière apparaît, il me semble entendre son bruit sur les feuilles des plantes, sur la terre, sur les vagues de la mer, pareil à un grand souffle. Au même instant, j'entends la voix du muezzin qui résonne au bout de la baie, quelque part sur la plage. La voix s'élève, tremble un peu, et les rafales du vent l'éloignent, la rapprochent, on dirait le gémissement très long d'un oiseau qui tracerait ses cercles. Ensuite, le silence à nouveau.

Sur tout le rivage, les feux ont été ranimés. Sous la cendre, les hommes ont retrouvé la braise vive, lui ont donné à manger de nouvelles brindilles, des algues sèches. Il y a l'odeur de la fumée encore une fois à Palissades. Quelqu'un fait cuire du riz, du dolpouri. L'odeur du repas remplit toute la baie, monte jusqu'au ciel. Ce ne sera pas la fin du monde.

Le schooner est là. Le long du pont de cordages, les immigrants embarquent à tour de rôle, par une mer calme. Le ciel est clair. Par instants, il y a de grands faisceaux de lumière qui passent sur la mer, sur l'écume, qui brûlent nos épaules. À onze heures environ, un deuxième bateau apparaît, un ancien brick de cent tonneaux, ses voiles carrées gonflées dans le vent d'est. Je ne peux m'empêcher de penser au brick l'*Espérance* sur

lequel mon trisaïeul Éliacin est arrivé sur l'île de
France, il y a cent ans, après avoir quitté sa ville
natale de Saint-Malo et fait le tour du cap de
Bonne-Espérance.

Le bateau progresse lentement, penché à
bâbord, puis affale ses voiles et mouille l'ancre
devant la passe, un peu en retrait du *Dalhousie*. À
son bord, je distingue nettement les marins armés
de fusils.

Surya et moi sommes les derniers passagers à
prendre place sur le schooner. Tandis que nous
montons à bord de la yole, à la poupe, je me
retourne pour regarder la plage des Palissades où
une centaine de coolies attend de monter à bord
du brick. Un peu à l'écart, près de la jetée inache-
vée, je vois la silhouette du Shaik Hussein, sa robe
flottant dans le vent, dans une attitude hiératique,
les bras croisés. Il a sans doute décidé de rester
jusqu'au bout, d'être le dernier homme à quitter
l'île Plate. Ramasawmy a embarqué avant nous,
aidé par les jeunes gens. Dans la yole, j'ai croisé
son regard, il m'a scruté juste une seconde,
comme s'il voulait me dire qu'il m'avait reconnu.
La fatigue a creusé ses traits, il semble très affai-
bli, mais il y avait toujours la même énergie dans
son regard, et le même sourire figé sur ses lèvres.

Surya aussi est fatiguée. Elle a appuyé sa tête
contre mon épaule, elle se laisse aller aux mouvements de la yole. Avant que nous ne nous élan-
cions dans la mer, elle a mis autour de mon cou,
comme un talisman, le collier portant la plaque
d'immatriculation que sa grand-mère avait donné
à Ananta, avant le départ de Bhowanipore. Ainsi,
maintenant, j'ai un nom, une famille. Je peux
entrer à Maurice.

Sur le pont du vieux schooner bâtard, les immigrants sont assis sous le vent, à l'abri du château, enveloppés dans les tourbillons de fumée que lâche la cheminée. Nous avons trouvé une place, à côté du jeune couple qui a partagé notre feu cette nuit. Personne ne parle. Tout de suite, sans un signal, le *Dalhousie* appareille, sans hisser les voiles, dans un grand tremblement de ses machines. Derrière nous, la mer est d'un bleu sombre, violacé, dans l'ombre du volcan. Déjà la plage des Palissades n'est plus qu'une échancrure écumante le long de la côte, où les palmiers sont pliés par le vent. Le schooner vire lentement, et, droit devant, sous la proue qui cogne les vagues, il y a le Coin de Mire et la longue ligne de Maurice, les montagnes merveilleuses perdues dans les nuages.

Anna

Août 1980

Il pleut doucement sur la route de Rose-Belle. Tout à l'heure, quand l'autobus s'est arrêté dans un embouteillage, j'ai vu un couple qui marchait au bord de la route, le long des maisons en bois déglinguées dont les gouttières fuyaient. Je ne sais pas pourquoi mon regard a été attiré par eux. Ils n'avaient rien d'extraordinaire. Sauf, peut-être, leur jeunesse. Ils étaient indiens tous les deux, l'homme avec un visage très sombre, la lèvre soulignée par une fine moustache noire. Tous deux vêtus pauvrement, de la tenue des travailleurs agricoles, leurs habits trempés par la pluie fine qui n'arrête pas de tomber depuis des heures. La femme tenait un bébé encore tout petit, trois mois à peine. Malgré l'obscurité j'ai aperçu son crâne chauve et ses yeux gonflés de sommeil. Sa mère l'avait enveloppé dans son grand châle, mais un souffle de vent avait entrouvert l'abri et la pluie avait mouillé l'enfant. C'est la jeune femme surtout qui a capté mon attention. Elle était d'une singulière beauté malgré la pauvreté de son apparence, avec ce visage encore adolescent où les yeux brillaient d'un éclat d'ambre, dans l'ombre des cils sous l'arc des sourcils. Sous le châle délavé, de toutes les couleurs, j'ai entrevu en une seconde sa chevelure noire divisée par une raie peinte en rouge, et au milieu de son front, au-dessus des sourcils, une goutte du même rouge que la pluie n'avait pas effacée.

C'est sa démarche qui m'a surpris. Sa force, son assurance. Tandis que le bus avançait lentement le long des maisons, elle marchait à peu près à la même vitesse, séparée de moi par la vitre où roulaient des gouttes de pluie. L'homme était à côté d'elle, dans l'ombre. Tous deux marchaient sur le bas-côté, en trébuchant sur les aspérités et en enjambant les flaques de boue. Ils ne se touchaient pas et pourtant ils allaient ensemble, du même pas, mais c'était elle qui guidait la marche.

L'homme portait une sorte de valise en plastique marron à la main droite, sa chemise tachée de boue collée à son corps, pieds nus dans des tongs. Elle, drapée dans son vieux châle et son sari vert d'eau, chaussée de sandales en plastique à talons dont les lanières n'étaient pas attachées (sans doute la boucle cassée), un peu courbée contre la pluie, tenant son précieux fardeau sur sa poitrine, et pourtant, cette allure légère, souple, la vivacité et la joliesse de la jeunesse. À un moment, elle s'est tournée vers l'autobus, et son regard profond a traversé la vitre sale et m'a pénétré. Malgré la pluie et les gouttes d'eau qui roulaient sur la vitre, j'ai eu le sentiment que c'était bien moi qu'elle considérait, avec ce regard limpide et sans peur. Puis le carrefour de Rose-Belle s'est débloqué, et l'autobus s'est éloigné. En me retournant, par la lunette arrière, j'ai vu le couple debout, au bord du trottoir, éclairé par la vitrine d'une boutique chinoise achalandée de baquets en zinc et de rouleaux de corde de sisal brinquebalant dans le vent. Ils étaient très doux, tous les deux, en équilibre sur l'étroit trottoir, dans le brouillard de pluie, si jeunes, si unis, en route vers je ne savais quoi, à la recherche d'un toit pour leur bébé, d'un travail, d'une bonne étoile.

J'ai eu peur de les perdre pour toujours, j'ai failli crier au chauffeur : « Arrêt ! », et descendre là, les rejoindre. Qu'est-ce que je pouvais leur dire ? Qu'est-ce que je pouvais faire pour eux ? Nous n'habitions pas le même monde, nous étions totalement étrangers l'un pour l'autre. Pourtant il me semblait que c'était pour eux que j'étais venu à Maurice, après tant de temps, des générations d'exil.

Maintenant, l'autobus libéré roule à tombeau ouvert sur la route qui grimpe vers Curepipe, vers Quatre-Bornes. Mais je suis seulement à la recherche d'une image, comme ces touristes dans le marché de Port-Louis, qui découpent leurs souvenirs à l'emporte-pièce. Ceux que je cherche, depuis mon arrivée à Maurice, n'ont pas de visage. Léon, Suryavati, est-ce que ces noms signifient quelque chose ? Ceux que je cherche n'ont pas vraiment de nom, ils sont des ombres, des sortes de fantômes, qui n'appartiennent qu'aux routes des rêves.

C'est Anna que je suis venu voir. Les deux Anna. D'abord la maison, du côté de Médine, la ruine noire du moulin à sucre perdue dans les champs de cannes comme une épave. Puis l'autre Anna, la dernière des Archambau, la fille de Claude-Canute, la petite-fille du Patriarche. Ce sont des noms qu'on m'a donnés à ma naissance, si je peux dire, comme d'autres reçoivent des titres de noblesse ou des actions en Bourse. Aussi le nom de Léon, que je porte en mémoire du Disparu, ou peut-être pour combler le vide de sa disparition. Depuis mon enfance, il y a en moi ce creux, cette marque dans le genre de celle que laisse un doigt appuyé trop longtemps sur la peau.

Peut-être que j'ai trop attendu. J'aurais dû venir quand j'avais dix-huit ans. Mon père était encore vivant. Anna n'avait que soixante-sept ans. Elle habitait encore à Quatre-Bornes, dans cette vieille maison créole que j'ai vue hier en passant, un peu penchée au bord de la route comme un bateau qui gîte. Elle avait encore tous les meubles hérités du Patriarche, les vieilles malles de la Compagnie des Indes, les bibliothèques de la maison de la Comète, contenant les boîtes à chaussures remplies de grimoires et de photos jaunies, tout le « fatras sans valeur », comme elle l'écrivait à mon père. Quand elle a quitté la maison, qu'elle n'avait pas les moyens d'entretenir seule, pour venir s'installer au couvent de Mahébourg, elle a fait un feu de joie de tous les papiers et les photos. Il paraît qu'elle dansait devant le feu qui détruisait la mémoire des Archambau en riant comme une sorcière, à tel point que les voisins en étaient épouvantés. Elle a donné les meubles à un pêcheur créole de Ville-Noire, la vaisselle à ramages de la Compagnie des Indes aux sœurs de Lorette, pour l'orphelinat, et vendu tout ce qui pouvait l'être, les livres reliés, la pendule grand carillon, les encriers, les tableaux, et jusqu'à la cave à vins du vaisseau l'*Hirondelle*, qui provenait d'un lointain Archambau corsaire à Saint-Malo. Quand je lui en ai parlé, elle a eu un éclair de malice dans les yeux, elle a répondu : « Il fallait bien faire feu de tout bois ! » La légende ne mentait pas. Anna est bien digne d'Alexandre. Simplement, elle est dans l'autre extrême, celui du dépouillement, du refus, de l'irréductible.

À Mahébourg, la chaleur est lourde, suffocante. Le vent alizé qui souffle du nord-est se brise sur la montagne Bambous. Le long du rivage, quand on regarde du côté des îlots de la Passe, il fait frais. Tout est beau, la mer d'un bleu sublime, la ligne des montagnes sombres, l'encolure du Lion.

À deux rues, à l'intérieur, c'est l'enfer. Anna dit qu'il fait si chaud en avril qu'elle couche par terre, à même le carrelage. Anna est grande et maigre, son visage est parcheminé, couleur de cuir, elle a des cheveux gris coupés court, qu'elle frise elle-même au fer, sa seule coquetterie. Mais ses yeux sont deux pierres vertes, lumineuses, aux pupilles acérées, dangereuses. La première fois qu'elle m'a vu, elle m'a examiné longuement, sans rien dire, et je sentais son regard entrer jusqu'au fond de moi comme un rayon inquisiteur. Puis elle m'a dit : « Tu n'as pas l'air d'avoir quarante ans, tu es bien un Archambau. Jeunes, ils ont l'air vieux, et plus ils sont vieux, plus ils rajeunissent. » Elle a ajouté : « Ne va pas croire que c'est un compliment. » C'est la seule fois qu'elle m'a parlé de la famille. Une autre fois, tout de même, elle m'a parlé de mon grand-père et de ma grand-mère Suzanne. D'eux, elle a dit : « Ils étaient vraiment jolis. »

491

Je n'ai pas parlé du Disparu, ni de Suryavati. Il y a si longtemps qu'on ne parle pas d'eux. C'est comme s'ils n'avaient jamais existé. Ou plutôt, comme je disais, la marque du doigt enfoncé dans la joue. Pourtant, Anna sait bien que c'est pour eux que je suis venu jusqu'ici. Pour retrouver leur trace, pour mettre mes pas sur leur route, sentir leur passé, voir ce que leurs yeux ont vu, entrer dans leurs rêves. Mais c'est bien mon affaire. Elle ne m'aidera pas, c'est ce qu'elle me fait savoir.

Anna est la seule, l'ultime. Tout est en elle. Quand elle est née, le domaine d'Anna — dont elle porte le nom — était debout, avec l'immensité des champs, la cheminée de la sucrerie, les fours à chaux, les chaudières à bagasse, les écuries, les anciennes cases des esclaves. La route était éblouissante, recouverte de gravier de corail, qui unissait Anna à Port-Louis par Grande-Rivière, Camp-Benoît, Bambous, parcourue sans cesse par les chars à bœufs et les voitures à cheval. Les trains allaient partout, vers Pamplemousses, Rivière-du-Rempart, ou vers le sud, jusqu'à Mahébourg. Maintenant les voies ferrées ont été goudronnées. À Curepipe, en revenant du couvent, j'ai pris un bus qui roulait sur la route Disic, la route du sucre étroite et sinueuse à travers les anciennes habitations.

Pour me rendre à Médine, j'ai loué une voiture au Chinois de Mahébourg, Chong Lee, qui me loue aussi le campement, une vieille Bluebird déglinguée, jaune paille, avec ces sièges en moleskine qui semblent cirés à l'huile de moteur. Les essuie-glaces sont tombés tout de suite en panne et je devais essuyer de temps en temps le pare-brise avec ma serviette-éponge. Je n'ai eu aucun mal à m'habituer à la conduite mauricienne, la moitié du corps débordant de la fenêtre ouverte, la serviette-éponge humide autour du cou comme un foulard des années rétro.

Naturellement, Anna n'a rien voulu savoir. « Qu'irais-je faire là-bas ? Ça n'est même pas un joli coin. » Elle a parlé du temps de la fièvre à Médine, qui revenait chaque mois, les enfants créoles au ventre dilaté, aux yeux trop brillants. Et les cyclones qu'on attendait, volets et portes barricadés, matelas roulés contre les murs, avec la peur qui mettait la nausée dans la gorge.

Quand Jacques et Suzanne ont quitté Maurice définitivement, Anna et mon père étaient encore des enfants. Maintenant, mon père est mort, et Anna n'est jamais retournée voir la maison depuis soixante-sept ans !

« Franchement, je ne sais pas pourquoi tu te donnes le mal de faire tout ce voyage. Il n'y a plus rien là-bas ! Juste un tas de cailloux ! »

J'ai emmené la fille de Marie-Noëlle, Lili. Quand Marie-Noëlle vient pour faire le ménage (inclus dans le prix du campement), Lili vient avec elle. Elle s'assoit dehors sous les veloutiers, et elle attend. Elle a dix-sept ans, de grands yeux noirs et la peau couleur de pain d'épices. Elle parle créole, et français, mais avec moi elle préfère parler en anglais. Quand elle a vu la Bluebird jaune, ses yeux ont brillé, et elle m'a demandé de l'emmener. Marie-Noëlle n'a pas dit non. Elle doit penser qu'avec moi, un Archambau, c'est toujours mieux que de traîner avec les touristes allemands et sud-africains des campements de Blue Bay. La tante Anna est ma caution de moralité.

Bien entendu, c'est Anna qui avait raison. À Médine, j'ai pris la route des cannes jusqu'à l'ancien domaine. Il y a quelques baraques en planches et en tôle, occupées par des travailleurs des plantations. Puis le chemin devient très mauvais, inondé, défoncé, avec de chaque côté la muraille vert sombre des cannes mûres. Au bout du chemin, le passage est obstrué par des blocs de rocher et des broussailles. À cause de la pluie, Lili n'a pas voulu aller plus loin. Elle est restée dans la voiture, la radio allumée. J'ai continué à pied jusqu'à la cheminée blanche de l'ancienne sucrerie, dont le sommet est effondré. Les broussailles et les vieilles filles ont envahi les ruines. J'ai parcouru la zone entourant la sucrerie, en vain. Je n'ai pas retrouvé la moindre trace de la maison d'Anna, ni de la Comète. Il n'y a même pas un tas de cailloux ! Les habitants de la région ont dû se servir des pierres pour construire les petites maisons que j'ai vues à Médine, à l'entrée de la route.

Le vent passait sur les cannes en faisant un bruit de mer. Les nuages formaient une voûte sombre accrochée au rempart du Corps de Garde et aux Trois Mamelles. C'était étrange et solitaire, comme si à la mort du Patriarche toute vie avait cessé en ce lieu.

J'ai eu un instant l'idée d'aller jusqu'à la mer, là où les vagues battent en côte, là où mon père et mon grand-père couraient quand ils étaient enfants, dans une autre vie, dans un autre monde.

Les tourterelles se sont levées en criant, comme elles devaient le faire quand ils débouchaient des broussailles, les jambes griffées d'épines. Mais je n'ai pas osé m'aventurer plus loin. Il y avait quelque chose de sombre, de fermé, quelque chose qui s'enveloppait dans mes jambes et m'empêchait d'avancer, un secret, un interdit que je ne pourrai jamais comprendre. Comme un *yangue*, comme un sortilège.

Dans la Bluebird, Lili attendait sans s'impatienter. Elle avait occupé le temps à peindre ses ongles en rouge carmin. Elle n'a posé aucune question. Quelle importance cela pouvait-il avoir, Médine, Anna ? Pour elle ce ne sont que des noms, des lieux comme il y en a d'autres, un peu oubliés, perdus au fin fond des champs. Lili n'a rien que le temps présent, et c'est pourquoi tout est à elle. Elle ne peut rien avoir perdu. Elle n'a pas besoin de noms pour vivre, elle a juste besoin d'un toit, d'un repas et d'un peu d'argent pour acheter son rouge à ongles et ses T-shirts. La radio diffuse un séga de Ti-frère, *Anita*, *resté dormi, Anita.* Est-ce qu'on dansait sur cette musique sur la plage noire de Tamarin, quand la coupe était finie ? Lili me surveille du coin de l'œil. Elle trouve qu'on s'attarde trop dans cet endroit sinistre. Elle m'a dit : « Now, go back ! Please ! » En cahotant et en grinçant, la vieille Bluebird est retournée jusqu'à la grand-route. J'avais prévu de revenir par la côte, par le Morne et Souillac — pour rendre visite à la maison du poète Robert-Edward Hart de Keating —, mais il est déjà tard, et la pluie ne semble pas vouloir s'arrêter.

En repassant par Port-Louis, j'ai fait un détour par la Flore mauricienne pour acheter quelques napolitains pour la tante Anna, en souvenir de sa jeunesse. Lili a choisi un gros chou, qu'elle mange debout, comme une petite fille gourmande, en se léchant les doigts. Il faisait nuit quand nous sommes arrivés à la pointe d'Esny.

Anna avait vingt-trois ans quand le Patriarche est mort. Il a eu une agonie épouvantable, qui a duré des semaines, des mois. Son corps pourrissait sur place. Il était seul dans la maison d'Anna, brouillé avec son fils, détesté de toute sa famille, abandonné de tous, dans la seule compagnie d'un vieux Noir, un ancien esclave nommé Topsie, et de la nénène de sa petite-fille, la vieille Yaya. Personne ne venait le voir. Ses compagnons de la Synarchie l'avaient délaissé l'un après l'autre, rebutés par sa méchanceté et son orgueil.

Chaque fois que Jacques venait le voir, au début, Alexandre le mettait à la porte, le traitait de charlatan, de pique-assiette. La seule qu'il avait tolérée, c'était Suzanne, sans doute parce qu'elle avait vécu à Paris et qu'elle n'avait aucun lien avec sa famille. Et puis elle était jolie. Un jour, il avait dit d'elle : « Elle a le profil idéal de la Parisienne, le nez retroussé, la bouche petite, le cou très long. » C'est Jacques qui racontait cela à mon père, quand il parlait de l'homme qui l'avait ruiné. J'avais neuf ou dix ans, je me souviens très bien de sa voix, de son accent chantant quand il parlait, après le dîner. J'essayais alors d'imaginer ce monstre, enfermé dans sa maison comme dans un château maudit, et parlant du profil de ma grand-mère Suzanne.

On l'a enterré à Curepipe, au cimetière du Jardin botanique, où il avait acheté une concession à la mort de sa femme. J'y suis allé un matin pluvieux, par curiosité plutôt que par piété. Je n'ai jamais aimé les cimetières, hormis ceux des musulmans, où il n'y a rien d'autre qu'un petit tas de terre et une pierre blanche. Le tombeau d'Alexandre et de Julie Archambau m'a paru sinistre, avec sa grande chambre de marbre noir importé d'Inde, et ces noms gravés en lettres majuscules dont la dorure se vert-de-grise. J'ai lu les noms marqués sur les tombes alentour, des noms que je ne connais pas. Jusque dans la mort, le Patriarche est resté seul, sans parents, sans amis.

Celui que je cherche, je ne le trouverai pas ici. Denis, le mari de Marie-Noëlle, un pêcheur de Ville-Noire, m'a emmené dans sa pirogue jusqu'au vieux cimetière, en amont de la rivière La Chaux. À l'endroit où la rivière fait un coude, un sentier boueux gravit la colline. Denis est resté à côté de la pirogue, pour surveiller, dit-il, mais je pense qu'il n'a pas très envie de rendre visite aux grands mounes qui ont été enterrés ici. Les tombes sont plus modestes, en pierre de lave rongée par les intempéries. Aucun nom n'est lisible, sauf peut-être le nom de Pitot, et un prénom, Pierre. Ce que je voudrais voir, ce sont les anciens bûchers, à Curepipe, à Port-Louis, dans la vallée des Prêtres, au Morne, à Grand-Baie. Mais c'est l'île tout entière qui est le champ crématoire des coolies, toute cette terre rouge sur laquelle poussent les cannes, ces routes où marchent les tourterelles, les plages, les collines, les jardins et même les rues des villes nouvelles. Partout ici, l'on marche sur les cendres des travailleurs indiens.

C'est pour cela qu'Anna est restée. Elle n'a jamais voulu partir, quitter les morts. Elle est restée là où elle est née, elle ne s'est pas mariée, elle n'a pas voulu vivre comme les autres. Elle n'a rien accepté, surtout pas l'oubli. Tous les autres sont partis. Ils sont allés chercher fortune ailleurs, au

497

Cap, à Durban, en Australie, aux États-Unis. À la mort de Canute, à la chute de la maison Archambau, ils n'ont pas résisté. Ils ont eu peur de la pauvreté, de devoir renoncer aux privilèges, à la gloire. Même Jacques est parti. Qui aurait eu besoin d'un Archambau comme médecin ? Il n'avait pas sa place dans un monde où tout se délitait. Le rêve de ma grand-mère Suzanne, ouvrir un dispensaire à Médine, œuvrer pour l'amélioration des conditions de vie des travailleurs immigrés, rien de tout cela ne pouvait résister aux cabales, aux médisances, à la mauvaise volonté. Mon père avait quatorze ans quand a eu lieu la reddition de comptes, et que mon grand-père a décidé de quitter définitivement Maurice. Avec le pécule du règlement de la propriété d'Anna, Jacques s'est installé médecin dans la banlieue de Paris, à Garches. Il consultait gratuitement, réalisant en petit le souhait de ma grand-mère. Suzanne, elle, donnait des leçons de français dans une école de jeunes filles. Jacques a élevé Noël dans la haine de tout ce qui se rapportait à la canne à sucre. « Plutôt être damné que de faire de mon fils un sucrier. » Jacques disait « sucrier » comme il aurait dit « négrier ». Et moi, Léon Archambau, le dernier de mon espèce (selon l'orgueilleux motto que Jacques avait inventé quand il était adolescent), je suis devenu médecin aussi, un médecin sans clientèle, sans travail, errant avant de partir pour le bout du monde.

Chaque après-midi, vers une heure, je suis dans le jardin du couvent, assis à l'ombre d'un grand magnolia, en attendant qu'Anna me rejoigne. Quand elle apparaît, un peu chancelante, à la porte de son pavillon (elle m'interdit absolument de prononcer le mot « bungalow », qui est anglais), je suis surpris à chaque fois par sa fragilité, sa maigreur. Elle me fait entrer dans sa chambre noyée par la pénombre. Malgré la chaleur étouffante, elle porte une robe grise strictement boutonnée jusqu'au cou. Elle ressemble à une bonne sœur, avec ses chaussures de cuir, sa robe, ses cheveux courts.

Sur la table de sa cuisine, les fourmis ont envahi une assiette remplie des restes de son déjeuner. Avec de la viande hachée et du riz, elle a confectionné de petites boulettes régulières. Quand j'arrive, elle se hâte de les recouvrir avec une serviette blanche qu'elle noue aux quatre coins. Je ne lui ai rien demandé. Mais ça n'est un mystère pour personne, ici, à Mahébourg. C'est le Chinois Chong Lee, de la grand-rue, qui lui procure la poudre blanche, la strychnine qu'elle mélange à la viande. Tout son argent de poche passe à acheter le poison, l'argent que lui envoient ses cousins, et celui que je lui envoie fidèlement de France, comme mon père le faisait avant moi.

Elle m'attend avec impatience. Elle met son vieux chapeau de toile jusqu'aux yeux, pour protéger sa cataracte. Et nous sortons.

Dehors, le soleil est de plomb. Les rues de Mahébourg sont désertées pour le temps du repas, mais comme nous descendons vers le marché, la circulation devient plus dense. Les autobus cahotent vers le parking poussiéreux, il y a des bicyclettes partout, de grandes *Flying Pidgeon* noires montées par de jeunes Indiens qui font sonner frénétiquement les timbres. C'est l'heure d'Anna. Après midi, le marché se vide peu à peu d'hommes, et les chiens arrivent.

Anna ne parle plus. Elle marche très raide, le visage crispé par la douleur. Le médecin du couvent, le docteur Muggroo, m'a parlé des articulations bloquées d'Anna, ses genoux soudés par l'arthrose, ses hanches, ses clavicules. Il y avait une note d'admiration dans son commentaire : dans l'état où elle est, elle devrait être clouée sur un fauteuil. Elle ne marche que par l'effet de sa volonté. Quand elle se hisse hors de la voiture, elle a une grimace de douleur. Elle explique avec son humour : « Tu vois, Léon, je suis comme la sirène d'Andersen, je dois souffrir pour avoir des jambes. »

Le jour où Anna ne pourra plus sortir, elle mourra. Elle l'a décidé. Elle n'a pas besoin de le dire. Est-elle orgueilleuse, comme son grand-père ? Elle n'a jamais rien dû à personne, elle a toujours vécu dans cette extrême solitude. Je regarde son profil aigu de vieille Indienne, ces rides profondes qui entourent ses yeux, et le port de sa tête, le cou décharné parcouru de deux cordes tendues, et je ne peux m'empêcher de penser à la seule photo que j'ai vue de l'oncle Alexandre, à l'époque où il régnait seul sur le domaine d'Anna. La ressemblance est évidente.

Nous marchons lentement le long des allées jonchées de débris, entre les flaques croupies. Le bazar n'est pas encore complètement fermé. Il reste des étals, à l'ombre des bâches loqueteuses, avec des fruits, bananes *zinzi*, goyaves, papayes ouvertes montrant leurs graines noires, mangues tapées, « maf » comme disait mon père, et légumes pas très frais. Au bout de l'allée, il y a un Indien qui distribue du lait caillé d'une grande jarre. « Tu vois ça, commente tout de même Anna, c'est *l'horreur*. » Mon père aussi détestait particulièrement le lait aigre, et généralement le lait sous toutes ses formes.

Je suis le seul Européen dans cette foule. Anna, elle, ne peut être rattachée à cette ethnie, elle est à la fois indienne par le teint et la maigreur, par son port de tête, et créole par sa façon de marcher, de parler. Quand elle passe les gens la saluent, lui disent quelques mots. Elle les écoute, la tête un peu penchée, elle répond en créole, les gens rient avec elle. Chacun sait ce qu'elle vient faire ici. Personne ne le lui reproche. C'est son rôle dans le monde. Lorsqu'elle sera partie, il ne se trouvera plus personne pour le faire à sa place. Son rôle aura été terminé, voilà tout.

Des enfants turbulents nous suivent un instant. L'un d'eux est presque nu, vêtu seulement d'un langouti taché de boue. Il est svelte, tout doré, avec de grands yeux sombres. Il tient une petite flûte de bambou à la main, et il court le long des allées du marché en soufflant des sons aigrelets. Il me semble voir le jeune Krishna sur les rives de la Yamuna, mais la comparaison s'arrête là, car la rivière La Chaux est délabrée, ses berges sont couvertes d'immondices, et Mahébourg n'est pas Mathoura.

C'est du côté des bouchers qu'Anna m'emmène. Sur un bas-côté boueux qui descend jusqu'à l'eau, les chiens sont là. Ils sont nombreux, presque aussi nombreux que les hommes, maigres, le poil hérissé, l'estomac creusé jusqu'à la ligne courbe de leur dos. Certains se querellent autour d'une carcasse. Deux plus forts tiennent la carcasse à chaque bout et grognent sans ouvrir leurs mâchoires quand les autres s'approchent.

Un peu à l'écart, malgré la faim, un couple copule, uni par l'arrière-train, en marchant de travers comme une sorte de crabe ridicule.

Anna est debout devant le terrain. Elle ne dit rien. Elle regarde, avec cette expression de dureté, cette intensité qu'elle a dans ces instants-là. Elle s'est dégagée de mon bras, elle a marché seule jusqu'au bord du terrain. Elle titube et risque de tomber à chaque instant, mais je suis resté en arrière. C'est un acte qu'elle veut accomplir seule.

Au centre de l'aire, les deux chiens méchants sont arc-boutés sur la carcasse. Ce qu'ils mangent, c'est un chien, mort de faim, ou peut-être tué par un autobus. C'est une scène terrible, insoutenable.

Mais ce n'est pas pour eux qu'Anna est venue. Son regard cherche du côté des tables des bouchers, vers les tas d'immondices rejetés le long des allées.

Elle avance lentement, très droite, son paquet ouvert à la main, et je la vois qui jette des boulettes par terre, dans l'ombre. C'est là qu'ils sont terrés. Des chiots, à peine sevrés, abandonnés. Ils semblent des squelettes, sans poils, si faibles qu'ils peuvent à peine porter leurs têtes énormes aux yeux saillants, et qu'ils titubent sur place, incapables de quitter leurs cachettes. Je me suis approché sans bruit. J'entends Anna qui leur parle doucement, d'une voix que je ne connais pas. Elle dit : « Mes pauvres chéris. » Elle leur murmure des petits mots en créole, comme à des enfants, et les chiots sortent un peu de leurs trous, en rampant, pareils à des litières de bêtes sauvages.

Ils sont attirés par la voix d'Anna, cet accent étrange, doux comme une caresse. Devant eux, je vois les boulettes empoisonnées qu'Anna a semées. Les chiots commencent à manger. Ils sont une dizaine, peut-être plus. Bientôt il ne reste plus rien dans la poussière. La strychnine fait presque aussitôt son effet. Les chiens reculent, tournent sur eux-mêmes comme s'ils étaient ivres, et meurent foudroyés. Dans la pénombre les petits corps sont couchés sur le côté. Déjà le vent dépose de la poussière sur leur peau rose et noir, les mouches bourdonnent autour de leurs têtes.

Sans un mot, Anna s'est retournée. Dans sa main la serviette vide pend comme un grand mouchoir. Son visage est fermé, sans expression, couleur de bois brûlé, avec les gouttes claires de ses yeux.

Ensemble nous marchons sous le soleil brûlant, le long des allées qui nous mènent à la grand-rue. Sur le parking, les autobus manœuvrent dans un nuage de poussière. Les gens partent pour Plaine-Magnien, Rose-Belle, Curepipe, jusqu'à Port-Louis. Il y a de l'animation. La vie éclate dans les boutiques de la grand-rue, dans les magasins de cassettes, les marchands de tissus. Les vendeurs m'appellent : « Souvenir ? Gift ? » Quand Anna s'appuie sur mon bras, ils s'écartent et nous laissent passer.

Je sens sa fatigue. Son bras tremble un peu, je pense qu'elle a très mal. Elle se laisse tomber sur le siège de la Bluebird en poussant un petit cri qu'elle étouffe en soupir.

« Je suis trop vieille pour faire ça. Tu peux dire que c'est la dernière fois. » Mais ça n'est pas seulement de la fatigue. C'est quelque chose qui la ronge, l'épuise de l'intérieur. Depuis des années, presque chaque jour, presque à chaque instant, l'idée des chiens errant sur les routes, dans les marchés, tués par les autos et s'entre-dévorant, des chiots mourant de faim dans les tanières.

Dans la touffeur de la chambre, dans le pavillon au fond du jardin du couvent, Anna s'est allongée sur son lit de sangles, sans ôter ses chaussures de cuir. Dans la pénombre, elle paraît pâle, presque livide. En la voyant ainsi, je ne sais pourquoi, j'ai pensé à Rimbaud sur son lit de mort, à l'hôpital de la Conception. C'est vrai que lui aussi empoisonnait les chiens de Harrar, sans doute pas pour les mêmes raisons — mais qui sait ?

« Autrefois, j'avais de la force. Je faisais des choses terribles, j'avais le courage de les prendre, de les endormir avec de l'éther, les noyer dans le bassin de la maison, à Quatre-Bornes. » Elle parle lentement, comme distraitement. Dehors, le long de la varangue, une folle marche furtivement, en poussant des sortes de cris aigus. Puis tout à coup elle ouvre la porte, elle se tient à contre-jour. Dans son visage presque noir, ses yeux brillent d'une lueur étrange, une flamme verte. Elle regarde Anna et elle l'insulte, en créole, en français, mais je ne parviens pas à comprendre ce qu'elle dit, seulement le ton de rage qui déforme les sons dans sa bouche pâteuse. J'entends : « Archambau ! Charogne ! » Le reste est confus.

« Allez-vous-en ! » dit Anna. Elle parle calmement, sans hausser la voix. « Rentrez chez vous. Vous voyez bien que je suis avec quelqu'un. » La folle s'éclipse. Elle laisse derrière elle une odeur pestilentielle.

« Tante, vous ne craignez rien ? » Anna a chassé ma question d'un revers.

« Qu'est-ce que je pourrais craindre, mon bon ? Ce n'est qu'une pauvre folle. Elle est moins dangereuse que beaucoup de gens sains d'esprit. »

En dehors de ces sorties jusqu'au marché, pour s'occuper des chiots, Anna ne quitte pas le pavillon. Quelquefois jusqu'à la chapelle, pour la messe, ou pour écouter chanter les petites filles. Le couvent est le refuge des filles perdues, les petites créoles aux yeux de velours dont les touristes allemands et sud-africains sont si friands. Ils les achètent à l'avance, chez les *tour-operators*, elles font partie du prix du voyage, avec le campement sur la mer et la demi-journée de pêche à l'espadon. Je les ai vues, depuis mon arrivée, dans les bars des hôtels, au bord des piscines et sur les plages, les sœurs de Lili et de sa copine Pamela. Celles qui sont malades, ou celles que les familles rattrapent, viennent ici, au couvent, elles restent quelque temps, puis elles repartent. Beaucoup disparaissent, ne reviennent jamais. Munies de faux papiers, elles montent dans les avions qui les emportent vers les pays lointains, les pays dangereux d'où elles ne retourneront pas. Le Koweit, l'Afrique du Sud, la Suisse.

Anna aime bien la jeune fille qui lui sert son thé, l'après-midi, sous la varangue. Elle est habillée avec le costume austère du couvent, jupe bleu marine et chemisier blanc, mais elle a piqué dans ses cheveux bouclés de cuivre sombre une fleur d'hibiscus, qu'Anna a cueillie pour elle. « La fleur Madame Langlais », c'est comme cela qu'Anna les appelle, en faisant allusion à leur vertu laxative.

« Voilà, c'est ma Christina », dit Anna. Elle lui tient la main un instant, et pour la première fois je vois sur son vieux visage d'Indienne un sourire attendri.

« Puisque tu aimes bien lire, je te donnerai quelque chose. »

Elle est allée chercher pour moi un vieux cahier d'écolier. Elle dit : « Je l'ai retrouvé l'autre jour au fond de ma malle, j'avais dix-huit ans quand je l'ai écrit, j'allais le jeter. Je ne pensais pas que ça pourrait servir un jour, enfin. Je ne vais pas attendre de mourir pour te le donner. » Elle dit : « Mais je t'interdis de le lire avant que tu ne sois parti d'ici. » Elle ajoute ce propos digne de la petite fille du Patriarche : « J'aurais trop peur que ceci ne tombe dans des mains ennemies. » Sur la première page du cahier, de son écriture penchée, romantique, il y a un nom :

SITA

Moyennant 600 roupies, j'ai loué les services de Denis, le mari de Marie-Noëlle, pour aller jusqu'à l'île Plate. Pour ne pas compliquer les choses, je lui ai dit que c'était pour la pêche. J'ai emporté mon masque et mes palmes, et une vieille arbalète du temps où je vivais sur les fleuves au Panama. Je dois retrouver Denis sur la plage de Grand-Baie, où quelqu'un lui prête une pirogue. Lili est venue avec son beau-père. Comme la plupart des filles créoles, elle ne veut pas se montrer en maillot. Elle a un T-shirt décoré des Rolling Stones, ou des Beach Boys, je ne sais plus, et un corsaire rouge. Elle est toujours silencieuse, peut-être intimidée. Elle a un problème, sans doute à cause de sa copine Pamela, qui l'a entraînée dans les hôtels. Elle est prête à partir, elle aussi, n'importe où, avec n'importe qui, pour fuir la pauvreté et la monotonie de sa vie actuelle. Elle s'est installée à la proue de la pirogue, assise bien droite, les jambes repliées sous elle, face au vent. L'eau de Grand-Baie est d'un bleu émeraude magique, on voit les fonds coralliens, les polypes. La pirogue dépasse la pointe aux Canonniers, les cocos dessinent des plumets légers dans le ciel rose de l'aube. Passé la pointe, les vagues cognent l'étrave. Le moteur in-board fait un bruit lourd d'hydravion. Denis a l'avant-bras posé sur la barre, il regarde d'un air indifférent. Il est sept heures, le soleil brûle déjà.

Tout à l'heure, en attendant Denis, j'ai marché jusqu'à la pointe. À l'endroit où se trouvait la Quarantaine des cholériques, là où les immigrants indiens étaient parqués, passés à la douche, leurs habits brûlés sur la plage, il y a maintenant des campements luxueux, avec de beaux jardins de palmes et d'hibiscus. J'ai essayé de retrouver le fossé et le double mur qui séparaient la Quarantaine de la propriété West. Mais tout a disparu. Tout a été nivelé. D'ailleurs j'ai rencontré un bulldozer au travail, exactement là où se trouvaient les habitations des immigrants. Son boutoir arrachait les broussailles, retournait la terre grise, sans doute pour préparer les fondations d'un hôtel de grand luxe avec sa piscine.

La pirogue vient de passer le cap Malheureux, et je vois devant moi le Coin de Mire pareil à un vieux fer à repasser rouillé. La houle est forte maintenant, la pirogue embarque par l'avant. Lili s'est un peu reculée pour ne pas être trempée par les embruns. Elle a noué les pans de son T-shirt trop grand sur son ventre, je vois la peau de ses reins hérissée par la chair de poule.

Sur la muraille du Coin de Mire, les vagues donnent des coups de bélier. L'eau semble profonde, il y a des tourbillons d'oiseaux. Denis me montre la roche percée qui porte le nom sans équivoque de « Trou-Madame ».

Plate est devant nous, étrange, sombre. Au sommet du cratère, il y a un phare en bon état, la seule trace humaine apparente. Le reste de l'île est sauvage. À la droite, Plate est flanquée d'un rocher, l'îlot Gabriel. Vers dix heures environ, Denis pousse la pirogue dans la passe, entre Plate et Gabriel. La mer est étale, les fonds commencent à apparaître. Quand nous entrons dans le lagon, Lili empoigne la perche. Denis a coupé le moteur. Nous glissons silencieusement sur l'eau lisse, vers la plage blanche de Gabriel. Un petit catamaran est mouillé au centre du lagon, je ne peux pas distinguer qui est à bord. Sans doute des touristes venus faire de la chasse sous-marine.

Pour justifier le voyage, j'ai plongé, moi aussi, mon arbalète à la main. Les fonds sont magnifiques, éclairés par la lumière du soleil. Il y a des poissons de coraux, des aiguillettes, des coffres, mais une heure plus tard je suis de retour sur la plage, absolument bredouille. Denis n'est pas surpris. Il m'explique que les fonds ici ont été dévastés par la pêche à la dynamite.

Marie-Noëlle, a prévu le cas. D'un panier de pique-nique, Lili a sorti un grand plat de riz au poisson semé des bouts de caoutchouc d'ourites séchées, et des chatignies. Chacun mange de son côté. Lili mâche en se cachant derrière sa main, selon le code de politesse des filles créoles. Puis Denis s'est mis à l'abri du soleil sous un plant de veloutiers, pour fumer une cigarette anglaise.

Je marche sur Gabriel, à la recherche de traces, de sépultures. Lili a pris un harpon (une simple tringle de fer aiguisée à un bout) et je l'ai vue partir du côté du récif, à la pêche à l'ourite *(Octopus vulgaris)*.

L'îlot est désert, vide d'indices. Seul un monument de lave cimentée marque la tombe d'un certain Horace Lazare Bigeard, mort de la variole en 1887 à l'âge de dix-sept ans. Des autres, de tous les immigrants arrivés sur l'*Hydaree*, sur le *Futtay Mubarack*, abandonnés sur l'île, il ne reste rien. Le vent, les pluies, le soleil et les embruns ont tout effacé. Tandis que j'escalade le piton central où était planté jadis le sémaphore à bras, le seul moyen de communication avec Maurice, j'entends pour la première fois les cris rauques des pailles-en-queue *(Phaeton rubricauda)*. Les oiseaux en alerte tournent autour du piton pour défendre leurs nids.

Il y a quelque chose d'étrange, ici, quelque chose qui entre en moi lentement, sans que je comprenne. Je croyais venir sur ces îles en curieux, en visiteur anonyme. Comment en aurait-il pu être autrement ? Ce grand-père que j'ai si peu connu, et ma grand-mère Suzanne, à la fois si proche et si lointaine, cette vieille dame aux cheveux courts, au regard moqueur qui me racontait des histoires et récitait pour moi *Le Bateau ivre* ou les poèmes de Longfellow, comment pouvais-je les imaginer ici, dans une autre vie, avant ma naissance ? Et cet inconnu

509

dont je porte le nom, disparu pour toujours, qui a tout abandonné pour une femme dont je ne pourrai jamais rien savoir, comme s'il appartenait à un rêve dont il ne reste que des bribes — Peut-être parti vers les îles lointaines, Agalega, Aldabra, ou Juan de Nova dans le canal du Mozambique.

Pourtant il me semble qu'ils sont encore ici, que je sens sur moi leur regard, pareil au regard des oiseaux qui tournent autour du piton. Chaque pierre, chaque buisson porte ici leur présence, le souvenir de leur voix, la trace de leur corps. C'est un frisson, une vibration lente et basse. Je me suis couché sur la terre noire, entre les blocs de basalte, pour mieux la percevoir.

Sur la plage, Denis s'impatiente. La mer va descendre, dans quelques instants il sera impossible d'approcher du môle de l'île Plate. Pour franchir le canal de la passe, il lance brièvement le moteur, et la pirogue glisse sur son erre. À la proue, Lili est debout. Elle est une vraie fille de pêcheur, ses orteils écartés s'agrippent aux bords, elle appuie sur la longue perche. Dans le fond de la pirogue, les ourites retournées brillent au soleil.

Denis a tiré l'avant de la pirogue sur la plage, à gauche du môle. Il cherche un coin à l'ombre, pour fumer une autre cigarette. Il ne se pose pas vraiment de questions. Il doit être habitué aux caprices des grands mounes et des touristes.

Lili marche avec moi sur le sentier étroit, dans la direction du volcan. Le temps est passé très vite. Déjà il me semble que la lumière décline. Il y a un voile devant le soleil, le lagon a pris une couleur mélancolique.

Nous n'aurons pas le temps d'aller jusqu'au vol-

510

can. Au-dessus de la baie Barclay, nous arrivons dans le cimetière abandonné. Là aussi, le vent et le sel ont tout effacé. Les tombes sont jetées pêle-mêle dans les broussailles et les massifs de vieilles filles (de lantanas) et les fameux batatrans (ipomées à fleurs rouges). Lili saute comme un chat d'une tombe à l'autre. Elle aussi est indifférente aux lubies des grands mounes qui vont à l'autre bout du monde pour se promener sur des îles où il n'y a rien.

En haut de l'escarpement, déjà à l'ombre du volcan, j'ai vu la baie des Palissades, où se trouvait le camp des coolies. Les vagues déferlent sur les plaques de basalte, et tout alentour est vide, occupé seulement par les broussailles sèches et le bois de filaos qui a échappé aux incendies. Au centre de la baie, je distingue les restes de la digue, à demi ensevelie dans le sable, recouverte par les nappes d'écume éblouissante.

Je me suis hâté vers l'autre bout de l'île, pour voir les ruines de la Quarantaine avant de partir. Il doit y avoir longtemps que les toits se sont effondrés, et il ne reste que les murs de pierre de lave envahis par les broussailles.

Nous sommes entrés en écartant les plantes. Lili s'est assise dans l'embrasure d'une fenêtre, à l'intérieur de la plus grande maison, là où Jacques et Léon s'étaient peut-être assis il y a quatre-vingt-dix ans. Avec mon vieux Pentax, j'ai pris des photos souvenirs, moins pour les ruines que pour garder l'image de Lili, ma sauvageonne d'un été, que je ne reverrai plus. La lumière dorée brille sur son visage lisse, dans ses cheveux bouclés, allume une étincelle moqueuse dans ses iris couleur de miel. Je suis amoureux. Mais je ne le lui dirai pas. Je suis trop vieux, et le monde auquel j'appartiens n'a rien à lui offrir.

Qu'importent les images ? Ma mémoire n'est pas ici ou là, dans ces ruines. Elle est partout, dans les rochers, dans la forme noire du cratère, dans l'odeur poivrée des lantanas, dans le froissement du vent, dans la blancheur de l'écume sur les dalles de basalte. J'ai voulu voir Plate et Gabriel, en sachant que je ne trouverais pas ce que je cherche. Pourtant il me semble maintenant, dans ces murs noirs usés par le temps, que quelque chose en moi s'est dénoué. Comme si j'étais plus libre, que je respirais mieux. J'ai longtemps cru que, par la faute du Patriarche, je n'avais pas de pays, pas de patrie. Nous étions des exilés pour toujours. Mais tandis que la pirogue traverse la passe et s'éloigne vers Maurice, bousculée par la houle, avec le grondement du moteur qui s'accélère dans les creux, je comprends enfin que c'est ici que j'appartiens, à ces rochers noirs émergés de l'Océan, à cette Quarantaine, comme au lieu de ma naissance. Je n'ai rien laissé ici, rien pris. Et pourtant, je me sens différent.

Au moment de monter dans la pirogue, Lili m'a donné un objet, un vieux bout de fer rouillé qu'elle a ramassé là-bas, dans la maison en ruine. Elle l'a mis dans ma main et elle a fermé mes doigts dessus, sans rien dire, comme si cela m'appartenait, quelque chose de précieux que j'avais oublié il y a très longtemps, et que j'avais enfin retrouvé.

Il me reste très peu de temps pour comprendre. Je veux profiter de chaque instant auprès d'Anna. Le temps compris entre l'heure à laquelle j'entre dans le jardin du couvent et l'heure du souper, le soir, à six heures, c'est si bref ! Je n'ai même pas envie d'aller à la plage, ou de me promener à Port-Louis. Mon travail au laboratoire de Vincennes commence dans deux semaines. Peut-être une vie nouvelle qui m'attend, à quarante ans ! Et puis ma mère qui ne se remet pas bien de la mort de mon père. Même si je voulais rester je n'ai plus où loger. Le campement de Chong Lee est réservé pour le 15 août. Un pilote d'Air France qui vient chaque année. Je pourrais essayer de trouver autre chose, aller à l'hôtel de Blue Bay, fréquenté par des employés de banque anglais rougeauds. Mais j'ai une sorte de paresse pour ces choses-là. Maurice est le dernier endroit au monde où je pourrais être un touriste.

Anna elle-même a programmé mon départ. Elle dit : « Quand tu seras retourné en France... » Ou bien, l'autre jour : « C'est dommage, les bons moments sont si vite passés. »

Peut-être l'ai-je lassée ? Elle qui ne voit personne, qui ne vit que pour ces sorties au marché de Mahébourg, où elle distribue la mort aux chiots abandonnés, je l'ai obligée à me voir chaque jour, à parler, à exprimer des sentiments, des regrets, à remuer des souvenirs. C'est très injuste. Elle a besoin de se reprendre, de se refermer, d'être à nouveau cette vieille guerrière solitaire armée de son regard sans faiblesse, et qui ne se berce pas de bonnes paroles comme les grands mounes savent si bien le faire. L'insurmontable orgueil des Archambau, toujours la devise que

Jacques avait inventée pour Léon, au temps de la pension Le Berre à Rueil-Malmaison : l'*aphanap-teryx* — le dernier râle d'eau mauricien, haut sur pattes et inquiet, auquel Jacques disait que tous ceux de notre famille ressemblaient, tenant dans son long bec une banderole : *Ultimus mei generis*.

Pourquoi m'a-t-elle accepté, moi, et non pas les autres ? Quand j'ai raconté à cette cousine instal-lée à Londres que j'allais à Maurice pour rencon-trer la tante Anna, elle a poussé de hauts cris : « Anna ? Elle ne te recevra même pas ! » Elle a dit qu'elle était devenue folle, qu'elle ne sortait du couvent que pour aller empoisonner les chiens du quartier. Elle a ajouté que si elle n'était pas la petite fille du Patriarche, il y a longtemps qu'on l'aurait enfermée.

Je connais sa réputation de folie. Mon père m'avait raconté l'épisode de son invitation à une réception au Réduit, en l'honneur d'une princesse de la famille royale d'Angleterre. Anna avait fait répondre que, même si la princesse venait chez elle à Quatre-Bornes, elle n'aurait sans doute pas le temps de la recevoir. La petite-fille du chef de la Synarchie, anobli par le roi, dont le nom figu-rait sur une rue de Curepipe, répondant ainsi à une invitation officielle ! On en avait ri, mais on ne lui avait pas pardonné.

Elle ne m'a posé aucune question. Elle est sûre-ment au courant de tout ce qui me concerne, mes études de médecine, mon mariage avec Andrea et puis mon divorce difficile, cette vie un peu à vau-l'eau, à Paris, en Afrique, en Amérique centrale. Mon père lui écrivait tous les mois, une longue lettre sur du papier machine, et depuis toujours

elle lui répondait, exclusivement sur aéro-
gramme, parce qu'elle a peur qu'on ne décolle les
timbres pour les voler. Quand mon père est mort,
il y a deux ans, elle a envoyé à ma mère un de
ces aérogrammes, où elle déguisait sa peine sous
l'humour. Elle a cessé aussi d'expédier le journal
Le Cernéen, où elle soulignait les événements qui
lui semblaient marquants. C'était comme si le
dernier lien qui m'unissait à Maurice s'était
rompu.

À quatre heures, Christina apporte le thé sous
la varangue. En mon honneur, elle a sorti le cof-
fret à thé de style chinois, dernier souvenir de la
maison d'Anna, une boîte en osier capitonnée de
satin rouge dans laquelle sont rangées la théière
à col de cygne et les tasses de vieux saxe ornées
de dragons. Anna m'a fait observer que le bec de
la théière a été cassé en deux endroits et habile-
ment recollé. « Ça s'est passé un peu avant ton
arrivée. J'ai fait comme si je n'avais rien vu. »
Le thé est fort, couleur d'encre, âpre, sans ce
parfum de vanille qu'on y met dans les hôtels
pour faire exotique. Comme je demande à Anna
le nom de cette variété, elle dit, avec son ironie
coutumière : « Ça s'appelle *dité*. Je vais chez le
Chinois, et je lui dis : *donne-moi én' paqué dité.* »
Je sais qu'elle aime bien ces moments. Le soleil
décline, les petites filles ont mis des tabliers et
des chapeaux de paille pour arroser le jardin. Le
pavillon d'Anna est au bout du terrain, face au
levant. C'est son grand-père qui l'a fait construire,
pour qu'il serve de refuge à la vieille Yaya, sa
nourrice. Maintenant c'est Anna qui l'occupe. À
sa mort, il reviendra aux bonnes sœurs.

Elle parle un peu du temps jadis, là-bas, à Médine. C'est si loin qu'il me semble que tout cela s'est passé dans un autre monde, au cœur de l'Inde, ou en Chine. Elle raconte les parties de pêche avec mon père, dans l'anse de Tamarin, dans la rivière du Rempart. Garçons et filles dans l'eau jusqu'à mi-cuisse, les filles tenant leur longue robe relevée pour servir de filet aux chevrettes. « Tu ne me croiras pas, ton père était frileux et craintif comme une fille, je l'arrosais et il se mettait à pleurer ! » Elle habitait la maison de la Comète avec son père et la nourrice. Sa mère était morte quand elle était encore un bébé, comme mon arrière-grand-mère Amalia, d'une pneumonie. C'est la vieille Yaya qui l'a élevée. Le Patriarche ne venait pas souvent. Il restait à Port-Louis, dans son bureau de la rue du Rempart, d'où il gérait la sucrerie, les affaires. Il avait mis toutes les terres en fermage, et percevait après la coupe la moitié des revenus, en échange du service du moulin. Il payait tout : la main-d'œuvre, les sacs, le transport jusqu'aux quais et les entrepôts. Pour être sûr que ses terres ne reviennent jamais à la descendance d'Antoine, il avait tout hypothéqué. Les champs, l'usine, et même les maisons d'Anna.

C'est comme cela qu'un beau jour la propriété avait été saisie et vendue à la banque dont il était le principal actionnaire, à la condition qu'il puisse habiter la maison d'Anna jusqu'à sa mort. Mais de son propre fils, et d'Anna, il ne s'était pas soucié. C'était comme si le monde devait s'arrêter après lui.

Anna ne m'a jamais parlé de tout cela. C'est de l'histoire ancienne. À la mort de mon père, j'ai

516

retrouvé parmi sa correspondance le récit qu'elle avait fait de leur départ de la maison d'Anna. C'était en été, à la veille d'un cyclone. Sous un ciel d'encre, mon grand-père et mon père avaient chargé leurs affaires dans le char à bancs, parce qu'il ne restait même plus de voiture. Suzanne était déjà dans la maison de Floréal, attendant sous la varangue, dans la chaleur lourde de la tempête. La route de Médine à Floréal était longue, les chevaux avaient du mal à gravir la côte vers Beaux-Songes. Le vent soufflait sur les jeunes cannes, ils croyaient qu'ils n'arriveraient jamais. Les pics des Trois Mamelles étaient des crocs noirs plantés dans la masse des nuages, l'horizon zébré d'éclairs, on aurait dit que la nuit tombait. Anna partait avec eux, son père était déjà malade, enfermé dans la maison de Floréal. Anna et mon père se serraient l'un contre l'autre, comme s'ils étaient frère et sœur, augmentant ensemble leur peur. Dans sa lettre, Anna lui disait : « Tu te souviens ? Nous croyions arriver en enfer. »

À présent, il ne reste rien de tout cela. Juste quelque chose d'endurci, de noué à l'intérieur, comme la peau qui recouvre une ancienne blessure. Quelque chose sur son visage de vieille Indienne, dans ses iris vert d'eau. Et cet humour amer, quand j'ai dit que j'allais à Médine : « Il n'y a plus rien là-bas ! »

Anna préfère parler de ses contemporains. Elle détaille leurs manies, leurs défauts, leur folie des grandeurs. Les Archambau ont eu bien des vices, mais jamais celui de s'inventer une noblesse ! Quelqu'un avait proposé au vieil oncle (il venait juste d'être *siré* par le roi Édouard VII) d'acheter un titre de noblesse. Il aurait eu droit à ajouter Du Jardin à son nom ! « Du Jardin ! aurait-il persiflé. Pourquoi pas de l'Étable, ou de l'Écurie ! »

Anna a une façon bien à elle de résumer l'origine de la plupart des petits nobles de Maurice. Quand ils venaient faire inscrire leurs noms sur les registres de la Compagnie, à Lorient, on leur demandait : « Ton nom ? — Nicolas. — Ton lieu de naissance ? — Kerbasquin. » Le scribe notait sur le rôle : Nicolas de Kerbasquin.

Elle se moque de leurs châteaux, de leurs fêtes, de leurs domestiques créoles qu'ils déguisent en valets Louis XV, avec gants blancs et perruques poudrées, de leurs bals et de leurs courses, de leurs campements et de leurs « chassés » — qu'elle appelle des boucheries.

Elle a une anecdote comique pour chacun. Quand elle a su que j'avais l'intention de visiter la maison de corail de Robert-Edward Hart, elle m'a raconté sa rencontre avec le poète alors qu'elle avait vingt ans. Un jour, dans le train vers Port-Louis, un homme un peu gros s'est assis devant elle, s'est présenté, et a commencé à faire le galant. Anna l'a arrêté tout de suite : « Monsieur, inutile. Sachez que je ne vous épouserai jamais. »

Du reste, les grands hommes l'indiffèrent ou l'exaspèrent, à l'exception du Père Duval, qui sauvait les esclaves, et du Mahatma Gandhi qu'elle regrette de n'avoir pas rencontré lorsqu'il est venu à Maurice, en 1903 (mais elle avait à peine douze ans !), habillé en « engagé » du sucre. « Mais ce sont les Anglais qui ont intrigué pour que sa venue reste secrète, pour que les Mauriciens soient tenus à l'écart. »

C'est son autre sujet, les Anglais. Anna leur

voue une détestation profonde, irraisonnée, irrémédiable. Quand l'eau manque au couvent, c'est le voisin anglais qui a ouvert les vannes de sa piscine. Le prix du sucre, la misère, le fléau du tourisme, la sécheresse, les cyclones, toutes les calamités sont causées par les Anglais. « Ils sont arrogants. Ils sont méprisants. Ils sont insolents. Quand ils viennent à Maurice, ils affectent de ne pas comprendre le français. Il faut que nous leur parlions en anglais. Ils continuent à croire qu'ils sont les maîtres de l'univers. »

Une seule femme anglaise trouve grâce à ses yeux : Florence Nightingale. Anna a lu toutes ses lettres. « La seule qui ait osé tenir tête à Victoria, et dire le prix que l'Angleterre a fait payer à l'Inde pour la construction des chemins de fer. Les millions imposés au gouvernement de l'Inde, alors que le peuple mourait de faim et d'épidémies. »

Une des anecdotes qu'elle préfère, c'est l'annonce de l'invasion japonaise à Maurice pendant la dernière guerre. Jusque-là, la guerre était une chimère. Ça se passait ailleurs, même si on faisait grise mine, ou mine de s'engager. Puis il y a eu la nouvelle : les Japonais arrivent ! Les uns s'enfermaient chez eux, avec des provisions de riz et de farine, après avoir cloué les volets. Les autres organisaient la résistance passive. Anna prétend même qu'il y en eut pour s'entraîner à prononcer quelques mots de bienvenue en japonais. Seuls les gens du peuple continuaient à vaquer à leurs occupations. Pour eux, c'était toujours le temps des restrictions.

Les Japonais ne sont jamais arrivés, mais la fin de la guerre fut marquée par une épidémie de grippe espagnole et de coqueluche qui tua en grand nombre. C'est alors que la vieille Yaya mourut. Elle fut enterrée dans le jardin du couvent, non loin de la maison que le Patriarche avait fait construire pour elle.

Chaque après-midi, je suis au rendez-vous. J'oublie tout le reste, l'enquête que je suis venu faire à Maurice, la recherche de Léon. Mais peut-être que c'est pour Anna que je suis venu, sans m'en douter.

Je voulais retrouver la trace des disparus, de Léon et de celle que j'ai appelée Suryavati, j'ai voulu voir de mes yeux ce qu'ils avaient connu, Médine, Anna, Mahébourg, Ville-Noire, et aussi Plate, l'îlot Gabriel. Maintenant je comprends que tout cela est vivant dans Anna. Elle a survécu à ce temps, et tout est dans son regard, dans sa voix, sa façon de se tenir bien droite, son vieux visage tanné perché très haut sur son cou maigre de tortue.

De temps à autre, des Indiennes viennent, lentes et drapées comme des reines dans leurs saris brillants. Elles parlent à Anna en créole, en bhojpuri, elles restent un moment, assises sur les chaises de jardin que Christina a apportées avec le thé. Elles viennent pour bavarder, parfois pour demander une aide, ou un peu d'argent. Pour une femme d'une cinquantaine d'années, en butte aux tracasseries de l'administration, Anna écrit de sa main une lettre : « C'est pourquoi, Monsieur le Directeur, je vous saurais gré infiniment si vous aviez la bonté de... » Elle sait manier ces circonlocutions sans peser. Et puis il y a le prestige du nom d'Archambau. « Qu'au moins il serve à quelque chose, ce nom, après tout. »

Ces visites ont un air d'ancienne majesté, comme s'il passait quelque chose du temps de la maison d'Anna, quand le Patriarche n'avait encore rien détruit, et qu'il restait sur cette partie de l'île la couleur chaude d'un bonheur qu'on croyait infini. Mon cœur bat plus fort, comme lorsque j'avançais sur la pente du volcan, sur Plate, et que je voyais s'ouvrir devant moi la baie des Palissades. C'est bien cela que je suis venu chercher à Maurice. Grâce à Anna, je touche enfin au souvenir de la Quarantaine, à cet instant où Jacques et Suzanne s'éloignent, tandis que Léon et Surya sont restés sur le rivage.

Le jour décroît, et le jardin est plongé dans une lumière d'or. C'est le moment du jour qu'Anna préfère. Elle appelle cela sa « poudre d'or ». À Médine, à Anna, tout avait cette couleur. Les montagnes faisaient une ombre mauve. Jacques installait son chevalet face au Rempart, il peignait à l'aquarelle. Noël et Anna venaient regarder, et Jacques expliquait : « Si vous n'êtes pas sûrs de la couleur, clignez des yeux, et vous verrez l'or, et l'ombre mauve. »

J'ai gardé un seul tableau, celui que ma grand-mère Suzanne avait accroché dans sa chambre, au-dessus de son lit, et qui représente un coin de rivière, du côté de Beaux-Songes, avec au loin la ligne des montagnes, les pics des Trois Mamelles. Au premier plan, il y a deux silhouettes d'enfants, avec robes longues et chapeaux ronds identiques, comme si c'étaient des jumeaux. L'un est Noël, mon père, l'autre est Anna. Mon père blond comme du chaume, et Anna avec sa masse de cheveux noirs, pareille à une Indienne.

C'est l'heure avant les moustiques. Soudain Anna lève la main. « Écoute. » Loin, par-dessus les murs du couvent et les rues grouillantes de Mahébourg, portée par le vent faible de la fin de la journée, j'entends la voix du muezzin qui appelle les fidèles à la prière.

« Je ne pourrais jamais vivre dans un endroit où je n'entendrais pas cette voix », murmure Anna. Son visage est impassible, mais son regard rêve, sous l'émotion que diffuse le mince filet de voix du muezzin. « J'entendais cette voix autrefois, quand j'étais enfant, à Médine. C'était un vieil homme qui montait sur le toit de la sucrerie. Il avait une voix si claire qu'on l'entendait partout, dans les champs, dans le village, et jusque chez nous. C'était surtout la prière du soir que j'aimais. C'était très doux, rien que de l'entendre on se sentait mieux, on savait que Dieu écoutait. »

Dans le fond du jardin, dans l'ombre des plantains géants, je devine la silhouette de la folle. Elle nous guette. Elle marche en écrasant des tiges, et je vois Anna qui tressaille. Malgré ce qu'elle dit, aurait-elle peur ? Quand l'heure du départ approche, la folle marche rageusement, elle passe derrière Anna, j'entends les insultes qui débordent de sa bouche pâteuse. Toujours le même refrain : « Archambau, charogne. »

Comment vivre sans Anna ? Comment survivre ? Ce soir, malgré ses recommandations, j'ai ouvert le vieux cahier d'écolier, où elle a écrit de son écriture un peu penchée l'histoire de Sita.

L'encre a pâli par endroits, le papier a jauni. C'est le papier de paille cassant du début du siècle, qui s'effrite sous les doigts. C'est un miracle que le cahier existe encore.

Qui est Sita ? Anna n'écrit pas comme elle parle. Il n'y a rien de mordant, rien de destructeur dans ces pages. C'est l'histoire simple d'une jeune fille qui a grandi à Médine, d'une jeune fille qui a été sa meilleure, sa seule amie, son secret.

Ainsi commence l'histoire, par ces mots qui restent en moi comme la première phrase d'un roman qu'elle n'aura pas écrit : « J'avais une amie secrète. »

À personne, elle n'a dit cela. Chaque jour, après la classe et l'instruction religieuse dispensée dans la maison d'Anna par une institutrice française originaire de Bordeaux, Anna court à travers les champs de cannes, jusqu'à son rendez-vous.

Sita a le même âge qu'elle, mais à treize ans elle est déjà presque une femme. Elle est belle, Anna est éblouie. C'est d'abord à cause de sa beauté qu'Anna a voulu devenir son amie. L'après-midi, Sita est libre, elle n'a plus de corvées à la ferme, elle peut venir s'asseoir à l'ombre du grand multipliant, près de la sucrerie. Anna n'est plus la solitaire, la sauvage, enfermée dans la prison de cette maison trop grande, tandis que grondent l'orage, la menace d'expulsion, la reddition de comptes.

Avec Sita, elle peut tout oublier. Elles parlent pendant des heures, de tout et de rien, comme si elles avaient grandi ensemble, qu'elles étaient les deux parties d'une même personne.

Il y a des moments de long silence. Elles sont couchées toutes les deux dans l'herbe, cachées par les buissons, et elles regardent le ciel d'un bleu violent où glissent les nuages en duvet. Tout l'hiver, elles sont ensemble dehors. Elles marchent le long des chemins, au milieu des cannes plus hautes qu'elles. Quand commence la coupe, elles vont se réfugier près des ruines du four à chaux, au bord de la mer. Elles marchent en se tenant la main, Sita lui montre comment on danse avec les gestes des bras, en bougeant les yeux, en frappant la terre avec ses pieds nus. Elle lui apprend des chansons indiennes anciennes, dont elle-même ne comprend pas le sens. Sita dessine ses grands yeux d'un mince fil noir, elle montre à Anna comment on fait de la couleur avec de la poudre de santal mêlée à la boue. Un jour, elle a même dessiné sur le front de son amie la goutte magique que la déesse Yamuna avait posée sur le front de son frère Yama, pour lui dire son amour éternel. Sita a des yeux immenses, ses iris sont mêlés d'or et de nuages, Anna dit qu'on peut y voyager.

À la saison des pluies, en janvier, cette année-là, elles continuent à se voir. C'est pourtant l'année de tous les drames. Le Patriarche a noué les fils du complot pour expulser tous les locataires d'Anna, y compris son propre fils. Il a vendu les deux maisons, les champs de cannes, le moulin. Pour parer aux intempéries, Sita vient chaque après-midi au rendez-vous, munie d'un grand parapluie noir que sa tante lui a rapporté de Pondichéry. Ensemble elles marchent serrées sous le parapluie, pieds nus dans les flaques. Elles s'abritent sous le multipliant, ou plus loin, sous les veloutiers du rivage.

Quand le déménagement a eu lieu, Anna se résout à ne voir Sita qu'une ou deux fois par semaine. Parfois elle prend le char à bancs qui descend jusqu'à Médine, ou bien c'est Sita qui vient à Floréal. C'est compliqué, mais c'est excitant aussi. Dans les rues de la ville, elles se promènent, elles vont manger des gâteaux-piment chez le Chinois de Quatre-Bornes. Elles ont tant de choses à se raconter !

Un jour, Sita arrive tout essoufflée. Elle apporte une grande nouvelle : son père est mort, et sa mère a décidé de s'installer à Quatre-Bornes. Maintenant, elles vont pouvoir recommencer à se voir chaque jour, après l'école. Elles ont décidé d'un endroit, à mi-chemin, du côté de Phoenix, près de la voie ferrée. Chacune marchera une demi-heure. Il y a un gros arbre brisé par la tempête, couché sur le talus, qui servira très bien de banc. Et s'il pleut, on ira s'abriter dans le jardin du couvent de Bonne-Terre.

L'hiver est revenu. Sita maintenant est une grande jeune fille. Avec sa taille fine, ses longs bras cerclés de cuivre, sa poitrine et ses cheveux épais coiffés en chignon, elle semble une princesse d'Inde, et tous les hommes se retournent sur elle. Anna a grandi elle aussi, mais elle est toujours aussi maigre, ingrate. Elle a coupé court ses beaux cheveux noirs, elle a un visage aigu, intelligent. Pour cacher ses seins, elle se serre dans des bandes de lin sous sa robe grise. Elle n'aime pas la façon dont les garçons regardent Sita. Ensemble elles s'en moquent, elles rient et partent en courant sur la route, jusqu'au grand arbre tombé.

Un dimanche après-midi, Sita n'est pas venue. Il pleuvait à verse. Anna a attendu longtemps près de l'arbre, sous la pluie froide. Le ciel était sombre, et quand elle s'est aperçue que la nuit tombait, elle a couru jusqu'à Floréal, sans reprendre haleine.

C'était la première fois. Son père a fait une scène terrible. Pendant plusieurs jours, Anna est restée consignée dans sa chambre, à regarder la pluie sur les plantes du jardin. Puis elle est tombée malade, à cause du froid qu'elle avait pris, le jour où elle avait tant attendu.

Quand elle est allée mieux, elle a senti un très grand vide. Maintenant les journées semblaient longues, sans Sita. Après la classe de religion, il n'y avait plus rien à faire. De plus, tout allait mal à la maison, son père était malade, ruiné. Le Patriarche s'était installé à Anna, à leur place. Il interdisait les visites. La vieille Yaya racontait qu'il avait tombé tous les palmistes, et qu'il avait fait clouer les volets du bas, de crainte des voleurs. Après avoir rompu avec son fils, il avait chassé tous ses alliés, il avait dissous le parti de l'Ordre moral, et annoncé la fin du rêve de la Synarchie. Maintenant il était évident qu'on ne retournerait jamais à Anna.

Un jour, pourtant, à l'heure où son père sommeillait, Anna a revu Sita. Elle se tenait debout dans la rue, devant la maison, à l'abri de son grand parapluie noir. Le cœur débordant, Anna s'est précipitée au-dehors, les deux amies se sont longuement embrassées. Mais Anna s'est aperçue que quelque chose avait changé. Sita avait toujours son regard brillant, mais ses traits étaient durcis, son teint avait pâli. Elle avait le cou plus épais, et au milieu du front, la raie qui divisait sa chevelure était peinte en rouge sombre.

Après l'avoir embrassée, Sita a fait un pas en arrière. Elle a fixé un moment Anna sans rien dire, comme si elle cherchait ses mots. Puis elle a dit seulement : « Nous ne pourrons plus nous voir. Je me suis mariée. Je suis venue te dire adieu. » La pluie fine accrochait des gouttes sur le parapluie noir, et les gouttes roulaient, s'unissaient, tombaient lourdement au bout des baleines. Anna regardait les gouttes, elle non plus ne trouvait rien à dire. Dans la rue, les gens se hâtaient, les femmes qui revenaient des champs, enveloppées dans leurs *gonis*, leur houe en équilibre sur la tête. Le ciel bas pesait sur les cimes des arbres.

Anna sentait le frisson de la fièvre dans son dos, dans ses épaules. Elle avait la nausée dans sa gorge. À un moment, son père est apparu à l'entrée du jardin. Alors Sita a baissé son parapluie, elle a mis un pan de son châle rouge sur sa bouche, peut-être pour se protéger du froid, et elle a marché vite vers le bout de la rue, jusqu'à la voie ferrée, dans la direction de Vacoas.

Quand Anna est rentrée dans la maison, son père avait préparé une serviette. Il lui a demandé : « Qui est-ce ? » Anna a répondu : « Rien... Personne. »

Elle n'a jamais revu Sita. Sur la route, près de la voie ferrée, l'arbre est resté longtemps couché. Puis un jour les cantonniers l'ont scié et ont emporté les morceaux.

J'ai quitté Maurice sans savoir si j'y retournerai jamais. Je n'emporte rien de ce que je suis venu chercher. Malgré le temps passé — bientôt cent ans — rien de ce que le Patriarche a défait n'est réparable. C'est lui qui triomphe, de son mausolée de marbre noir dans le cimetière du Jardin botanique.

Il ne reste rien du passé, et c'est sans doute mieux ainsi. Comment vivre avec la mémoire du sang versé, de l'exil, des hommes sacrifiés au

Moloch de la canne à sucre ? Ce qu'Alexandre Archambau a effacé dans son orgueil était de peu d'importance. Les maisons coloniales, la vanité des péristyles, la Comète au pinacle, les varangues languissantes où traînait la fièvre, les bassins envahis par les jacinthes d'eau où chaque nuit les crapauds entonnent leurs chants alternés, et tous ces noms, ces titres, ces mottos, ces souvenirs inventés, toute cette poudre d'or, cette poudre aux yeux. Tous ces masques.

Au contraire, ceux qu'il ne faut jamais oublier, ce sont les premiers immigrants venus de Bretagne, fuyant la famine et l'injustice, en quête d'un nouvel Éden, les Malouins, les Vannetais, les gens de Lorient et de Paimpont, de Pontivy, de Mûr-de-Bretagne, tous ceux que la Compagnie la plus cruelle du monde bafouait et abandonnait sur les îles lointaines, et sur lesquels elle prélevait chaque année sa livre de chair.

Ceux qu'il ne faut pas oublier, ce sont les négriers aux noms terrifiants, le *Phénix*, l'*Oracle*, l'*Antenor*, le *Prince-Noir*, chacun chargé de sa cargaison d'un demi-millier d'hommes, de femmes et d'enfants capturés sur les côtes du Mozambique, à Zanzibar, à Madagascar. Enchaînés deux par deux, transportés à fond de cale dans un espace de cinq pieds cinq pouces de long sur quinze pouces de large, et de deux pieds six pouces de haut. Ne pas oublier le nom du capitaine Larralde, de Nantes, qui fit fortune en percevant cinq pour cent sur le prix de vente de chaque esclave vendu à Bourbon et à l'île de France. Ne jamais oublier non plus les coolies indiens, les « pions » attirés sur les bateaux, à Calcutta, à Madras, à Vizagapatnam, les jeunes gens kidnappés dans les villages par les arkotties, les duffadars, les mestries, revendus aux agents des compagnies sucrières, enfermés dans des camps, sans soins, sans égouts, presque sans nourriture, et embarqués à bord des nouveaux bateaux négriers, le *Reigate*, le *Ghunama*, le *Tanjore*, pour un voyage sans retour. Ne pas oublier l'*Alphonsine*, la *Sophie*, l'*Eastern Empire*, le *Pongola*, ne pas oublier l'*Hydaree*, parti de Calcutta en janvier 1856, chargé d'immigrants venus de l'Oudh et du Bhojpur, fuyant la famine et la guerre, la répression anglaise contre les insurgés sepoys, et abandonnés pendant des mois sur les rochers nus de Plate et de Gabriel. Alors ils étaient devenus sourds et aveugles, les membres distingués du parti des planteurs, les adeptes de la Synarchie qui écrivaient dans la feuille d'Alexandre Archambau sous le titre pompeux et vide de « Ordre, Force et Progrès. » Comment n'entendaient-ils pas leurs appels au secours, comment ne voyaient-ils pas leurs feux de détresse, allumés chaque nuit au sommet du volcan, sous le pan ruiné du phare inutile ? Parfois, quand le vent soufflait du nord, ils devaient sentir l'odeur des feux, les bûchers où les immigrants brûlaient les cadavres, l'odeur âpre de la mort. Cette année-là, après les tempêtes de février, il avait fait un calme magnifique, la mer lisse comme un miroir, le ciel d'un bleu brûlant. Fallait-il que le soleil soit éblouissant pour que pas un regard ne se tourne vers les îlots au large du cap Malheureux, ces deux noirs radeaux où les immigrants étaient comme des naufragés. Fallait-il qu'on ait perdu la mémoire à Port-Louis pour que pas une voix ne s'élève pour demander qu'on envoie des secours, qu'on mette une chaloupe à la mer pour libérer les prisonniers de la Quarantaine. Et quand au mois de juin, après cinq mois d'oubli, le garde-côte du service de santé se rendit à l'île Plate, des huit cents coolies débarqués, il n'en restait plus que quelques dizaines. Les traces des bûchers funèbres étaient partout, sur les plages, à la baie des Palissades, à la baie Barclay, et sur la rive de l'îlot Gabriel. Dans les rochers, parmi les broussailles, les restes humains avaient été éparpillés par les oiseaux de mer. Des corps gisaient entre les tombes, parce que le combustible avait manqué pour les brûler, ou bien parce que personne n'avait pu s'occuper de leur sépulture. Les rares survivants erraient, aveuglés, brûlés par le soleil et par l'eau de mer.

Je n'ai pas trouvé celui que je cherchais. Peut-être que, comme Rimbaud, à qui j'ai voulu qu'il ressemblât, sa vie est devenue sa légende. Dans l'album de photos de ma grand-mère Suzanne, il y avait ce portrait que je regardais, étant enfant, qui m'attirait plus que les autres. Une photo sépia, entourée d'un cadre à arabesques, le portrait d'un adolescent maigre et brun, l'air d'un gitan, avec d'épais cheveux noirs, de grands yeux un peu cernés, et une ombre de moustache au-dessus de la lèvre. Sur la photo, aucun nom n'était écrit, aucune date. Suzanne a toujours nié que ce pût être le portrait de Léon. Elle disait que ce devait plutôt représenter un membre de la famille William, un allié, un inconnu. Mais je n'ai pas voulu admettre ses raisons.

Le portrait a dû être fait à Paris, l'année où Jacques est parti pour Londres étudier la médecine. Alors Léon est encore pensionnaire chez Mme Le

Berre à Rueil-Malmaison. C'est ainsi que j'ai imaginé qu'il devait être, à l'époque où Jacques préparait le grand voyage vers Maurice. C'est ainsi que j'ai imaginé que Rimbaud l'avait vu, dans la chambre de l'hôpital général à Aden. Jacques était entré dans la pièce étroite, suffocante, emplie du reflet rouge du sable du désert, mais Léon était resté sur le pas de la porte, à cause de la crainte que lui inspirait cet homme à l'agonie. J'ai regardé souvent cette photo dans l'album de ma grand-mère. Je l'ai si souvent regardée que parfois il me semblait que j'oubliais qui j'étais, comme si j'avais changé de corps et de visage. Alors j'étais Léon, l'autre Léon, celui qui avait rompu toutes les attaches et avait tout changé, jusqu'à son nom, pour partir avec la femme qu'il aimait. Et puis un jour, la photo a disparu de l'album, sans que je puisse savoir ce qu'elle était devenue.

Alors tout est inventé, illusoire, comme la vie qui continue autrement quand on poursuit un rêve, nuit après nuit. Mon père est mort, mon grand-père Jacques et ma grand-mère Suzanne sont morts. D'eux, je ne garde que des mots, des noms, étranges, irréels. Le bruit d'une légende qui commence à l'île Plate et à Gabriel, où tout a été divisé à jamais.

Depuis toujours j'ai su que je portais en moi cette cassure. Elle m'a été donnée à la naissance, comme une marque, comme un goût de vengeance. Lorsque mon père a quitté la maison d'Anna, l'année de ses douze ans, l'ancienne brisure est entrée en lui, elle s'est continuée, elle s'est propagée d'année en année, jusqu'à moi. Alors je suis devenu Léon, celui qui disparaît, celui qui tourne le dos au monde, dans l'espoir de revenir un jour et de jouir de la ruine de ceux qui l'ont banni. Comme Léon dans la pension glacée de Rueil-Malmaison, je rêve de la mer éblouissante, du bruit de la mer sur les rochers noirs d'Anna. Un jour je reviendrai, et tout sera un à nouveau, comme si le temps n'était pas passé. Je reviendrai, et ce ne sera pas pour posséder la fortune des sucriers, ni la terre. Ce sera pour réunir ce qui a été séparé, les deux frères, Jacques et Léon, et à nouveau en moi, les deux ancêtres indissociables, l'Indien et le Breton, le terrien et le nomade, mes alliés vivant dans mon sang, toute la force et tout l'amour dont ils étaient capables.

C'est à Surya et à Léon que je pense, maintenant. J'ai du mal à les imaginer vieillis, malades, fatigués par les privations, par le travail dans les champs. Surya, est-elle devenue une vieille dame grande et mince, comme l'était sa mère anglaise, avec cette lueur claire dans ses yeux, comme un reflet d'eau ? Est-elle devenue « longaniste », une guérisseuse qui connaît les feuilles et sait masser la fontanelle des enfants et écarter les mauvais esprits qui cherchent toujours à entrer dans le cœur des humains ? Ou bien racontait-elle des histoires sans fin à ses petits-enfants, la légende de Lakshmibay, la reine de Jhangsi, ou la chanson à l'envers du voleur, dans le langage des Doms ? Et lui, est-il devenu maigre et sec comme tous les Archambau ? Était-il vêtu seulement d'un pagne, comme un vieux sage de l'Inde, portait-il une barbe taillée aux ciseaux comme mon grand-père quand il avait quatre-vingts ans ? Mais il avait dû garder jusque dans la vieillesse ses yeux très noirs et doux, les yeux de l'Eurasienne, des yeux de biche, dirait Anna.

J'aime à croire qu'il a ressemblé à celui que Jacques avait rencontré dans son enfance, le voyou du bistrot de Saint-Sulpice au regard embrumé de haine et d'alcool qui pouvait écrire des mots si légers. Alors, comme le voyageur sans fin, comme l'empoisonneur de Harrar, il ne pouvait pas vieillir. Il devait rester éternellement, magnifiquement jeune, pénétré d'une flamme invincible. Le 29 avril 1892, eut lieu l'un des plus terribles cyclones de tous les temps, sur Maurice. L'anémomètre enregistra des vents de trois cents kilomètres-heure avant de se briser. Le phare de Plate, à peine reconstruit, fut entièrement rasé, et la digue construite par les immigrants à la baie des Palissades fut réduite en quelques heures au moignon qu'on voit encore aujourd'hui.

Il y eut, sur la côte ouest de Maurice, beaucoup de victimes ensevelies sous les charpentes ou tuées par la chute des arbres. Quantité de bateaux de pêche furent coulés, ou jetés sur le rivage, certains projetés jusqu'à cent mètres à l'intérieur des terres par le raz-de-marée.

C'est ce cyclone qui marque le déclin de la propriété d'Anna, et la folie destructrice du Patriarche, le début de sa lente agonie. Parfois il me plaît d'imaginer que Léon et Suryavati — (puisque c'est le nom que je lui ai choisi, en souvenir de la princesse du Cachemire pour qui Somadeva écrivit l'*Océan des contes*, la première version des *Mille et une nuits*) — ont disparu pour toujours dans ce déchaînement du ciel et de la mer, retournés en quelque sorte à la solitude du lagon de Gabriel où ils s'étaient rencontrés.

Je pense à l'enfant que Suryavati portait dans son ventre, l'enfant conçu sur l'île, né la même année qu'Anna et que Noël. Comme une image oubliée de ma famille, un reflet, un frère ou une sœur inconnus. À cause de cet enfant, je ne peux pas admettre que Léon et Surya aient disparu dans le cyclone. Il me semble qu'un jour, au hasard de la vie, je dois rencontrer sa descendance, que je saurai la reconnaître.

Pareil à l'enfant que j'ai vu le lendemain de mon arrivée, sous la pluie, par la fenêtre du bus au carrefour de Rose-Belle, dans les bras de sa mère, tandis qu'avec son père ils allaient à la recherche d'un abri pour la nuit, d'un travail, d'une bonne étoile.

Tout à coup, tandis que je regarde le cahier jauni que m'a donné Anna, dans l'avion qui vole au-dessus de l'Océan, je découvre cette certitude :

Sita, la jeune fille indienne dont Anna était amoureuse, et qui est sortie un jour de sa vie sans retour, c'est elle, l'enfant de Surya et de Léon, conçue dans le désert de l'îlot Gabriel. La rencontre de Sita et d'Anna n'était pas le résultat du hasard. Elle était préméditée depuis leur naissance. Il est probable qu'elles ne l'ont jamais dit. Mais Sita le savait, et c'est pourquoi après s'être mariée elle ne devait plus la revoir. Anna l'a-t-elle su, l'a-t-elle deviné ? Sinon, pourquoi aurait-elle gardé ce cahier tout au long de sa vie, comme son souvenir le plus précieux ? Pourquoi me l'aurait-elle donné ? En me donnant ce cahier, elle m'apportait, à sa manière ironique et profonde, la réponse à tout ce que je suis venu demander à Maurice.

534

On ne connaît pas encore Kalki, mais il doit venir.

Il sera d'abord Bala Krishna, l'enfant qui ne marche pas encore, et joue à quatre pattes par terre, une boule de beurre rance à la main.

Personne ne sait quand il viendra, ni qui il sera, mais il devient de plus en plus évident que sa venue est proche, qu'il recevra bientôt le pouvoir. Parfois je rêve à cet enfant brun aux yeux très doux, assis par terre, peut-être dans le marché de Mahébourg, et qui se renverse en tétant son gros orteil, et qui brille comme un soleil dans la nuit des songes.

Ai-je poursuivi une chimère ? Aujourd'hui, au bout de ce voyage, je n'ai rien, comme avant. L'île Plate n'est qu'un rocher abandonné, semé de tombes sans noms, avec ce môle en ruine et le lagon où les pêcheurs emmènent les touristes des hôtels pour une journée de robinsonnade. L'eau limpide continue à couler, à chaque jusant, sur l'architecture engloutie des coraux. Parfois on rencontre l'ombre inquiétante du tazor, comme un chien de garde. Et les pailles-en-queue volent toujours en cercles lents autour du piton du sémaphore, pour veiller sur leurs nids.

Les derniers jours d'Anna ont été attristés par la disparition de Christina, sa jolie liane de cuivre pour qui elle cueillait des fleurs d'hibiscus — « la fleur Madame Langlais ». Elle est partie du couvent, leurrée par la vie facile, par le miroir des bars-boxons des grands hôtels où les méchants loups dévorent la chair des petites filles.

Quelques semaines seulement après notre séparation, Anna est tombée sur le carreau de sa chambre, comme tant de vieux, en se cassant le col du fémur. C'est la folle qui l'a trouvée, qui a donné l'alerte. Il paraît qu'elle n'avait jamais tant pleuré. Quand on emportait Anna, elle s'accrochait à la civière en criant : « Manman ! »

Le docteur Muggroo qui m'a écrit — j'étais la seule adresse qu'elle avait donnée — a résumé très bien sa fin : Anna a refusé tous les soins. Elle a cessé de manger, et rien de ce qu'on a fait n'a pu changer sa décision. Elle est morte trois semaines plus tard, dans la nuit, sans bruit. Elle avait quatre-vingt-neuf ans.

Marseille, fin août 1980

C'est à lui que je pense, encore. Je m'en souviens, j'avais dix ou onze ans, ma grand-mère m'avait parlé de ce qui s'était passé, ce soir-là, dans le bistrot de Saint-Sulpice, elle m'avait lu des passages du *Bateau ivre*, je lui ai demandé : « Mais ton Rimbaud, est-ce que c'est comme un oncle pour moi ? » Je croyais qu'on l'avait caché, chassé, juste parce qu'il était un voyou, qu'il était parti en abandonnant tout le monde, comme Léon.

Alors j'ai voulu aller sur le dernier lieu où il avait vécu, comme on va sur un caveau de famille. Pour voir ce qu'il avait vu, sentir ce qu'il avait senti. C'était encore le plein été à Marseille. À neuf heures du matin, à la descente du train, l'air brûlait, il y avait sur la ville comme une odeur d'incendie.

Je n'ai pas voulu prendre un taxi. Sur le plan, j'ai essayé de retrouver la route qu'il avait suivie, dans la voiture à cheval, de la gare Saint-Charles jusqu'à la Conception. Il y avait de larges avenues, des tunnels. Rien de tout cela n'existait.

J'ai suivi la longue rue Saint-Pierre qui sinue à travers ce que les Allemands ont laissé debout du vieux Marseille. Des immeubles vétustes, à trois étages, des fenêtres grillées, des entrées de portes cochères. Dans les bars obscurs, l'odeur de l'anis, la musique orientale. Il me semblait que j'entendais le long des maisons le cliquetis des sabots du cheval qui tirait la voiture aux rideaux fermés vers l'hôpital. Peut-être qu'il était déjà inconscient. C'est une route qu'il connaît bien, c'est la troisième fois qu'il la suit. La première fois en débarquant de l'*Amazone*, le vendredi 20 mai, puis exactement deux mois plus tard, pour reprendre le train du nord. Et maintenant... J'avance le long de la rue étroite, comme si je touchais au but, que tout allait s'éclairer. Comme si j'allais trouver le Disparu, une trace, un signe, une fleur tremblotant dans le vent d'une cour, un arbre sous lequel il s'est assis, un nom gravé sur une pierre. Chaque maison, chaque fenêtre, chaque porte est témoin.

Au bout de la rue, jouxtant l'ancienne prison des bagnards transformée en archives ou en musée, l'hôpital dresse ses grands murs de béton blanc coulés sur la poussière de la démolition. Il ne subsiste plus rien de l'ancien hôpital. J'ai erré sans but dans les couloirs, dans ce qui reste du jardin entre deux parkings. J'ai lu l'inscription : « Ici, le poète... termina son aventure terrestre. » L'amphithéâtre Arthur-Rimbaud. Dans la salle des pas perdus, un Arabe vêtu d'un jogging-pyjama, pieds nus dans des sneakers blancs, écoute son transistor. Son visage est émacié, creusé par la souffrance. Il porte lui aussi une petite moustache, et ses cheveux sont coupés très court, comme un bagnard. Il écoute sa musique, et son regard est doux, rêveur, comme s'il était loin d'ici, dans les Aurès. « Allah Kerim ! »

Et lui, l'autre, a-t-il boitillé jusqu'aux grands platanes de l'entrée, appuyé sur sa béquille, pour s'asseoir à l'ombre fraîche ? A-t-il marché, appuyé au bras d'Isabelle, en se mordant la lèvre pour ne pas crier, jusqu'au bout du jardin, pour regarder la mer au loin, entre les toits de la ville et les collines, confondue à la taie laiteuse du ciel ?

C'était le même été, il y a de cela quatre-vingt-neuf ans, quand Léon et Suryavati se sont effacés de la mémoire des Archambau, comme s'ils entraient dans un autre monde, de l'autre côté de la vie, séparés de moi par une mince peau qui les rend invisibles. Ils n'ont jamais été aussi près de moi qu'en cet instant.

J'avais faim. Je me sentais libre. Je respirais l'air torride, je goûtais à l'ombre légère des grands platanes centenaires. En quittant l'hôpital, j'ai acheté une boule de pain chez Paniol, et j'ai redescendu la longue rue qui serpente jusqu'à la gare.

DU MÊME AUTEUR

Aux Éditions Gallimard

LE PROCÈS-VERBAL. (FOLIO n° 353)

LA FIÈVRE. (Imaginaire n° 253)

LE DÉLUGE (Imaginaire n° 309)

L'EXTASE MATÉRIELLE. (Folio Essais n° 212)

TERRA AMATA.

LE LIVRE DES FUITES. (Imaginaire n° 225)

LA GUERRE. (Imaginaire n° 271)

LES GÉANTS (Imaginaire n° 362)

VOYAGES DE L'AUTRE CÔTÉ. (Imaginaire n° 326)

LES PROPHÉTIES DU CHILAM BALAM.

MONDO ET AUTRES HISTOIRES. (Folio n° 1365 et Folio Plus n° 18)

L'INCONNU SUR LA TERRE.

DÉSERT. (Folio n° 1670)

TROIS VILLES SAINTES.

LA RONDE ET AUTRES FAITS DIVERS (Folio n° 2148)

RELATION DE MICHOACAN.

LE CHERCHEUR D'OR (Folio n° 2000)

VOYAGE À RODRIGUES, *journal*. (Folio n° 2949)

LE RÊVE MEXICAIN OU LA PENSÉE INTERROMPUE. (Folio Essais n° 178)

PRINTEMPS ET AUTRES SAISONS, *nouvelles*. (Folio n° 2264)

ONITSHA. (Folio n° 2472)

ÉTOILE ERRANTE. (Folio n° 2592)

PAWANA.

LA QUARANTAINE.

*Composition Bussière
et impression Bussière Camedan Imprimeries
à Saint-Amand (Cher), le 15 mai 1997.
Dépôt légal : mai 1997.
Numéro d'imprimeur : 563-1/1059.*

ISBN : 2-07-040210-8. Imprimé en France.